岩室 忍
覇王の船
祥伝社

覇王の船

装幀　芦澤泰偉＋明石すみれ
装画　卯月みゆき
地図　三潮社

覇王の船

目次

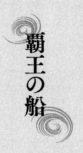

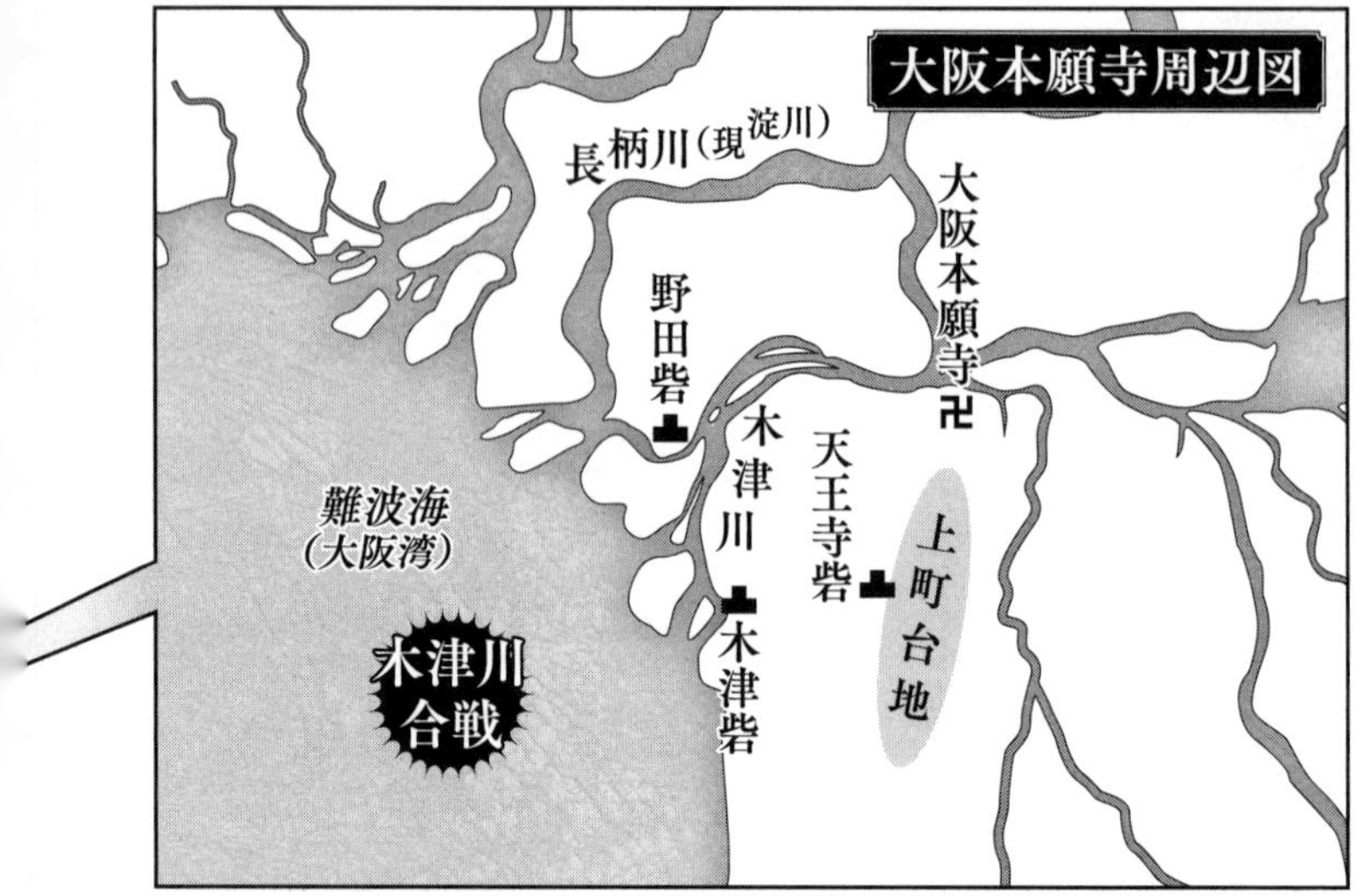

大阪本願寺周辺図
長柄川（現淀川）
大阪本願寺
野田砦
木津川
天王寺砦
上町台地
難波海（大阪湾）
木津砦
木津川合戦

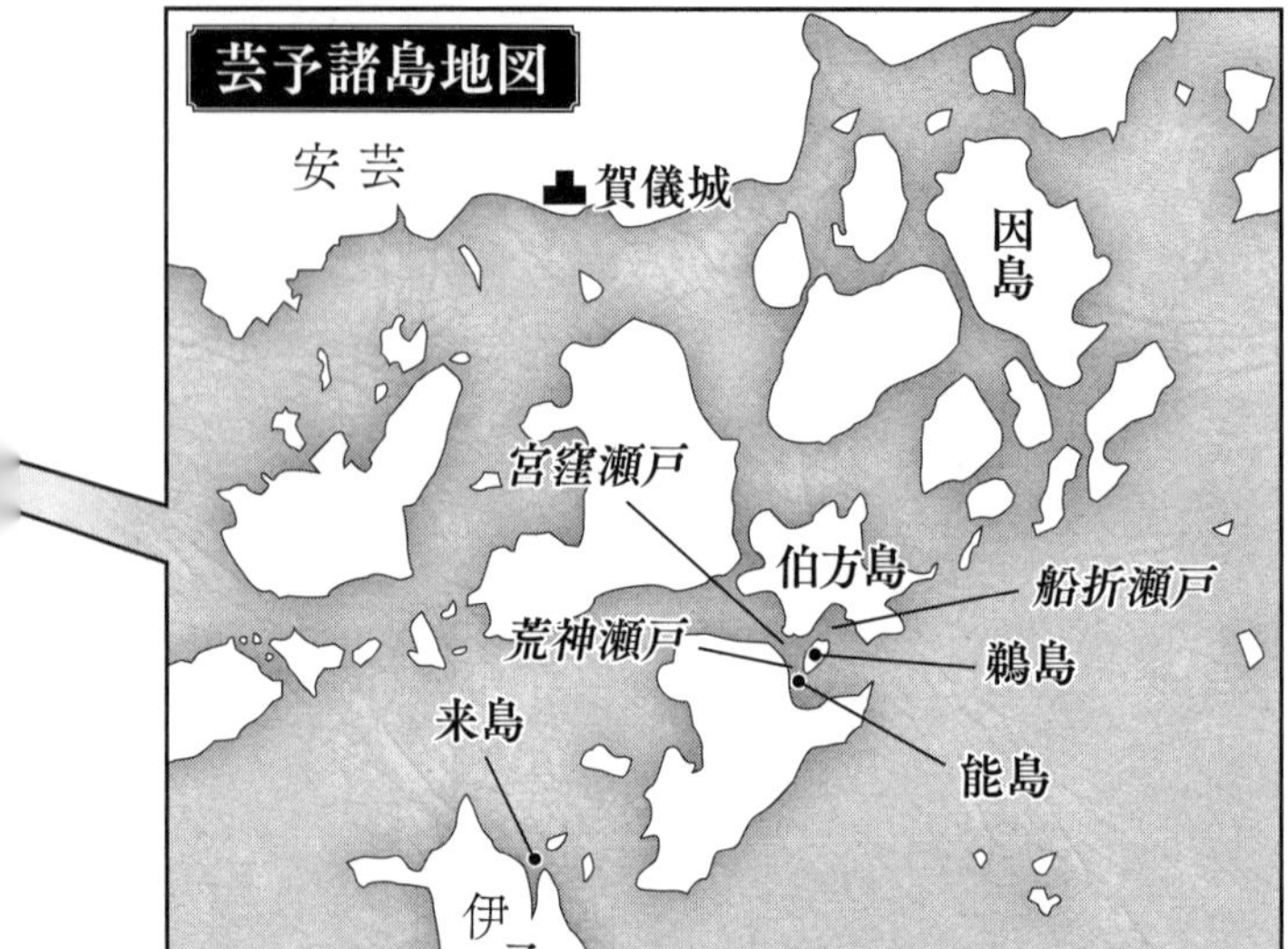

芸予諸島地図
安芸
賀儀城
因島
宮窪瀬戸
伯方島
船折瀬戸
荒神瀬戸
鵜島
能島
来島
伊予

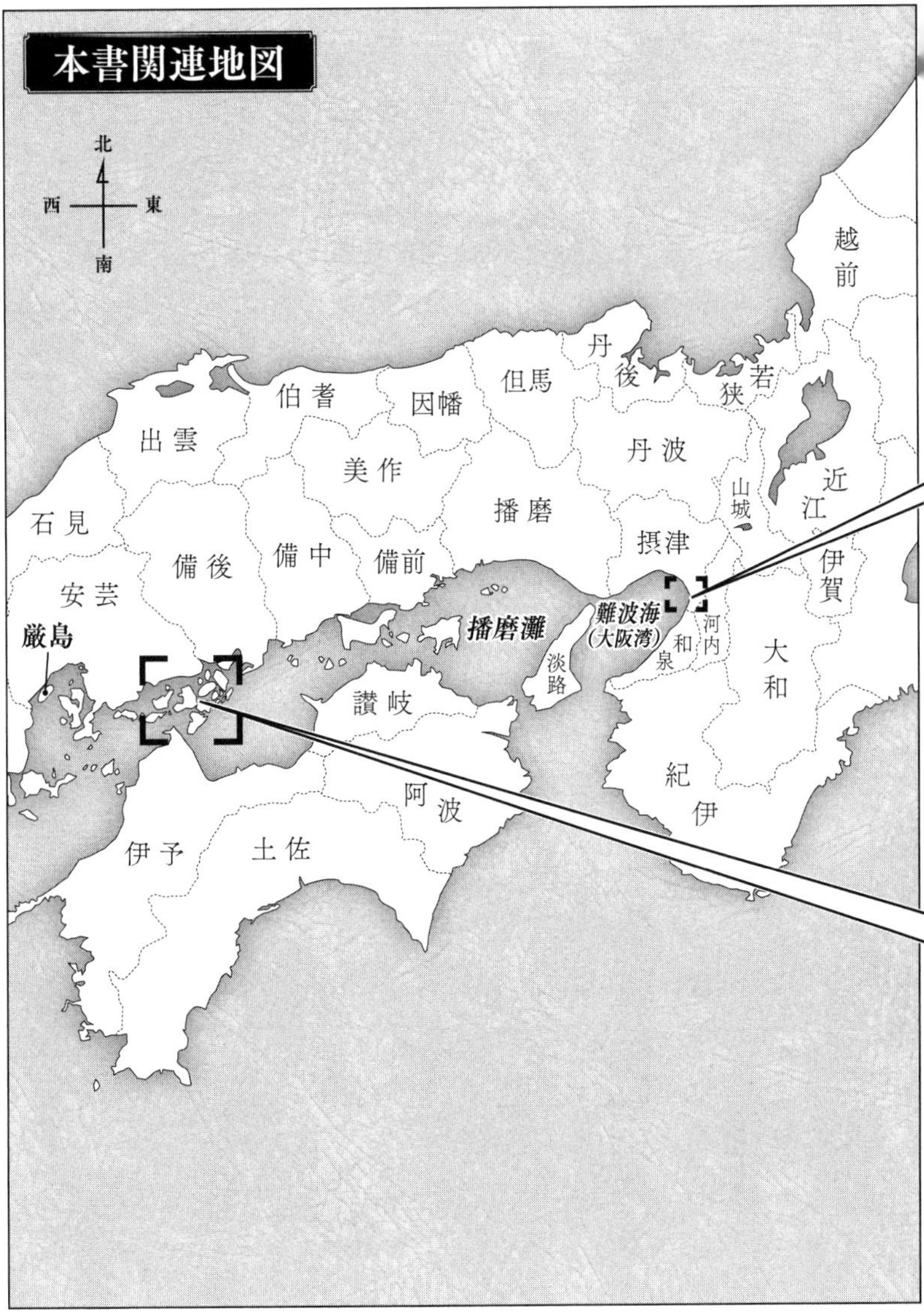
本書関連地図
北
西
東
南
越前
丹後
若狭
但馬
因幡
伯耆
出雲
丹波
近江
山城
美作
播磨
石見
摂津
伊賀
備後
備中
備前
安芸
播磨灘
難波海
(大阪湾)
河内
厳島
和泉
大和
淡路
讃岐
紀伊
阿波
伊予
土佐

第一章　村上海賊《むらかみかいぞく》

伊予能島《いよのしま》は激しく渦巻《うずま》く宮窪瀬戸《みやくぼせと》と荒神瀬戸《こうじんせと》の間にある。

その潮流に呑《の》まれると船が折れることから、鵜島《うしま》と伯方島《はかたじま》の間をこの辺《あた》りでは船折瀬戸《ふなおりのせと》ともいう。

泡立つ渦の底には古《いにしえ》の平家《へいけ》武者を始め、数多《あまた》の海人《うみびと》を引きずり込んだ竜宮《りゅうぐう》がある。そんな神秘を秘めた海峡を村上海賊《むらかみかいぞく》の船が西に行った。能島は周囲が八町（約八七二メートル）ほどしかない小さな島で、船隠しや船がかりの島として古くから使われてきた。

その小島に城を築いたのが村上海賊だった。

海賊とはいうが常には漁をする漁師であり、戦いにかり出されれば毛利《もうり》の水軍になる。

それを海賊または海賊衆と呼んだ。

渦巻く瀬戸や海峡に海の関所ともいうべき札浦《ふだうら》を置いて通航銭を徴収していた。時には荒っぽい取り立てをすることもあった。

海の男たちはやさしいのだが気の荒いのが特徴でもある。

能島城の矢倉《やぐら》から総帥《そうすい》村上武吉《たけよし》と、毛利小早川《こばやかわ》家の家臣乃美宗勝《のみむねかつ》が、鶏《にわとり》小島《こじま》と船折瀬戸の夕景を見ている。

「明日の朝だな？」

「うむ、ちょいと摂津《せっつ》まで行ってくる」

「信長《のぶなが》の船は？」

「志摩《しま》の九鬼《くき》海賊だそうだ。五百隻《せき》ほどだというが行って見ないことには……」

「そうか。信長には気をつけろ、何を考えているかわからぬ男だ」

「うむ、信長は海の上の戦いは素人《しろうと》だろう？」

「そうだが、伊勢《いせ》の九鬼は海賊だ。油断するな……」

「九鬼嘉隆《よしたか》か……」

乃美宗勝はすでに摂津の木津川《きづがわ》沖に織田《おだ》水軍が集結していると聞いている。

その目的は毛利水軍が石山本願寺《いしやまほんがんじ》に兵糧《ひょうろう》を搬入《はんにゅう》するのを阻止《そし》するためだ。石山本願寺は織田軍に包囲されて久しく、木津川から毛利の兵糧が入らないと飢《う》える状況にあった。

だが、なかなか本願寺の一揆《いっき》軍は飢えない。

その原因は海から毛利が兵糧や武器弾薬を支援しているからだと信長は見ている。

何《な》んとしても毛利の船を木津川の河口で追い払おうと、信長に味方する伊勢志摩の九鬼水軍が河口を塞《ふさ》いでいた。

その織田軍を突破して木津川に入って行こうというのが、総大将である乃美宗勝の率《ひき》いる村上海賊水軍だ。総帥《そうすい》村上武吉の出陣の予定はなかった。武吉が出て行くまでもなく織田水軍を蹴散《けち》らせると武吉も宗勝も考えている。村上海賊の強さを熟知しているからだ。それでも武吉は宗勝に油断するなと言う。

「こっちの船は八百隻あまりだ。信長めの船をみな沈めてくれるわ！」

「うむ、それでいい。だが、このところ本願寺の顕如《けんにょ》さまが苦戦しておられるそうだから、何はさておいてもまずは兵糧米と武器弾薬の補給が大切だぞ」

「首を長くしているか？」

「おそらく腹を空《す》かしているだろう。あまり兵糧が残っていないそうだから……」

「餓死《がし》するか？」

「うむ、本願寺が落ちると信長は間違いなく毛利に向かってくる」

「なるほど、信長の狙いは西国《さいこく》と九州……」

「そういうことだ」

宗勝にうなずいた武吉は、いずれ織田軍との決戦は避けられないと考えている。信長の天下布《てんかふ》武《ぶ》の旗は四国も西国も九州も統一するということだ。その信長に決戦を挑めるのは毛利軍か九州薩摩《さつま》の島津《しまづ》軍しかいないと思われる。

その決戦の時を武吉は考えていた。源平《げんぺい》の戦いのような陸戦と海戦の大きな戦いになるだろう。

信長の織田家は平氏《へいし》だというが、毛利家は鎌倉の政所別当《まんどころべっとう》大江広元《おおえのひろもと》の一族で、大江家は源《みなもとの》頼朝《よりとも》の先祖である源義家《よしいえ》と縁が深く源氏《げんじ》だといってもいいのだ。

武吉の村上家も信濃《しなの》の村上源氏だという。

その村上家は東寺《とうじ》との縁で、本来は真言宗《しんごんしゅう》なのだが海賊衆には本願寺門徒が多かった。

この村上海賊を中心に毛利水軍を率いて、石山本願寺に兵糧を入れに行くのが五十歳の老将乃美宗勝である。

武吉のかわりに息子の元吉《もとよし》と景親《かげちか》が、能島村上水軍を率いて行くことになっていた。

この若い二人の息子は武吉の自慢で、瀬戸の渦から釣り上げた鯛《たい》のように活《い》きがいい。総大将乃美宗勝の左右の腕といえる。

「無事の帰還を……」

「うむ、半月もしないで戻れるだろう」

老将乃美宗勝は織田水軍との戦いに自信満々だ。

「渦が消えて汐《しお》が止まったようだ。そろそろ引く刻限だな？」

「船折の渦潮《うずしお》もいいが、汐止まりも穏《おだ》やかでいいものだ」

「確かに……」

武吉は能島と鵜島の間の流れがゆっくり止まったのを見ている。汐が止まるとそれまでの荒々しい海が、何かに怯《おび》えるように息を潜《ひそ》めて静かになった。このわずかな間の凪《なぎ》の海を武吉は穏やかでいいと思う。

瀬戸は島と島の間が狭いから、上げ潮と引き潮の動きがはっきりわかる。大潮《おおしお》の時の渦は呑み込まれそうで恐ろしい。海の底に引きずり込まれたら浮かび上がれないだろうと思わせる。

海の男たちはそんな瀬戸を平気で船を操《あやつ》り渡って行く。

すでに宗勝と一緒に摂津の石山本願寺に向かう大小の船が、能島、鵜島、大島《おおしま》、伯方島から、遠くは因島《いんのしま》、弓削島《ゆげじま》の周辺にまで群集しているはずだ。

この夜、能島城で船団の大将たちが集まって出陣の宴が開かれた。

船戦に出かける海賊たちの宴は、海の守り神に対する祈りの場でもある。一度、船に乗って出かければ何があるかわからない。生きて戻れる保証は何一つなく頼るのは操船の腕だけだ。

海戦で命を落とすか、嵐に呑み込まれて海底に沈むか。

海の守り神に見放されれば生きて再びこの島に戻ることはない。海に出たら船霊《ふなだま》さまに守ってもらうしかない。だから海で働く人々は海底深くに乙姫《おとひめ》さまの竜宮があると信じる。それが本当なのかは誰も知らない。竜宮に行って戻ってきたのは浦島太郎《うらしまたろう》ただ一人だけなのだ。

平家がこの能島の西の壇《だん》ノ浦《うら》で滅んだ時、清盛《きよもり》の妻の二位《にい》の尼《あま》は安徳《あんとく》天皇に、「波の底にも都はございます」と語ったと伝わる。だから竜宮はあるに違いない。

海賊たちは誰でも海の恐ろしさを知っている。一度や二度は死に目にあっているからだ。それゆえに船霊さまを信じ水底の竜宮を信じる。千変万化《せんぺんばんか》する海で生きる者たちの信仰は強い。それは海を恐れ、海を敬い、海を父母の如《ごと》く愛しているからだ。

村上武吉は贅《ぜい》を好まない。酒膳には出陣の前の尾頭《おかしら》付きが載っていた。だが、鯛ではなく大きな鯵《あじ》だ。

「船折の鯵は鯛よりうまい」と言うのが武吉の口癖《くちぐせ》だ。

膳にはわずかな味噌《みそ》と美味《うま》そうではない漬物《つけもの》、それに赤くしなびた梅干ししか載っていなかった。海賊たちは海のものに不自由しないから口が奢《おご》っている。海の男の体は魚の白身と骨で頑丈にできている。

鯵の尾頭付きや味噌を突っつく者はいなかった。

盃《さかずき》などという洒落《しゃれ》たものではなく大ぶりの茶碗《ちゃわん》に、傍《そば》の女が酒をどぶどぶと注《つ》いだのにガブリと噛《か》みつく。酒は飲むのではなく喰《く》らうのである。それが海賊と呼ばれる男たちの流儀《りゅうぎ》だった。グラッと酔いが回る。これがたまらなく心地《ここち》いいのだ。

その勢いで女を抱くだけだ。命をかけた海賊の戦いの始まりである。

乃美宗勝も勧められるまま酒を飲んだ。

いや、飲んだというよりは酔うがまま食らったという方が正しい。宗勝は安芸《あき》の国人《こくじん》で忠海《ただのうみ》賀儀城《かぎじょう》の当主である。正しくは浦兵部丞《うらひょうぶのじょう》宗勝という。毛利元就《もとなり》に仕《つか》え、今は小早川隆景《たかかげ》に仕えている毛利水軍の勇将なのだ。歴戦の赫々《かっかく》たる武功があった。それに劣らず酒の方も豪傑である。

海賊には底なしの大酒飲みが多い。

片腕で女の肩を抱きながら酒を食らい、小便を垂れ流しながらも盃を離さず、呑み続ける蟒蛇《うわばみ》というか大蛇と呼ばれる男が少なくない。陰嚢《ふぐり》を包んだ褌《ふんどし》がびしょびしょでだらしがない。それでも呑む。口からだらだらと酒をこぼしながら酌の女に伸《の》し掛かって行く男もいる。酒宴の席で女を裸にして始めようというのだから恐ろしい。酌をする女もいつしか泥酔《でいすい》して着物を脱いでしまう。どんなに座が乱れても誰も止めない。

だが、あまり酒癖が悪いと半殺しの目にあうから、女の扱いは乱暴でも海賊同士はみな仲が良かった。女を譲り合って出陣の前夜を楽しみ恐怖を忘れるのだ。

女たちもそれを知っているから、酔っぱらい海賊の扱いにはなれている。

中にはへべれけの男の肩を担いで、浜で日焼けした女が奥の部屋に引きずって行く。たちまち一丁上がりにされると海賊の懐の銭袋は空《から》っぽだろう。酔っぱらった銭目当ての女は海賊より恐ろしい。

「夕べ、酒を飲んで海に入った馬鹿《ばか》が浮かんだそうだな?」

「ああ、今朝早く、鯛助《たいすけ》の野郎が浜に上がったよ」

そんなことが時々ある。

海賊は酒を飲むと海に入りたくなるのだ。泥酔した女と一緒などということもある。よほど気持ちが良かったのだろうが、酔っぱらって海に入って死んだ海賊など洒落にもならない。

総師武吉のいる能島は本丸《ほんまる》、二ノ丸《にのまる》、三ノ丸《さんのまる》、出丸《でまる》などを備《そな》えた水軍城だが、残念なことに島のどこからも真水《まみず》が出ないことから、隣の鵜島や伯方島の木《き》ノ浦《うら》あたりから島で使う真水を運んでいた。

この島の唯一《ゆいいつ》の欠点がそれだ。

朝一番で水汲《みずく》み船が幾つもの桶《おけ》に、水を満載して能島に漕《こ》ぎ寄せてくる。

この真水を運ぶ船だけは命の綱だから、どんな渦でも漕ぎ切らなければならない。それがなかなか難儀な仕事だった。桶に汲んだ真水は途方もなく重い。その桶を一隻に二つ三つ積んでいる。大きな渦に引き込まれると重い船は折れて沈んでしまう。何日も海が荒れると能島の真水が尽きてしまう。そんな時は大ごとになる。海は天候に関係なく大潮や大干潮など千変万化する。渦に巻かれて流れに乗り切れないまま沈んでしまう水汲み船もある。

海で働く者はいつどこでどれくらいの渦が発生するか知っていた。海の表情を見て潮の速さも渦の大きさも頭の中に叩《たた》き込んでいる。それは命にかかわることなのだ。油断すると海の藻屑《もくず》になるしかない。海をなめると渦潮だけでなく岩にぶつかって、船がひっくり返ったり大破したりひどいことになる。

船で運ばれてきた貴重な真水は、城内や海賊たちの長屋の水瓶《みずがめ》を満たすまで、数隻で大量に運ばれてくるが、色々なものに使うため三日四日でなくなってしまう。

海賊衆の大きな宴会があると真水がたちまち干上がる。酒飲みは喉《のど》が渇くから水をがぶがぶ飲む。そうなると水汲み船は急に忙しくなった。宴会の前から島のすべての水瓶がいっぱいになるまで木ノ浦から真水を運んだ。

能島は本来、伊予の国の無人の小島である。

村上家は村上天皇の皇子具平《ともひら》親王が祖とか、信濃源氏の村上がその起源だなどという。その村上家が遠い昔に因島、弓削島辺りに札浦を設け制海権を握った。

海を行く船の通航を握ったのだが、この力が絶大だった。同時に村上家に莫大《ばくだい》な財をもたらした。それは南北朝《なんぼくちょう》期の前からで村上家は京の東寺から、寺領《じりょう》の弓削島の支配と海上警備を任されて益々《ますます》繁栄する。

島と島の間の瀬戸の通航を抑えると、船の動きを止める力まで持ってしまう。京の大きな寺である弘法大師空海《こうぼうだいしくうかい》の東寺から仕事をもらい、札浦で通航税を取った。これにより村上海賊という船団を作り繁栄の基礎を盤石《ばんじやく》なものにした。

能島村上は能島城、因島村上は長崎城、来島《くるしま》村上は来島城に別れ、その勢力を益々拡大させたのである。

それが大船団の村上海賊と呼ばれて恐れられた。

古くから海賊とは呼ばれているが、平時は漁師で穏やかな暮らしを立てている人たちだ。その漁師が海賊に変じてどのような略奪をしたかは不明で、むしろ、伊予の河野《かわの》家や安芸の毛利家の戦いに雇《やと》われて海上警備をしていたと考えられる。そういう時に海賊行為をしたのかもしれない。常日頃から略奪をしていたとは考えにくい。

村上武吉は十五万石ほどで、配下の海賊や船頭《せんどう》や水夫《かこ》たちを含め、周辺の島々から一万人ほどを動員する力を持っている。この海上に浮かんだ大軍は無視できない。どんな戦いでも制海権を握ることは勝敗を分けることになる。

この村上海賊水軍はこの国で一番大きい船団だった。

乃美宗勝はしたたかに酒を食らい、宴が崩れると伽《とぎ》の若い女に支えられて奥に消えた。

武吉はチビチビやりながら、夜遅くまで若い海賊たちの自慢話を聞いている。夜半を過ぎてようやく眠気に襲われた。

「そろそろ寝るか……」

泥酔した女を置き去りに武吉は一人で城の奥に向かう。

武骨な顔に似合わず武吉は連歌《れんが》の名手だった。繊細《せんさい》な気性で海賊にしてはなかなかの教養人なのだ。眼光鋭《がんこうするど》く痩身《そうしん》で身《み》の丈《たけ》は五尺四、五寸（約一六二～一六六センチ）ほど、潮焼けのがっしりした体軀《たいく》で海賊たちに睨《にら》みが利《き》いた。武吉の能島村上が三島《さんとう》村上一族の宗家《そうけ》だが、因島村上は安芸の児玉《こだま》家と親《した》しく、来島村上は伊予の河野家と親しくしている。三島村上はそれぞれに利害を握っていた。

「うちの大将は都の公家《くげ》に負けねえ……」というのが能島村上海賊たちの自慢だ。

その武吉は略奪目的の海賊行為を好まず、配下が船を襲うことを嫌って禁じている。乱暴な海賊たちも武吉には決して逆らわない。宴で散々に酔って、女たちに好き勝手な乱暴狼藉《ろうぜき》を働いた男たちが、朝にはしゃきっとして浜に出てくる。

二日酔いでフラフラしていると、「しっかりしろい！」と武吉に尻を蹴飛《けと》ばされる。

誰よりも早く城を出て武吉は浜から汐の加減を見ている。汐の満ち引きはその日によって刻限も大きさも変わる。日に一、二回は必ず起こる汐の干満《かんまん》は、漁師の魚の多い少ないも決めるのだ。海賊の総師にとって海の変化を誰よりも先に知ることが大切である。ことに秋の野分《のわき》は油断ができない。その気配はまだなかった。

「親方、行ってまいりやす」

「うむ、気をつけるんだぞ。敵の船だけでなく味方の船にも気を配れよ」

「うん！」

「お前は小早《こはや》に乗るのだな？」

「親方、敵の船を十隻は沈めてくるから……」

日焼けして目玉だけ白い男が威勢よく武吉に自慢する。酒を飲んだ二日酔いの眼《め》は少し赤い。

ニヤリと笑う黒い顔は何ものも恐れず大胆不敵《だいたんふてき》だ。

「三吉《さんきち》、無理をするな。周りをよく見るんだぞ」

「おう！」

「親父《おやじ》殿、行ってくるぜ……」

「元吉、思いっきり暴れてこいよ」

「ああ、ことごとく織田の船を沈めてくる！」

顔も手足も真っ黒の元吉が不敵にニッと笑った。

渦潮を産湯《うぶゆ》に使って育ったその若さは怖いもの知らずだ。天下人《てんかびと》の織田信長など、ひとたまりもなく海に沈めてくれるから、いつでも出てきやがれと意気軒昂《いきけんこう》、海面を自在に飛ぶ飛《と》び魚《うお》のように元気がいい。武吉はそんな息子たちを頼もしく思っている。ことに長男の元吉は海賊らしくいい男っぷりになってきた。海の男は命知らずでなければならない。

その覚悟がないと船霊さまに叱《しか》られる。

「親方、行ってきやす！」

「権太郎、鉄砲に気をつけろよ。織田の鉄砲をなめるんじゃないぞ。焙烙玉《ほうろくだま》を投げたらすぐ逃げろよ」

「へい、尻を捲《まく》って逃げてきやす！」

「そうだ。織田の奴《やつ》らにケツの穴を見せてやれ……」

「へい！」

配下が次々と出陣するのを、武吉は浜に出て声をかけ見送っていた。

早朝、まだ薄暗いうちに碇《いかり》を上げた毛利水軍八百隻が一斉《いっせい》に東へ向かう。戦いは荒くれ海賊の操船の腕の見せどころだ。武吉を始め誰もが、今度の海戦は大きな戦いになるとわかっていた。

噂《うわさ》では敵の船が五百隻に味方が八百隻だという。その大船団が摂津の海で激突するとわかっている。味方の船の数百隻は石山本願寺に入れる兵糧を満載していて重い。その船を後方に置いて織田水軍と戦う。

応仁《おうにん》以来大混乱の天下を薙《な》ぎ払《はら》おうという織田信長との戦いである。

信長が魔王ならこっちは鬼の海賊だ。

村上海賊の船は宮窪瀬戸の渦を踏みにじるように、続々と東に進み船折瀬戸を抜けて弓削島沖の備後灘《びんごなだ》に漕ぎ出して行った。ちょうど東に流れる汐に乗って、海賊船が続々と島々から離れて行く。

帆走《はんそう》の船も多い。

その帆《ほ》は丸に上の字がある村上海賊の帆だ。海の男たちが恐れる海賊の目印だ。

村上水軍を含む毛利水軍は一旦、備後灘で態勢を整え隊列を組んで東へ進み、淡路島《あわじしま》北端の岩《いわ》屋《や》や野島《のじま》の湊《みなと》に集結してから摂津の沖に向かう。その時は戦闘態勢で織田水軍を切り裂いて突破する。その頃は間違いなく織田水軍の半分は海に消えているはずだ。

風待ち汐待ちの松帆《まつほ》岬を廻《まわ》ると明石《あかし》海峡から摂津の海に入る。

決戦場は木津川河口沖だ。この海戦で毛利水軍が負けると、石山本願寺の一揆軍がたちまち干上がって餓死する。その本願寺軍をどうしても飢えさせるわけにはいかない。毛利からの兵糧を首を長くして待っている。織田軍に包囲されて陸から兵糧を入れるのは困難になっている。

何がなんでも毛利水軍は負けられない戦いなのだ。

信長の織田水軍がどんなものかまったくわからない。その主力は伊勢志摩の九鬼水軍だという。伊勢の水軍や熊野《くまの》の水軍は昔から名が知られている。熊野水軍は源平の頃から紀州《きしゅう》の海で活躍していた。九鬼水軍はそんな熊野水軍の流れも、伊勢志摩の海賊の流れも汲んでいる。信長が信頼する油断のできない水軍なのだ。

村上水軍の関船《せきぶね》や小早船《こはやふね》は足が速い。だが、兵糧米を満載にした船は重いからどうしても船足が遅くなる。八百隻の毛利水軍は徐々に長蛇《ちょうだ》になった。

備後灘に出た船団は、再び島と島の間の瀬戸を乗り切って、広い播磨灘《はりまなだ》に続々と出てきた。

瀬戸は汐が渦巻き荒々しいが、灘に出ると海は凪のように穏やかで静かだ。それがこの辺りの海の特徴である。瀬戸と灘が繰り返す海なのだ。瀬戸とは狭い海峡という意味で、音戸《おんど》の瀬戸などは幅が四十四間（約八〇メートル）しかない。大鬼なら跨《また》いでしまいそうなほど狭い。

この瀬戸と呼ばれる場所は全国にあって九州天草《あまくさ》の、上島《かみしま》と下島《しもしま》の間の本渡《ほんど》瀬戸は幅十六間（約二九メートル）ほどしかなく、深さは十尺（約三メートル）ほどで干潮の時は歩いて渡ったという。灘とは広い海域を表す。

その播磨灘の遥《はる》か遠くに海戦の始まる大海原がある。

淡路島と明石の海峡を越えて村上海賊の大船団が木津川沖に向かう。

天正《てんしょう》四年（一五七六）七月十三日の朝、暑くなりそうな晴天の空と、凪の海を分ける木津川沖の水平線に、黒い船影の大きな安宅船《あたけぶね》が現れた。船団を指揮する総大将乃美宗勝の乗る大将船だ。

遥か彼方《かなた》の朝日を撥《は》ね返す黄金の海に、大きな帆に幾つものぼり旗を立てた船が次々と浮かんだ。その船の傍には小さな船が無数に浮かんでいる。

「村上海賊だッ！」

「毛利の船だぞッ！」

九鬼水軍の大将船の見張りが敵の安宅船を指さして叫んだ。

この時すでに、織田水軍には毛利水軍と村上海賊たちが東に向かったと伝わっていた。それもかなりの大船団だということである。だが、正確な船の数はわかっていない。島々に集結して出陣するのだから数などわからないのは当然だ。ただ本願寺に入れる兵糧の量が半端でないと考えられ、それを運ぶ船と軍船は相当の数の船団だとわかっている。

その船団が水平線に姿を現した。

織田水軍とはいうが信長は水軍を持っていない。この時、木津川河口沖に浮かんでいたのは伊勢志摩の九鬼嘉隆が大将の九鬼水軍だった。九鬼海賊ともいう。信長は陸では十万とも十五万ともいう大軍を擁《よう》しているが、海戦のできる大きな水軍を持っていないのである。

「どこだッ！」

「真南だッ。朝日が反射している左だッ！」

「まぶしくて見づらいな？」

「おうッ、間違いない。来やがったぞ！」

「あれは敵の船だッ！」

「それも大船団だぞ！」

安宅船の後ろに大小の船が海から湧き出るように浮かび上がった。黄金の海から黒々と帯のように出てきた大船団である。どう見ても味方の船よりはるかに数が多い。

「船の数ッ、およそ千隻ッ！」

見張りがまた叫んだ。

「千だと、遠眼鏡《とおめがね》は？」

海賊大名の九鬼嘉隆は敵船を見ても落ち着いている。

信長に味方している三十五歳の九鬼海賊の大将は、大船団を見てもあわてることなく冷静沈着だ。村上海賊と戦ったことはないが、船団の大きさはほぼわかっていたつもりだった。だが、それにしても予想した以上の船の数だ。

さすがは噂の村上海賊だと思う。

その海賊船団とどう戦うかである。船足の遅い荷船を狙って、兵糧をことごとく沈める戦い方もあるだろう。大小の軍船が海を埋め尽くして進んでくる。その東西に広がった毛利水軍を見ていた。

「船の数が多いな……」

「はい、後方にいるのが兵糧を積んだ荷船のようです」

「うむ、荷船だけで二、三百隻はいそうだ」

「飢えている本願寺に搬入する兵糧と武器弾薬……」

「そういうことだ」

嘉隆の傍には妹婿《いもうとむこ》の豊田五郎右衛門《とよたごろううえもん》が立っていた。その傍にまだ十七、八の生熊佐右衛門《いくまさえもん》が唇《くちびる》を噛んで黄金の海をにらんでいる。

船の数からこれまでにない海戦になるだろうと思われた。

この時、敵船団が八百隻に対して味方は三百余隻で四百隻までなかった。船の数では圧倒的不利に見える。海戦において船の数は多い方が有利だ。

船べりの嘉隆と五郎右衛門は敵船団がどんな動きをするのか凝視《ぎょうし》していた。

何度も戦って海戦には慣れているはずの佐右衛門は武者震《むしゃぶる》いをしている。その佐右衛門は堺《さかい》の今井宗久《いまいそうきゅう》の縁者というおもしろい小僧だった。いつも船の中を独楽鼠《こまねずみ》のように走り回って伝令の仕事をしている。

「やはり、来やがったな。思った以上の大船団だ……」

五郎右衛門がつぶやいた。それに嘉隆が小さくうなずく。ついに村上海賊と九鬼海賊の決戦の時だ。船の数は敵の方が圧倒的に多い。この戦いで石山本願寺が飢えて潰《つぶ》れるか、それとも息を吹き返して信長の前に立ちはだかるか。

その毛利水軍を迎え撃つのは、伊勢から尾張知多《おわりちた》の海までを支配してきた伊勢志摩の海賊たちだ。相手に不足はないがいかんせん天下に名の知られた村上海賊である。村上水軍がどんな戦法で戦うつもりなのかまったくわかっていない。その上、味方の船の数が少ないのだから嘉隆は戦法を考えなければならない。

源平の頃の船戦《ふないくさ》とはまるで違う。

船も大きくなっているし、武器も弓に代わって新兵器の鉄砲である。

弓より鉄砲はよく命中する。鉄砲は陸での戦いだけでなく、海上での船と船の接近戦に威力を発揮した。敵の船に乗り移って戦う戦法もある。荒れた海では乗り移るのは難しいが、凪の海では軽業師《かるわざし》のように身軽に敵船に飛び込む者もいた。

九鬼嘉隆の船団は伊勢志摩の答志島《とうしじま》から、紀伊《きい》の熊野灘を回って摂津の木津川沖まで来た伊勢船の水軍だった。伊勢の海で仕事をしてきた船乗りたちだ。勇気もあれば度胸もある海の男で村上海賊にも驚かない。

石山本願寺に兵糧を入れる毛利水軍と信長の命令で戦う。

「遠眼鏡を……」

嘉隆は家老の和具大学《わぐだいがく》から、望遠鏡を受け取って筒を伸ばして覗《のぞ》き、水平線を横になめて海上の安宅船を探す。

大きな安宅船は敵の大将船だ。

「いたッ、安宅船がいたぞ。間違いない。丸に上の字。村上水軍だ。見たところ千隻まではいないようだ。精々七、八百隻だろう。出撃だッ、赤いのぼり旗を立てろ！」

「畏《かしこ》まって候ッ！」

大学が手を上げて戦闘態勢を指示する。

「毛利の村上海賊だぞッ、赤い旗を立てろッ！」

大学の傍にいた相差内膳正《おうさつないぜんのかみ》が船尾に大声で怒鳴った。

「佐右衛門、微速だ！」

「はいッ！」

佐右衛門が嘉隆の傍から命令を伝えるため船の中に消えた。海戦はいつもこのように敵船を確認して始まる。敵の大将船には乃美宗勝がいて、嘉隆と同じように望遠鏡で九鬼海賊の船を見ていた。宗勝は織田水軍に突撃して敵船を突破し、木津川までの海路を開いて次々と荷船を入れる作戦だ。

毛利水軍が三方《さんぽう》から木津川河口の狭い海域を目指して集まり出す。

嘉隆の命令で三百隻を超える九鬼水軍が、大将船の赤いのぼり旗を見て一斉に戦闘態勢に入る。

「敵を迎え撃つぞッ！」

「もたもたするなッ、赤い旗だぞッ！」

「微速ッ、船を前に出せッ！」

九鬼家の家臣たちが前後左右の僚船《りょうせん》にのぼり旗を振った。木津川河口にいた船団が戦闘態勢を取ってゆっくり前進する。

いよいよ戦いの時だ。敵船と海上で行き違う時が勝負だ。

「みな沈めてしまえッ！」

「鉄砲隊ッ、火縄《ひなわ》の支度《したく》をしろッ！」

「敵の船を引きつけてから放てッ、あわてるなッ！」

織田信長の九鬼水軍が赤い戦闘旗をなびかせ、続々と木津川沖に出撃する。敵の船が七、八百隻、味方の船が三、四百隻という大海戦で、源平の壇ノ浦の戦いも源氏軍が八、九百隻、平家軍が五百隻ほどだったという。

つまり壇ノ浦の戦い以来の海戦といえる。

蒙古《もう こ》襲来《しゅうらい》でも元軍《げんぐん》が九百隻、鎌倉軍が三百隻というから、本朝屈指の大海上戦が摂津の海で始まろうとしていた。

石山本願寺一揆軍の生死をかけて、毛利水軍も織田水軍も負けられない。

素早く火縄銃と弓矢の支度をして、兵たちが船べりにずらりと並び、敵船とすれ違いざまに一斉攻撃を仕掛ける。

海戦では飛び道具が重要だ。

古い頃は敵船に乗り移って戦っていたが、今は船が大きくそういう戦いはなかなか難しい。

いざとなれば船を敵船に激突させて相討《あいう》ちを狙う。

大将の九鬼嘉隆が乗った安宅船の船尾に、出撃の赤い旗と九鬼家の七曜定紋《しちようじょうもん》が並んだ。七曜定紋は熊野三山別当家の家紋だ。九鬼家は熊野別当の一族でもある。織田信長の木瓜紋《もっこうもん》の旗も立てて風になびかせ、凪の海上をゆっくりと木津川沖の戦場に向かう。間もなく船団同士が激突する。

伊勢大神宮の神々と熊野三山の神々が守護する九鬼海賊の船だ。

海は南からの微風で海戦日和《びより》である。

この風なら弾丸や弓矢が風に持っていかれる心配はない。よれずに真《ま》っ直《す》ぐ飛ぶはずだと佐右衛門は思う。風が強いと矢を放っても風に煽《あお》られてあらぬ方へ吹き飛ばされる。

「敵の船は七百隻ぐらいだぞ！」

見張りがほぼ正確な敵船の数を叫んだ。嘉隆もそんなものだろうと思う。

海賊大将の九鬼嘉隆は押し寄せてくる敵の大船団を、舳先《へさき》に立って悠然《ゆうぜん》と見ていた。すでに戦闘開始を待つだけだ。木津川河口沖で船同士の間合いが詰まってきた。敵の船も警戒して船足を落として近づいてくる。

「いよいよだな……」

「はい、数えましたところ敵の船は七百隻を超えております」

眼の良い和具大学が敵船の数を把握《はあく》している。嘉隆は接近してくる敵の船の中に、小早という小回りの利《き》く小さい船がずいぶん多いと思う。その船の艫《とも》に立っている旗は丸に上の海賊旗だけではない。

「海賊と毛利と小早川の船だな？」

「御意、一文字三つ星の毛利と左三つ巴の小早川ののぼり旗が見えます。数が多いのは丸に上の字の海賊の旗です！」

「敵の大将が見えるか？」

「はいッ、見えますが顔はわかりません！」

家臣たちは嘉隆が信長からもらった遠眼鏡を、手から手へと回しながら船べりから覗いている。丸に上の字の村上海賊の旗が圧倒的に多い。

敵船の船べりには八幡大菩薩《はちまんだいぼさつ》や、大海神《おおわたつみ》ののぼり旗など守護神の旗が林立している。

板子《いたご》一枚下は地獄というのが、海賊たちや船乗りたちの合言葉だ。凪の海はいたってやさしいが、ひとたび荒れると海は決して人にやさしくはない。

簡単に人の命を奪う恐ろしい力を持っている。それゆえに海に生きる人々は海神を、わだつみ、うながみ、かいじんといって敬い恐れてきた。

その神は四海の竜王であり阿曇磯良《あずみのいそら》であり船霊さまなのだ。

それを海に住む人々は、板子一枚下は地獄という合言葉で自らを戒《いまし》めて生きてきた。美しくも偉大な海に対する畏敬《いけい》でもある。

海を侮《あなど》った者は必ず海神に命を持っていかれる。

つまり「板子一枚下は地獄」というのは、戒めであり船乗りたちの誇《ほこ》りでもある。命を的にした船乗りだぞ文句はあるめえという意気が込められている。

九鬼嘉隆の船団は敵のほぼ半分の四百隻もない。

どこまで戦えるかだ。何んとか毛利水軍を撃退できればよい。木津川に敵の船を入れない戦いである。敵の船が木津川に入り、石山本願寺に兵糧を入れたら嘉隆の負けだ。この海の戦いは海賊同士の戦いでもあるが、本当は信長と本願寺の顕如光佐《こうさ》の戦いなのだ。

ここは何んとしても敵を追い払わなければならない。

陸での毛利軍との戦いはまだ先のことで、今は石山本願寺の兵糧を断って飢えさせることにある。

「木津川河口で迎え撃つッ、一隻も川に入れるなッ、追い払えッ！」

「承知ッ！」

相差内膳正が鉄砲隊と弓隊に合図をして船べりに並べて敵船の接近を待った。

素早く九鬼海賊のすべての船が戦闘態勢に入る。

「敵船が間もなく突っ込んできますッ！」

四百隻の九鬼水軍が木津川河口にびっしりと並んで、目前まで来た村上、毛利、小早川の水軍と戦う構えだ。

信長が石山本願寺と六年近くにも及ぶ包囲戦を戦って、容赦《ようしゃ》なく敵をギリギリと締め上げてきた。

だが、それもこのところ苦戦続きで織田軍の旗色が悪い。

籠城《ろうじょう》の一揆軍を六年もの長い間、攻めきれずに戦いが長引いている。やがてこの包囲戦は十年に及ぶことになる。

このように長い攻城戦は本朝では初めてだ。

世界的にも珍しい戦いになっている。籠城などというものは、必ず力尽きるものだがこの本願寺に限ってはそうならない。その苦戦の原因は石山本願寺の場所が、四方を川や海に囲まれた天然の要害である他に、毛利の大船団が石山本願寺に兵糧米や、武器弾薬を大量に補給し続けているからなのだ。このままではいつまで経《た》っても本願寺は落ちない。

何んとしても敵船団を撃退する戦いをしなければならない。

信長は佐久間信盛《さくまのぶもり》を大将に本願寺を包囲させているが、兵糧を補給されてはまったく埒《らち》が明かないのだ。

村上海賊には本願寺を信仰する一向《いっこう》門徒が多いということもあった。

そのため遠い西国からの遠征を苦にしないで兵糧を運んでくる。毛利の大船団が兵糧を積んで安芸灘、備後灘、播磨灘と東に進んで、木津川河口まで来て本願寺に堂々と大量の兵糧を入れて帰って行く。

腹立たしいがそれをこれまで織田軍は阻止できないでいた。

西国から摂津までの制海権を完全に毛利水軍に握られている。毛利水軍というよりは村上海賊の力に支配されているのだ。この海賊どもを叩き潰すか大打撃を与えない限り、織田軍は西へ侵攻できないのである。

「村上海賊を叩き潰せッ、毛利水軍を壊滅させせろッ！」

業《ごう》を煮《に》やした信長の命令がついに九鬼嘉隆に下った。

海賊には海賊で対抗するしか手はない。西国から九州まで侵攻して行くつもりの信長に、巨大な毛利、村上の水軍は邪魔でしかなかった。

信長の西への野望に立《た》ち塞《ふさ》がっているのが毛利軍であり村上海賊なのだ。

その海賊水軍を潰さない限り信長の天下布武は実現しない。九州までなどとても行けるものではなかった。西国平定すらおぼつかないことになる。

できるなら九州を突き抜けて南蛮《なんばん》にまで行きたい。

だが、多くの島と島の間にある瀬戸の、数えきれない渦潮を漕ぎ渡る海賊水軍は、信長が考える以上に鍛え上げられている。信長も嘉隆もそんな村上海賊の本当の強さを知らなかった。

その船は兵糧を積んでどこにでも行く。

西国と九州と四国の覇権《はけん》を握るには、まず毛利水軍を倒すしかない。

その前に石山本願寺は何んとしても壊滅させなければならない。その本願寺攻めのためにも厄介な村上海賊を潰しておかないと面倒なことになる。

信長は制海権の重要さをわかっていたが、水軍を持っていないから本格的な海戦をしたことがない。巨大な織田軍の唯一の弱点ともいえるのが海だ。その上、村上海賊という水軍がどんなものか織田軍の誰も知らない。海上でまともに戦ったことすらない。

海賊大名の九鬼嘉隆でさえ村上海賊の戦法をよく知らなかった。

それで戦おうというのだから無謀《むぼう》というしかない。海の戦いは陸の戦いとはまったく違う。この頃の信長は少々慢心気味になっていたといえる。というのはこの前年、天正三年五月に信長は長篠《ながしの》の設楽《したら》が原の戦いで、武田勝頼《たけだかつより》軍を鉄砲の連射で壊滅させている。

信長が考え抜いた戦法で、この国の戦い方を変えてしまったといわれる戦いである。

一万二千人の武田軍を信長は鉄砲で壊滅、信玄《しんげん》が育てた一騎当千の勇将たちが次々と討死《うちじに》した。武田軍の被害が一万人を超えてほぼ全滅とひどかった。勝頼の自信喪失は眼を覆うばかりだった。

勝頼は自分を戦上手と思い上がっていたようだ。

凄《すさ》まじい戦いで、信玄が育てた自慢の六千とも八千ともいう無敵の騎馬軍団が消滅、武田家は再起不能となって滅んでしまう原因となった戦いである。

この戦い以後、勝頼は信長に怯えてしまう。

信長は武田信玄が既《すで》に死んでいると確信していたのだが、武田家はその死を公表していなかった。

それがこの天正四年四月になって、甲斐《かい》の恵林寺《えりんじ》で信玄の葬儀が行われた。

結局、戦いに敗れた勝頼は再起が難しい状況に陥《おちい》ってしまう。

武田軍を崩壊させて次に信長が狙ったのが、頑強に抵抗し続ける石山本願寺だった。

信長が六年も攻撃している石山本願寺の門主、顕如光佐の妻である如春尼《にょしゅんに》は、武田信玄の継室三条《さんじょう》の方《かた》の妹だった。つまり信玄と顕如光佐は妻が姉妹で、二人は義兄弟という関係だったのである。

伊勢長島《ながしま》や越前《えちぜん》や加賀《かが》で信長と上杉謙信《うえすぎけんしん》は、信玄と顕如光佐の仕掛けてくる一向一揆にひどく苦しめられた。一揆をけしかけて信玄と顕如の二人は、がっちり連携しているのだからやりにくい。この伊勢長島と加賀の一向一揆の戦いで、信長は水軍を使ったことがある程度なのだ。海の戦いに関して信長はずぶの素人である。

一向一揆は陸と海から攻撃しないと潰せなかった。伊勢長島などは三回目の攻撃でようやく皆殺し、根絶やしに成功した。それほど一向一揆との戦いは厄介だった。信玄の宿敵上杉謙信などは、越中《えっちゅう》や加賀の一向一揆に後ろを押さえられ釘《くぎ》づけ状態にされた。

その信玄が死んだことがわかり、後ろに心配がなくなった信長は石山本願寺を攻めやすくなった。

武田信玄の突然の死は信長には天祐《てんゆう》である。

信長は強運の持ち主で、桶狭間《おけはざま》では今川義元《いまがわよしもと》をわずか二千人ほどの兵で討ち取り、美濃《みの》の蝮《まむし》の斎藤道三《さいとうどうさん》の娘帰蝶《きちょう》を妻にし、弱小で大うつけの信長の後ろ盾《うしろだて》とするなど、その時々の苦境を乗り越えてきた。

今やその信長は天下布武に片手をかけている。

もう天下人といっても何んらさしつかえないところまできた。

そんな背景の中で毛利からの兵糧さえ断てば、本願寺に籠《こ》もる一万を超える一揆軍はたちまち飢える。そこまでようやく追い込んできた。どんな頑丈な城でも飢えれば必ず落ちるものだ。

信長はそれを狙って九鬼水軍に制海権の奪取を命じた。

この頃、兵の一日の米の消費は平時で三、四合、戦いの時は六合で勘定する。

石山本願寺にいる籠城兵や信徒など一揆軍を二万人とすると、一日に食う米は百二十石、一ヶ月で三千六百石、一年では四万三千二百石という莫大な量になる。

米俵にすると一石を二俵半とすれば一万七千俵あまりだ。

包囲されている本願寺がそんな米を調達するのは並大抵《なみたいてい》のことではない。近隣の国々から集められるはずもなかった。

織田軍の眼を盗んで搬入するのはほぼ不可能である。

千石積の船で四十三隻、五百石積の船で八十隻あまりという単純な勘定だ。

そもそも千石を積める船を四十三隻も持っている大名はいないし、五百石を積める船を八十隻も持っている大名もほとんどいない。

そんな米をどこから持ってくる。

それは百二十万石の領地を持つ大大名の毛利家しかない。

その毛利家に与力している村上海賊なら船もあれば兵糧も揃《そろ》えられる。

だが、その毛利軍ですら、四万三千石の米俵を一気に本願寺へ持ってくるのは容易ではない。

織田軍はその兵糧の道を木津川沖で断ちたいのだ。

村上武吉はぎりぎり十五万石だ。四万石も出したらたちまち海賊が飢えてしまう。もちろん、兵糧は毛利家が出すが小さな出費ではない。

兵糧米の他に武器弾薬も相当の費用になる。籠城に必要なものは色々ある。

それをはるばる安芸から摂津まで、大船団を組んで運んでくるのだから、毛利水軍と村上海賊の信仰心には魂消《たまげ》るしかない。

信長はその毛利と村上の海賊水軍を叩き潰す。

攻めるのが困難なら閉じ込めて餓死させようという。兵糧を積んだまま毛利の船を木津川河口で沈めてしまえということだ。

だが、その信長は水軍を持っていないため、海上戦の経験がまったくなかった。

海での戦いを少々なめていたようだ。

毛利水軍が七、八百隻も出てくるとは考えていなかったのだろう。知らないということは実に恐ろしいことである。これまで信長の水軍といっても、知多の佐治《さじ》水軍のような小さなものでしかなかった。

この頃の水軍というのは海賊と同じで略奪のために船を襲う。

倭寇《わこう》などと呼ばれる海賊は朝鮮や明《みん》はおろか、呂宋《るそん》やシャムその南方まで進出して略奪を働いていた。初期の倭寇は九州の日本人や高麗《こうらい》人が多かったが、この頃の倭寇は中心が明から南方に移住した者たちで、その中に日本人、高麗人、呂宋人、中にはポルトガル人なども含まれていた。

やがて信長の死後に秀吉《ひでよし》が海賊禁止令を出すと国内から海賊が姿を消す。

村上水軍は能島村上、来島村上、因島村上の三島三家からなり、ことに能島の村上武吉は教養のある日本最大の海賊衆の大将だった。

その武吉は三島村上の頭領《とうりょう》として力を持っている。

木津川沖に現れた村上水軍の総大将は、武吉の血縁にあたり小早川隆景に仕える乃美宗勝だ。その宗勝を補佐して井上春忠《いのうえはるただ》、福間元明《ふくまもとあき》、児玉就英《なりひで》、香川広景《かがわひろかげ》、因島の村上吉充《よしみつ》、武吉の従兄弟《いとこ》の村上景広《かげひろ》、武吉の嫡男元吉二十四歳と、次男景親十九歳などが戦う船団の指揮を執《と》っている。

この頃、村上武吉と来島村上が不仲だった。

それでも毛利水軍には歴戦の村上海賊の大将たちが揃っていた。村上海賊の陣形は大型の安宅船の周囲に、足の速い中型の関船がいて、それよりももっと足の速い小型早船の小早がいて敵に突撃するというものである。一隻の総大将船と十隻ほどの大将船にその関船と小早が百隻近い船団を作っている。この関船と小早が戦闘船だった。

小早は片側二十丁以下の艪《ろ》の数で、船は小さいが実に敏捷《びんしょう》で小回りの利く早い動きが特徴だ。海の上ではクルクルと独楽鼠《こまねずみ》のように動き回る。

片側二十丁以上の艪の数は関船で、構造は一本水押《みよ》しの尖《とが》った船首の軍船だった。船上は総矢倉《そうやぐら》になって楯板《たていた》に囲まれ、帆柱もあり帆走もできるようになっていた。

その関船は戦闘に入ると素早く帆をたたんで、帆走から艪漕ぎに切り替えて敵船に近づいて戦う。関船も小早も海の上を自在に動き回る戦う船である。

安宅船になると片側に四、五十丁もの艪が並んでいた。

その船の大きさはさまざまで大型もあれば中型もある。

一隻の安宅船に五、六十隻の関船と小早が従って戦う小船団になっている。その船団が元吉ら各大将の指揮でこまめに働いた。実に機動性に優れ戦闘能力の高い船団を組んで戦う仕組みになっている。大船団が数にまかせて好き勝手にバラバラに戦うのではない。

海上で味方同士が激突しないように総大将船が統制を取っている。

九鬼嘉隆も大きな安宅船の舳先にいて、海上に広がる壮観な敵船団を見ていた。その船団が木津川河口を目指して集まってくる。大混戦必至の状況になりつつあった。

「殿ッ、先鋒《せんぽう》の船が敵船とぶつかりますッ！」

大学が叫んだ。広い木津川沖の海が大小の船だらけである。

嘉隆は戦機が熟していくのを戦場で感じていた。確かに敵船の数は多いが木津川河口を塞げばいいのだ。そこさえ突破されなければよい戦いだ。

「よし、敵が射程に入ったら鉄砲を放てッ！」

「承知！」

「て、敵が突っ込んできますッ！」

見張りの声が震えている。敵の関船と小早が群れになって突っ込んできた。

「右舷《うげん》だな？」

「中央からもぶつかってきますッ！」

「よし、左に回り込め！」

「左だッ！」

内膳正が船を回すよう船頭に伝える。

その合図が水夫たちに伝えられ左舷の艪が止まって、船が右舷の艪だけでゆっくりと左に回る。敵に横っ腹を見せながら「さあ、来やがれ！」と海上を旋回《せんかい》する。船が少し傾きながら左に回った。

「敵とぶつかるぞッ！」

九鬼船団の一番船が敵の先鋒と衝突、船べりがこすれ合ってギーッと悲鳴を上げる。

「撃てッ！」

ついに戦闘が始まった。

嘉隆が乗る伊勢船は千石積の大きな安宅船だ。その船上から嘉隆が戦いを見ている。

九鬼水軍は木津川沖から河口の近くまで、六段に船を並べて村上海賊水軍の突進を待ち構えている。六段の船の壁で河口への突入を止めようとの作戦だ。

「狙えッ！」

南から敵船が真っ直ぐ接近して、双方の船がすれ違うようにして戦いが始まっている。

「放てッ、撃て、撃てッ！」

毛利軍の小早に九鬼水軍の鉄砲隊が猛烈な銃撃を加えた。

木津川沖が敵味方の船が互いにこすれ合うほど埋まってきた。

北上する村上水軍は、微風だが南風に押されて九鬼水軍を次々と突破、小早が船と船の間を漕ぎ回って妙な見慣れない武器を使った。

「狙えッ！」

そう叫んでいる頭上に拳より少し大きな玉が飛んでくる。

それは焙烙玉とか焙烙火矢という武器だった。大将の嘉隆が初めてみるものだ。

「放てッ！」

叫んでいる足元に焙烙玉が落ちてきて、がしゃっと割れるとたちまち船上が火の海になる。

「なんだこりゃッ！」

「火を消せッ！」

敵を攻撃する前に火を消さなければならない。船が燃えてしまう。

船は木造だから火に弱い。投げ込まれた弾が破裂したり割れたりして燃える。

「なんだこの玉は……」

「触るなッ、離れろッ！」

焙烙玉は火縄銃や弓矢とはまったく違う恐ろしいものだった。

焙烙とは素焼きの土器のことで、焙烙玉はその丸い陶器に火薬や油を詰め、導火線に火をつけて敵船に投擲《とうてき》する。

投げ込まれたその焙烙玉は船の中で転がり爆発する。

落ちた瞬間に割れて燃え上がったりもするから危険極まりない。

敵の小早が接近してきてその焙烙玉を船に投げ込むと反転して逃げる。

その逃げ足が実に速い。もたもたしていると破裂した焙烙玉の火の粉を自分がかぶることになるからだ。兎《と》に角《かく》、さっさと逃げてしまう。九鬼の船がたちまち激しく燃え上がった。

破裂した陶器の破片《はへん》が近くの兵たちを殺傷する。

船上で爆発すればすぐ燃え広がるから防ぎようがない。戦闘中だから火を消すのが難しかった。敵を攻撃しなければならないし、火も消さなければならず船上は大騒ぎだ。敵の小早が次々と焙烙玉を投げ入れて逃げて行く。

「火を消せッ！」

「鉄砲を放てッ！」

「船を左に回せッ、味方にぶつかるぞッ！」

「傷の手当てが先だッ！」

「撃てッ、撃てッ！」

「いやまて、火を消せッ！」

九鬼水軍の船上は何がどうなっているのか命令が錯綜《さくそう》する。焙烙玉を投げ込まれた船上は大混乱になり戦いにならない。戦闘能力を失った船は海の上の大きな木の塊《かたまり》に過ぎず、猛烈な勢いで燃え上がる。戦いではこういう状況が最もまずい。兵がウロウロしてしまう。中には海に転げ落ちる兵もいた。

そんな混乱の中にまた別の小早が接近して焙烙玉を投げ込むと破裂した。

こんな戦いはかつて経験がなく戦い方がわからない。兵たちが大怪我《おおけが》をしたり大火傷《おおやけど》を負ったり、何をどうしていいのか始末に負えない。

木造船は燃えるのが最も怖い。

船と船がこすれ合うほどの接近戦だから、海上で船が燃えたら行き場がなく、船を捨てて海に飛び込み木片《もくへん》にでもつかまらないと沈む。そんな兵を助けにくる船はいない。燃えている船には敵も味方も近づかない。火のついた船は潮流に流され最も危険だ。敵味方なくぶつかってくる。

そんな木造船の弱点を見事に衝《つ》いた焙烙玉攻撃である。

少し離れた船には焙烙火矢を撃ち込む。大筒《おおづつ》のような鉄砲で小さな焙烙玉のついた矢を、敵の船に撃ち込むという珍妙な武器だ。ヒューッと飛んできてガシャッと破裂する。どこから飛んでくるかわからず頭上からの攻撃で防ぎようもない。

これも効《き》き目《め》が抜群で小爆発して船が燃え上がる。船の上には火のつきやすいものはいくらでもある。焙烙玉も焙烙火矢もまったく防ぎようがなかった。

九鬼水軍側に応戦する武器が火縄銃と弓矢しかないのは心細い限りだ。村上海賊の小回りの利く小早は焙烙玉を投げ込み、焙烙火矢を撃ち込んでサッと逃げて行く。

その速いこと脱兎《だつと》の如し。

船が燃え上がって小早を追う余裕などない。やられっぱなしで反撃がまったくできない。焙烙玉が一発でも命中すると、たちまち船は火に覆《おお》われて戦いどころではない。海上での消火はほぼ不可能である。海水を汲んで火に投げつけるぐらいしかできない。

爆発して燃え上がった火はそんなことでは消すことは無理だ。油に水をかければ逆に燃え広がる。焙烙玉を二発も食らったらお手上げで海に飛び込むしかない。

船足を止めて燃える船を捨てるしかなくなる。こんな戦いは見たことも聞いたこともなかった。戦いにならないのである。

しかも、微風というのが船が燃えるには手ごろな風であった。

海賊は泳ぎを得意とするがそれでも陸まで泳ぐのは容易ではない。

木片につかまって助けを待つしかないが、そんな人助けの余裕のある船は一隻もない。

九鬼水軍の船が村上海賊の焙烙玉攻撃を食らって、海に浮かんだまま次々と燃え上がっている。防ぐ方法がないのだからやられっぱなしだ。敵兵は焙烙玉を投げるまでは楯板に隠れているから、鉄砲や弓では撃ち殺すことができない。撃っても楯板に当たるだけだから弾丸と矢の無駄である。

「左馬之介《さまのすけ》の船が燃えています！」

「主水《もんど》の船も燃えるぞッ！」

五郎右衛門が船べりから身を乗り出して、味方の大将船が燃えるのを見て叫んだが助ける方法がない。海に飛び込んだ兵たちをまだ燃えていない味方の船が助け上げている。

だが、その船も小早に狙われ、焙烙玉を投げ込まれてすぐ燃え上がるだろう。炎上した船は捨てるしかない。

助けられた兵が再び海に飛び込むしかない。

見ている五郎右衛門は唇を嚙み切るような怒りの顔だが、どうにも手の施《ほどこ》しようがないのだ。

助けることもできないし援軍に行くこともできない。

「おのれッ、海賊どもがッ！」

そう罵《ののし》る五郎右衛門も伊勢志摩の海賊なのだ。

「あのあちこちで破裂しているのは何んだッ！」

「殿ッ、あれが焙烙玉とかいう破裂する玉だそうですッ！」

和具大学が答えた。

「火薬玉かッ？」

「はいッ！」

嘉隆はどこかで火薬玉のことを聞いた記憶がある。

だが、こんなに凄まじいものだとは思ってもいなかった。大安宅船の舳先に立って冷静に海戦を見ていたが、味方が一方的にやられて船が次々と燃え上がっている。その数は五、六十隻を超えている。

「何んとか応戦しろッ、大学ッ、防ぐ方法はないのかッ！」

「それがありませんッ！」

「クソッ、海賊どもがッ！」

傍の五郎右衛門がまた敵を罵った。

海賊をどんなに罵っても焙烙玉攻撃で燃え上がる船には打つ手がない。助けられない兵たちが次々と海に飛び込むのが見える。

「あの振り回しているのはなんだ？」

「あれも焙烙玉ですッ！」

「殿ッ、あれは破裂する玉を縄で振り回して遠くに投げているのです！」

大学に言われ五郎右衛門は敵の戦法を詳細に見ている。

敵の攻撃は巧妙で焙烙玉に縄を巻き、それをブンブン振り回してうまいこと遠くの船に着弾させる。投げ込まれた船は確実に燃え上がった。うまい投擲《とうてき》方法でかなり遠くの船まで着弾した。

「あの飛んで行く焙烙玉を鉄砲で撃ち落とせないか？」

「それは無理にございます！」

「あの焙烙玉をブン回している兵を撃ち殺せないか？」

五郎右衛門が冷静に大学に言う。

飛んで行く焙烙玉を撃ち落とすのは、揺れる船上から飛んでいる海鳥を撃ち落とすのと同じで無理な話だ。それほどの鉄砲の名手は九鬼水軍にはいない。

だが、焙烙玉を振り回している兵なら撃てるかもしれないと大学は思う。

「焙烙玉を振り回している兵を狙えッ！」

大学の命令が次々と味方の船に伝えられる。だが、話はそううまくはいかない。そもそも焙烙玉をブン回している兵は少ない。

小早で接近して楯板からひょいっと顔を出し、焙烙玉を投げ込むのがほとんどなのだ。

海上のあちこちで白煙黒煙を噴き上げて味方の船が燃える。その傍には味方の兵たちが海に飛び込んで浮かんでいた。

「くそッ、浜まで泳げッ！」

戦闘中で海に飛び込んだ味方を助けるに助けられない。

五郎右衛門が陸地まで泳げと言う。焼けた木片にでもつかまって浜まで泳げば助かるということだ。情けない戦いになってきた。

「クソッ！」

冷静な嘉隆がついに歯ぎしりして悔しがった。一方的にやられっぱなしの戦いなのだ。

こんなことになる海戦を想像もしていなかった。海の上にはまるで悪夢のような光景が広がっている。これは悪夢ではなく現実なのだ。味方の燃えている船がもう百隻ほどになっている。燃え尽きようとしている船もあった。

焙烙玉と焙烙火矢は恐ろしい武器だ。

鉄砲と弓ではまったく歯が立たない。小早に邪魔されて敵の大将船に体当たりすることすらできなかった。関船や小早が近づいてきたと思うと、途端にひょいっと焙烙玉が飛んできて爆発、船が燃え上がるのだから防ぎようがない。

恐怖の焙烙玉だ。

それでも何んとか味方が鉄砲と弓矢で応戦するが、敵は船べりに楯板を並べて防御する。

村上海賊に鉄砲を撃ち込もうと船に接近すると、逆に焙烙玉を投げ込まれこっちが燃え上がってしまう。敵の船に近づけないのだから戦いにならない。

勢いよく燃え始めると木造船はたちまち無人になり一刻《いっとき》（約二時間）もしないで沈没する。まさに海の藻屑になるとはこういうことである。木造だからなかなか沈まずに海上でくすぶり続ける船もいた。潮流に遠くまで流されて行った。無惨としかいいようがない。

「これまでか……」

嘉隆は走り回る敵の船と、パチパチと燃え上がる味方の船をにらんでいた。

海の上では百隻を超える味方の船が炎上している。沈んでしまった船も五隻や十隻ではない。

「殿ッ、このままでは全滅しますッ！」

五郎右衛門は味方の攻撃では、敵の船を沈められないし追い払えないと思う。

六段に組んだ味方の陣形は破壊されバラバラになって逃げている。何隻かは木津川河口にとどまって敵船と戦おうとしているが、遅かれ早かれ焙烙玉を投げ込まれて燃え上がるだろう。すでに何隻かは陣形を突破して木津川に入った船もいる。勝利を確信したように沖の方にいた荷船がゆっくり進んでくる。

海上で燃える味方の船が増えるだけであった。

敵の小早に追われると逃げ切れずに、焙烙玉を投げ込まれて燃え上がってしまう。味方の鉄砲の弾は楯板に当たるだけで、敵に対する攻撃になっていない。何んとか全滅だけは回避しなければならないと嘉隆は正気に戻る。

もうどうにもならないのだから、戦いの興奮から覚めて冷静に考えるしかない。

「殿ッ、逃げないとあの焙烙玉にこの船もやられますッ！」

内膳正は戦いの継続はもう無理だと思う。それは大学も五郎右衛門も同じだ。こうなったら総撤退、総引き上げの時だと思う。嘉隆の船まで燃えては話にならない。そんな危険さえ迫っていた。嘉隆の大安宅船を守る船が戦いに出て数隻しかいなかった。丸裸になったら総攻撃を食らって危ないことになる。

「殿ッ！」

「おのれッ！」

敵の大将船をにらむ嘉隆の眼は血走っていた。

乃美宗勝の乗る大安宅船は悠々《ゆうゆう》と海に浮かんでいる。その時、九鬼嘉隆はその総大将船に体当たりを考えていた。

せめて総大将との相討ちということだ。このまま負けるのではあまりにも無惨だ。

敵将の船は船足を止めて戦況を見ていた。そこへ激突したい。

だが、燃える船の間を大安宅船に接近するのは難しいだろう。何んとか一矢報いたい嘉隆だ。近づく前に焙烙玉攻撃に晒《さら》されることは見えている。五発や十発は喰らうだろうが炎上しながらでも総大将船に体当たりしたい。相討ちで燃え上がればいいがそうもいかないだろう。

「殿ッ、引き上げをッ！」

和具大学が叫んだ。嘉隆の体当たり戦法に気づいたのだ。

「殿ッ！」

もう、敵船の焙烙玉が嘉隆の大将船にも届きそうになっていた。

すでに戦いの決着はついたということだ。七百隻を超える敵船がほとんど無傷で木津川河口に押し寄せている。それを阻止する船はもういない。多くの九鬼海賊の船は、炎上を免れても傷ついて海上を彷徨《さまよ》っている。

村上海賊の船が木津川に入り始めると、後方から米を満載した船足の遅い荷船が河口に向かう。明らかに戦いの決着はついた恰好だ。

誰が見ても海戦の勝負は決した。

九鬼水軍は半数近くがあちこちで燃えていた。あと一刻もすれば味方が一隻も残らず全滅する。嘉隆は最後の決断をしなければならない。戦いは負けを認めることが最も難しい。何んともならないのに何んとかしようと思う。もはや戦場はどうすることもできない状況にある。

残念だがこの戦場から逃げるか、それとも大将船に体当たりして討死するかだ。

「殿ッ、もう一度、ここへ戻ってきて戦いましょうッ！」

大学が叫んだ。楯板を握る嘉隆の眼には無念の涙が浮かんでいる。

「殿ッ、天の声は捲土重来《けんどちょうらい》にございますッ！」

相差内膳正が再戦を期すべきだと進言する。

燃え残った船の残骸《ざんがい》に兵たちがしがみついて波間に浮いている。最早《もはや》、これ以上の戦闘はできない。無理だ。

「殿ッ！」

大学が決断を迫ってまた叫んだ。

もう、ここから離れるしかない。ここにとどまれば嘉隆の大将船が危ない。

嘉隆は楯板をつかんでブルブル震えている。悔しいがまったく村上海賊水軍に歯が立たなかった。ここへ何をしにきたのかわからない。負《ま》け戦《いくさ》というものはそういうものなのだ。

その悔しさで震えが止まらない。こんな無念さは初めてのことだ。

こんな負け方があるのか。

「殿ッ！」

「引き上げのご命令をッ！」

「殿、総引き上げの旗を立てます。よろしいですな？」

冷静な豊田五郎右衛門の声に我に返った嘉隆が小さくうなずいた。

その時、フッと信長の顔が浮かんだ。どんなにこの戦いの勝利を願っているか、ここで敗れることは信長の本願寺攻略が頓挫《とんざ》するということなのだ。

だがこうなった以上、ここは一旦引き上げて再起を期すしかない。

まだすべてが終わったわけではない。生きていれば再戦の時が必ず来る。その時は九州まで攻めて行って村上海賊を全滅させる戦いをしてやる。

「よし、引き上げだ！」

五郎右衛門が手を振って大惨敗の戦いが終わった。

伊勢の大神も熊野の神も九鬼嘉隆の命を奪わなかった。神々は嘉隆に再戦を示している。

そう思うと嘉隆は何か勝つ方法があるはずだと思う。その神々を信じて内膳正の言うように再起を期すべしということだろう。

「引き上げだッ。逃げろッ！」

「急げッ、旗だッ、白い旗だッ！」

「旗を上げろッ！」

大学と内膳正が叫んだ。佐右衛門が船の中を船首から船尾に、矢倉から船底《せんだい》へと転がるように走り回っている。もう逃げるしかない。船足を上げて堺から紀州方面へ逃げる。

「引き上げだッ、引き上げだぞッ！」

大将船の赤い旗が降ろされ白い旗が立った。

九鬼水軍の総退却の合図だ。

「引き上げだッ！」

「船を回せッ！」

味方の全滅を回避するだけでもう戦いにならない。嘉隆の大将船が逃げるとまだ燃えていない味方の船が一斉に逃げ始めた。まったく戦いにならず、焙烙玉攻撃には手も足もでないまま九鬼水軍は崩壊した。情けないが多くの武将たちが討死したり溺《おぼ》れたり、海中に沈んだまま消えてしまった兵は数え切れない。

火力の違い、武器の違いが歴然だった。

木造の船がいかに火に弱いかを露呈《ろてい》した戦いになったのである。

焙烙玉を投げ込まれた船は確実に燃え上がった。その火を消すことができた船はほとんどいない。焙烙という陶器は投げ込まれるとガシャッと間違いなく割れた。木造船の弱点を見事についい。

た恐怖の武器というしかない。

こんな戦いになるとは嘉隆の頭の隅《すみ》にもなかったことだ。

五郎右衛門も大学も内膳正もまったく考えていなかった。敵を知らないということはこれほど恐ろしいことなのだ。武器の違いは戦いの勝敗を左右し、あっけなく九鬼水軍を海の藻屑にしてしまった。これは紛れもない事実である。

火の入った船は海上に浮かんだまま燃えるしかない。

兎に角、村上海賊水軍は強かった。

焙烙玉と焙烙火矢は頭上から襲ってくる恐怖そのものだった。海の上では攻撃から逃げるに逃げられず炎上するしかない。船べりがこすれ合うような船が犇《ひし》めいた中で、燃え上がるのだからなすすべがなかった。

総引き上げから四半刻《しはんとき》（約三〇分）もしないで、木津川沖の戦場から九鬼水軍が消えた。海上には数えきれないほどの船が燃えている。みな潮流に流されるまま西へ列になって燃えている。

やがて潮流が変われば東に戻ってくるだろう。

木片につかまって漂《ただよ》っている兵の運命はつらい。

まだ力のある者は浜辺まで何んとか泳がなければならないが、海流に流されるとどこまで行くかわからない心細さだ。陸地が見えていても潮流は思いのほか速い。流れが止まった時に陸でも島でも辿《たど》り着きたいところだが、外海に流されるとまず助かる見込みはない。海賊たちは海の広さも怖さもよく知っている。

敵の焙烙玉から逃げるのに精いっぱいで助けに戻る船はなかった。

九鬼水軍のいなくなった木津川沖から河口に、毛利の荷船が並んで石山本願寺に何万石という兵糧米と武器弾薬が搬入された。まさにこれが目的の海戦だった。一、二年分の兵糧が本願寺の蔵に入ったことになる。飢え始めていた一揆軍がたちまち息を吹き返し蘇生《そせい》してしまう。

こうなると包囲している織田軍の苦戦は解消されない。

逆に本願寺軍の勢いが増すことも考えられる。信長の本願寺戦略が破綻《はたん》しかねない危機でもある。また端《はな》から包囲戦をやり直すような話で何んとも埒が明かない。怒りの信長が赤鬼になってしまう。信長が激怒すると顔が赤くなるので赤鬼と呼ばれる。魔王が怖いか赤鬼が怖いかわからないが、信長が怒ると兎に角恐ろしい。

本願寺の戦いが長引くことは間違いなかった。
一、二年分の兵糧米と織田軍と戦うための弾薬を、木津川から石山本願寺に大量に運び込まれてしまった。これを村上海賊は戦いながらやってのけた。焙烙玉に手も足も出なかったのだから仕方ない。
一部始終を見ていた大将船の乃美宗勝はしてやったりで、九鬼海賊など木《こ》っ端微塵《ぱみじん》にしたとほくそ笑む。村上海賊は無敵だと、上機嫌である。戦いの勝利ほど小気味よいことはない。

「信長、そのうちうぬの首を海から絞めてくれる……」

そんな嘯《うそぶ》きが聞こえそうな宗勝の酒はさぞかし美味いことであろう。飢えかかった本願寺の兵がたちまち回復して強兵になる。宗勝の「ンガハッハッハッ……」という笑い声が摂津の海に響きそうである。一方、逃げた嘉隆に果たしてその捲土重来の時がくるのかだ。

焙烙玉になすすべもなく敗れて、戦場から逃げた嘉隆は悔しさのやり場がなかった。築城中の安土城《あづちじよう》で勝利を期待しているだろう信長に申し訳がない。村上海賊に戦いを挑んだが歯が立ちませんでしたと言えるか。

何も言わずに腹を切って、信長に詫《わ》びなければならないところだが、九鬼嘉隆は奥歯を噛みしめてその無念さに耐えた。こんな惨めな敗北のまま死ぬに死ねない。何んとしてもあの焙烙玉に一矢報いたい。そうしなければ腹を切る手にも力が入らない。焙烙玉を食らって炎上する船の姿を生涯忘れることはできないだろう。

ぼろぼろになった九鬼水軍の船を率いて、嘉隆は紀伊の海を熊野方面に南下する。

敗軍の将は以《も》って兵を談ぜず。戦いに敗れた将は武勇を語ることはない。敗北の責任はすべて大将たる者が背負わなければならない。

昔、劉邦《りゆうほう》の家臣韓信《かんしん》が、敗れた李左車《りさしや》を軍師に招こうとした時、李左車は「敗軍の将は兵を談ぜず」と言ったと伝わる。将たる者の戒《いまし》め、心得として古くから語られてきた。まさに九鬼嘉隆は何もできずに敗れた敗軍の将である。

飯も食わずに嘉隆は船室に籠《こ》もった。必ず、あの村上海賊をすべて沈めてやる。

沸々《ふつふつ》と報復の気持ちは膨らむが、どうすればあの恐怖の焙烙玉に勝てるのか。その方法がわからなければ捲土重来など不可能だ。あの焙烙玉攻撃を防いで反撃する戦い方があるのか。嘉隆はいくら考えてもその方策が分からない。何か策があるはずだと思うのだが方法が浮かんでこない。

頭の中に浮かぶのは焙烙玉を食らって海上で燃え上がった船の大混乱ばかりだ。

敵と同じような焙烙玉を使っても、九鬼水軍は船の数が圧倒的に少ないし、相討ちがいいところで勝利は難しいだろう。あの村上海賊をことごとく沈めてしまう策はないのか。あの焙烙玉を防いで反撃する作戦だ。

何か決定的に勝ついい方策があるはずだ。

村上海賊は見事な統制で、安宅船一隻に百隻近い関船と小早が配置されて、小さな船団を作りその各船団がそれぞれ目的を持って動いていた。狙った船を焙烙玉で確実に炎上させ戦闘不能にした。あとは海の藻屑になるまで船は燃え続けるだけだ。

「手はないのか……」

敵は戦い慣れているといえばそれまでだが、焙烙玉攻撃と小船団の組み合わせなど工夫されている。小船団の編成は関船と小早がすべてで、多くもなく少なくもない適当な数で見事なものだった。自在に海を支配するとはあのような船の動きをいうのだ。

悔しいが見事というしかない敵の戦い方だった。

このままでは千隻をこえる船数を揃えて再戦してもまた負けると思う。

「何か新しい戦法を考えるしかない……」

嘉隆の頭の中で炎上する船と、敵船を沈めたい思いが錯綜している。整理しようにも収拾がつかないのだ。毛利水軍には本願寺に味方し信長に反旗を翻《ひるがえ》す、四国の水軍や紀州の水軍までが味方していて、このままでは九鬼水軍が消滅しかねない危機になっている。

怒った信長に九鬼水軍は見捨てられるかもしれない。

「当てにならぬ奴《やつ》！」

その一言で九鬼水軍は伊勢の海に消えるしかない。

この戦いで信長は陸から九鬼水軍を支援しようと考えていたようだが、そんな猶予《ゆうよ》はまったくないまま、あっという間の戦いで九鬼水軍が姿を消した。

あの焙烙玉には陸からの援軍など所詮《しょせん》何んの役にも立たないだろう。

両軍が海上で激突してほどなく、投げ込まれた焙烙玉で船が燃え上がると、九鬼水軍の船団はいきなり劣勢に見舞われ、それを挽回《ばんかい》できずにたちまち燃えながらズブズブと海に沈み始めた。

その船を助ける手立てなどまったくない。

炎上する船を助けようなどと近づけば、こっちの船まで燃えてしまう。

こういう大海戦になると素人の考えなどまったく通用しない。逃げ場のない海の上での戦いだから、木造の船が燃え上がったらその船はそこで終《しま》いだ。潮流に流されて海の中に消えるしかない。

千隻を超える船が海上でもみ合いへし合って戦う。

凪とはいえ海の上で船は揺れる。

相当に練度の高い鉄砲隊ですら、敵の兵や水夫を狙い撃つのは難しい。陸で戦っていた鉄砲隊をいきなり船に乗せても勝負にはならない。ゆらっときて船に酔う兵が続出するだけだ。

その点、焙烙玉は導火線に火をつけて誰でも敵の船に投げ入れることができた。安直な武器といえる。

木津川沖の海戦は両軍が激突して数刻《こく》で決着がついた。その戦いの様子は海岸などの陸上からもよく見えていた。

海岸に集まった野次馬《やじうま》たちは、燃え上がる船がすべて九鬼水軍だとわかる。

「クソッ、また燃えたぞ！」

「ほら、あそこでも煙を噴き出したぞ……」

「燃えているのは信長さまの船ばかりじゃねえのか？」

「こりゃ、どうなってんだよ！」

「沖から押してくるのは村上海賊だ。船の数が違い過ぎるな。どうにもなるめえ……」

「そうかあれは海賊なのか？」

「クソッ！」

織田贔屓《びいき》の野次馬が悔しがった。

この壮絶な海戦の報がいち早く安土城の信長に伝えられた。それを聞いて信長が最初は激怒したがすぐ考え込んだ。焙烙玉と焙烙火矢のことを聞いたからだ。信長は船に装備している武器の違いがわかった。持っている武器が違っては戦いようがない。それは陸も海も同じだ。

「敵は焙烙玉という新兵器を使いましてございます」

「焙烙玉？」

「はい、誰が考案したのか船に投げ入れる、拳より少々大きな火薬玉だそうにございます」

「破裂するのか?」

「御意《ぎょい》、陶器の中に油が入っている焙烙玉もあるそうにございます」

「陶器なら割れるな?」

「はッ、破裂して割れて燃え上がるのだそうでございます。手の付けようがないと……」

「嘉隆は?」

「行方《ゆくえ》はわかっておりません」

「沈んだのか?」

「それがどうなったのかわかりません」

その話を聞いただけで信長は木津川沖で何が起きたか想像できる。

つまり、村上海賊が持っていた新兵器の、圧倒的な火力に九鬼水軍が敗れたということだ。兵器の差は信長が怒ってもどうにもならない。その新兵器を信長は知らなかったし、九鬼嘉隆も知らなかったのだ。

焙烙玉と焙烙火矢の話を聞いて、信長は急に冷静になった。

新兵器という言葉には信長をも黙らせる迫力がある。

種子島《たねがしま》という新兵器を聞いた時、幼い信長はそれを手にしたいと興奮した。それほど新兵器という言葉は魅力的で、信長を痺《しび》れさせるものなのだ。種子島という火縄銃以来聞いたことのない美しい言葉だ。

「新兵器……」

久々に姿を現した言葉だ。この時、信長の頭の中で何かが弾けた。

焙烙玉対鉄砲という火力の差のままでは、何度戦っても同じ結果になる。新兵器には新兵器で戦いを挑むしか勝つ方法はない。

話を聞いて九鬼水軍の持っている武器が、あまりにも貧弱だったのだとわかった。

それでは広い海での戦いに勝てないのは当然である。

信長の頭脳は新兵器という言葉に強烈に反応した。自分が持っていない武器を毛利が持っている。それは許せない。焙烙玉とはなんとも珍奇な武器だが、船戦では抜群の力を発揮して九鬼水軍を海の藻屑にしたのだろう。

わずか十六、七歳の時に新兵器の鉄砲を五百丁も揃えた信長だ。

毛利ごときに新兵器で負けるわけにはいかない。新兵器の鉄砲で武田の騎馬軍団を壊滅させたばかりなのだ。そこに信長の知らない焙烙玉という新兵器が出てきた。その武器によって九鬼水軍は木津川河口沖で壊滅させられた。誰が考えた新兵器か、兎に角おもしろくない。

誰よりも先、何よりも先でないと気に入らない信長である。

不愉快千万、おもしろくないこと夥《おびただ》しい。こういう時の信長の頭脳は恐ろしい。天才は何を考えるかわからないのだ。一人の天才の想像が世の中を一変させることさえある。信長という男はそういう不思議な頭脳を持っていた。想像したことを確実に実行するというのが恐ろしいところでもある。

毛利の新兵器に負けない新兵器を揃えてやる。そう考える信長の頭脳はこの乱世のためだけに生まれてきたものだ。乱世を薙《な》ぎ払い、民を安寧《あんねい》にするため、信長という男を選んで熱田《あつた》の神が与えたのだ。

新兵器と聞いてこのまま引き下がるわけにはいかない。

戦いに敗れた嘉隆を叱れば、敗北の責任を感じて腹を切るかもしれない。それよりももう一度九鬼嘉隆を使って戦をさせる。その時は必ず勝つ。それにはどうすることが一番いいのか。村上海賊を完膚《かんぷ》なきまでに沈めてしまう戦いをする。

「焙烙玉に対抗する新兵器……」

熱田の大神がこの世に招いた信長が何を創造するのか。何を考え出すかわからない恐るべき頭脳である。神に愛された信長はここぞという時に、必ずといえるほど考えられない天祐を受けてきた。桶狭間《おけはざま》の戦いなどまざまざとその天祐を見せ付けられた。神が味方していると感じた戦いである。

だが、その完璧なはずの信長が、将軍足利義昭《あしかがよしあき》を京から追い払い、今や天下人といえる立場になりながら、毛利と村上海賊の実力を甘く考えていたようだ。天才ゆえにかこういう大失敗を時々する。命を失いかねない失敗で金ヶ崎《かねさき》の退《の》き口などはその典型である。湖西の道を逃げに逃げた時、信長を守る騎馬が四、五騎しかいなくなっていた。

信長は田舎《いなか》海賊など海の藻屑にしてくれるぐらいの認識でしかなかった。

ところがとんでもない、村上海賊はそんな甘いものではなかった。長年にわたり海で生きてきた海賊たちは知恵があり戦い方を知っていた。あまつさえ、信長の知らない新兵器まで持ち出してきた。おもしろくない。地団駄《じだんだ》踏んでもおもしろくない。

考えてみれば信長は海上戦を知らない。海のことはからっきしなのだ。

新兵器の前に九鬼水軍が壊滅したことは大問題である。それは本願寺の籠城だけの問題ではなく、織田軍が西国や九州に進攻するのが困難だということを意味するのである。

口には出さないが信長は深く反省をして素早く次の策を考える。

こういう切り替えの速さも信長の特徴で、敗北にあまりこだわらないところがあった。それは尾張兵は弱く、戦っても勝ったり負けたりなのだ。そのために信長は次の戦いで勝とうと槍《やり》を長くしてみたり、鉄砲を揃えてみたり、兵農を分離してみたり、工夫に工夫を重ねて尾張兵の弱さを補いつつ勝ってきた。

負けても次に勝てばいいのだ。信長とはそういう男である。

尾張にも海はあるから湊《みなと》や海運の重要性はわかっていた。津島《つしま》湊や熱田湊を支配下に置いてきたが、いかんせん水軍を持たず本格的な海戦をしたことがない。そんな信長は再戦に勝つ答えを求めて猛烈に考え始める。

信長だけでなく海賊である九鬼嘉隆も、焙烙玉には面食《めんく》らって翻弄《ほんろう》された。

鉄砲の経験から火力の差が明らかであることが信長にはわかる。こんな戦いを繰り返していては、天下布武など日暮れて道遠しになりかねない。もたもたしていると逆に本願寺や三好《みよし》や毛利に追い詰められる。

九州に行くことなど夢のまた夢になりかねない。

南蛮への夢など木っ端微塵に砕け散ってしまう。

この海戦に圧勝したのだから、毛利に匿《かくま》われている備後の鞆《とも》の浦《うら》の、将軍義昭が間違いなく勢い付くだろう。信長にとってはなんとも厄介な男がまだ生き残っているのだ。この男は何度も信長包囲網を構築して、あきらめるということを知らない。

そういう諸々《もろもろ》のことを考えると、嘉隆がここで敗北したからといって、易々《やすやす》とあきらめることはできない。心機一転、これから先は毛利を潰し、義昭を潰し、抵抗し続ける石山本願寺を落とさない限り信長の天下などない。その先に西国や四国や九州の平定があるということだ。

京に近い摂津の本願寺は、信長の喉に刺さった棘《とげ》のようなものだ。

取り除かない限り、腫《は》れ上《あ》がって膿《う》んでしまうかもしれない厄介ものである。

何んとしても木津川河口を封鎖して、毛利の兵糧搬入を阻止しない限り、石山本願寺を落とすことは難しい。初歩的な戦略であった。この戦いに勝つには村上海賊を叩き潰すしかないとはっきりわかった。こうなると二度目の戦いに勝つため、信長はあらゆることを考え始める。

あの本願寺に力押しに攻め込めば、織田軍に計り知れない犠牲《ぎせい》が出ることは見えていた。

海はほとんど信長に地の利がない。そこで信長の頭脳が探し始めたのが、魅力的な新兵器というものである。

その新兵器で木津川からの兵糧さえ断てば、本願寺に一揆軍が何人いようとも、包囲しているだけで、飢えが広がって兵は餓死して落ちるとわかっていた。

兵糧の重要さは武将なら誰でも知っていることだ。

腹が減っては戦ができない。石山本願寺は四方を海と川に囲まれているのだから、兵糧さえ補給されなければ必ず飢える。織田軍の包囲を破れるのは海からだけだ。この度の戦いでそのことがはっきりわかった。そのために毛利水軍は兵糧搬入に必死だったのだ。

この戦いで信長の織田軍は海に弱いことを露呈した。

情けないがそれは事実だから仕方がない。村上海賊の新兵器に手も足も出なかった。その新兵器に対抗する何か新しい策が欲しいということである。

「火薬を詰めた焙烙玉か……」

おもしろいものを考え出すものだ。

信長は怒りを静め戦いの経緯を詳細に聞いた。焙烙玉や焙烙火矢は海の上ならではの、よく考えられた武器だと思う。陸での戦いではさほどの戦果は挙げられないだろう。海だからこそ火縄銃と違い、大量の火薬や油を使った攻撃を止めるのは難しい。船べりに並べた楯板がまったく役に立たず、次々とその火薬玉を投げつけられては、木の船では燃える前に逃げるしかないのだ。

おそらく勇敢に向かって行った船もあったのだろうが、焙烙玉を投げ込まれて炎上したのだろうと信長は想像する。焙烙の器に火薬や油を入れるとは、誰が考えたのか賢い男がいるものだ。海賊でなければ思いつかないような武器だ。

鉄砲に対する手投げ弾である。それも船の楯板に隠れていて、いきなり投げつけるというから始末が悪い。よく考えられた武器だ。大きさも重さも投擲に手ごろで投げやすいのだろう。縄でぶん回して遠くまで投げるともいう。

拳より少し大きな焙烙玉は鉄砲より火薬の量も多く、破裂すれば相当な威力であることはわかる。

「火薬が破裂する玉とは厄介だな……」

種子島に伝来した火縄銃を、戦いに使えると誰よりも早く気づいて、高価だが数を揃えて信長は戦いに使えるよう工夫をした。焙烙玉は鉄砲より安価で、焙烙だから材料の土さえあればいくらでも作れる。こんな安上がりな武器はない。硝石《しようせき》を買うだけで弓や槍よりも何倍か安いだろう。

天才のひらめきと新兵器の鉄砲の威力で、戦いに勝ってきた。

その信長が皮肉にも新兵器の焙烙玉によって負けた。それも安直な安上がりの武器で、高価な船が次々と沈められたのだ。信長の怒りはそこにある。考えれば考えるほど腹が立つ。それに自分の知らない兵器があったことが気に入らない。

そんなものは必ず叩き潰す。

「ふざけやがって……」ということだ。

信長はこの年の一月から丹羽長秀《にわながひで》を総普請奉行《そうふしんぶぎよう》にして、安土山に絢爛豪華《けんらんごうか》な総石垣《そういしがき》作りの城を築き始めている。

地下一階地上六階という巨大な城になる予定だ。

その仮御殿《かりごてん》の自室で、戦いの結果を知らせに来た使いの者を下がらせ、信長は脇息《きようそく》に腕を乗せ前かがみで一人考え込んだ。畳の一点をじっと見ているが焦点は定まっていない。これで石山本願寺の陥落が二、三年遅れたことは間違いなかった。どう考えても陸からの攻撃だけでは落ちそうもない。

信長の知らない武器の出現で九鬼水軍が壊滅させられた。

九鬼嘉隆が海の上で一蹴《いっしゅう》されたのは、信長にとっては大きな目論見《もくろみ》ちがいだった。

「焙烙玉の攻撃か……」

信長の頭脳は猛烈に答えを見つけようとする。

その能力こそ信長の真骨頂《しんこっちょう》なのだ。天才の明敏な頭脳は時として、常人では思いも及ばないことを想像することがある。負けてしまったことは仕方がない。兎に角、次の戦いだ。次の戦いは断じて負けられない。信長は伊勢長島攻撃のように二度、三度と、相手を倒すまでしつこいのである。

そうやって道を切り開かないと信長の天下布武は実現しない。今は次の戦いのために考える時だ。

毛利と村上海賊が持っている大量の火薬はどこからくる。それもかなりの量だと考えられる。焙烙玉に詰める火薬は半端な量ではないはずだ。硝石は南蛮から買い入れていることは間違いない。宣教師のフロイスやオルガンティノに手を回してその硝石を止められないだろうか。

九州に入ってくる交易は止められないとしても火薬のもとである硝石はどうだろう。

信長の傍には多くの宣教師たちがいた。かれらは交易商人にも大きな力を持っている。

この頃、火薬の原料である硫黄《いおう》は、国内でも豊富に取れたが、もう一つの硝石がまったく取れなかった。そのため国外から硫黄と交換することで硝石を手に入れてきた。その硝石を毛利の手に入らないようにできるか。

硝石のすべては明や南方の国で生産していて、日本の硫黄と南方の硝石を南蛮の貿易商人が商品にしていた。硫黄を南に運び、硝石を北に運んでくる。数十万丁といわれる日本国内の鉄砲も、硝石が手に入らなければただの鉄の棒でしかない。

信長も硝石を大量に買っていた。その火薬を鉄砲に使うためである。

だが、火縄銃の火薬と焙烙玉の火薬の量はまるで違うはずだ。その火薬を作る硝石を止めたいが簡単なことではない。西国の海も九州の海も信長の海ではない。硝石を積んでくる南蛮船を入港禁止にはできない。

毛利は好きなだけ交易商人から硝石を買える。

乾燥した地表に薄く結晶するという硝石は、日本のような湿気の強い国の自然には結晶しない物質だった。

後に、日本の古い家屋や神社や寺の床下など、雨の当たらない場所にわずかにあることがわかり、その土を集めて水で溶かして灰汁《あく》と混ぜ合わせ、その上澄みを煮て硝石を取り出す方法を発見する。この製造法を古土法などという。加賀の五箇山《ごかやま》や白川郷《しらかわごう》などで生産されたと伝わる。他にも製造法が発見されるが、それまではすべて国外から買っていた。

それを止めるのは信長でも難しい話だった。

焙烙玉造りを止められないなら、後は焙烙玉攻撃に耐えられる船だ。千五百石から二千石積の大きな安宅船はどうだろう。大きな船なら焙烙玉攻撃を阻止できるかもしれない。信長は何かいい方法があるはずだと考える。

だが、どんなに大きな船でも木造では、焙烙玉が破裂すれば炎上するに違いない。油が入っていれば燃え上がるに決まっている。信長はその焙烙玉に勝てる船や武器を考えようとする。この困難を突破しない限り先が見えてこない。

これまでも信長は弱い尾張兵を抱えて、あれこれ考え抜いて幾度も難しい局面を打開してきた。絶体絶命に陥っても打開策を探し当てた。必ず新たな道はあると信じるが、今度ばかりはこれだという良い考えが、すぐには思い浮かばなかった。

八百隻の村上水軍と戦う武器と船だ。その時、信長の頭脳の片隅にその武器の心当たりがあった。フッとある図面を思い出したのである。遥かに遠い昔に眼にした図面を、信長は気になっていて覚えていた。その武器は使えるかもしれない。

問題なのは船だ。大きさも実現可能で頑丈な船でなければ駄目だ。

だいぶ以前のことだが、信長は湖東の佐和山城《さわやま》で、長さ三十間（約五四・五メートル）の船を建造して湖に浮かべたことがある。湖北の小谷城《おだにじょう》の浅井長政《あざいながまさ》を攻めるための巨船だった。だが、あのような大きな木造船を海に浮かべれば、船体が波にねじれて裂《さ》けてしまうだろう。

湖の波と海の波はまるで違う。大きな海の波に船体がねじれて船材がバリッと裂ける。

それぐらいは信長にもわかることだ。船の長さが三十間もなくていいから海の波に耐えられる頑丈な船が欲しい。村上海賊の船を圧倒して戦える大きな船だ。木造の船でぎりぎりどこまで大きくできるか。佐和山城で作り湖に浮かべた三十間の船は、幅七間（約一二・七メートル）あり片側五十丁艪で舳先と艫に城郭《じようかく》を載せていた。

まるで湖に浮かんだ要塞《ようさい》である。湖岸の城や砦《とりで》を次々と潰した。

そのような巨船でその上、焙烙玉攻撃に耐えられる船でなければ海には浮かべられない。

信長は毎日、良い策はないかと散々考えたが、これだという決め手になるようなものがなかった。

燃えない船が一番だがどんな分厚い船板を使っても木は燃える。

火薬の爆発や油が燃えるのに耐えられる木材などない。

「五郎左《ごろうざ》、燃えない木というものはあるか？」

「燃えない木？」

安土城の築城奉行の丹羽長秀はそんな木は無いと思う。そんな堅い木材があれば何よりも先に築城に使いたい。安土城の天主は吹き抜けになっていて、火が入ったらひとたまりもないとわかっている。

「そのような木があれば天主の吹き抜けに使いたいと思いますが……」

「ないか、燃えない木は？」

「木は必ず燃えます。燃えないのは鉄でしょうか？」

「なるほど、木は燃えるな」

信長と丹羽長秀の禅問答《ぜんもんどう》だ。

船材は楠《くすのき》、家は檜《ひのき》と用途がほぼ決まっている。楠は香木でもあり巨木になる。虫食いや腐敗もしにくく古代の丸木舟《まるきぶね》も楠だったという。人は古くから楠が船材として最適だと知っていたのである。やはり燃えない木などないのだ。

その頃、木津川河口で村上水軍に完膚なきまでに叩きのめされた九鬼嘉隆は、紀州の紀《き》ノ川《かわ》河口まで逃げて船から降りた。

敗軍の将はどんな戦いでもつらいものだ。

あそこはこうすれば良かった。あのようにすれば良かったのではと後悔する。

情けなくてしばらく船から降りたくなかったが、ここは必ずあるだろう次の戦いのため何んとか気持ちを切り替えたい。敗北の無念さを引きずったまま、信長と会うことはできないと思う。

いつまでも敗北を引きずっていたくなかった。

海賊の大将もどうすれば村上海賊に勝てるのか考え始めている。

生き残った船団には、九鬼水軍の本拠である伊勢志摩へ戻るよう命じ、嘉隆は生熊佐右衛門一人だけを連れて高野山《こうやさん》に向かった。

あまりの不様な敗北がなぜなのか静かに考えたい。

興奮した気持ちを鎮《しず》めた上で信長に会いたいと思う。叱られることを覚悟で会うしかないが、その前に高野山に登って弘法大師空海に会いたい。教えを乞えばお大師さまが何か教えてくれるかもしれない。

負けてしまったものは取り返しがつかず仕方ないのだから次の戦いだ。

嘉隆は興奮した気持ちを静めるため、半月ほど高野山に泊まり込んで、お大師さまの空海と静かに話し合うことにした。

空海とはすなわち空と海である。

空海が海岸の洞窟《どうくつ》で修行《しゅぎょう》をした時、その眼で見ていたものは空と海だけであった。ゆえに広大無辺《こうだいむへん》の空海と名乗った。幼名は真魚《まお》というからよくよく海に縁の深いお大師さまだ。

その空海は延暦《えんりゃく》二十三年（八〇四）に荒海を越えて唐《とう》に向かう。

この時の遣唐使船《けんとうしせん》は四隻だったが二隻は遭難してしまう。空海の乗った船は嵐に遭遇して福州《ふくしゅう》にまで流されて漂着。最澄《さいちょう》の船も明州《めいしゅう》まで流されて漂着する。他の二隻は沈没したものと思われる。

空海と最澄はそんな苦難を仏の慈悲《じひ》によって乗り越えた。

嘉隆はそんなことを思いながらお大師さまと対面し戦いのすべてを話した。

あの焙烙玉攻撃を打ち破る方法はあるのか、なければ何度戦っても同じように負けるだろう。

「南無大師遍照金剛《なむだいしへんじょうこんごう》、われに力を与えそうらえ、われに力を……」

遍照金剛は空海の別の名であり大日如来《だいにちにょらい》の名である。仏の光明《こうみょう》があまねく照らすという意味でもある。

「南無大師遍照金剛、南無大師遍照金剛……」

この時、九鬼嘉隆は自分をまだまだ未熟だと思った。あまりにも未熟過ぎる。

あの村上海賊の猛攻にまったくなすすべがないまま敗れた。違う戦い方があったのではないか。

敗北は悔しいが、こんな屈辱的な負け方はかつてない。

「南無大師遍照金剛……」

その頃、海戦で沈められた九鬼水軍の兵や水夫たちが、浜に泳ぎ着いた和田左馬之介や佐治主水助らに率いられ、陸の織田軍の助けも借りて続々と伊勢志摩に戻っていた。

その数、四百人を超えている。

「南無大師遍照金剛……」

南無はお任せします。大師は弘法大師空海のこと。遍照金剛は太陽のように明るく大きな慈悲と知恵という呪文であり念仏である。つまり太陽のように明るく大きな慈悲と知恵の空海さまにすべてをお任せしますという意味になる。

「南無大師遍照金剛、南無大師遍照金剛……」

祈るほどにぽたぽたと涙が落ちた。それは悔し涙ではなく、広大無辺の弘法大師空海の慈悲と知恵に出会った喜びである。食を断ち、祈り続けて憔悴《しょうすい》した嘉隆が高野山から降りて、安土城に現れたのは秋になってからだった。

それまでなかなか信長に会う決心がつかず、高野山から志摩に戻って神宮の神々にも祈りを捧《ささ》げ、鬼の信長に叱られる覚悟を決めたのである。すべてはお大師さまにお任せしますということだ。

場合によっては責任を取って腹を切るしかない。

乱丸《らんまる》から嘉隆の到着を聞いた信長は、「来たか！」と言い仮御殿の広間に通しておくよう命じる。

「五郎左、さすがの志摩の鬼も村上海賊には歯が立たなかったわ。わしの顔を見られないのだろう。どこに隠れていたものか？」

「御意、噂ではひどい負け戦のようで、船の数、船の大きさ、武器の装備など全てで負けておったと聞いております」

「うむ、船と武器の違いということか？」

「はい、水軍ですから……」

「持っていた武器も違い過ぎた。焙烙玉というそうだ」

「それもございます」

信長の頭脳を丹羽長秀の何気ない「水軍ですから」の一言が強烈に刺激した。

「そうか水軍か？」

「はい、織田軍はよい船を持っておりません」

「そうだ。五郎左、その船だ。船の大きさだ。それもこの湖に浮かべたあの百丁艪の船より大きい船だ。造れないか？」

「造れないかと言われましても、それがしには……」

「見当がつかぬか、三十間だぞ！」

「あのように大きな船を海に持って行っても？」

「駄目か？」

「それは九鬼殿に聞いてみませんと、それがしは船のことはまったく……」

信長はあの時、兵の輸送と湖岸の城を制圧するために、長さ三十間、幅七間、片側五十丁艪で、舳先と艫に二つの城郭を載せてみた。それを作った大工の棟梁《とうりょう》、岡部又右衛門《おかべまたえもん》はおかしな信長さまだと思った。船に城を載せるというのだから珍妙だ。

鉄砲の狭間《さま》が並んだそんな木造の巨大な軍船を湖に浮かべたことがある。

その船を造った時、佐和山城の城主は長秀で、船造りを信長の傍で見ていたはずなのだ。

城郭を載せた船の雄姿を思い出して、信長は長秀に船の大きさを言う。だが、そんな巨船が海に浮かぶとは思えない。

海の大波を食らえばバリッと一瞬で裂けるに決まっている。

船板はねじれに弱い。大きな船は自らの重さと、海の波にねじれてバリバリと割れるだろう。

それぐらいは長秀にも想像できる。無理な話だ。

海の波は湖の波とはそのうねりがまるで違う。

湖にはない巨大な波のうねりは恐ろしい力を秘めている。

あの時の三十間の船はその後解体され、十隻ほどの荷船に造り替えられて、今は安土城の石や資材を運んで湖で働いていた。

あの船の何倍も強靭《きょうじん》な軍船を造れないかと思う。

信長は丹羽長秀の佐和山城に腰を据えて、百丁艪の巨船を建造した時のことを思い出していた。

湖北の浅井長政の小谷城を落としたい一念で巨船を建造したのである。

燃えない船であの再現はできないものか。信長の頭脳は可能性を求めてありとあらゆることを考える。あの頃、船の建造に当たった大工の棟梁、岡部又右衛門と船が裂ける話を何度も話し合った。その又右衛門は今、安土城の大天主の建築に取り掛かっている。船のことなど考える余裕はない。

「どうしても片側百丁艪の船を海に浮かべますか？」

「いや、五郎左よ、片側百丁艪はさすがに無理だろう。そんな大きな船は誰も造れまい。もし造っても海には浮かぶまいよ。海の船は頑丈で重い。大き過ぎて建造中にバリッと折れるかもしれないわ」

「はい、確かに……」

無理などという言葉を知っていたのかと、初めて信長の口から聞いた長秀が苦笑する。

世間では無理と書いて信長と読むのだそうだ。

無理を承知で針の穴に縄を通してきたのが信長だ。その信長が人らしく無理だと弱音を吐いたのだから長秀には滑稽《こっけい》に思える。

「何がおかしい？」

「これは失礼をいたしました。上さまが無理と言うのを初めて聞きましたので……」

「そうか、初めてか、余にも無理なことはあるぞ。そんな大きな船は海に浮かべると必ず裂けるのだ」

「船が裂けるとは？」

「船板が波に耐えられぬと裂けるそうだ。棟梁の又右衛門が言っておったのよ」

「なるほど、海では船が裂けますか、それは確かにまずい……」

「五郎左、こういうのはどうだ。その巨船に南蛮胴のような鎧《よろい》を着せて裂けないようにするというのは？」

「南蛮胴とは鉄の鎧？」

「そうだ。南蛮胴を着た船だ」

「殿、そんな船は重過ぎて沈みます。兵が川で溺れるのは重い鎧を着ているからです。ましてや鉄のように重いものが水に浮くはずがありません」

奇想天外なことを考える信長に長秀がそれこそ無理だと言う。子どもが考えても鉄は水には浮かばないのだ。そんな珍奇なことを考える信長はどうかしている。

「そうか。薄くした鉄でも沈むか？」

「天地が逆さまになっても鉄が水に浮くことはありませんので……」

また、信長が針の穴に縄を通させるつもりだと、長秀は戦いに負けた九鬼嘉隆が気の毒になった。鉄の鎧を着た船などこの世にあるはずがない。

ついに信長は血迷ったかと思われるだろう。

「五郎左、やってみないでわかるか？」

「断じて浮きませんから。殿がなんと言おうとも、神さまの神通力《じんつうりき》でも鉄は水に浮きませんので……」

長秀が鼻で笑うように言うが、木造の船が鎧を着るのだから、かなり重くても沈まないと思う。事実、大量の石を積んで、小さな船が湖岸を行き来しているではないか。その石が鉄に変わるだけではないか。奇妙なことを信長の頭は考えた。

信長は鉄の鎧を着た船が水に浮くような気がする。長秀はやってみなくても沈むに決まっていると言う。

そこが天才信長と凡人丹羽長秀のひらめきの違いだ。

「鎧を着た船は本当に沈むか？」

「沈みます」

「よし、試してやる！」

何んと馬鹿なことを考えるのだと思うが、信長が試すと言うと浮いてしまうのではないかと長秀は思う。信長という大将は家臣や兵たちにも、そんなふうに思わせるおかしな大将なのだ。信長が勝つと言うと実際に困難な戦いを勝ってきた。だが、鉄が本当に水に浮くのかということである。

誰が言い出したのか知らないが、無理と書いて信長と読むというのはまことだ。

おそらく信長に猿と呼ばれ、いつも無理難題を押し付けられて、苦労してきた秀吉辺りが言い出したことだろう。

大いにあり得ることだ。あの猿に間違いないと長秀は思う。

信長と書いて困ったとも読むらしい。なんとも強情で困った人なのだ。短気で納得しないと何を言い出すかわからない。

そんなことがしばしばなのだ。信長を説得するのは容易なことではないのだ。

築城に当たって、安土城の大天主を吹き抜けにすると信長が言い出した時、大工棟梁の岡部又右衛門はそんなものは作れませんと拒否した。

巨大な建物の吹き抜けなど大仏殿でもない限り無理だ。

もし、作ってもそんな建物に万一火が入ったら、その吹き抜けを火が走り、火が暴れて始末におえませんと、又右衛門が大反対したのを思い出す。建物の理屈としては棟梁の方が通っている。

その時も信長は強引《ごういん》で、無理と書いて又右衛門に信長と読ませた。

「いいから作れ！」

一度言い出したら強引に言い張る困った信長なのだ。

これまで又右衛門は何度、針の穴に縄を通してきたことか、三十間の巨大軍船もそうだった。船に城郭を載せるなど見たことも聞いたこともない。大きな安宅船に小さな櫓《やぐら》を載せるぐらいならまだしも、そんな城郭を載せたら船はひっくり返るに決まっている。

ところが信長が言うと縄が通ってしまうから不思議だ。三十間の軍船は悠々と湖を走り回った。

おかしなことが起きるのである。

安土城では二百本の巨大な黒漆《くろうるし》の柱で大天主を支えることにした。

こういうことを平気で考える。なんでも奇想天外、前代未聞、言語道断なのが信長なのだ。

「五郎左、ついて来い！」

信長がせかせかと仮御殿に歩いて行った。その後ろを歩きながらどうすれば鉄が水に浮くのだと長秀は考える。

あんな重いものが薄くしても浮くはずがない。刀が水に浮くか。

それに鉄は水や塩水に浸《つ》かればたちまち錆《さ》びる。腐ってブクブク沈むだけだ。

あの鍛え抜いた太刀《たち》でさえ、人を斬った後は手入れをして、研《と》いでおかないとあっという間に錆びる。馬鹿なことを考えるものではない。とは信長に言えないのが家臣のつらいところである。

もし浮いたとしても海に浮かべた鉄の船など、半年もすれば錆びてボロボロに腐るだろう。

「乱ッ、湯漬けだッ！」

叫びながら信長が主座にドカッと座る。その前で先に来ていた九鬼嘉隆が平伏した。

「嘉隆、大儀《たいぎ》！」

「ははッ……」

信長に平伏して嘉隆は顔を上げなかった。

「どうした。余の顔が見られないか？」

「はッ、まことに申し訳がなく、お詫びの言葉もございません」

「嘉隆、顔を上げろ、余は怒ってはおらぬ。片側五十丁艪の船を作れ、百丁艪でもよい！」

「はッ！」

「ただし、その船に南蛮胴の鎧を着せる」

「ふ、船に鎧……」

嘉隆が仰天し主座の信長を見上げた。この人は何を考えているのだと思う。船に鉄の鎧を着せるなど考えられない。そんな船は沈むか転覆《てんぷく》するかだろう。

「できるか？」

「そのような船は重過ぎて浮かばないかと思いますが……」

「重いか？」

「はい……」

「鉄を薄くしてもか？」

「もし、うまく浮かびましても、海の大波で転覆するか裂けるものと思われます」

「そうか。ひっくり返るか、ならば試せ。沈むか転覆するか？」

「はッ……」

「裂けるなら、船材を吟味《ぎんみ》して裂けない頑丈な船を造れ！」

信長の針の穴に縄を通す無理が始まった。

嘉隆はそんな鉄の鎧の船など聞いたことがない。船が沈むかひっくり返ってしまうかのいずれかだと思う。それでなくても大きな船は重い。大きな船は思いの外操船が難しいといわれている。

いや、その前に自らの重さでバリッと船の胴体が裂けるかもしれない。

だが、信長はまったく逆で鎧を着た船が浮くと思っている。天才の頭はどこかおかしいのである。むしろ、鉄をどこまで薄くして焙烙玉を撥《は》ね返すかを考えていた。もう信長の頭は先の先のことを考えている。

鉄の鎧を着た船なら、村上海賊の焙烙玉を撥ね返せるはずだということである。敵の船をことごとく沈めてやる。その目処《めど》がすでに信長には立っていた。鉄の船なら焙烙玉でも燃えない。信長の頭の中では海賊船が次々と沈没している。

だが、長秀と嘉隆は鉄の船など浮くはずがないと思う。南蛮胴を着た船など、もし浮いたとしても重すぎて裂けるか、横っ腹に大波を食らったらひっくり返ってしまう。危なくて命知らずの海賊でもそんな船に乗りたがらないだろう。

「鉄の船……」

針の穴に縄を通せというのがいつもの信長だが、今度ばかりは針の穴に縄は通らない。誰が考えても鉄の船が海に浮かぶはずがないのだ。鉄の鎧を着た船などと考える信長の頭がどうかしている。

丹羽長秀はそんな鉄の船など断固浮かばないと信じていた。

だが、嘉隆はもしかしたらと思う。南蛮胴のような鉄の鎧を着た船がもし浮かんだら、おそらくその船は無敵の軍船になるだろう。巨大で途方もなく重い船をどうやって動かす。帆走など無理に違いないと。そんな船は海の荒波に耐えられないと思うが、嘉隆もおかしな男で信長が大丈夫だと言うとそうかもしれないと思うのだ。

おかしな殿さまと家来である。

長秀は馬鹿なことは休み休み考えろと二人を小馬鹿にしている。

その頃、戦いに勝った村上海賊水軍は威風堂々《いふうどうどう》と安芸灘に帰還し、盛大な戦勝の宴で浴びるほど酒を飲んでいた。飲めば飲むほど気分がいい。

「ンガッハッハッハッ……」

口から涎《よだれ》のように酒がこぼれても大笑いが止まらない。

飲むか笑うかどっちかにしろとぶん殴《なぐ》ってやりたくなる。自慢話が花盛《はなざか》りで「おれの投げた焙烙玉一発で安宅船が沈みやがった。ガッハッハッハ……」と、どんぶりの酒に噛みつくのだ。女を抱きよせて小便は垂れ流しだ。

だが、九鬼水軍を壊滅させた乃美宗勝は、べろべろに酔いながらも油断はしない。

信長という男は怖いと思っている。なんといっても鉄砲で武田の騎馬軍団をあっという間に崩壊させたと聞いている。間違いなく再戦を挑んでくるだろう。戦いに負けて引っ込んでしまうような男とは思えない。その時はどんな作戦でどんな戦法で向かってくるかわからないのだ。

侮《あなど》れないのが信長という男だと乃美宗勝はわかっている。

それは村上武吉も同じであった。毛利軍の大将小早川隆景も信長には油断できないと考えている。そのことを武吉も宗勝も知っていた。小早川隆景は毛利軍で最も信頼できる大将なのだ。戦いは油断すれば必ずやられるというのが鉄則だ。武吉も珍しく酔っている。

「九鬼嘉隆はこの程度では腹は切らぬ。必ず、木津川沖に戻ってくるはずだ」

「再戦か？」

「うむ、伊勢の船大工《ふなだいく》衆は船造りの名人だ。五百でも千でも船を造って摂津の海に戻ってくるだろうよ」

「なるほどな……」

あまり酒を飲まない武吉が酔って多弁だ。宗勝がその話を聞いている。

「今度は奴らも本気で来る。今回のように易々と勝つことはできまい。どんな船をどれだけ持ってくるか……」

「それじゃ、伊勢を見張るとするか？」

「うむ、信長も負けたまま引き下がる男ではない。あの男の狙いは毛利を潰して九州に行くことだ。天下布武とはそういうことだ」

「わかった。小早川さまにお願いして世鬼《せき》に働いてもらおう」

「世鬼か、それはいいな……」

武吉と宗勝は遠からず次の戦いがあると考えた。

信長と九鬼嘉隆が次はどんな手で来るか楽しみでもあり恐怖でもある。だが、信長がどんな手を使おうが村上海賊の焙烙玉攻撃は負けないと思う。どんな大船団で来ても海の上でみな燃やしてしまう。

伊勢船の大船団が木津川沖に出てくるという二人の予感だ。

信長と嘉隆が負けっぱなしということはないと思う。伊勢の船大工が造る船は伊勢造りとか内海船《うつみぶね》などともいう。安宅船や大型の荷船である。伊勢にはいい船大工がいるとわかっている。

そんな伊勢の船大工たちが本気で船を造りだすはずだ。

九鬼嘉隆の配下にはそういう名人上手の船大工たちが揃っている。それは古くから伊勢の海を支配してきた海賊たちの船大工だ。そんな伊勢志摩の船大工の優秀さを武吉は知っていた。海賊は船次第だ。船の良《よ》し悪《あ》しで仕事が決まる。

伊勢船は良い船が多いのだ。伊勢や熊野の船は荒々しい外海を航海する頑丈な船だ。瀬戸や灘を乗り切る内海の船とは違う。外海に出た船はどんな大波に出会うかわからない。そんな船を造ってきた伊勢の船大工は侮れない。

武吉が警戒するのはそういう古い船造りを継承してきている船大工たちだ。

その船大工たちがどんな巨大な軍船を造るか、どれだけ多くの頑丈な船を造るか、武吉と宗勝はそれを警戒していた。

その伊勢でどんな船を造るのか探っておく必要がある。

信長は十五万からの大軍を擁しているのだから、千でも二千でも船は造れるし集められるだろう。木津川沖の海を船で埋め尽くしてくるかもしれない。

村上水軍の三倍、五倍の大船団で叩き潰しに来るかもしれない。

そういうことを平気でしかねないのが信長という男だ。そんな巨大船団に焙烙玉攻撃が通用するのか。体当たりされてことごとく船が沈められる。そんな恐ろしい光景が武吉の脳裏《のうり》をかすめた。

「信長をなめるとやられる」

「うむ、すぐ手を打つ、今日は忘れて呑もう。いい女を岩国《いわくに》から探してきた！」

「そうか、岩国の女か……」

武吉が女好きの宗勝の茶碗にどぶどぶと酒を注いだ。

第二章　國友善兵衛《くにともぜんべえ》

乱丸、坊丸《ぼうまる》、力丸《りきまる》の三兄弟が湯漬けの膳を三人分運んできた。

信長は湯漬けが大好きで四、五杯はズズッと流し込む。何んでも手早いのを好む。忙しい信長は立ったまま湯漬けを流し込むことすらあった。行儀《ぎょうぎ》の悪いことなどいっこうに気にしない。

「五郎左、嘉隆、冷めぬうちに湯漬けを食え！」

「はッ、有《あ》り難《がた》く頂戴《ちょうだい》いたしまする」

「今までの何倍も働いてもらう。いいな。腹いっぱいに食え！」

「はい！」

嘉隆に少しばかり元気が出てきた。南無大師遍照金剛である。信長は叱らなかった。

「ところで、毛利の船は八百だったそうだな？」

「御意、兵糧を積んだ荷船も混ざっておりました」

「それで焙烙玉《ほうろくだま》とはどんなものだ？」

すでに信長は焙烙玉の正体を知っていたが嘉隆に詳しく説明させる。

「はい、丸い陶器に火薬を詰め、導火線に火をつけて船に投げ込みます。焙烙火矢は大筒のようなもので撃ち込んでまいります」

「それで破裂して割れるのだな。割れて周辺に火がつくのか？」

「御意、その上、陶器の破片が飛び散って傍《そば》にいる兵たちが傷つきます」

「大きさは！」

「拳《こぶし》より少し大きいほどかと……」

「どれほど飛ぶ？」

「手投げで七、八間ほど、縄で振り回すと十間以上（約一八メートル）は飛びますようで、爆発すると船上は火の海になります……」

「そうか、十間以上飛ぶとは厄介だが、鉄の鎧《よろい》で撥《は》ね返《かえ》せるだろう。ちがうか？」

「はい……」

そう言われても鉄の鎧を着た船が、果たして浮かぶのかそこが大問題なのだ。

浮かぶような気もするがひっくり返るような気もする。そんな大きな船が傾いたり転覆したら一巻の終わりだ。嘉隆にはまだ確信がない。

ザブンと海に入った船下ろしの船がもくっと浮かび上がって、くるっと転覆することもないとはいえない。伊勢志摩の船大工はそんな頓馬《とんま》な船は造らないが、鉄の鎧を着た船となると話は別だ。嘉隆は不安な顔で信長の顔を見上げる。

「心配するな。湯漬けを食え。毛利の船はことごとく沈めてくれるわ！」

強気で自信満々の信長だが、湯漬けを食いながら、長秀はそんな根拠がどこにあるのかと思う。鉄の船が浮くはずがない。万一、浮かんだとしても海賊に勝てるとは限らない。そんな時、陸に大軍がいても船には遠すぎて陸からの攻撃はできないのだ。長秀は信長の考えに悲観的だ。

水軍は水軍同士の戦《いくさ》になる。

だが、信長にはもう一つとっておきの秘策があった。

こういう根拠のない自信を見せる時の信長は、別に良い策を考えていることがある。

湯漬けを五杯流し込んで、放り投げるように椀《わん》と箸《はし》を置き「下げろ」と膳を下げさせた。

「乱、急いで彦右衛門《ひこえもん》を呼んでこい！」

「はッ、畏《かしこ》まってございます」

乱丸が信長の膳を持って広間を出て行った。彦右衛門とは滝川一益《たきかわかずます》である。

「嘉隆、大砲の話を知っているか？」

「大砲？」

「そうだ。一貫目の弾を飛ばす大鉄砲だ」

「い、一貫目の弾？」

信長の話は仰天する話ばかりだ。一貫目の弾を撃つ大鉄砲など聞いたことがない。

そんな握り拳より大きそうな弾丸を、どうやってぶっ放すというのだ。そんな大鉄砲など危なくて扱えない。弾丸と一緒に人も吹き飛んでしまう。だいたいそんな大鉄砲を作れるのか。

船に鉄の鎧を着せろとか、一貫目の弾を撃つ大鉄砲などと、信長はおかしなことばかりを言う。この殿さまは確かにどこかがおかしいのだ。

嘉隆が知っているのは精々百匁《もんめ》弾を撃つ大筒までだ。通常の鉄砲は四匁弾や六匁弾を撃つものが多い。一貫目といえば千匁ではないか。そんな物騒《ぶっそう》なものを本当にぶっ放せるのか。

ところが村上水軍の船を粉砕《ふんさい》するのに、一貫目弾までは必要ないと信長は考えている。

もう信長の頭の中では大砲の弾が飛んで行って、村上海賊の船の船板を吹き飛ばす光景が見えているのだ。

想像するということはそうできる可能性があるということなのだ。

おそらく五、六百匁弾で充分だと思っている。船板を貫通さえすればいい。その穴から船板が裂けてゴボゴボと浸水する。浸水すれば船は沈むに決まっている。

信長の頭の中では鉄の鎧を着た船と、一貫目の弾丸をぶっ放す大鉄砲が合体している。誰も考えたことのない奇妙奇天烈《きてれつ》な船が、信長の頭の中ではでき上がってしまっている。その船が大鉄砲をぶっ放しながら、木津川沖の海を走り回っていた。

その船は村上海賊を蹴散らす無敵の軍船だ。

それにはまず大砲の破壊力を見なければわからない。どの程度のものを破壊できるか。信長はいたって冷静に考えている。こういう男が本朝にいたことが実に恐怖なのだ。この国に存在してはならない男だったのかもしれない。

鉄砲は天文《てんぶん》十二年（一五四三）八月二十五日に種子島に伝来した。

三十三年前だ。その時、漂着した明のジャンク船には、南蛮人《なんばんじん》の商人が二人ばかり乗っていて鉄砲を所持していた。

島主の種子島時尭《ときたか》が試射してからその鉄砲を買い取った。

伝来したばかりの鉄砲を堺の商人橘《たちばな》屋《や》又三郎《またさぶろう》と、紀州根来寺《ねごろじ》の僧兵の大将津田算長《つだかずなが》が種子島から持ち帰った。

時尭が南蛮人から買った時、火縄銃は一丁千両で二丁買ったのだという。一丁千両は高すぎるが何も知らないのだから仕方がない。

南蛮人に相当吹っ掛けられた値段だ。おそらく南蛮人の言い値で買ったのだろう。二人の南蛮人はいい商売をした。二千両は大金である。

その頃、根来寺は寺領七十万石、僧兵一万から二万人といわれる巨大寺院だった。火縄銃は根来寺の鍛冶場《かじば》ですぐ複製される。

津田算長は根来寺の家老であり、吐前城主《はんざきじょうしゅ》であり津田監物《けんもつ》という僧兵の大将でもあった。

鉄砲が信長によって武器として有効だとわかると、急速に全国の諸大名に伝播《でんぱ》し、刀鍛冶が鉄砲鍛冶になり、銃身を鍛造する鍛冶師、銃床を作る台師、金具を作るからくり師と分業で大量生産するまでになる。

だが、火縄銃と呼ばれた鉄砲は高価だった。

それでも戦国乱世では、新兵器が戦いに有効でさえあれば幾《いく》らでも必要である。

必要な武器はいくらでも進化するものだ。それまでの弓や刀や槍《やり》は進化のしようもないが鉄砲は違う。

どんな遠くまで弾丸を飛ばせるか、どんな大きな弾丸を飛ばせるかである。

中でも根来寺の鍛冶師芝辻清右衛門《しばつじせいえもん》のように、工夫熱心な鍛冶師がいて、どこまで大きな弾丸を撃てるか考えたりする。鉄砲はいくらでも進化できる余地があった。

やがて火縄銃は五十万丁といわれるほど膨大《ぼうだい》な数が生産される。

当時、世界最大の火力武器を持つのが日本だった。

かなり後のことになるが、この芝辻清右衛門の孫理右衛門《りえもん》が家康の注文で、一貫五百匁弾の大砲を実現する。

刀鍛冶が次々と鉄砲鍛冶になって武器を生産していた。

そう仕向けたのは鉄砲の威力に気づいた信長だったのかもしれない。

この芝辻清右衛門が考案した大砲は、より大きな弾丸を、より遠くに飛ばすという工夫をされた代物だった。その上、南蛮の青銅で鋳造したものと違い、太刀と同じように鍛造した鋼鉄の大砲で性能が実によかった。

鋳造と鍛造では物の質が歴然である。それに鋼《はがね》は青銅のようになまくらではない。

鋳造した大砲は連射すると、砲身が熱くなって性能が落ちてしまうが、鍛造した大砲は何発撃ってもビクともしなかった。

鋳造と鍛造では出来上がりの性能がまるで違う。

金銀銅を加熱しながら叩《たた》いて加工する技法は、紀元前十五世紀という古代からある方法だが、鉄を何度も加熱し折り返して、叩いて鍛《きた》えるというのは刀鍛冶の特殊な技能である。

鍛造の大砲はまさに鋼の大砲なのだ。

信長は一貫目弾でなくても船は沈められると考えている。

大型の安宅《あたけ》船は一発では無理でも中型の関船《せきぶね》、小型の小早《こはや》などは船体に穴が開けば、そこから浸水して間違いなく沈むはずだ。いや、大型の安宅船でも吃水《きっすい》の付近の船体に穴が開けばそこから浸水する。傷ついた船は波に揺《ゆ》られて裂けやすくなる。船が浸水するとなかなか水の流れ込みを止められない。

信長が長秀と嘉隆に大砲の話をしているところへ、乱丸に案内されて滝川一益が現れた。

「彦右衛門、船に大砲を三門装備させるぞ」

「はッ、新しい船でございまするか？」

「そうだ。伊勢の船大工に大きな軍船を造らせる」

木津川河口での敗北を、信長は撥《は》ね返したいのだと一益はわかった。

負けたまま引き下がる信長ではない。倍返しにしないと気が済まない。一益は古くからの家臣ですべて心得ている。一益の娘は信長の側室《そくしつ》であり嫡男信忠《のぶただ》の乳母《うば》でもあった。

「その船に鉄の鎧を着せるつもりだ」

「それはまことに結構なお考えかと思います。敵の焙烙玉で燃えないために？」

「うむ、五郎左は鉄では重過ぎると言う」

「確かに、重ければ船は沈みますが、それはどのような鎧かによると存じます。鉄を叩いて薄くすればずいぶんと軽くなりましょう」

これで信長の味方が一人増えた。

滝川一益は鎧を着た船が浮くと思い疑っていない。この一益も変な男で博打《ばくち》が大好きで家から勘当《かんどう》された。放蕩無頼《ほうとうぶらい》の男だったのである。

それを信長が拾ったのだ。信長がまだ帰蝶と結婚する前のことだ。

尾張那古野《なごや》城の大うつけと、不品行で家から追放された無頼の浪人というおかしな巡り合わせだった。人の邂逅《かいこう》は一期一会《いちごいちえ》という。

その一益の口利《くちき》きで信長に仕えたのが九鬼嘉隆なのである。嘉隆は戦いに負けて三河《みかわ》辺りでブラブラしていたというから、類は友を呼んだのであろう。

九鬼家は藤原北家《ふじわらほっけ》の末裔《まつえい》だという。

嘉隆の祖先は紀州尾鷲《おわせ》九鬼の地頭《じとう》だった。その九鬼家が志摩に移って勢力を拡大すると、志摩七党という豪族たちと伊勢の国司《こくし》北畠具教《きたばたけとものり》に攻撃された。

伊勢に有力大名はいなかったが古い家である北畠家の支配下にあった。

北畠具教の先祖は南北朝期に、後村上《ごむらかみ》天皇のため神皇正統記《じんのうしょうとうき》を記した北畠親房《ちかふさ》で、武家でもあり公家《くげ》でもあるという名門だった。

その具教は塚原卜伝《つかはらぼくでん》に一之太刀《ひとつのたち》を伝授された剣豪でもある。

攻められて九鬼浄隆《きよたか》と嘉隆の兄弟は果敢《かかん》に戦ったが、戦いに敗北して兄の浄隆が討死《うちじに》、嘉隆は山に逃亡して助かり、三河に逃げて滝川一益と出会った。そんなことから十七歳年上の一益と嘉隆の二人は親しかった。

「滝川殿、鉄の鎧を着た船に荷を積み、多くの兵が乗れば沈むのではないか？」

丹羽長秀が心配そうに聞いた。

「丹羽殿、それは船の大きさによりましょう。千石積んでも沈まない船もあれば、五十石ほど積めば沈んでしまう船もあります。海の波はこの湖の波とは違います。大き過ぎても困りますが小さくては間違いなく沈みます」

「なるほど、すると大きさとは長さと幅か？」

「さよう。それに船材の頑丈さが大切です。木造ですから船が長過ぎると海の波にねじれて船体が裂けてしまいます。その大きさ加減が微妙にございますが、そこは伊勢の船大工たちに聞かなければわかりません」

滝川一益は湖に浮かんだ三十間の船を知っている。

佐和山城から湖の対岸の坂本城《さかもとじょう》まで乗ったことがある。片側五十丁艪《ろ》のなかなかよい船だった。だが、それは湖の波が穏やかだからできたことだ。海の沖から来る巨大なうねりはまるで怪物《かいぶつ》だ。そんな波に乗り上げたらあの三十間の船は、バリバリと裂けて一瞬で海の藻屑だ。一益はそう思う。

「やはり船の胴体が裂けるのか？」

「いかにも。海の波には人の知らない恐ろしい力があります。船体が長過ぎれば大小の波に必ずねじれて裂けます」

「湖に浮かべた三十間の大きい船では駄目か？」

「おそらく、あの船では海に出れば波にねじれてひとたまりもなく裂けましょう。沖に出ることすらできないかと……」

「そうなのか？」

「まず船板の厚さが三寸（約九センチ）では駄目でしょう。四寸（約一二センチ）以上ないと海では無理にございます」

「よ、四寸だと……」

「はい、それも硬く粘りのある船板が必要かと思います。船材の見分けは船大工でないと……」

一益の言葉に長秀は困った顔で信長を見た。

「彦右衛門、三寸でも五寸でもよい、裂けないように工夫せい！」

「殿、底の平らな川舟《かわぶね》を海に出せば、どんな大きな船でも波に揺られてたちまち裂けまする」

「そうか。海の船と川の舟では船底が違うのだな？」

「御意《ぎょい》、海に出る船で三十間の長さは相当頑丈に造りましても危険かと思います」

一益は安宅船でも三十間は大き過ぎて危険だと思う。

「どれぐらいがよい？」

「九鬼殿、半分の十五間（約二七・三メートル）でどうか？」

「十五間……」

嘉隆は鉄など海には浮かばないと思っている。

十五間でも鉄の鎧を着た船は大きく重いと思う。おそらくそれだけでも沈む。兎《と》に角《かく》、そんな鉄の船は海に浮かばないのではないか。嘉隆は迷っている。だが、信長の顔は十五間と聞いて不満そうだ。それを見て嘉隆は迂闊《うかつ》に答えられなくなった。

「嘉隆、答えろ！」

信長がはきはきしない嘉隆に少し苛《いら》ついている。だが、はきはきできないのだ。

「十五間では少々……」

「よし、彦右衛門、二十間（約三六・四メートル）にしろッ！」

「殿……」

「いいから二十間だ！」

針の穴に縄を通したいのが信長だ。その強情さは鬼神も恐れるほどである。

信長が二十間と言ったら二十間で決まりなのだ。二十間の長さで鉄の鎧を着た沈まない船を造れと言う。

それを丹羽長秀が黙って聞いている。本当にそんな船ができるのか半信半疑だ。

この滝川一益と九鬼嘉隆の建造した黒い鉄の大船は、伊勢志摩から熊野灘を回って木津川河口まで航行し毛利水軍と戦うが、後に秀吉が造った鉄甲船はすべて裂けて使いものにならなかった。

それほど鉄の鎧を着た巨大軍船は造るのが難しいのである。

この国ではそんな船はかつて誰も造ったことがない。いや、この時、日本だけでなく世界の船はすべて木造で鉄の船などどこにもなかった。つまり世界で初めて鉄甲の軍船を信長は造れと言う。

ここから信長に命じられた黒い鉄の船までたどり着くのが至難だった。

何ごとでも信長と最初にやり始めた人は苦労すると決まっている。それが滝川一益と九鬼嘉隆なのだ。それに伊勢の船大工たちである。

石山本願寺との戦いのことがあって失敗は許されない状況なのだ。

この船造りに失敗すれば織田水軍は毛利水軍とは戦えないということになる。それは信長の天下布武が頓挫《とんざ》しかねないということでもあった。西に進攻できなければ、乱世を薙《な》ぎ払う信長が重大な局面に立たされる。

一益と嘉隆は何んとしても鉄の船を造らなければならなくなった。

大きな船というのは造るのも難しいがそれを動かすのも難しい。ましてやその船を船戦に使おうというのだから尋常ではない。

後に江戸幕府が造った大安宅船は、将軍が乗って品川《しながわ》沖で試運転されただけで、隅田川《すみだがわ》河口に係留《けいりゅう》されたまま使われることがなかった。安宅の渡しという名前だけが大川《おおかわ》に残ることになった。

つまり大きな船を造るのも難しいが、動かすのもそれほど難しいということである。

海に浮かんだ船はスイスイと動いているように見えるが、その裏には船大工から水夫《かこ》たちまでの計り知れない苦労が潜んでいた。それを信長は長さ二十間の船を造れといとも簡単に言う。

幕末の安政《あんせい》四年（一八五七）にオランダで建造され、太平洋を横断した有名な咸臨丸《かんりんまる》でさえ全長二十七間（四九・一メートル）しかなかった。木造の三本帆柱の船だったが、新式の蒸気で回すスクリューというものを備えていた。それでも嵐に呑《の》み込まれ北海道の更木《さらき》岬で遭難、建造から十四年後に咸臨丸は沈没してしまう。この天正五年から二百九十年後のことだ。

「鉄の船を七隻造れ！」

信長の断が下った。もう鉄の船が浮くと信長は思っている。

浮かばなければならない。断じて浮く。信長が言えば針の穴に縄が通るのだ。

「一隻に大砲三門、大筒百、鉄砲二百でどうだ？」

「はッ、畏まってございます」

「嘉隆、志摩で造れるな？」

「ははッ……」

そんな恐ろしげな船が造れるかどうかまだわからない。

だが、信長の命令は絶対である。敗軍の将は曖昧《あいまい》に頭を下げて、無理かもしれないが拝命するしかなかった。長さ二十間の巨船に鉄の鎧を着せ、一貫目弾をぶっ放す大鉄砲を三丁積んで、大筒と鉄砲と兵を乗せて村上海賊と戦うという。そんな船が七隻も海に浮かんだら怪物船団ではないか。大馬鹿者が考えることだ。信長の命令を受けた九鬼嘉隆は頭痛で眼が眩《くら》みそうだ。

船が浮かなかったりひっくりかえった時は腹を切る。

「彦右衛門、嘉隆を手伝え。期限は二年だ。それ以上は待てぬ！」

「承知してございまする」

「鉄をどこまで薄くできるか、国友村の鉄砲鍛冶に相談すればいい。焙烙玉の破裂で穴が開かなければいいだろう」

「畏まって候！」

滝川一益もどこかおかしいのではないかと嘉隆は腹を切る覚悟をする。

こうなったらじたばたしても仕方がない。木津川沖で焙烙玉に当たって一度は死んだ命だと思えば惜しくもない。伊勢志摩の海で腹を切ってやる。船大工たちを信じてやるところまでやってからだ。

「大砲は芝辻清右衛門が図面を持っている。以前、堺でその図面を見たことがある。それを見てこい！」

「はッ、畏まりました」

九鬼嘉隆と滝川一益に無茶苦茶《むちゃくちゃ》といえるような重大な命令が下った。

その一益は最大の難関はどこまで鉄を薄くできるかだと思う。弾丸を弾《はじ》き返《かえ》し焙烙玉攻撃に耐えられる厚さの鉄の板だ。それにできる限り軽くなければならない。つまり薄くて軽くて強靭《きょうじん》な鉄の板である。その鉄の板で船を覆うのだから奇怪な船に間違いない。

海に浮かんだ巨大な化けものかもしれない。

国友の鉄砲鍛冶ならそういう薄い板を鍛えて作れるように思う。その分量は七隻分の鉄の板だ。それには大量の砂鉄や玉鋼《たまはがね》が必要になる。巨大な船を鉄の板で包み込むのだ。おそらく化けもの以外何ものでもない。

その鉄の船を二年以内に七隻、志摩の海に浮かべる。

容易なことではないだろう。大突貫《だいとっかん》で働いてギリギリの仕上がりかもしれない。

嘉隆には造船の工程が想像できるからこれは急ぐ話だとわかる。期限は二年というが船材を吟味して集め支度するのに半年、浮かんだ船の操船や戦いの訓練に半年、造船には一年ほどしかないということだった。昼夜の別なく突貫で七隻の巨船を仕上げる。頼みの綱は鉄砲鍛冶と船大工の腕だ。伊勢志摩には嘉隆が信頼する船大工たちがいる。

間に合わせてくれるはずだ。

戦いよりこっちの方がよっぽどしんどいことになりそうだ。

毛利と村上の水軍を海に沈め、石山本願寺を叩き潰す信長の大作戦が始まった。これが実現しなければ信長の天下布武など絵に描いた餅《もち》に過ぎない。二年の間に乱世を薙ぎ払う途方もない怪物を作る。その船に南蛮胴と大マントを着た信長が乗って、九州から明《みん》、その先の呂宋《るそん》からシャム、天竺《てんじく》を経由して南蛮まで行くのである。まさに化けものでなければできないことだ。

いかに困難な作戦か話を聞いていた丹羽長秀にも分かっている。

信長の頭の中には偉大なる妄想が膨《ふく》らんでいた。村上海賊など叩き潰してくれる。なんだか長秀も鉄の船が浮くような気になってきた。もちろん、一益も嘉隆もこの作戦が容易なことではないと感じていた。

兎に角、国友村で鉄の板を作り志摩に運んで、その鉄の鎧を着た船が浮くかを試す。浮くには浮くような気はするが、嘉隆はひっくり返るような気がしてならない。海が荒れることも考えなければならない。やはりひっくり返ると思う。嘉隆の頭の中は信長とは逆で整理ができずに大混乱なのだ。最早《もはや》、切腹覚悟でやってみるしかない。南無大師遍照金剛である。

鉄の鎧を着た船が海に浮くのか。浮いても波にもまれて裂けてしまわないか。ひっくり返らないか。七隻で毛利と村上の八百隻と戦って勝てるのか、そんなことを考えながらまず一隻を建造する。いや、二年という期限にそんな試作の猶予はないか。

同時に七隻を造るしかないかもしれないのだ。それも船大工たちと相談だ。

色々試すことも多い。あの村上海賊の焙烙玉攻撃を突破しなければ、勝てない戦いだとわかっているからつらい。

「滝川殿、九鬼殿、ご苦労に存ずる」

丹羽長秀は信長が針の穴に縄を通す時の、無理難題をわかっているから気の毒そうな顔だ。所詮《しょせん》、凡人には天才のおかしな頭の中はわからない。

信長の構想は大船に鉄の鎧を着た大矢倉を乗せる。その中から大砲、大筒、鉄砲で敵の船を撃ち抜いて沈める魂胆《こんたん》なのだ。

信長でなければ考えつかない奇妙奇天烈な大作戦だった。

こういう奇想天外な発想は信長の得意とするところだが、それを命じられる家臣はたまったものではない。

船が完成すれば間違いなく毛利水軍を全滅させられる。

天才の頭の中の想像にはなんの無理もないのだ。まさに珍妙奇妙なことを想像する頭脳こそ宝だ。信長はそれを持っていた。

世界の海に鉄の船が浮かぶのは、信長のこの鉄甲船が海に浮かぶ二百四十年後になる。

つまりこの時の信長の頭脳は、世界の二百四十年先を走っていたことになるのだ。なんともおかしな頭である。こういう変な頭脳こそが、人類の文明を発展させたのではないか。

この時、アメリカはまだ影も形もなく、メイフラワー号がアメリカ大陸に到着するのはこの四十四年後なのだ。恐るべし織田信長。

信長の頭脳がいかに凄《すご》く恐ろしいかわかろうというものである。

ヨーロッパはルネッサンスが開花しその真っただ中にあった。あの天才ミケランジェロが亡くなって十二年しかたっていない頃だ。

日本にも信長という天才がいた。その男は巨大な鉄甲の船を造ろうとしている。

九鬼嘉隆と滝川一益が安土城から去ると、信長は十一月二十一日に内大臣《ないだいじん》という高位に上階《じょうかい》した。この頃の信長は越後《えちご》から上杉謙信が南下してくるのを最も恐れていた。

この信長の官位官職問題はなかなか微妙なのである。

信長は征夷大将軍《せいいたいしょうぐん》を望んでいたが、朝廷は備後にいる義昭が将軍を辞任しないから、という理由で信長に将軍宣下《せんげ》をしなかった。

朝廷は信長が本当に勤皇《きんのう》なのかという疑いを抱えていた。

それは朝廷というよりは天皇といった方がいいのかもしれない。いつの時代も勤皇でない者に天皇が国を託すことはない。それはこの国の唯一無二《ゆいいつむに》の決まりである。

やがてこの信長の将軍宣下問題が、正親町《おおぎまち》天皇の希望する譲位《じょうい》と絡《から》んでこじれることになる。

その信長に重大な使命を命じられた一益と嘉隆が、近江坂田長浜《おうみさかたながはま》の国友村に現れた。馬を世話する小者を一人ずつしか連れていない。

ひっそりしたものですでに二人は周囲を警戒している。

こういう秘密の作戦が何かの拍子《ひょうし》に敵方に漏れることがあるからだ。乱世はどこに敵の目が光っているかわからない。大名たちは忍びを使って、どこでどんな動きがあるかを探っている。まして戦っている者同士は、素早く敵の動きを察知しようとする。油断も隙もないのが乱世なのだ。

二人が現れた国友村は地名だが、ここの鉄砲鍛冶は鍛冶銘が全員國友である。

つまりこの村で作られる刀には、江州《ごうしゅう》國友善兵衛《ぜんべえ》重信《しげのぶ》などと、鍛冶はすべて國友という銘を刀や鉄砲に刻むことになっている。

國友以外の銘は禁じられていた。

それは国友村の鍛冶師の誇りであり匠《たくみ》としての自信でもあった。

ことに鉄砲に彫られた國友という銘は天下に輝いている。堺に負けていない。

国友村には鍛冶が七十軒ほどあって、そこには名人上手といわれる匠が、五百人ほどいてそのすべてが國友と銘を刻む。

信長は天文十八年（一五四九）、まだ十六歳の時に国友村に鉄砲五百丁を注文した。

天才の頭脳は新兵器の鉄砲の未来を見抜いていたのである。誰もが火縄銃など高価なだけで戦いには役に立たないと思っていた頃だ。そんな時にわずか十六歳の大うつけといわれる餓鬼《がき》が、五百丁という信じられない数の鉄砲を発注した。

それも一丁千両の火縄銃を五百丁で五十万両だ。いくら値切ったか知らないが、半値にしても二十五万両である。

たかが十六歳の信長がそんな大金をよく持っていたものだ。

この天才は餓鬼の頃には大うつけと馬鹿者扱いされたが、生まれた時からどこか頭の中の構造が人と違っていたのかもしれない。神さまというのは結構な気まぐれで、時々そういう悪戯《いたずら》をするものらしい。

信長というより織田家が相当裕福だったと思うしかない。

それにしても二十五万から五十万両もの黄金をいったいどこから持ってきたのか。

それもわずか十六歳という餓鬼が、その調達先を探したのだから脅威だ。どこをどうすればどれだけの黄金が出てくるか信長は知っていた。そういうことのわかるとんでもない餓鬼だったとしか思えない。だからその頃からの家臣だった滝川一益という男もどこかおかしな男なのだ。

一益は信長と一緒に織田軍の鉄砲隊を育ててきた男である。

国友村を信長と一益が刀鍛冶の村から、鉄砲鍛冶の村に変えてしまったといえるのだ。

「これは滝川さま！」

「善兵衛、達者か、そなたに頼みがあって来た」

「はい、信長さまのお使いで？」

「そうだ。こちらは伊勢志摩の九鬼嘉隆殿だ。知っているか？」

「存じ上げております。どうぞ、こんな道端ではなんですから、まず中へ……」

國友善兵衛は国友村の長《おさ》のような存在だった。国友村にはこの善兵衛の他に助太夫、藤九左衛門、兵衛四郎という三人の長がいる。凄腕《すごうで》の鍛冶の匠であった。

村のことはこの四人がほぼ相談して決めてしまう。

国友村の鉄砲の歴史は、信長が五百丁の鉄砲を注文する五年前、天文十三年（一五四四）に十二代将軍の足利義晴《よしはる》に、薩摩の島津義久《よしひさ》から鉄砲が献上《けんじょう》され、その鉄砲を持って管領《かんれい》の細川晴元《ほそかわはるもと》が国友村に現れたことから始まる。

この時が鉄砲と国友村の初めての縁だった。刀鍛冶だから鉄砲のことは知らない。

その細川晴元から善兵衛たち腕利きの刀鍛冶四人が鉄砲の複製を依頼され、六匁弾の火縄銃二丁を鍛えて将軍に献上。見事な仕事ぶりでさすが名人の国友鍛冶というしかない。この頃、堺や根来寺でも鉄砲の複製が始まっていた。

刀を鍛えるのとは違って、鉄砲には鉄砲の製造の難しさがある。

なにしろ顔の傍《そば》で火薬を破裂させ、弾丸を遠くに飛ばして人を殺そうというのだ。

その将軍に献上した鉄砲の後、十六歳の織田信長から大量の注文が入り、それが切っ掛けとなり国友村は刀鍛冶から鉄砲鍛冶へと変わっていった。それが今では分業で銃身を鍛える鍛冶、銃床を作る台師、引き金や火蓋《ひぶた》などの金具を作るからくり師などに分かれて、信長が必要な時に必要なだけ鉄砲を次々と作っている。

何かあれば信長と一益が国友村の鍛冶を頼りにするのは当然だった。

「善兵衛、鉄をどこまで薄い板にできる？」

「薄い板と申しますと？」

「薄い板だ。鉄砲の弾を撥ね返せればよいほどの薄さの鉄の板だ」

「薄くはできますが、鉄はあまり薄いと折れたり割れたりいたします。弾丸を通さない薄さといいますと……」

「一分《いちぶ》（約三ミリ）の厚さにできるか？」

「はい、一分であれば充分に鍛えられますが、そのような薄いものを何に使いますので？」

「それはだな……」

「滝川さま、それはそれがしから話しましょう。実は、先頃、摂津の木津川沖でわしは毛利の村上水軍と戦った。噂《うわさ》は聞いているだろう？」

「はい、焙烙玉という妙な破裂する弾で、九鬼さまの船が焼かれたとか？」

「その通りだ。その破裂する焙烙《ほうろく》玉攻撃にやられた。ここからは他言無用、そなたの胸の中だけで秘密に願いたい……」

「畏まりました」

すでに善兵衛は織田水軍と毛利水軍の戦いで、九鬼水軍が壊滅させられたと聞き知っていた。

嘉隆はみっともない負け戦のことを話す。その復讐《ふくしゆう》戦《せん》をするために船を新たに造るということだ。それは巨大な軍船だと説明した。

「善兵衛、その船に鉄の鎧を着せて燃えないようにするのだ。焙烙玉でも燃えない船にする。わかるか？」

一益がそう言って話を引き取り嘉隆にうなずいた。

「燃えない船?」

「そうだ。焙烙玉も鉄砲の弾も撥ね返す鉄の船だ。鉄の船、わかるな?」

「なるほど、わかりました」

「そなた一人だけが知っていればいいことだ。断じて他言無用!」

「はい、船では一分でも厚過ぎるかと思いますが、早速その薄い板を作り船に着せて試してみましょう。それにしても、そんな重い鉄の船が海で浮きますでしょうか?」

「あの湖で試してみるか?」

「はい、台師にすぐ船を作らせます。その船に一分の鉄の板を張って浮かべてみます」

「よし、そうしよう」

名人といわれる匠の話は早い。こういうおもしろい話はすぐまとまって、一分の厚さの鉄の板が鉄砲の弾を弾き返すか、五、六間離れたところから撃ってみることになった。その上で、鉄の船が浮くのか湖で試される。何もわざわざ伊勢まで行くことはない。小さな船など台師が朝飯前で作り、薄い鉄などからくり師が簡単に張れる。

その日は二人とも善兵衛の屋敷に泊まったが、夜遅くまで鍛冶場から鉄を鍛える音がしていた。薄い鉄の板を鍛えているのだ。

この国友村には鍛冶も台師もからくり師も優秀な匠が揃《そろ》っている。

そういう匠にかかるとこういう仕事はたちまちなのだ。職人の腕というのは侮《あなど》れないものがある。その道で何十年も飯を食ってきたのだから、常人にはわからない技術を身につけている。それこそが匠といわれる人たちの誇りと自信であった。

「話が早い……」

「はい、さすが国友村です」

「急ぐ仕事になりそうだ」

「二年と、期限を切られましたので、何んとしても間に合わせなければなりません」

「船大工たちだな？」

「伊勢には良い船大工がおりますので……」

「権太夫《ごんだゆう》か？」

「はい、あの男のような船大工はなかなかおりません」

「確かに……」

翌日には鍛冶場の試射場に目隠しの陣幕《じんまく》が張られ、善兵衛が鍛えた一分の鉄の板とそれより薄い鉄の板が用意された。

一分の鉄の板でも一尺四方になるとそれなりに重い。

最初は一分の板が的に置かれた。

滝川一益は織田軍の中では明智光秀《あけちみつひで》と並ぶ鉄砲の名人で、飛ぶ鳥を落とすといわれる腕前なのだがそれを見た人はいない。昔、一益が鉄砲隊を育てた時、信長が見たのではないかという程度だ。光秀も鳥を撃ち落とすという。

飛ぶ鳥を落とすというのはそれほど難しいのである。

無頼の一益が信長に召し抱えられたのは、その鉄砲が上手だったからだともいう。その一益は善兵衛から火縄銃を受け取ると十間ほど離れて的を撃った。カーンと乾いたいい音を残して、的に当たった弾丸がどこかに飛んで行った。続けざまに一益はもう一発撃った。

それもカーンと的に当たった。その的に嘉隆が走って行った。

一分の鉄の板は頑丈だ。見事に弾丸を撥ね返している。

「これはビクともしないな？」

「はい、やはり一分の厚さになると強靭にございます。ですが重いようで……」

善兵衛は重さに若干《じやつかん》不満のようだ。鉄は厚ければ頑丈に決まっている。船板を覆う鉄は薄い方がいいと思う。

「よし、次だ。これはまたずいぶん薄いな？」

「はい、撥ね返すとは思うのですが……」

「やってみよう」

的の支度が整うと一益がもう一丁の火縄銃で、狙いを定め「パーンッ！」と的に命中させた。

すると一益の後ろに鉄砲を持って控えていた若い三人が立ち、狙いを定めて一斉射撃で的を撃った。鉄の板が割れたかもしれない。みながサッと的の傍に走った。薄い鉄の板が割れてしまったのではないかと思う。

「どうだ！」

「だ、大丈夫でございます！」

「うむ、やはり玉鋼の鉄の板は強いな。その板を持ってこい！」

「はい！」

一益が鉄の板の裏表を入念に点検する。弾丸を見事に撥ね返している。わずかに弾の痕跡があるだけだ。鋼の板は思いのほか強靱でビクともしない。

「もう少し薄くてもいいのではないか？」

「滝川さま、鉄砲だけでなく焙烙玉が破裂します。あまり薄くては？」

「そうか、焙烙玉であったな……」

嘉隆の言葉に一益も納得して薄い方の板でいいだろうと決まった。この時、一益と善兵衛はもう少し薄くても充分に耐えられるのではないかと思っていた。鍛造の鉄は刀を鍛える鋼だから実に強靱だ。だが、あまり薄くして万一ということが考えられる。割れたりしたら蟻《あり》の一穴で浸水したり燃えたりしないとも限らない。

弾の当たった痕跡が白く残っている。これ以上薄くするのは危険だと思う。

その頃、台師のところでは、長さ一間ほどの木の箱船が大急ぎで作られていた。こういう仕事は台師の得意とするところだ。

一益の指図で箱形の矢倉を乗せた小さい船ができあがる。

弾丸を撥ね返した薄い鉄の板が何枚か用意され、台師の造った船にからくり師が入念に鋼の板を張り付けて湖に浮かべてみるのだ。ここまでくるともう試さなくても船が浮くことはわかる。

九鬼嘉隆も船と薄い鉄の板を見て、これなら船は浮くと考えを変えた。

小さな船に鉄の板を張るのに手間取ったが、さすがに国友村の匠たちは確かな腕だ。からくり師がきれいに鉄を切って水に隠れる船体を除き、乗せられた箱矢倉を見事な総鉄張りに仕上げた。こんなのが巨大な船になるのかと、嘉隆は一目見て恐ろしい海の怪物だと思う。矢倉が重すぎて転覆するのではと心配だ。

一益が指図した鉄張りの総矢倉は大きく重そうである。船体のかなりが水に沈むからそこに鉄は張らなくてもよい。大量の鉄を積んでいるのと同じで船の吃水が、通常の船より深くなることはわかりきっている。それでも嘉隆は間違いなく船が浮くと思った。

海賊の大将はむしろその重い船の転覆と、船足がどうなるかが心配になる。

翌々日、鉄の箱船は見事に完成した。

かつて見たことのない鉄張りの木造船は異様だが、こんな船が大きく作られ海に浮かんだら恐怖だ。嘉隆はその船をにらんで考え込んだ。やはりこの船は重くて船足を速くすることは難しいだろう。その船をどう操って敵の焙烙玉と戦うかだ。嘉隆の心配が次々と出てきてしまう。

ましてや二十間もの巨大な船になれば、海に浮かぶ化けものではないか。信長という大将の頭の中にこんなものがあったのかと驚くばかりだ。

常人ではとても思いつかない恐ろしい海の怪物、化けものになるだろう。

九鬼嘉隆にも信長の構想がはっきり見えてきた。この化けものを海に浮かべて毛利水軍を殲滅《せんめつ》するのだ。二十間の長さでは船の重さで船材が裂けるか。どんな木材がいいのだと嘉隆の頭の中は大混乱だ。七隻分の船材をどうやって集めればいい。小船を見て話が急に現実的になってきた。

化けものの鉄甲船と焙烙玉の戦いである。この船でなら勝てるかもしれない。

嘉隆はその異形《いぎょう》の小船を見てそう思った。船型は不恰好《ぶかっこう》だがそんな期待を持たせる魅力がある。

これからその船がどのように浮くのか、湖岸に陣幕が張られ船が試される。誰にも見せない。一間の小船でも鉄の板を張るとズシッと結構な重さになった。湖畔《こはん》の陣幕の中で一益と嘉隆が見つめる前で、数人がかりで船が静かに水面に置かれる。膝《ひざ》ほどの深さしかない湖面にさざ波が寄せていた。

その奇妙な小船は湖の小さな波に揺れながら、頼りなくフラフラしているが、見事に浮いた。船は沈まないしひっくり返らなかった。

「浮いた！」

波に揺られて頼りないが浮いた。嘉隆はやはり吃水が深そうだと思う。そこに兵や水夫など数百人が乗ることになる。見ただけで相当に重くなると感じた。

「やはり浮いたか、これで鉄の船はいけるな」

「はい、少々重そうですが浮きました。この形で大きくすれば……」

「どうだろう、二十間の長さは？」

「船の長さと幅はよく考えませんと、長すぎれば波にもまれて、間違いなく裂けると思われます。そこは船大工と相談しますが……」

「うむ、やはり十五、六間がいいところだろうな」

先走って一益が結論めいたことを言う。その一益もこの船なら村上海賊と戦えると思っていた。自分で指図した船だが奇妙な恰好だと思う。

「まずは伊勢に戻って一隻を造ってみないことにはなんとも……」

嘉隆はそう言うが一隻を造って試すような猶予など無いとわかっている。

わずか二年でこの鉄の船を七隻も造らなければならない。こんな船を一隻造り上げるだけでも容易ではないとわかる。おそらくその船材と鉄の量は半端ではないだろう。それに大きな船に使う頑丈な船材を探すのが難しいのだ。やわらかい杉や松の木では使いものにならない。さっそく次の心配が待っている。

「次は木材です」

「うむ、まずは志摩の船大工たちに相談だな。わしは堺の芝辻に行って大砲の図面を見てくる。果たして一貫目の弾など撃てるものなのか？」

「承知しました。それがしは志摩に戻ってすぐ船材の調達をしますので……」

「うむ、このことは安土の信長さまにお話ししておこう」

「よしなに……」

二人は鉄の船の見込みがついたと一安心だ。

後は二年間で七隻の船を作る算段をしなければならない。七隻分の船材を集めるだけでも一仕事だ。船材の吟味こそ大切である。吟味に吟味をしていい加減な木材は使えない。木材の強度が足りなければ大きな船は海の波で折れる。造船中に傾いたりしたら困ったことになる。造り直す猶予などない。

嘉隆は二十間の大きさでも何んとか行けそうな気がしてきた。

だが、そこは船大工たちと相談して慎重に考えるべきだ。こういう大きな船は海に浮かべて裂けたりすると、修復は不可能でそのまま廃船にするしかない。海岸の波にもまれてバラバラに壊れ腐るだけである。無残な姿を晒《さら》すことになる。

嘉隆はそういう造船の危険性を知っている。無事に船下ろしするまでは油断できない。

船下ろししてからも点検をしないと船は水漏れを起こしたりする。気を抜けないのが船の扱いなのだ。

「善兵衛、この鉄の板が大量に必要だぞ」

「はい、何枚ほど?」

「ざっと勘定しただけでも一隻に二千枚として一万四千枚だな。その数は船の大きさによってかわる……」

「い、一万四千枚?」

「全部とは言わぬ。志摩にも鍛冶場を作るつもりだ」

そう言って一益が嘉隆を見た。

「はい、志摩にも作りましょう。船釘なども大量に必要となるでしょうから……」

嘉隆はもちろん鍛冶場を持っているが、大きな鉄の船を七隻も造れるような鍛冶場ではない。木殺しで船板を何枚か接合する時に、ほぞ穴に埋めて使う強靭な船釘が必要になるが和釘《わくぎ》ともいう。

分厚い船板を接合するほぞ組には精密な技術が必要だ。

ほぞ穴よりほぞの方が少し大きいのだ。

それを玄翁で叩いてほぞをほぞ穴に入れてほぞ組をする。これを木殺しなどというが船大工の腕の見せどころで、寸分《すんぶん》も違《たが》わずにピタッとほぞを組むのが匠の技といわれている。板が割れたり歪《ゆが》んだり裂けたりしたら大ごとになる。この木殺しこそ船大工の命のようなものだ。大切な船材だから失敗は許されない。

船底板と舷板を繋《つな》ぐのは湾曲《わんきょく》した日式釘などといった。船内に水が漏れないようにするのだから、ほぞ組や色々な釘を使っての板の接合はなかなか難しいのである。その釘を必要な分だけ小さな鍛冶場で作っていた。

だが、これからはそんなものではとても間に合わない。

あれもこれもと嘉隆のしなければならないことは多い。それも急ぐことばかりだ。なんといっても信長に二年だと期限を切られている。

「善兵衛、急ぐ仕事なのだ。すぐ取り掛かってくれ！」

「畏まりました」

滝川一益は国友村で嘉隆と別れ、安土城に立ち寄って信長に報告、その足で堺まで行こうとしていた。一隻に大砲を三門として二十一門の大砲が必要になる。

そっちも急ぐ話だった。大砲を作る玉鋼もかなりの量になるはずだ。

その大砲も的に当てるにはそれなりの訓練が必要だろう。ましてや動く船から動く的を狙うのは容易なことではない。

そんなことを考えると鉄砲の名人である一益でも頭が痛い。

大砲の訓練期間を入れると一年半ほどで二十一門を揃えたいところだ。

そのうえ一隻につき大筒が百丁に火縄銃が二百丁ということは、七隻で大筒七百丁に火縄銃が千四百丁ということになる。

すべて新調はしないまでも、せめて半分ほどは新しいものにしたい。

わずか一年から二年ですべてが間に合うのか、まさにその速さこそ針の穴に縄を通すような話だ。

第三章　志摩《しま》の海

暑い夏が足早に過ぎ去ろうとしている。湖畔を秋の風が渡り始めていた。伊吹《いぶき》の山から風が吹き始めると、湖は急速に秋色に染まって冬の支度を始める。古《いにしえ》の人々がこよなく愛した湖の風景は千変万化して、数多《あまた》の文人墨客《ぶんじんぼっかく》が息を呑《の》んだかしれない美しさなのである。暮れなずむ赤い夕景に霞《かすみ》が立つと比叡《ひえい》の山が浮かんで、ここは仏の遊ぶ浄土かと思わせるところなのだ。

そんな湖の絶景を信長は築城中の安土城から見ている。

滝川一益は伊勢志摩に戻る九鬼嘉隆と別れて、大砲調達のため堺の芝辻に向かうが、その前に信長と会うため安土城に立ち寄った。

「どうした彦右衛門、その顔だと船は浮いたのだな？」

「御意、小船ですが鉄の鎧を着た船が浮きましてございます。兵が乗れば重くなりますが沈むようなことはありません」

「うむ、一分の厚さで鉄の板は弾を撥《は》ね返したのか？」

「はい、もう少し薄くても鋼の板は当たった痕跡だけにて無傷同然にございます」

「なるほど、五郎左、どうだ！」

信長が鉄の船は沈むと言った丹羽長秀に得意げに威張《いば》って見せた。こういう時の信長は上機嫌だ。長秀は困った顔になる。

「誠に結構なことにございます」

「それだけか？」

「船が沈むと申し上げたこと間違いにございました」

「ふん、それだけか？」

「余計なことを申し上げましたる段、まことに申し訳なく平に謝りまする」

「よし、それでよい。間違った時は素直に謝るものだぞ」

それでなくても高い鼻が一段と鼻高々で言う。自分が間違っても信長は謝ったことなどない。たいがい間違ったと思っていない。長秀は素直な男だから信長に謝っても気にしない。

信長は鉄の船に目鼻がついたということでいつになく上機嫌だった。その信長の理屈では鉄の船は必ず浮くのだ。浮かなければ重い荷など船で運べない。小さな川舟でさえ荷を満載にして湖を行き来しているではないか。

三人は安土城の大天主が建つ仕事場で立ち話だ。

「堺の芝辻か？」

「はい、これから行ってまいります」

「うむ、又右衛門！」

信長が棟梁《とうりよう》の岡部又右衛門を傍《そば》に呼んだ。

「又右衛門、昨日の話だが、船の大きさは長さ十七、八間、幅六、七間と言ったな？」

「御意、そのように申し上げました」

湖に巨船を浮かべた経験のある岡部又右衛門の大工としての勘《かん》だ。

それぐらいの大きさが妥当ではないかと思う。又右衛門は本能寺《ほんのうじ》で信長と一緒に死ぬが、岡部もまた安土城を築いた大工の天才だった。信長と又右衛門は何事によらずよく話をしていた。この岡部又右衛門こそ信長の良き相談相手だったようだ。

湖に浮かべた城を乗せた奇妙な三十間の船も、吹き抜け天主という不思議な安土城も、信長と又右衛門の合作というべきものである。

この頃の外洋の船は大きく分けると二種類あった。

南蛮のガレオン船と明のジャンク船に大別される。その違いは船の背骨ともいうべき竜骨《りゅうこつ》の有無だった。竜骨とは船首から船尾までを貫く背骨、唐の船では骨という意味でかわらともいう。

竜骨のある構造がガレオン船で、ないのがジャンク船ということになる。

ちなみに日本の船のすべてに竜骨はなかった。この竜骨のあるなしで船の優劣は決められない。和船では舳先《へさき》から艫《とも》まで船底を縦に通す材を、まぎりがわらなどと呼んだ。竜骨と似た意味であろう。

日本で初めの竜骨船は、徳川家康の家臣ウイリアム・アダムスが伊豆《いず》で建造した船だ。名はヴエンツーラ号という。

ジャンク船に比べガレオン船は三本帆柱で、白い帆を数十枚も張って実に優雅だが、その見た目とは逆に、実は速度が上がらず船足が遅い船が少なくなかった。つまり三本帆柱の船はすべての帆を張って、白鳥のように華麗に見せる船という意味合いがあった。和船にはそういう優雅さはない。

すべての帆に満々と風を抱いて美しく帆走《はんそう》してみせるのだ。

その姿は優美、華麗、豪華、美しさは海の女神のようでさえある。南蛮の人々はそういう美しさを好んだのかもしれない。

日本では五十年ほど前になるが、大永《だいえい》二年（一五二二）のことになる。世界一周をしたマゼランのビクトリア号は、キャラック船というガレオン船に似た帆船《はんせん》だった。その船の全長は十四間半（約二六・四メートル）ほどで幅はほぼ四間（約七・三メートル）しかなかった。

実はそのマゼランのビクトリア号より、これから信長が造ろうとしている鉄の船ははるかに大きかったのである。もちろんビクトリア号は木造帆船であった。フランスに近いスペインのバスクで造られたという。

信長の船は多少ずんぐりむっくりのきらいはある。

だが、戦う船だから船型などはあまり気にしない。村上海賊の焙烙玉攻撃を撥ね返して、敵船を沈めてしまえばそれでいいのだ。

竜骨のない船は吃水が浅く船足が速いという特徴がある。

明《みん》のジャンク船は海と水深の浅い川の両方で使える船で便利だった。明には黄河《こうが》と長江《ちょうこう》という大河があり、その川の奥深くまで荷の積み替えをしなくても入れるのがジャンク船ということだ。それは吃水が浅いから可能だったのである。

海洋国家である日本の船は、遠洋に出ることはなく竜骨という考えはなかった。

「二十間はなくともよい。船板の裂けない船を作れ！」

「畏《かしこ》まりました」

三十間の船を湖に浮かべた岡部又右衛門の助言で、鉄の船の長さがずいぶんと短くなった。なんとも有り難いことである。それでも十七、八間となると小さな船ではない。巨大な軍船になるはずだ。

つまり湖に浮かんだ三十間の木造船がいかに大きかったかということである。

その船の舳先《へさき》と艫《とも》に城郭が乗っていてよく折れなかったものだ。造るのに又右衛門がそうとう苦労したのだろう。波といっても海のようなうねりのない湖だから、三十間もの木造船が実現できたといえる。今度の鉄の船はそうはいきそうもない。

滝川一益は小者一人と堺に向かった。

鉄砲鍛冶の芝辻清右衛門に極秘で、信長の言う大砲を二十一丁作らせる。

その大砲を毛利水軍との戦いに使うことは秘密だ。信長が大砲の図面を見たことを忘れていなかったのは、いつの日かそれを作ろうと思っていたからだろう。一益はその図面を見たことがない。信長にとって一貫目の弾を撃つ大砲は魅力的だったに違いない。当然、信長ならその使い方を考えるはずだ。

むしろこれまで、信長が大砲を作れと言わなかったのが不思議なくらいだ。

だが、木津川沖で九鬼海賊が焙烙玉でやられたと聞いて、船に積めば自在に大砲を使えると思い当たった。そうひらめいたのかもしれない。

信長は新兵器の焙烙玉に勝てる新兵器と思った時、堺の芝辻で若い日に見た大砲の図面を思い出した。大砲こそ手投げの焙烙玉より、一貫目の弾を遠くに飛ばせる新兵器になると直感した。

船の上でならいくらでも向きを変えて撃てる。

「あの大砲だ！」

信長は大砲を有効に使う場所を発見した。

「焙烙玉に勝てるのは大砲だ！」

大砲なら船そのものを破壊できるかもしれない。

船に乗っている人は鉄砲で狙えばいい。

「眼にもの見せてくれる。海賊ども！」

信長は焙烙玉に必ず勝てると思った。防御の鉄の船と攻撃の大砲の組み合わせだ。確かに、信長の頭は三百年先に飛んでしまっている。すでに戦艦大和《やまと》の原型が信長の頭の中にあったのかもしれない。

だが、この進化がピタッと止まってしまい、逆に退化するのだから歴史は恐ろしい。

その結果どうなったかは誰もが知るところだ。

滝川一益は何がなんでも芝辻清右衛門に、二十一門の大砲を間に合わせてもらう。

その大砲の存在が村上水軍に漏《も》れるのが最もまずい。堺の湊《みなと》には南蛮船《なんばんせん》から明船、知らぬ振りの海賊船までまぎれ込んできている。

どんな船でも水や食料を補給しないと動かないからだ。

新鮮な水と食料は必須である。堺には船に必要な調達品はすべて揃《そろ》っていた。

こういう雑多《ざった》な人が集まる湊から村上海賊に、堺で大量の大砲製造が行われていると漏れる可能性があった。

おもしろい噂《うわさ》や珍しい噂は風と共に、あっという間に千里の彼方《かなた》へ飛んで行く。

毛利に知られたら信長の作戦は見破られかねない。毛利軍には小早川隆景と村上武吉という切れ者の男がいる。この二人には油断するとやられる。堺というところはあらゆる噂の集まるところだった。

それは国内の噂だけでなく、南蛮や南方の国々のことまで知ることができる。

そのため上洛《じょうらく》した信長はいち早く堺を抑えた。この湊は京に近く海の彼方《かなた》まで開かれた日本の窓だった。南蛮人も明人も呂宋《るそん》人も高麗人も天竺の人まで、堺には集まってきていたのだ。

信長は松井友閑《まついゆうかん》を堺奉行に置いている。

だが、外国人の出入りを制限したり、禁止にしたりはしなかった。交易の利が大きく、その利が国を太らせると知っていたからだ。もし、異国が攻めてくるなら来い。ことごとく海に沈めてくれると自信を持っていた。信長の場合はそれが空威張《からいば》りではない。フロイスやオルガンティノに国外の状況を聞いていたのだ。

その上で信長は十万とも十五万ともいう自前の兵力を持っている。

何よりも三百年先まで考える頭脳を持っていた。スペイン艦隊が呂宋までは来たが日本に向かわなかったのは、宣教師を通して信長という魔王がいると知っていたからだ。後にコエリョという宣教師が、日本と戦うため艦隊を要請するが、呂宋にいた艦隊は北に向かおうとはしなかった。

日本の武力をスペインの提督は知っていたのだ。

そういう日本の状況は堺や長崎からいくらでも入手できたのだろう。

一益は鉄砲のことでその堺を何度も訪ねていて、清右衛門とは尾張にいる頃からの旧知の間柄だ。信長は堺の鉄砲も買ってかなり持っていた。

「これは滝川さま……」

清右衛門はしばらくぶりの一益を驚き顔で迎えた。

「清右衛門、そなた一貫目の弾が撃てる大鉄砲を考案したそうだな？」

いきなり一益が用向きを言う。

「はい、大砲といいますが……」

「その図面を見たい」

「畏まりました。少々お待ちください。持ってまいります」

旧知だから話が早い。一益は信長に仕える前の無頼《ぶらい》の頃から、堺に出入りしていたのかもしれない。なんとも得体《えたい》の知れないのが滝川一益である。

この頃、清右衛門は隠居して妙西《みようさい》と号していた。

その清右衛門には助延《すけのぶ》という孫がいて、その孫に鉄砲鍛冶の極意を伝授するのに熱心だった。鉄砲鍛冶の代替わりの時がきていた。その高等な鍛造技術を引き継ぐには修行が必要で容易ではない。刀鍛冶などはその技術を秘密にして、知られないため門外不出とか一子相伝《いつしそうでん》などという。

この助延というのは後の芝辻理右衛門である。

清右衛門は工夫熱心で銃身の長い長銃や、逆に銃身を短く軽くして、馬上から片手で撃てる短銃なども作っていた。そんな工夫の中で一貫目弾をぶっ放す、大砲という構想が生まれ図面にした。

だが、大砲は鉄を多く使うので実物はまだ作ったことはない。

砲身だけでも試しに作ってみたいとかねがね考えていた。

その珍しい図面を清右衛門は、鍛冶場の神棚《かみだな》の下の引き出しに大切に入れたまま、もう何年も経《た》っている。

生きているうちには実現しないと思っていた。その大砲に陽《ひ》の光が当たった。

ついにきたかと神棚の下から図面を取り出す。その図面はかなり前に信長が見たものである。

折りたたんだ縁が黄色く変色している。

だが、この大砲がついに陽の目を見るのかと思うとうれしさがこみ上げる。

鉄砲鍛冶は実物を作ってなんぼのものである。図面だけで寝かせておいては一文にもならない。特にこの大砲の図面は清右衛門の自信作なのだ。

「お待たせいたしました」

清右衛門が畳半畳ほどの図面を一益の前に広げた。

「この弾は？」

「一貫目と考えております」

「どれほど飛ぶ？」

「百間（約一八一・八メートル）ほどを考えております」

「百間か……」

「この砲弾を軽い五、六百匁にすれば、百五十間（約二七二・七メートル）から二百間（約三六三・六メートル）ほどは飛ぶかと思います」

清右衛門が考えに考えてはじき出した火薬の量と弾丸の大きさと飛距離である。本人はもう少し飛ぶかもしれないと思っている。

清右衛門は大砲の威力は鉄砲の比ではないと信じていた。

鉄砲の弾丸はわずか四匁から六匁でしかない。一貫目の砲弾が唸りを生じて飛んで行ったらその結果は恐ろしいことになる。この後、大砲はその威力から国崩しとか城壊しとか山崩しなどと呼ばれる。

鉄砲の百倍以上の砲弾が飛んで行くのだから破壊力は凄《すさ》まじいだろう。

図面を見てそう直感する。

一益は広い海ではより遠くまで飛ぶことが肝心だと考える。それに敵の船の船板を貫通して沈めてしまう。兎《と》に角《かく》、的は大きい敵の船だから弾丸は間違いなく当たるはずだ。早くその威力を見たい。

「何に使いますので？」

「うむ、それはまだ言えぬ……」

どこに毛利の眼が光っているのか、どこに聞き耳が立っているのかわからないと、一益はいつになく慎重になる。清右衛門は口の軽い男ではないとわかっている。取引先のことを易々《やすやす》と喋《しゃべ》るような男ではない。

だが、使用人も多いし堺の芝辻といえば、全国から鉄砲の注文が来る鍛冶師である。誰がなんの目的で訪ねてくるかわからない。その中に毛利の者や村上海賊がいないとは言い切れないのだ。万一ということが考えられる。堺の芝辻家というところはそういうところなのだ。

「わかりました。それではどれほど飛べばよろしいのでしょうか？」

清右衛門もどんな注文か単刀直入に聞いた。滝川一益が現れたということは信長の所望《しょもう》なのである。どれほどの威力を希望しているのか。遠い昔のことだが、信長と砲弾を城に打ち込む話をしたように思う。その時、信長が五百間と言ったように覚えている。確か、そんなには飛ばないと答えた記憶がある。

その信長が大砲を欲しいのだ。

「そうだな。少なくとも百間以上は飛んで欲しいところだ。それで砲弾が飛んで行ってドスンと落ちるだけでは駄目だ。壁でも板でもぶち抜きたい」

「壁と板をぶち抜く?」

「壁なら五寸（約一五センチ）から一尺（約三〇センチ）、板なら四、五寸ぐらいだ」

「四、五寸の板とは……」

勘の鋭い清右衛門は四、五寸と聞いて船板ではないかと思った。

通常ではそんなに厚い板を使うのは船以外あまり考えられない。それも相当に頑丈な船だろう。五寸といえば板というより立派な柱である。

もちろん、清右衛門には船という心当たりがあった。

それは例の海戦のことである。

木津川沖で織田水軍は毛利水軍に壊滅させられたと聞いている。それも焙烙玉という恐ろしい武器だったという。船であればその戦いと関係があることは間違いない。おそらく信長は再戦するつもりなのだ。清右衛門にはピンと来た。信長が欲しい大砲は毛利水軍と戦うための武器としてだ。村上海賊を沈めるためだ。

木津川沖は堺の沖でもあり、目と鼻の先といえる近距離だった。

あの戦いの様子はその日のうちにすべて清右衛門に聞こえてきた。村上海賊の焙烙玉の凄まじい威力も聞いた。その時、フッと織田水軍が大砲を持っていたらと思った。

この大砲なら手投げの焙烙玉などには負けない。

焙烙玉は十間も飛べばいい方だろう。だが、この大砲はその十倍先から船を狙って沈められる。焙烙玉など届かないところから村上海賊の船を狙う。清右衛門は大砲の威力を信じていた。

そんなところに滝川一益が現れた。船で間違いない。

「わかりました。それで何丁ほどご入用で……」

「うむ、二十一丁欲しい」

「二十一……」

なんとも半端な数だが次の戦いで、織田水軍はこの大砲を使うのだろうと思う。

それにしては二十一門とは少し数が少ないのではないか、木津川沖に出てきた毛利水軍の船は八百隻だったと聞いている。せめて五十門は欲しいところではないのか。信長はこの大砲をどう使うつもりだろうと思う。

そこは二十一門の商売の先のことだから何も言わないで沈黙した。

兎に角、二十一門の大砲を織田軍に納めてから、その後にどれだけの数を追加するかの話である。大きな商売の話だ。清右衛門もこの話をまとめることに慎重だ。信長が大砲の威力を認めたら、先々とんでもなく大きな取引になるはずだ。

「五寸の板を百間で粉砕すればよろしいでしょうか？」

「四、五十間でもよい……」

距離が半分になった。一益は三十間も離れていれば充分だと思う。

なにしろ鉄の鎧を着た船だから防御は鉄壁だ。船べりがこすれ合うほどの至近距離から、大砲をぶっ放すことさえできるのだから三十間でも遠いぐらいなのだ。

「五十間？」

清右衛門は船に装備する大砲と決めて、すでに村上海賊の焙烙玉を意識している。その焙烙玉攻撃は凄まじく九鬼の船はみな燃えたと大袈裟《おおげさ》に語られていた。

「五十間では無理か？」

「初めてのことですからやってみないことには……」

自信はあるが清右衛門が慎重な物言いになった。

信長が木津川沖で再戦するなら失敗は許されないからだ。新兵器といわれる焙烙玉に信長は大砲で対抗するのだろう。二十一門では明らかに数が少ないように思う。だが、はっきり二十一門というからには使い方が決まっているのだろう。

海の上の四、五十間は近いようだが結構遠い。距離が遠すぎると弾が当たっても、船板を撃ち抜けずにドスンかもしれない。当たっても威力がなくドスンと砲弾が落ちるだけでは困る。帆柱を折るぐらいの破壊力がなければ駄目だ。信長の所望するのはそういう破壊力なのだろう。

果たして四、五寸の船板を砲弾が撃ち抜けるかだ。

敵の船の船板は薄く二、三寸ぐらいの厚さかもしれない。清右衛門はその船の横っ腹をぶち抜きたいと思う。天下人の信長さまが驚くのを見てみたいものだ。それこそが鉄砲づくりの匠《たくみ》の本《ほん》懐《かい》というものだ。百間先の船の横っ腹を撃ち抜いたら、それはまさしく無敵の新兵器といえるだろう。

だが、その威力があるかは難しいところだ。

なにしろ誰も作ったことのない大砲なのだ。清右衛門の考えた通りになるのか。

村上水軍の焙烙玉も焙烙火矢も遠くには飛ばないのだから、砲弾が四、五十間で敵の船板を撃ち抜けば充分だと思う。接近して撃てばその半分でもいいぐらいである。至近距離で砲弾が当たれば敵の船は木っ端微塵《こっぱみじん》になるだろう。

古い図面を見ながら二人は同じようなことを考えていた。

「大急ぎで一丁だけでいいから作ってくれるか、どれほどの破壊力か試してみたい。改良する必要があるかもしれないからな。話はそれからだ」

「畏まりました」

「出来上がったら安土城のわしの屋敷に知らせてくれ、早ければ早いほどよいぞ」

「承知いたしました。これからすぐかかります」

「他言無用……」

「はい……」

話が決まった。兎に角、急ぐ仕事なのだ。木津川沖の敗北を引っ繰り返す秘密兵器だ。

滝川一益は堺から九鬼嘉隆のいる伊勢志摩に向かう。

そこではもう一つの秘密兵器である鉄の船が造られる。その二つを合体させるのが一益の仕事なのだ。両方に目処《めど》が立てばその船で九州まで攻めて行ける。あの信長のことだからいきなり、「南蛮に行くぞ。支度せい！」などと言いかねない。

おもしろいことになりそうだと馬上の一益はニッと笑ってしまう。

その頃、志摩では大勢の船大工たちが集められ、伊勢の山々から大量の木を伐《き》り出し、あちこちから手持ちの船材が集められ、船造りの支度が始まろうとしていた。伊勢の船大工は海賊たちの船大工だから気が荒い。だが、船造りでは天下一品の腕が揃っている。

志摩の海は村上海賊の宮窪瀬戸《みやくぼせと》と似ている。その海峡は宮窪瀬戸のように狭い。

九鬼水軍の本拠地は志摩の答志島《とうしじま》にある。

伊勢志摩では一番大きな島で古くは国衙《こくが》という役所が置かれた。柿本人麻呂《かきのもとのひとまろ》が「釧《くし》着く答志の崎に今日もかも大宮人《おおみやびと》の玉藻《たまも》刈るらむ」と万葉《まんよう》の歌に詠《よ》んだ美しい島々なのだ。傍には浮島《うきしま》や飛島《とびしま》がある。この島々と志摩半島の間を桃取《ももとり》海峡などともいう。

知多半島とは目と鼻の先だった。

東西に一里半（約六キロ）ほどの細長い島で対岸が鳥羽《とば》である。

伊勢志摩は二万石ほどしかない小さな国だが、古くは十三の海賊衆が治めていた。今は九鬼嘉隆が信長の後ろ盾で二万八千石ほどの知行《ちぎょう》で治めている。

すでに近江長浜の湖岸で鉄の鎧を着た船が海に浮くことが試された。

鉄の厚さも一分より薄い。鉄砲や大筒の弾が食い込まないよう鉄の板の厚さが決められた。焙烙玉は陶器のため撥ね飛ばせばいい。

鉄の板に当たって破裂しても、破れるような問題はないと考えられた。

兎に角、鍛造の鋼の板は強靱《きょうじん》である。一日も早くその鉄甲船を建造して海に浮かべることだ。早く仕事に掛からないことには、信長との約束の期限を守れなくなる。

滝川一益が伊勢志摩に着くと九鬼嘉隆は船の大きさを話し合った。

そこに船大工の棟梁たちも加わる。これまで何隻も大きな安宅船を作ってきた腕利きの匠たちだ。この伊勢で作られた船が尾張や三河や遠江《とおとうみ》などでも使われている。伊勢の海は魚介類が豊富というだけでなく、大湊《おおみなと》や十楽《じゅうらく》の津《つ》と呼ばれる桑名《くわな》湊を持っていて、その交易は西は堺、東は関東にまで広がって繁盛《はんじょう》していた。

ちなみに十楽の楽とは市とか自由という意味がある。

信長の楽市楽座《らくいちらくざ》の考え方のもとになる。尾張で育った信長は隣の桑名の十楽を知っていた。

伊勢には神宮があり、その海の北には尾張の熱田《あつた》神宮があった。この参詣人《さんけいにん》たちも船を使う。その船のほぼすべてを伊勢の船大工たちが造っていた。嘉隆の自慢の船大工たちともいえる。

この頃、この船大工たちは伊勢船《いせぶね》という船を作っていた。

伊勢造りとか内海船《うつみぶね》などともいうが、船首が箱形の戸立《とだて》造りと呼ばれる独特の船型をしている。船首が尖《とが》っていないため波を切るのではなく、波に伸《の》し掛かって行くというような船首だ。

多くの安宅船もこの船型をしていた。

安宅船でも船首の上部が箱形で、下部が水切り形になると、伊勢船とは呼ばずに二成船《ふたなりぶね》という。この伊勢船を軍船にしたのが安宅船である。安宅船の大きさはさまざまで、なぜ安宅と呼ぶのかも色々な説があるようで、海の上で暴れるの「あたける」から安宅となったなどともいう。

安宅船は大きい船ということでもある。

大安宅というと船の長さが二十間を超えていたともいう。

その安宅船に中型の関船、小型の小早を組み合わせて小船団とし、その小船団が集まって村上海賊は大船団を構築している。

　この組み合わせが絶妙で戦いになると焙烙玉を使って実に強い。

　敵船を燃やしてしまうのだから困る。

　つまり安宅船には伊勢型と二成型の二種類があった。この伊勢船造りが志摩の船大工の自慢である。

　伊勢船でも二成船でも船大工は望みのままに造れる。

　その船を志摩の海賊たちに提供してきた歴史があって、どんなに大きな船にもそうそうは驚かない。ただ今回は、大きいばかりではなく総矢倉を載せ、巨大な船が鉄の鎧を着るというのだから、さすがの船大工たちも度肝《どぎも》を抜かれた。いったいそんな化けもの船を誰が考えたのだということだ。

　海を知らない大馬鹿者が考えたとしか思えない。

　船が鉄の鎧など着たらうねってくる大波に翻弄されひっくり返るではないか。

　だが、安土城の信長さまの考えだと聞いて、船大工たちが沈黙してしまい急に大いに納得する。あの天下さまならやりかねないと思うのだ。

　こういう奇想天外なことは、天下広しといえどもあの人しか考えないだろう。

　馬鹿々しいというか恐ろしいというか、鉄の鎧を船に着せるとはあの人しか考えないことだ。信長と聞いては後に引けない。負けず嫌いな船大工たちは、やってやろうじゃないかと奮《ふる》い立《た》った。

天下さまの軍船を造る。それは長い乱世を終わらせることにもつながることだ。

まさに覇王の船を造るのである。神宮の神々も熊野の神々もよろこばれることだろう。

「よしッ、鉄の鎧を着た化けものを、志摩の海に浮かべてやろうじゃねえか！」

「やろう！」

度胸がいいというか、怖いもの知らずというか、その向こう見ずともいえる海賊の船大工たちを嘉隆は好きだ。どんなにつらい仕事でも泣き言を言わない。嘉隆が木津川の戦いに敗れボロボロになって戻ってきた時も、船大工たちは自分の造った船が駄目だったのだと泣いて大将の嘉隆に詫《わ》びた。

そんな船大工たちを嘉隆は自分の命だと思っている。

通常、安宅船の船体は三階か四階の造りで、船板は三寸ほどの厚さで楠や椋《むく》の木という堅い大木を使う。その船の甲板には大きくはないが矢倉もある。それを箱形の船首から船尾までの総矢倉にして、鉄の鎧を着せるというのだから前代未聞、驚天動地《きょうてんどうち》である。

志摩の船大工は伊勢船造りの名人たちだ。その船大工たちを嘉隆は信頼していた。

やがて安宅船は五十丁艪《ろ》、大安宅船は百六十丁艪、一本の大艪を二人で漕ぐ場合は百丁艪とか六十丁艪になるのだが、そんな安宅船はまだ見たことも聞いたこともない。

艪と大艪は長さがまるで違う。

五百石積から小安宅船、二千石積以上を大安宅船というが、二十五、六間もある大きな船が造られるようにはなるが、こういう大きな木造船はあまり造られなかった。大き過ぎて使い勝手がいいとはいえない船だ。伊予の河野家が持っていたともいう。

そんな安宅船だが千石積でも結構大きい船である。

「殿、大安宅は矢倉や船べりに飾りなどで、鉄の板を使うことがありますが、総鉄張りということになると相当重い船になりますが……」

船大工の助左衛門がいち早く船の重さを危惧《きぐ》した。

そもそも大きな船は船材も頑丈で重いのだから、その上に鉄の船がどの程度の重さになるかなど誰にもわからない。重さで沈むことはないがひっくり返る可能性があった。航海では船を安定させるために船の底に重い石や砂などを積むことがある。つまり助左衛門が心配しているのは船の復原力《ふくげんりょく》なのだ。

船は波や風で必ず傾くが復原力がないとそのまま転覆する。

上下が逆さまになったらそれはもう船ではない。そうならないために底荷に錘《おもり》を積んで復原力を高めるのだ。もちろん船はグンと重くなるから、安定はするがその分だけ船足は期待できなくなる。

「うむ、船に鉄の鎧を着せるのだからな」

「うまく海に浮いても前に進ませるのは容易ではないかと思いますが……」

同じ船大工の九郎兵衛も船の重さを気にした。海に浮いても重くて動かせないのでは、浜に打ち上げられて座礁《ざしょう》してしまい、動けない船はたちまち波に揺られて破壊される。

「それに兵が三、四百人も乗れば、相当に大きな船でないと戦えないのではないか？」

「大安宅のような船か？」

嘉隆が聞いた。

「へい！」

「大きく重い船はなかなか進まないか？」

「おそらくゆっくり、のろのろでしょう。船足は……」

「それに小回りも難しいかと思われます」

なんとも大きな図体《ずうたい》になるだろう。和三郎《わさぶろう》がそんな船は重過ぎるという顔だ。

鉄の鎧を着た船に兵が何百人も乗れば重いに決まっている。それに船の漕ぎ手も百人以上乗り込むことになる。

その上、底荷を積むことになればその巨体は相当重い。

そんな重い船が沈まずに浮いている方が不思議だ。浮いていても身動きができないのではないか。船大工たちの心配はそこにある。船を造っても転覆したり動けないのでは船とはいえない。

それに重過ぎる船はどうしても船材が裂ける危険があった。

「そんなのろまな船を造ってどうする。戦えないじゃないか？」

大男の波太郎が不満そうだ。

「だから、大きな船だと言っているだろ。大艪で漕げば船は動く！」

助左衛門が言い返した。

「大艪でか……」

大艪とは一本の艪を二人で漕ぐ艪をいう。

仏頂面《ぶっちょうづら》の一益は何も言わずに船大工たちの話を聞いていた。

その船を造るのは船大工たちだ。船大工たちがどんな大きさの船を造るかである。信長が気に入る大きさにできるかが大きな問題だ。

船の大きさから話がずいぶん違う方によれてきたと思う。船大工にとって船の動きは気になるのだ。漕ぎ手の水夫《かこ》たちに、「馬鹿野郎、こんな船、動かねえじゃねえか！」と言われたら赤恥をかくことになる。

それは伊勢船造りの名人たちには耐えられない言葉だ。

そんな船は絶対に造れない。

だが、鉄の鎧を着た軍船はそうなりかねない。軍船は船大工が造り、水夫がその船を操り、兵が乗って戦う。そのすべての指揮を執るのが大将の嘉隆である。それがうまくいかないと戦う船にはならない。

次の戦いは背水《はいすい》の陣《じん》だと嘉隆はわかっている。

どんな戦う船ができ上がるのか、それは必勝の船でなければならない。

一益は十四、五間の船で充分だと思っていたが、船大工たちの話は大安宅ほどの船でないと戦えないという。七隻で村上海賊の船八百隻を相手にするのだ。一隻の鉄の船に関船や小早が蟻のように群がるだろう。

そんな海賊たちと戦うには七隻の船が大きくなければならない。

大きな船は信長が聞いたら大いによろこぶ。二十間なのか三十間なのかだが、果たしてそんな大きな鉄の船が造れるのか。

「百六十丁艪で大艪というのはどうだ？」

「二人漕ぎの大艪で片側八十艪か？」

「おう！」

なんとも威勢のいい話だが漕ぎ手だけで交代要員を入れると三百人を超える。

七隻なら二千人を超える漕ぎ手が必要になる。そんな船は化けものを通り越して海の怪物だ。

鉄の鎧を着たそんな怪物船を見たら、海賊どもは戦わずに逃げるのではないか。

「漕ぎ手だけで三百二十人だぞ。交代要員を入れると四百人以上だな……」

「動かなければ沈められるぞ！」

「敵が体当たりしてくるかもしれないな」

船大工たちの話がずいぶん壮大になってきた。二千石積の大安宅船など滅多《めった》にお眼にかかれる船ではない。そんな船が鉄の鎧を着たらまさしく海の怪物に間違いない。

それよりも大きいというのだから信長好みだ。

「三千石積か？」

「それより大きいな……」

「な、なんだと、そんなバカでかい船が動くか？」

「動かすんだよ」

「そんな船は動かねえ！」

この当時まだ三千石積の安宅船などなかった。

だが、船大工たちは経験からどういう船がどう動くか知っている。なんとも恐ろしい話になってきた。

この後に三千石積という巨船が出現する。

そのような巨大な軍船が造られるようになり、徳川家康は水軍というものに恐怖を感じてしまう。江戸幕府は大船の建造禁止令を出してしまうのだ。これが実にまずかった。船の進歩が止まってしまう。

海洋国の日本が陸に上がった河童《かっぱ》になってしまうのである。

家康は慶長《けいちょう》十四年（一六〇九）に、五百石積の小安宅船より大きい船は、すべての大名や貿易商人から没収する。

大船を取り上げられてしまっては、もう手も足も出なくなってしまった。

大船建造禁止令は寛永《かんえい》十二年（一六三五）に発せられ、五百石積の小安宅船以上の大きさの船は建造禁止、これで海洋国日本の船の発展がぴたっと止まる。その結果どうなってしまったかは幕末を待たなければならない。

歴史は明確に、恐ろしい結果を受け入れなければならなかった日本の姿を語り、その遅れを取り戻そうと焦って、巨艦と巨砲を揃えて世界と大戦争をしてしまうのである。つまりその歴史は糾《あざな》える一本の縄のごとしで実に正直者というしかない。

国破れて山河《さんが》在《あ》り。

世界に先んじた織田信長の三百年の先見を誰も引き継げなかったのである。

以って銘すべきであろう。その後遺症は千年先まで続くのかもしれない。信長の死後四百四十年が過ぎたばかりである。覇王の船はどこへ行こうとしているのか。

「海の怪物か……」

「それぐらい大きくなければわずか七隻で、村上海賊の八百隻とどうやって戦うのだ？」

船大工たちをまとめている棟梁の和具権太夫が言う。

「そうだ！」

「それに大筒より大きな堺の大砲を積めば無敵だ。南蛮船も明の船も沈められるぞ！」

日焼けで顔の黒い権太夫が白い歯を見せてニッと笑う。この薄気味悪い笑いに船大工たちが沈黙した。耳を傾けて権太夫の話を聞こうという。

浜の汐《しお》にやられて棟梁の権太夫の声はまるでガランガランの割れ鐘だ。

和具権太夫といえば泣く子もいっぺんで泣き止むといい、この辺りでは鬼より怖い船大工の棟梁である。

船を造る船大工の棟梁より、海賊の方がよっぽどやさしくていいだろうといわれている。

権太夫の一言でなんとも物騒な話に発展する気配になった。

安土城の信長が聞いたらにんまりするいい話だ。全長三十間もあるような大きな鉄の船を手に入れたら信長が南蛮まで攻めて行きそうだ。

「同じ船をあと十隻造れ！」

などと信長が言い出しかねない。事実この船は追加して造られることになる。

大きな話もいいがここは冷静に考えないと、完成までの期限に間に合わなくなる。

一益と嘉隆の頭の中には石山本願寺との戦いのことがあった。そもそもこの船は石山本願寺を潰すために造られるのだ。船大工の腕試しのために造る船ではない。従って二年という期限が決まっている。船材を集める準備期間や大砲の訓練期間を考えると造船には実質一年半もないのだ。

大突貫で間に合わせなければならない。

再び村上海賊が兵糧を本願寺に搬入しようとした時を狙って、その大船団に鉄の船で襲いかかろうというのだ。その時期は米の収穫が終わった晩秋から冬と決まっている。そこに間に合わないと次の年かその次の年まで戦いはない。毎年、本願寺に兵糧を入れに来るとは限らないからだ。

その一年も二年も待つ間に何が起きるかわからない。

乱世は油断も隙もなく何が起きてもおかしくないのである。この作戦に二年と信長が期限をつけたのはそういうことだ。三年も待てないということだ。信長の天下布武の戦いは急ぐ仕事でもある。すでに信長は四十を過ぎた。父織田信秀《のぶひで》は四十二歳で死去し、信長はその父の年を越えようとしているのだ。

「よし、みなの話はわかった。この船を造る期限は二年、事実上は一年から一年半というところだ。それを考えた上で早速、間違いなく完成させられる船の図面を引いてくれ！」

「い、一年半？」

「そうだ。それは信長さまの命令だ。二年後の今頃は木津沖にいなければならない！」

「殿！」

「権太夫、頼むぞ！」

信長の命令である厳しい期限に気づいて、嘉隆が船大工たちの話を切った。

船大工たちは大きければ大きいほど造るのがおもしろいだろう。だが、話はそういうことではなく、実戦に耐えうるほどの大きさで期限に間に合えばよい。何よりも大切なことは毛利水軍に勝つことである。もう一度、村上海賊の焙烙玉と戦うための船で、何がなんでも勝たなければならない。二度の敗北は許されないのだから。

九州や南蛮に行く話はその先のことである。

今回の作戦に成功すれば次は巨大な鉄の船の、弱点を改良し補強しつつ二、三十隻も建造して、信長のことだからその無敵大艦隊を率いて、明や天竺や南蛮にまで行くなどと言い出しかねない。

その時は船大工たちも丸ごと乗せて出立《しゅったつ》する。

この鉄の船造りにはそんな壮大な夢が広がるのだ。

九鬼嘉隆にはそれがわかっていた。だからこの戦いには何んとしても勝たなければならないのである。

「殿、承知しました。すぐいたします。期限内に必ず完成させます」

権太夫を補佐する助左衛門が、信長に与えられた期限を理解し、嘉隆に畏まって話し合いが終わった。この鉄の船の建造はその期限との戦いになる。棟梁の権太夫もそれを強く感じて慎重になった。こういう仕事には完成の期限というのが大切である。それを信長が二年と切ったのだと船大工たちは理解した。

嘉隆は信頼する船大工たちの話をすべて認めるつもりでいた。

ただし期限以内に完成させるという条件付きだ。黙って話を聞いていた一益は、どんな大きな船になるのか少々不安を感じている。

それでも一益は何も言わなかった。志摩の船大工の力を知っているからだ。

こういう話は船大工たちに任せておけばいい。みな経験豊かな伊勢船造りの名人たちなのだ。

何をどのようにすればどんな船ができるかすべて知っている。今回は巨大な伊勢船に総矢倉を載せて鉄の鎧を着せるという。その船の問題は大きさもさることながら、復原力と船足だともうわかっていた。

素人が余計な口出しをしない方が話は早い。

九鬼嘉隆が指揮するのだからおかしなことにはならないだろうと思う。

この後、秀吉の朝鮮出兵のために、この船大工たちが建造する鬼宿丸《きしゆくまる》という安宅船は全長十六間、幅五間半、千五百石積だった。秀吉はこの船を大いに気に入り鬼宿丸から日本丸と改名する。

この日本丸は朝鮮で戦う日本軍の旗船となった。

その夜、一益と嘉隆は二人だけで酒を飲んだ。何んとか信長の希望に添える見込みがついたようだ。赤鬼の癇癪玉《かんしやくだま》が落ちないで済みそうだと思う。信長は怒ると赤くなるので家臣たちは赤鬼と言って怖がる。その赤鬼が青鬼になる時があるのだが、この時は何か適当な言い訳を見つけて信長の傍から逃げた方がよい。青鬼になった信長はまるで凶器であり恐ろしい。何をするか言い出すかわからないのである。

「これで目処がたったな？」

「何んとか、たちました」

「七隻のうち一隻をわしに造らせてもらいたいが？」

「滝川さまが船を、構いませんが……」

「一隻は鉄の船ではなく大安宅船にしたいのだ」

「わかりました」

「鉄の船は六隻でよかろう？」

「はい……」

滝川一益はその安宅船に乗って、村上海賊との戦いに出るつもりでいる。

この海戦こそ織田軍の将来を決めると考えていた。何がなんでも毛利水軍を沈めないことには九州はおろか西国にさえ行けないだろう。信長の天下布武を実現するための、最後の戦いになるかもしれない九州征伐《せいばつ》が近いと一益は感じている。

二回目の木津川沖の戦いはその九州への第一歩だ。

乱世を薙ぎ払い泰平《たいへい》の世を招来させるのは信長しかいない。おそらくそのためだけに生まれてきたのが信長という人だろう。信長に少年の頃から仕えた一益は、時々、信長は乱世に降臨した神ではないかと思うことがあった。

そういう人でなければ百年に及ぶ乱世を薙ぎ払えない。

そんな信長だから鉄の船だなどと言うのだ。その鉄の船がこの海戦で負ければ織田軍が備前《びぜん》、備中《びっちゅう》あたりで立《た》ち往生《おうじょう》してしまうかもしれない。海賊どもが立ちはだかって海から織田軍を攻撃してくる。

そうなれば信長の夢も野望もついえるのだ。

翌早朝、一益は嘉隆の配下の漕ぐ船で、伊勢志摩の海を北へ向かい伊勢長島城まで送ってもらった。この長島城が一益の城である。

天正二年（一五七四）六月に信長が皆殺し作戦で、根絶やしにした伊勢長島の一向一揆の後、その長島城を一万の大軍と一緒に信長から一益がもらったのだ。その長島城は信長の本貫《ほんがん》の地である尾張を守り、広大な伊勢の海の交易を守る極めて重要な城だった。

信長が一益を長島城に入れたのは、そういう大切な仕事を任せられる信頼があるからだ。

その滝川一益と九鬼嘉隆は伊勢の海を挟《はさ》んで北と南で近いところにいる。目と鼻の先といえるのかもしれない。

第四章　芝辻清右衛門《しばつじせいえもん》

　この鉄の船の建造は極秘にされた。

　織田軍の中でもそれを知っているのは、丹羽長秀や滝川一益と九鬼嘉隆ぐらいだ。それに大工の棟梁《とうりよう》岡部又右衛門だけだった。

　万一、毛利軍に漏れることがあってはならない。それが何よりも懸念された。

　再戦があると感じれば村上海賊や毛利軍は、間違いなく信長の次の作戦を探りに来るはずだ。

　信長が負けたまま戦いを投げ出すとは考えにくい。信長のしつこさは有名である。ましてや京に近い石山本願寺を放置するはずがない。これまで信長は本願寺の顕如光佐に何度も煮《に》え湯《ゆ》を飲まされてきた。

　甚大《じんだい》な犠牲を払ってでも一向一揆を叩《たた》き潰してきたのである。

　必ず二度目の戦いはあるはずだと思う。

　九鬼嘉隆がそんな船を作っていることは絶対に秘密だ。伊勢船を造っているのはいつものことだが、大きさや鉄の船であることなどは秘密にされた。村上海賊は伊勢の船大工たちが伊勢船造りの名人だと知っている。

　その船大工たちが木津川沖で沈んだ船の代わりに、どんな大きさの船でどれほどの数を造るのかは大いに気になるところだ。何はさておいても船の数を揃《そろ》えないことには再戦はできない。新造の船が三百隻なのか五百隻なのか。また織田水軍として各地から何隻の船を集められるのかである。

たとえ千隻を集めても焙烙玉がある限り負ける気はしない。

戦いに敗れた信長の動きには、毛利だけでなく多くの大名たちが注目している。ことに石山本願寺は宗派の死活問題だけに、信長の次の作戦が気になるところだ。

それがわかる嘉隆は木津川沖の戦いで負けてから、九鬼水軍の船を志摩の入り江や熊野の入り江にすべて捨てるか隠してしまった。あの海戦で織田軍は水軍の弱点を露呈してしまったからだ。

だが、海に弱い織田軍とは言わせない。

武田勝頼を叩き潰した鉄砲の戦いは、猛烈に強かったが船戦は駄目だとは言わせない。

あの戦いでは志摩の海賊として九鬼嘉隆の面目も丸つぶれだった。そういう時は耐え忍んで捲《けん》土重来《どちょうらい》こそ大切である。

嘉隆は次の戦に九鬼の名誉も自らの命もかけるつもりだ。

海賊の大将は二度も負けて志摩の海に戻ってくるつもりはない。

この頃、石山本願寺を攻めあぐねている信長に敵対し、本願寺に味方しているのが鉄砲の名手を揃えて、傭兵《ようへい》となっている紀州の雑賀衆《さいかしゅう》だった。

その傭兵の鉄砲隊が本願寺に入っていて実に厄介《やっかい》である。狙撃が得意なのだ。その雑賀の鉄砲に織田軍の兵が狙われると、かなり遠い距離でも一発で仕留められる。雑賀には鈴木孫一《すずきまごいち》という百発百中の鉄砲の名人がいた。雑賀孫市などともいう。孫一というのは雑賀鈴木党の棟梁が名乗る名前で、この頃の鈴木孫一は鈴木重秀《しげひで》といった。

紀州にはその雑賀衆をはじめとして信長に従わない勢力が少なくなかった。

それらは紀州高野山《こうやさん》、紀州紀ノ川粉河寺《こかわでら》、紀州岩出《いわで》根来寺、紀州紀ノ川雑賀荘《さいかのしょう》、それに熊野三山などである。

ただ根来寺だけは信長の本願寺攻めに協力的だった。

高野山と熊野三山は別として、雑賀衆は傭兵を出して本願寺に味方するなど反抗的な存在である。大勢の鉄砲隊を維持するにはそれなりに経費が掛かる。その費用を傭兵で稼いでいたのだろう。雑賀は雑賀荘、十ヶ郷《じつごう》、中郷《なかごう》、南郷《みなみごう》、宮郷《みやごう》の五組から成り立ち、数千丁の鉄砲を擁する傭兵たちを抱えていた。鉄砲の傭兵は銭になるのだ。

この頃、信長はその雑賀征伐を考えていた。本願寺に味方する雑賀を放置しておくことはできない。銭稼ぎの傭兵など出せないように、その根っこである雑賀を叩き潰す必要があった。熊野に近い雑賀も大きくはないが水軍を持っている。

紀州の熊野というところは、源平の船戦に参戦したと伝わるほど水軍の活発なところだった。

熊野の九木浦《くきうら》の豪族だった九鬼海賊も、そんな熊野水軍の流れを汲《く》んでいる。家祖は藤原北家坊門流《ぼうもんりゅう》だともいうが定かではない。

秋も深まってから堺の芝辻《しばつじ》家から安土にいた滝川一益に使いが来た。

その使いは例の大砲が完成したと知らせてきたのである。一益はすぐに信長の前に出た。一番に知らせるべきは信長だ。築城が忙しく信長は何も言わないが、新兵器の完成を誰よりも楽しみにしているのがわかる。

「上さま、堺の芝辻で例の大砲ができたそうにございます」

「おう、そうか、できたか、早いな？」

「はい、これからすぐ行ってその大砲を見てまいります」

「うむ、よくよく考えてみたが三、四寸の板を、三十間ほどで粉砕できれば良いのではないか。それだけの破壊力があるかだな？」

「はッ、試し撃ちをしてまいります」

「志摩の九鬼からまったく知らせがない。船がどうなっているかも見てまいれ！」

「はい、畏《かしこ》まりました」

信長は毎日のように安土城の大天主の仕事場に出ている。

忙しい信長は誰とでもほとんどがそこでの立ち話だった。その信長の傍《そば》には築城総奉行の丹羽長秀が必ずいた。

どんな話を聞いても長秀は知らんふりをする。

この安土城の築城以外にはあまり興味がないと言いたいらしい。

ことに鉄の船が浮いてから、長秀は一切《いっさい》この話に口を挟まなくなった。信長に謝ったのが気にいらないのだ。

信長が変だからその家臣はみんな変なところがある。

最もおかしな男は猿と呼ばれている秀吉だ。

丹羽長秀もちょっと変で一途《いちず》な男だった。信長が美濃の蝮《まむし》の娘帰蝶と結婚した時、その帰蝶に長秀が惚《ほ》れてしまったことがある。

帰蝶が長秀を見てニッと微笑《ほほえ》んだのがまずかった。

そんなことがあってから、一途な長秀は帰蝶が好きでいつまでも嫁をもらわない。

誰が勧めても嫁の話をみな断わって信長につきまとう。帰蝶の顔を見ようとウロウロしているのだから当然信長が気づいた。

「五郎左よ、うぬに帰蝶はやらぬからな！」

「なんのことで？」

「うぬが惚れた女のことだわ！」

「このわしが惚れた。それは奥方さまのことで？」

ぬけぬけと信長の前で奥方の帰蝶を好きだと開き直った。信長は長秀を気に入っているから叱らないが困った奴《やつ》だと思う。信長も、気が強く美人で聡明《そうめい》な帰蝶を気に入っている。それを拝領しようと長秀が狙っているのだから話がややこしい。

「帰蝶の他なら誰でもうぬにやるから……」

「いらん！」

丹羽長秀は真面目で人一倍強情だから困る。

その顔には帰蝶が好きだと大書してあった。帰蝶と出会うとニッとだらしなく笑ったりする。薄気味悪くさすがに困った信長は兄信広《のぶひろ》の娘と、長秀を一緒にすることを考えた。つまり長秀を織田一門にするということだ。それなら長秀に文句はなかろうという信長の苦肉の策である。いつまでも嫁の帰蝶の傍をウロウロされ、ニヤリとされては気持ちが悪くて仕方がない。

信長の家臣で信長の身内から嫁をもらった者など一人もいなかった。

織田一族は信長も美男子だが、女たちはお市《いち》やお犬《いぬ》のように飛び切りの美女ぞろいなのだ。

だが、頑固《がんこ》な長秀は嫌がって信長に猛烈な抵抗を試みた。断固として嫁はもらわないという。

ところが、大好きな帰蝶に「丹羽さま……」とささやかれて、コロッとまいってしまい美人の娘と結婚することになった。

晴れて織田一門に長秀は名を連《つら》ねた。

主人の妻を拝領しようとするおかしな丹羽長秀、博打好きで家を追い出された滝川一益、信長と戦って負けた信長の弟の家臣だった柴田勝家《しばたかついえ》、猿顔の針売り行商人の羽柴《はしば》秀吉、幕臣でありながら信長に乗り換えた明智光秀などおかしな家臣が多い。

中でも変なのが大男で信長と衆道《しゅどう》だった犬千代《いぬちよ》こと前田又左衛門利家《まえだまたざえもんとしいえ》だ。妻からもらった笄《こうがい》を取ったと言って信長の面前で拾阿弥《じゅうあみ》を斬り捨て出奔《しゅっぽん》。

だが、信長を忘れられずこっそり戦場に戻ってきて、武功をあげ何んとか織田家に復帰するのである。可愛《かわい》らしいといえばそうだが変わり者とも言えるだろう。

珍妙な家臣ばかりだがそんな長秀を信長は米のようだと言う。信長にとってなくてはならない男という意味なのだ。米五郎左《こめごろうざ》と呼んだともいう。

そんなちょっと変わった主従なのだ。

「堺で試し撃ちをしましてから、問題がなければ大砲を志摩へ運び船に据え付けます」

「うむ、いいだろう」

信長の了解が出て、試射に成功すれば、堺の大砲が志摩へ運ばれることになった。

いよいよ信長が若い頃に図面を見て、長年頭の隅《すみ》で考えてきた新兵器が居場所を見つけて戦場に登場する。村上海賊との戦いを左右する大砲である。どれほどの威力があるものか誰もわかっていない。わかっているとすれば図面を描いた芝辻清右衛門《しばつじせいえもん》だけだろう。

考案した本人ならその威力を想像していたはずである。

一益は家臣を五十人ほど連れて安土城を発《た》ち堺に向かった。芝辻の大砲がどのように仕上がったのか早く見たいものだ。後の世に国崩《くにくず》しといわれる大砲は、まだ小さいながらこのようにして誕生した。

どれほどの大きさの砲弾がどれほど飛び、どんなものを破壊するのかである。

ドーンと撃ったはいいが、ひょろひょろと弾が飛んで、ただドスンと落ちるだけでは困るのだ。ドーン、バリバリッ、ガシャンと、命中したものが木っ端微塵《こぱみじん》でなければならない。

そういう破壊力を信長は所望なのだ。

一益はドーンひょろひょろドズンではないかと心配だ。一貫目もある重い砲弾が鉄砲玉のように勢いよく飛び出すのか。そんな砲弾が五十間も百間も遠くに飛んだら、それだけで大いなる恐怖である。ひょろひょろドズンかバリバリガシャンかだ。

芝辻清右衛門が長年の夢である大砲の製造に失敗するとは思えない。天下一の鉄砲の匠《たくみ》が考案した大砲だ。

その点は充分に信頼できるが如何《いかん》せん新兵器である。

どれほどの威力なのかはまったく未知だった。本当に毛利水軍や村上海賊の船を沈められるのか。一益は鉄砲で芝辻との長年の付き合いから、清右衛門の人柄もその匠の腕もわかっている。間違いはないだろうという信頼があった。バリバリガシャンでないと困る。

これまで一益が扱ってきた堺の火縄銃と、国友の火縄銃は若干形状が違うのだ。

国友銃は堺の火縄銃より銃身が長く、外形は六角形で銃身の筒中は、銃口に向かってわずかに反《そ》りが入っている。弾丸の距離を出すための工夫であろう。

堺銃のような華やかさはなく重厚で堅牢《けんろう》な構えの火縄銃だった。

一方の堺銃の外形は円形でその違いは一目瞭然《いちもくりようぜん》、ことに堺銃は銃床に金の蒔絵《まきえ》や、銃身にも金象嵌《きんぞうがん》を施すなど派手な作りが多かった。手の込んだ装飾が実に美しい。清右衛門は鉄砲を人を殺すだけのものではないと言いたいのだろう。そんな清右衛門の考えが伝わってくるのが芝辻の鉄砲だ。

大名などへの贈答用に最適である。

ちなみに火縄銃に使う火縄は、檜《ひのき》の樹皮を編《あ》んで作られていた。

その燃焼速度は半刻（約一時間）で一尺ほどであった。

檜の樹皮は燃える速度が遅く結構火持ちがよかった。だが、あまり縄が長すぎると持ち運びや扱いが厄介なので、二、三尺の長さに切って銃床に巻き付けて使う。

兵たちはいつも予備の火縄数本を腰にぶら下げていた。

火縄には常時火が入っていないといざという時に即応できない。

鉄砲隊はいつも火のついた火縄を持っているから、煙草《たばこ》のように煙たかったかもしれないが、煙草の伝来も鉄砲の伝来と一緒というから、この頃は煙たい煙草をたしなむ武将がいたかもしれない。煙草が大流行するのは煙草が栽培される慶長期に入ってからである。お陰で火事が増えて困ったことになる。

信長は煙草を吸わなかったという。

この国で最初に喫煙禁止令を出したのは徳川家康である。家康の築いた駿府城《すんぷじょう》が火の不始末で燃えてばかりいた。築城して数か月で燃えたこともある。兎《と》に角《かく》、駿府城は燃えた。さすがの家康もいい加減頭にきたのかもしれない。

煙草を吸うなと命令するが、意地汚い煙草吸いがそんな命令で、「はい、そうですか」と引き下がるはずがない。逆に隠れて吸ったりすると危なくて仕方がない。煙草の火は火事の原因になって江戸幕府も苦労する。

遊女が長煙管《キセル》でプカーッとやるなんざいいね、などと暢気《のんき》なことを言っていられなくなるのだ。仕方なく少々粋《いき》がって、火事と喧嘩《けんか》は江戸の華などと馬鹿なことを言い出す。

一益は図面を見ているから、芝辻の大砲がどんなものかはわかっている。

それだけに試射がうまくいけばいいと念じるだけだ。

その頃、志摩では巨船の建造を誰にも見られないように、造船のための巨大な船屋が浜の近くに建てられていた。

鉄の船を見られないように目隠しをするための船屋である。

その船屋から海に巨船を滑らせて進水させる仕掛けになっていた。

船底から矢倉のてっぺんまで五、六丈（約一五～一八メートル）以上の高さはありそうだ。奥行きは二十間以上ある大きな船屋だった。いよいよ志摩の船大工の腕の確かさが試される時が来た。

巨大な船屋を生態佐右衛門が一回りして奥を覗《のぞ》き込んだ。

「なんだこれは、馬鹿でかい船屋だが、船大工たちはどんな船を造る気なんだ？」

これまでの小さな船屋はすべて取り壊されている。

「こんなでかい船屋は海風に吹っ飛ばされないか？」

まだ、その船屋には船材もなく誰もいない。佐右衛門が帰ろうとした時、目の前の海から裸の娘が浜に上がってきた。

突然のことで佐右衛門はその場に棒立ちになった。

逃げるにも体が動かない。若い娘の裸など初めて見る。

佐右衛門に気づいて娘も浜に立ち止まった。海で獲《と》った栄螺《さざえ》や鮑《あわび》を籠《かご》に入れて抱えているが、佐右衛門を見ても怯《おび》えてはいない。このあたりの浜の海女《あま》たちは気が強いといわれている。

見つめ合って二人は互いに知っている顔だと思った。

「佐右衛門さん?」

娘が誰何《すいか》した。白い薄布の肌着が海水に濡《ぬ》れて張り付いている。裸のように透けて肌が見えていた。腰まである長い髪を肩のあたりで結んでいる。

「お前は波乃《なみの》か?」

「うん……」

娘はあの恐ろしい船大工の棟梁和具権太夫の一人娘だ。

波乃はもう十六になるが権太夫が怖くて嫁にしようという男が現れない。嫁にくれなどと言えば権太夫に拳骨《げんこつ》を顔面にぶち込まれる。当たりどころが悪いと死んでしまう。

権太夫が溺愛《できあい》している娘だから声をかける男もいない。

そんな波乃の裸を見てしまい、佐右衛門は口まで利《き》いてしまった。これがとんでもない大ごとになってしまう。恐ろしきは棟梁の権太夫である。

「寒くないか?」

「寒い……」

恥ずかしそうにニッと微笑んで、波乃は近づいてくると佐右衛門の横を通って船屋に入った。

白い肌が薄布に透けている。佐右衛門はまずいものを見てしまったと思う。

すれ違った時、芳醇《ほうじゅん》な汐《しお》の匂いがした。若い者にはこういうのがまずいのだ。

誰もいない船屋の入口に消えかかった焚火《たきび》が埋《うず》み火で残っている。

そこに木屑《きくず》をのせると煙が立ちのぼった。そこへ海から四、五人の女たちが喋《しゃべ》りながら上がってくる。

それを見て佐右衛門はサッと船屋から離れると逃げるように走った。

この辺りの女たちは寒い季節でも海に入る。ここの海は大ぶりの栄螺や鮑がよく獲れるからだ。伊勢海老《いせえび》というくらいで大きくて美味な海老も獲れる。鎌倉では鎌倉海老などともいうが具足海老などというところもある。この辺りでは自慢して伊勢海老とはいわずに志摩海老という。

伊勢志摩に広がる海は海の恵みが尽きない豊饒《ほうじょう》の海である。

まさに海が人を活かしているといえるところだ。海こそが神であり母である。

「今、走って行ったのは誰だい？」

波乃の母お勝《かつ》の妹のお島《しま》が目ざとく男の影を見つけて聞いた。

「佐右衛門さん……」

波乃は気にもしないでそう答えたがこれが噂《うわさ》になった。

何かにつけて注目されている波乃だからいつの間にか、二人は好き合っているという噂に膨らんでしまう。年頃の娘だから仕方がない。色気づいた娘の話は浜の女たちの恰好《かっこう》の噂話になる。

「こらお前たち、こんなところでたき火をしてはいかんな」

九鬼家の船目付《めつけ》青山豊前《あおやまぶぜん》が、配下の楽島源四郎《らくしまげんしろう》を連れて船屋の前を通りかかった。というより目当てがあって来たのだ。

「目付さま、すぐ水をかけて消しますので……」

「うむ、ところでわしに鮑を一つ二つくれぬか？」

「いいですよ」

豊前はこの酒の肴《さかな》が目当てで浜に下りてきたのだ。

「青山さま、一つ聞きたいのですが？」

「なんだ？」

「あの、佐右衛門さまというお方のことなんですが？」

「叔母《おば》さん……」

「いいから、お前は黙っていなさい」

お島が困った顔の波乃を叱《しか》った。

「生熊佐右衛門がどうした？」

「あの方に奥さまはおられますか？」

「佐右衛門の妻、源四郎、そなた知っているか？」

「はい、佐右衛門にはまだ妻はおりません。確か、年はまだ十六歳と聞いております」

「うむ、だそうだが、何か……」

「いいえ、ありがとうございます」

お島が豊前に頭を下げた。気の早いのが浜の女たちでもある。

そのお島はお節介《せっかい》焼きで棟梁の権太夫を恐れない男を探している。いつまでも波乃を放ってはおけない。姉のお勝からも「お島、波乃にいい人はいないかね？」などと聞かれていた。

「その鮑をくれるか……」

「はい、どうぞ。二つでいいですか？」

「うむ、ずいぶん大きいな、これは美味《うま》そうだ……」

お島が青山豊前に大きな鮑を二つ渡した。それを源四郎が持って「火を消し忘れるな」と言って立ち去った。この辺りの鮑は酒の肴には勿体《もったい》ないほど肉厚で上等である。焼いて食うと絶品だ。

「聞いたかい波乃、お前と同い年だと、もう婿《むこ》さんに決まりだな？」

「そんな、叔母さん……」

「嫌いなのかい？」

「嫌いじゃないけど、まだ、あの人のこと何も知らないから……」

「何を言ってんだいお前は。ここにいるみんなを見てみな。ろくに顔も見たことのない人のところへ、仲人《なこうど》さんを信用して嫁に来たんだよ」

「そうだよ波乃さん、仲人が来て攫《さら》われて来たようなものなんだから、いい男だなんて大嘘《おおうそ》つかれて……」

「だけど……」

「だけどなんて言っていると他の娘に取られるからね。男なんか早い者勝ちなんだから、ぐずぐずしてたら駄目だから、わかるだろ？」

「そう、こういうめでたい話は、早いに限るんだよ、波乃さん」

「いいね。十六か、あたしにはもう子どもがいたな」

「お前さんは好きだから」

「いいじゃないか、好きだって！」

「子は何人だい？」

「八人……」

「へえ、おまえさん、それでまだ産む気なのかい？」

「あの人次第かな？」

「ケッ、こりゃ駄目だ。何人でも好きなだけ産むがいいさ……」

「うん……」

子沢山の女がニッと笑ってとぼける。

傍の波乃が火で着物を乾かしながらクスッと笑った。

こういう話には気の早い女たちばかりだ。お節介というか、世話焼きというかそんな女たちが浜には揃っていた。

だが、波乃はどうして自分に嫁の話がないのか知っている。

それは女たちもみな知っていることだ。波乃は一人娘だから、船大工の棟梁を継げる男を婿にもらわなければならないと少々厄介な話なのだ。

そういう気の利いた婿というのがなかなかいない。

何がなんでも波乃でなければ、という男でないと和具家には入れないだろう。

ところが棟梁の権太夫が怖くて、婿入りなど考えられないという男ばかりなのだ。もたもたしていると権太夫に張り倒される。

二、三間も吹っ飛ばされたら大怪我《おおけが》をしかねない。

波乃は母親のお勝に似てこんなひなびた浜には勿体《もったい》ない色白の美人だった。誰もが鬼瓦《おにがわら》の権太夫に似なくてよかったと言う。

女好きな男も船大工の棟梁の娘と知ると逃げた。

意気地のない腰抜け野郎ばかりだ。海賊の船大工などというのは見掛け倒し。

権太夫は一人娘を溺愛していて、波乃には甘過ぎるほどなのだが、その婿の話になると顔色が変わる。

黒い顔の鬼瓦が赤黒く興奮して恐ろしい形相《ぎようそう》になった。

もう波乃は十六なのだから、好きな男がいてもおかしくはない。むしろ、一人もいないのだから寂しい限りである。浜の若い娘はおばさんたちの色話に刺激されて早熟なものなのだが、波乃は晩熟《おくて》なのかそういう話に興味を持たなかった。

それをお島は心配していた。

義理の兄貴の権太夫にも婿取りの話をするが怖い顔でにらまれる。余計なことだということだ。だが、こういうことは早くしないと、娘はあっという間に二十を過ぎて年増《としま》になってしまう。

女だからお島は自分の花のころをよく知っている。

誰かに手折《たお》ってもらいたいと思ったものだ。それが大酒飲みのとんでもない親父だったから残念。それでも今はそこそこ幸せである。世の中ではよく割れ鍋に綴《と》じ蓋《ぶた》というではないか、自分のことを考えず親父の悪態をいうものではない。

似たもの夫婦とか、天に唾するなどともいう。

桶に汲んだ海の水をかけて火を消すと船屋から女たちがいなくなった。

こういう大きな船屋が、少し離れた場所の、海への傾斜のいいところにやがて七棟揃うことになる。

その頃、堺では滝川一益が芝辻清右衛門の大砲に驚いていた。

太さ五、六寸ほどの鉄の棒に弾丸を飛ばす口がぽっかり開いている。重そうな大砲が台にのせられ固定されていた。

その傍に砲弾が七、八個転がっている。握り拳より少し小さい程度だろうか。そんな弾が本当にぶっ飛んで行くのだろうかと思う。

「試したか?」

「まだでございます。おそらく、大きな音がするでしょうから試射する場所が……」

清右衛門は一益のことを考え、大砲を人に見られるのを嫌がっていた。毛利水軍と戦うため信長が秘密の新兵器として、この大砲を欲しがっているのだとわかっている。そんな大切なものを人目に晒《さら》すことは絶対にできない。

堺はどこに誰がいるかわからないところだ。

南蛮人もウロウロしていれば黒人もいるし明の商人もいる。北条《ほうじょう》や武田や上杉の間者がいることは間違いないだろう。国中というより世界の噂が集まっているのが堺だ。

そんな堺で大砲が噂になったらたちまち毛利にも聞こえるだろう。

どんなもので誰が注文して、どのように使う兵器なのだということになる。そういう噂はたちまちあちこちに伝播《でんぱ》して行く、その発生源が堺だということは少なくない。九州の長崎などもおもしろい噂の多いところだが、それが京や堺にまで届くにはそれなりの日にちがかかる。

だが、船の出入りが多い堺には比較的早く噂が届く。

芝辻の大砲の存在は戦場に出てくるまで隠さなければならない。

そのためには広い海にでも出て、船から試し撃ちをすればいいのだが、万一にも大砲を海に落としたら引き上げられなくなる。その心配があって、清右衛門は一益と一緒に山での試射を考えていた。

広々とした山でならどれほど飛んだかの実測もできる。

五十から百間は間違いなく飛ぶと確信している。その先が問題だ。百間（約一八一・二メートル）なのか百五十間（約二七三メートル）なのか見当がつかない。もし二百間（約三六四メートル）以上も飛んだら上々吉だ。だが、遠くに飛ばそうと火薬を多くすれば大砲に故障が起きかねない。ひびが入ったり割れたり砕けたりしたら、信長の毛利水軍と戦う計画が頓挫してしまう。

清右衛門はそれをわかっていた。そうならないために火薬の量をどうするか清右衛門は決めていた。それ以上は使わない。戦いでは何発も撃つのだから決して無理はしない。たて続けに四、五十発も撃たなければならなくなるだろう。そうなれば砲身にかかる負担は半端ではない。そこまで考えて清右衛門は図面を描いたのだ。

「山里に広い野原がございますので、そこで試したいと考えております。人里から一里ほど離れておりますので、音が聞こえるかどうか?」

「うむ、明朝だな?」

「はい、そのつもりで支度をしております」

清右衛門は砲弾も火薬も的になる木材も試し撃ちの支度を整えていた。

一発勝負の失敗が許されない試射である。鉄砲鍛冶の芝辻家が鍛えた大砲が飛ばないはずはない。百間や二百間ぐらい楽に飛ばす自信がある。

その夜、念のため一益はもう一度、あの大砲の図面を見て清右衛門の説明を聞いた。

弾丸は一貫目まではなく八百匁《もんめ》(三キログラム)だという。的になる板も三寸と四寸の厚い板が用意されている。板というよりは柱に使えるような木材だ。

「板はかたい楠にございます」

「うむ……」

清右衛門は大砲を船に載せるのだろうと考え、試射用の板を船材にしたのである。

それに一益は気づいたが知らぬふりで何も言わない。清右衛門は一隻の船に大砲を一門搭載すると考えていた。つまり二十一隻の船で村上海賊八百隻を砲撃すると思っている。まさか伊勢志摩の船大工が海の怪物を建造中とは考えていない。ましてや大砲を積む船が鉄の鎧《よろい》を着ているとは想像もしていなかった。

そんな化けものを思いつくのは、天下広しといえども信長しかいない。

翌朝、まだ暗いうちに芝辻家を出た一団が山へ向かった。

筵《むしろ》に包んだ大砲を荷車に積んで運ぶ。それが新兵器だとは誰も気づかないだろう。一益は船の目途が立っているだけに、この大砲の完成がこの作戦の成否を決めると思っている。どれほどの破壊力を大砲が持っているかだ。

堺は摂津、河内《かわち》、和泉《いずみ》の三国の境があることから堺と呼ばれたという。また堺というのは左海だともいう。京に向かって左側に海があるということだ。京に上る時、いつも左に美しい海があるから左海だと、歌詠み人はそう思ったのだろう。左海とはなんとも良い響きである。三国の境では美しくない。

一行は仁徳《にんとく》天皇の墓と伝わる巨大墳墓《ふんぼ》の傍を通って土塔に向かった。

この辺りは古墳といわれる古《いにしえ》の墳墓が多く、仁徳天皇の近親者の墳墓と思われる陪塚《ばいちょう》の多いところだ。

土塔というのは土地の名でもあるが、遥か昔の神亀《じんき》四年（七二七）に大僧正《だいそうじょう》行基上人《ぎょうきしょうにん》が、この地に大野《おおの》寺を建立《こんりゅう》し、その時、行基上人は一辺が三十間で、正方形の四角錐《すい》の土の塔を築いたという。

十三階段の土塔は高さが五間ほどと考えられていた。

同じ頃に建立されたのが奈良の高畑《たかばたけ》にある頭塔《ずとう》で、一辺が十七間半（約三一・八メートル）、高さ五間半（約一〇メートル）というピラミッド型の仏塔である。

土塔は一辺が三十間と長いので、推定より高い土の塔があったのかもしれない。

一益たちが通った時、土塔という名は残っていたが大野寺も土塔も姿を消していた。後世に大野寺と土塔は復元される。

試射場と考えているのはその土塔より遠い場所だった。

一益と清右衛門たちは荷車に大砲を載せ、土塔からなお山奥に入って人気のない原っぱに陣幕を張った。

大砲は太い杭《くい》を何本も地面に打ち込んで、反動で動かないように台座が固定される。

「まずはどこまで飛ぶか試します」

一益は大砲の後ろではなく横に四、五間ほど離れて置かれた床几《しょうぎ》に座る。

その大砲を操るのは清右衛門と孫の助延《すけのぶ》と鍛冶師が一人だ。大砲を鍛えた三人で砲弾を放つ支度を整えた。頑丈な砲身が破裂したら傍にいる者は、怪我をするどころではなく死んでしまうだろう。どれほどの火薬を使うのかもその塩梅《あんばい》は清右衛門しだいだ。

全員が大砲から左右に離れて座ったり、中には立ったまま見ている者もいた。

「滝川さま、それでは始めます」

「うむ、危険はないか？」

「はい、最初ですから火薬をだいぶ少なくしましたので百間は無理かと思われます」

「それで良い。砲身が破裂しては困るからな……」

一益は本当に砲弾が前に飛ぶのか疑っている。ドーンといって砲口から弾がポロリなどということはないのか。大きな砲弾が勢いよく、砲口から前へ飛び出してくれることを祈るのみだ。

「では、試し撃ちをいたします」

と言うなり清右衛門がいきなり導火線に火をつけた。

砲身は角度をつけて、砲口は遠くの山を見ている。シュシュッと導火線が燃えた。

するといきなり頭上に雷が落ちたようなズドーンッというのか、ズバーンッというのか強烈な破裂音がした。びっくり仰天、体まで震えこの世の音とは思えない。一益は座っていた床几からずり落ちそうになった。

凄《すさ》まじいというか誰もが聞いたことのない音で落雷に似ている。

砲口から煙と弾丸が飛び出し、ヒューッと風を切り裂いて彼方《かなた》に飛んで行った。

立っていた何人かが驚いて尻餅《しりもち》をついたり、ギャーッと叫んでひっくり返ったり、逃げ出そうとする若い家臣もいる。

「清右衛門！」

「はッ、大砲は無事にございます」

「割れていないか？」

「まったく異常ありません！」

助延が砲身をなめるように見てからそう叫んだ。

「よし、砲弾を探せッ！」

床几から立ち上がって一益が家臣に命じる。兵たちが一斉に砲弾を探しに走った。

「落ちたところで土煙が上がったぞ！」

「弾はそこだ！」

「走れッ！」

一益も家臣たちと砲弾探しに走り出した。

その弾は眼の良い家臣が落ちた場所の見当がついていてすぐに見つける。土にめり込んでいた。ドーンひょろひょろドズンではなかった。一益には見えなかったが飛んで行く弾を見た者がいる。兎に角、大砲の傍にいた者はその音に驚いてしまった。

「どれほど飛んだか縄で計ってみろ！」

実測を命じる。一益はずいぶん飛んだと思っている。

充分な威力だと感じた。家臣たちが走り回って、飛距離を計測すると五十間をゆうに超えていた。

「どれほどだ？」

「はッ、八十三間（約一五一メートル）にございます！」

「そんなに飛んだか？」

「驚いた威力にございます。まさかこれほどとは思っておりませんでした」

家臣が目を丸くして言う。兎に角、火薬の破裂音がすごい。間違いなく頭の上に雷が落ちた音だ。この大砲を考えた清右衛門がこれほどの威力かとまず驚いた。気持ち悪いほどのピューッという風切り音だった。

「これならまだ飛ぶな？」

「はい、火薬を少なくしたと言っておりましたから……」

「おそらく四寸板もぶち抜くなッ？」

「そのように思います」

そんな話をしながら全員が陣幕の中に戻ってきた。

「清右衛門、八十三間だそうだ」

「はい、それぐらいかと思っておりました。火薬を増やせば百間は楽に超えると思われます」

「どれほど増やす？」

「倍ほどに……」

「ば、倍だと、大丈夫か？」

「はい、三倍でも大丈夫かと思います」

「三倍？」

「はい……」

「いや、火薬はそんなに増やすな。今の倍ほどで充分だろう。まず三寸板を三十間ほどで撃ち抜いてくれるか。どうだできそうか？」

「三十間で……」

「狙えるか？」

「はい、やってみましょう」

縄で三十間が計られ、その場所に三寸板と四寸板が並べられた。一間四方の大きな的だが三十間先だと結構小さい。狙って命中できるかだ。三十間先の船なら結構大きい。その上、焙烙玉《ほうろくだま》が飛んでくる心配がない。投げても海にチャポンだろう。

角度が調整され再び導火線に点火された。

前に倍する大きな破裂音と風切り音を残して、砲弾は的の上をヒューッと飛んで彼方で土煙を上げた。

「はずした……」

「砲弾の場所はわかるか？」

「はい、探しに行ってきます」

眼の良い家臣たち四、五人で一斉に砲弾拾いに走って行った。

鋼鉄の砲弾は一回だけでなくまた使える。捨てるのは勿体ない。土に突き刺さった砲弾はまったく無傷だ。たかが砲弾一個だがされど砲弾一個なのだ。刀の作れる良質な鉄である。

踏鞴鉄《たたらてつ》の鉧押鉄《けらおしてつ》は品質が良く、その値段は高価で播磨から運ばれてくる。砂鉄を精製した玉鋼などともいう。それを焼いて丸い砲弾にした。

わずか八百匁というなかれ、砲弾一個でも無駄にはできない貴重品なのだ。

「飛び過ぎたか……」

的を外した清右衛門が苦笑して砲身の角度を調節する。

三発目は的の下の土に打ち込んで泥土が飛び散った。一益は的に照準するには少し訓練が必要だと感じた。その大砲の威力は充分だと思う。破裂音を聞いただけでも恐ろしくて逃げたくなる。体の芯まで強烈に振動する。その体を弾《はじ》き飛ばされるような恐怖だ。

問題なのは動く船から、敵の動く船に撃ち込む照準だ。海の上ではかなり難しいだろう。

それでも清右衛門は四発目で三十軒先の三寸板を見事に撃ち抜いた。

砲弾が撃ち抜いたというより、一間四方の的が破壊されたと言った方が正しい。三寸板が幾つかに割れて吹き飛んだのである。

その吹き飛ばされた的が集められて一益の前に運ばれてきた。

着弾した場所は粉々に粉砕されて穴になっている。その穴から板が幾つかに裂けて吹き飛んだのだ。破壊力抜群である。信長が見たらニヤリと笑うはずだ。どうだという自慢顔で丹羽長秀に鼻高々だろう。

すぐその砲弾が探された。

それは信じられないほど無傷のままの砲弾だった。これは恐怖だ。まさに玉鋼の恐ろしいまでの強靭《きょうじん》さだ。的を粉砕しても砲弾は壊れていない。刀を鍛える玉鋼の信じられない破壊力だ。まさに砲撃に相応《ふさわ》しい弾丸といえる。

「その破壊された板と弾を安土城に運んで、上さまのお眼にかける。全部集めておけ！」

「畏まりました」

「清右衛門、四寸板もやろう」

「承知しました」

「四寸板を残してみな片付けろ！」

家臣たちが三寸板の破片まですべて拾い集めて陣幕に運んでくる。その間に大砲に火薬と砲弾が詰められ、導火線の支度が出来上がった。的が四十間先に用意された。かなり遠い距離になるが海の上ではすぐ目の前だろう。

一益はこの大砲で戦えると思う。間違いなく村上海賊の船を沈められると確信した。

砲撃で船板が割れたり裂けたりすればそこから必ず浸水する。その浸水を止められずに船は沈む。この砲弾を二発も胴体に食らったら、相当大きな船でも浸水して沈むだろう。村上海賊は焙烙玉を投げる間もなく逃げるしかない。

その逃げる船を砲弾が追い駆けて行くはずだ。

大砲とはなんとも恐ろしい新兵器である。こんなものを使おうと考えていた信長という人は戦いの天才なのだ。一益はそう思う。

「大砲はまだ撃てるのか、割れていないだろうな？」

「はい、すべて調べましたが大丈夫でございます。ビクともしません。五発や十発で壊れるものではございません」

清右衛門は自信満々だった。

「よし、ならばやろう」

五発目は的の横を通過して彼方に着弾した。わずかに的を外した。砲弾が回収され六発目が放たれ、それもわずかに的をはずした。七発目も外したが八発目が見事に的を撃ち抜き結果は三寸板と同じだった。木っ端微塵といっていいほどの破壊である。その板と砲弾も安土城に運ばれることになった。

なんとも恐るべき新兵器である。鋼鉄の大砲は火を吐く怪物だと一益は思う。こんな怪物に狙われたらたまったものではない。あの鉄の鎧を着た船ですら破壊されるだろう。鉄の船と大砲の組み合わせは化けもの同士の出会いだと思う。

そんな海の怪物が村上海賊の八百隻を粉砕すると思うと、小気味よいというより恐怖を感じた。一益はその船こそ天下人の船だと思う。おそらく向かうところ敵なしだろう。数百年後の軍艦の原型が姿を現す。それを想像したのは信長の頭脳である。

試射が無事に終わった。事故もなく大いに満足できる結果だった。

誠に結構である。さすが鉄砲鍛冶芝辻清右衛門の高い技術を褒めるしかない。この大砲がやがて世の中を大きく変えることになる。それは助延こと後の芝辻理右衛門が鍛えた家康の大砲が、天下無敵の巨城大阪城《おおさかじょう》を撃ち抜いた時である。

おそらくその威力に家康自身が一番驚いたことだろう。

噂の国崩しが実際にその実力を家康に見せたのだ。その瞬間、家康はこんなものはいらないと思ったはずで、三百年の間大砲もまったく進化することがなかった。その間に西欧ではとんでもなく遠くへ飛ぶ大砲ができていたのである。

滝川一益と清右衛門が相談して砲弾の大きさと火薬の量が決められた。

その大砲をあと二十門、大急ぎで製造しなければならない。それと同時に何百という砲弾も作らなければならない。一門に五十発として千個の砲弾が必要になる。訓練用も勘定に入れると気が遠くなりそうな玉鋼の量だ。

「照準するには訓練が必要だな？」

「はい、的を狙うことも大切でございますが、何よりも火薬の扱い方を厳重にしていただくようお願いあげます。鉄砲の火薬とは量がまったく違いますので、大砲の傍で火縄を使うようなことは厳禁にしていただきます」

「うむ、相わかった。気をつけよう」

一益は思わず狭い船の中だからと言いそうになって呑み込んだ。

火薬の山に火が入ったらどうなるかは容易に想像できる。

大砲をどこでどのように使うかはまだ言っていないが、清右衛門はすでに船に搭載して使うと思っている。そんな船の中で火薬が爆発したら、どんな頑丈な船でもひとたまりもないだろう。

「これと同じ大砲をあと二十門作ってもらいたい。秘密裏にだ。できるか？」

「それで期限はどれほどいただけましょうか？」

「一年半だ。遅くても再来年の夏までにすべて仕上げてもらいたい。できたものから引き取るようにしよう。撃ち方の訓練も必要だからな」

「再来年の夏までに二十門……」

「無理か？」

「いいえ、やらせていただきます」

「よし、決まった」

第五章　果たし状

天正五年（一五七七）の正月になっても滝川一益と九鬼嘉隆は安土城に現れない。

その二人には正月だからといって、酒を飲んで浮かれているゆとりはなかった。

あと一年半で巨大な軍船を七隻も建造しなければならない。兎《と》に角《かく》、志摩の海に鉄の船を浮かべられなければ腹を切る。大突貫でもようやく間に合うかという厳しい状況にある。信長に与えられた二年の期限は日々刻々と過ぎていく。

村上海賊に負けた九鬼海賊の大将は悲壮な覚悟を決めていた。

九鬼海賊の地に落ちた意地と矜持《きょうじ》を、死をかけて何がなんでも取り戻す。この屈辱を村上海賊に叩《たた》き返してやる。

その悔しさは嘉隆だけではない。

家臣も船大工たちも納得がいかない。伊勢神宮の神さまと熊野の神さまが厳島《いつくしま》神社の神さまに負けたようで気に入らないのだ。神宮の神々が負けるはずがない。あの戦いは何かが間違っていたから神宮の神さまに叱《しか》られたと思う。

この次は神宮の大神さまが必ず勝たせてくれると嘉隆は信じた。

何んとしても村上海賊を海の藻屑《もくず》にしてくれる。

船を隠す巨大な船屋から鍛冶場まで、豊田五郎右衛門、和具大学、相差内膳正《おうさつないぜんのかみ》たち三家老の指揮で支度が進められた。

すでに船屋には船板になる楠の木材が大量に運ばれている。

その船材をどこにどのように使うか、目利きの船大工たちが吟味する。

昼夜、船屋には警備の兵が交替で配備されて、怪しいものが現れたら容赦なく捕まえて殺す。

毛利家には世鬼《せき》という忍びたちと、座頭の忍びがいるとわかっている。

今は亡き毛利元就は世鬼を二十五人に、座頭四人を傍《そば》に置いて使っていたという。戦国乱世では大きな大名家には必ず忍びがいて闇の世界を支配している。それはあらゆる戦いに負けないためであった。

乱世では戦いに負けることは滅亡を意味する。

多くの大名が涙を呑《の》んで滅んでいった。それは鎌倉以来の武家の宿命でもある。

事実、毛利元就は備前や伯耆《ほうき》や出雲《いずも》など、西国八ヶ国の守護大名だった尼子《あまご》家を滅ぼして八ヶ国すべてを奪い取った。今ではその八ヶ国に安芸、周防《すおう》、長門《ながと》などまで呑み込んで、西国十一ヶ国を支配する巨大大名である。そういう輝かしい戦果の裏に世鬼という二十五家の忍びたちがいた。

甲斐の亡き武田信玄が最も忍びを使うのが上手《うま》く、三つ者とか歩き巫女《みこ》など六百人ほどを抱えていた。他に武田家には真田《さなだ》家の滋野《しげの》という忍びがいる。

越後の上杉謙信には軒猿《のきざる》という忍びがいて、加藤段蔵《かとうだんぞう》という天下に名の知られた恐ろしい男がいた。段蔵は手足の如く軒猿を動かして忍びを狩る忍びといわれる。

北条家には代々仕えてきた風魔《ふうま》一族がいて、風魔小太郎《こたろう》という老人が率いる忍びたちがいた。

こういう忍びたちは戦場ではもちろんだが平時でも活発に動き回った。

六角《ろっかく》家には甲賀《こうか》という忍びがいたし、今川家や徳川家には伊賀《いが》という忍びがいた。信長も乱波《らっぱ》や透波《すっぱ》などを大量に使っている。情報をいち早く収集して分析しないと戦いに負けてしまうからだ。忍びの情報をうまく使える武将は少ない。名を残した武将たちは分析と対応能力を持っていたのである。

乱世は甘くない。こういう忍びたちは特殊な技を磨き、くさやかまり、聞者役や早道者などと呼ばれた。少しでも油断するとこういう忍びたちに寝首をかかれる。

風魔や軒猿のように、毛利の世鬼はあまり知られていない存在だが、六年前に元就が死去するとその忍びたちは、元就の孫の毛利輝元《てるもと》に引き継がれた。

その世鬼や座頭を差配しているのが、東伯耆の八橋城主杉原播磨守盛重《やばせじょうしゅすぎはらもりしげ》だという。

この男の詳細は不明だが、播磨守は毒を使うのが上手かったといわれる。実に勇猛《ゆうもう》な忍びで吉川元春に認められた凄腕《すごうで》の忍びである。

忍びから城主になるというのは生半《なまなか》なことではない。

忍びの腕だけでなくそれなりに高い見識を持ち、毛利家の中で信頼されなければ城主などにはなれない。杉原播磨守はそんな城主になれるほどの男で、八橋城から織田軍の動きを冷静に見ている。織田軍というよりは信長と、九鬼嘉隆の動きを見ているといった方が正しいかもしれない。

今は四十五歳の働き盛りだった。

その配下には彦四郎《ひこしろう》、神五郎《かみごろう》、木鼠《きねずみ》という三人の兄弟や、雅楽允《うたのじょう》とか久兵衛《きゅうべえ》という腕利きの世鬼の忍びがいた。その世鬼一族は二十五家で二十五人の当主がそれぞれの忍びを抱えている。かなり大きな忍び集団を作っていたようだ。一家で十人とすれば二百五十人、二十人とすれば五百人の忍びを元就は動かしていたことになる。他にも座頭の集団を忍びとして使っていた。

中でも座頭の角都《かくず》というのが忍びの名人だった。

本当に座頭なのかそれとも眼が見えていたのか、それは杉原播磨守しか知らないことだった。

そういう毛利の忍びが伊勢志摩に入り込んでいないとも限らない。

嘉隆はそういう忍びにも警戒しなければならなかった。

こうなると敵の目がどこに光っているかわからない。戦いの前に油断していたのではないか、毛利は自分のことをすべて調べていたのではないか、そんなことまで嘉隆は考えてしまう。負け戦には負けるだけの理由が必ずある。

再戦があると考えるなら杉原播磨守は、間違いなくなんらかの探りを入れてくるだろう。

あの木津川沖の戦いの前に忍びが入り込んでいて、九鬼水軍の戦法や船の数や武器などの戦力が、毛利水軍の村上海賊に筒抜けだったのかもしれない。

乱世は油断も隙もあったものではないのだ。少しでも油断すれば負けるに決まっている。

どこかに敵の目が光っているはずだ。そう思って厳重に警戒した方がよいと思う。

毛利と村上海賊には絶対知られたくない鉄の船だ。九鬼家では正月返上で誰もが緊張している。何がなんでも敵の探りなど近づけるわけにはいかない。嘉隆から船屋はもちろん伊勢志摩の厳重警戒が命じられた。見廻《みまわ》り組が豊田五郎右衛門、和具大学、相差内膳正の下に何組も作られる。

戦いに勝つまでこの船の存在は、隠し通さなければならないと嘉隆は決意した。

毛利に知られると焙烙玉《ほうろくだま》や、焙烙火矢とは違う武器を用意される可能性もありえる。必ず敵は対抗策を考えてくるだろう。

ことに村上海賊に村上武吉という聡明な男がいることがわかっている。

この男には絶対知られたくない秘密だ。知られたら信長の作戦は破綻《はたん》しかねない。

いざとなれば武吉が似たような大砲を、宣教師を通して南蛮から買う可能性もある。そんなことになればとんでもなく厄介だ。その上、毛利家には小早川隆景という輝元を育てた賢人といわれる叔父がいる。それに八橋城の杉原播磨守という得体の知れない忍びの親玉がいた。油断したら間違いなく彼らにやられるだろう。

船のことだけでなく大将の嘉隆には、考えなければならないことが山積している。

滝川一益が堺の芝辻清右衛門の大砲を運んできたのはそんな正月だった。

「九鬼殿、大砲だ。一丁だけだができたから運んできた」

「おう、芝辻の大砲を待っておりました。それにしても早いですな?」

「うむ、芝辻にとっては大きな商売だからな。それに上さまの仕事だからおろそかにはできまい……」

「すぐ船屋に運ばせましょう。試し撃ちはどのように？」

「堺の山の中でやった。見事というしかない。さすがは芝辻清右衛門の考案した大砲だ。三寸板も四寸板も一発で粉々に粉砕した」

「それはよかった！」

「ただ、訓練しないと火縄銃と同じで照準が難しいようだな」

「なるほど、それでこれからどのように？」

「大砲一丁に三人、撃ち方とその世話をする者だ。三人一組で一ヶ月の訓練、それで照準がとれなければそいつは見込みがない。教えてくれるのはここにいる清右衛門の孫の助延だ。助延、九鬼殿に挨拶《あいさつ》しろ……」

「はい、芝辻の助延でございます」

助延があまりに幼いので嘉隆が大丈夫なのかと心配顔だ。

ところがどうして訓練に入るとなかなか強情な小僧で、大の大人が散々叱られてたじたじだった。芝辻で製造された大砲に絶対の自信を持っている。

小僧だと思ってなめてかかると激しく叱られる。大人を屁《へ》とも思っていない。できの悪い弟子ぐらいにしか思っていないのだ。すぐ大声で大人を怒鳴りつける。子どもだから怒鳴り返すこともできない。

その助延は大砲を運んでこの伊勢志摩に来る途中で、一益から大砲を船に載せる話を聞き、

「他言したらうぬのその薄汚い首を刎《は》ねる！」と脅された。その上で戦いが終わるまで爺《じい》さんの清右衛門にも喋《しゃべ》らないと約束させられたのである。

助延は一益に絶対の秘密を誓って証文を書いて差し出した。助延も命懸けだ。

「三人ずつで一隻に三門だから九人、それが六隻だから五十四人、わしの船の九人は家臣から出すようにしよう。この六十三人には死ぬ覚悟で大砲の撃ち方を訓練してもらう。動く船の上だから生半可《なまはんか》なことでは当たらないだろう。その訓練を助延、そなたに頼む。百発百中まで容赦するな！」

「はいッ！」

「九鬼殿、早速、眼の良い者を選んでもらいたい」

「承知しました。すぐ大砲組を作ります。弾薬を運ぶ者も入れて一隻に十五人ほど？」

「うむ、多過ぎても困る。十五人がいいところだ。七組か？」

「はい、他に大筒組と鉄砲組もございますので……」

「それに艪《ろ》の漕《こ》ぎ手《て》も入れるとずいぶん大人数になるようだな？」

「そうです。船の大きさで人数を調節しますが、船大工の引いた図面では船の長さは十八間になります」

「図面ができたのか？」

「できました。幅は七間です。総矢倉で総鉄張りになります」

「よし、今夜、見せてもらおうか？」

船大工の棟梁《とうりょう》和具権太夫とその弟子たちが精魂《せいこん》込めて引いた図面である。九鬼海賊が南蛮にまで行く祈りを込めた図面だ。伊勢志摩の船大工たちの誇りと願いの込められた図面ができた。それは巨大な恐怖の怪物であり、鋼鉄の鎧《よろい》を着た海に浮かぶ化けもの軍船である。その船に三門の小型だが威力のある大砲を搭載する。

図面を見た一益と嘉隆はますます忙しくなった。もう正月のことなど吹き飛んでしまい頭にない。

その怪物を六隻造らなければならない。その期間はもう一年半もないのである。

二人は相談して各船の船大将を決めて、各船の仕上がりに責任を持たせることにした。大筒や火縄銃の撃ち手はおもに一益の兵から選ばれる。滝川軍の鉄砲隊は大将が鉄砲の名人だからよく訓練されていた。

百発百中を自慢する鉄砲の上手が百人以上いる。一益自慢の鉄砲隊だ。

嘉隆の兵は木津川沖に沈んで二百人以上が帰ってこなかった。船が沈むと人も武器もみな沈んでしまう。その手当が嘉隆の大切な仕事でもある。失った兵を早急に補充しなければならない。それが海賊大将の仕事の一つだが、負け戦をするとこの人と武器の補充が難しいのである。勝ち戦だと人を集めやすいのだが。

船のこともあるが嘉隆はこの人集めに苦労した。

荒波にもまれても大丈夫な船乗りに育てなければ海賊には使えない。人を集めて鉄砲を持たせれば何んとか兵になるというのではない。

船乗りとして海のことや船のことを教えないと良い海賊にはならないのである。

狭い船の中でどう動くかが勝負である。ボーッとしている船乗りなどどこにもいない。そんな男は海に蹴落とされるだろう。船乗りは誰でも板子一枚下が地獄なのだ。

嘉隆は寝る間も惜しんで考え働いた。

一番船の大将は総大将の九鬼嘉隆、副将に和田左馬之介と小浜久太郎、総大将の船には特に副将を二人にする。

いつものように生熊佐右衛門は総大将の船に乗った。

二番船の大将は豊田五郎右衛門、副将に佐治主水助、三番船の大将は和具大学、副将に小野田《おのだ》喜十郎《きじゆうろう》、四番船の大将は相差内膳正、副将に越賀隼人佐《こしがはやとのすけ》でこの三隻は九鬼家の三家老が指揮を執る。

嘉隆は一番船で自ら敵船団の中に突撃して行くつもりでいる。

味方の船は七隻しかないのだから敵船が群がってくることは目に見えていた。その敵船を蹴散らしながら大砲をぶち込む。そんな戦い方しかないだろうと思う。単純明快でわかりやすい戦い方だ。

総大将自ら陣頭で戦うしかないということである。

五番船の大将は船奉行兼務で三浦次郎左衛門《みうらじろうざえもん》、副将に川面新助《かわつらしんすけ》、六番船の大将は船目付兼務で青山豊前守、副将は配下の楽島源四郎である。

この六隻で木津川河口を塞ぎながら、接近する村上海賊の船を沈める戦いをする。

七番船の大安宅船の大将は滝川一益で乗るのはその家臣団。一益の役目はこの織田水軍の軍監である。つまり軍目付ということだ。

鉄の船六隻の指揮を執るのは九鬼嘉隆である。

一番船の船屋では早くも船板作りが始まっている。

生木のままでは使えないから、何年か前に切り出され適当に水分の抜けた木を使う。この船板を同じ厚さに大量に作るのも名人技だ。木挽《こび》きが大鋸《おが》で丸太から船板を伐《き》り出すのである。この大鋸は室町期に伝来したもので、それまでは斧《おの》や手斧《ちょうな》や槍鉋《やりがんな》などで柱や板を整形していた。

大鋸で真っ直ぐに船板を切り出す、これがなかなか難しく木挽きが木を読むという。

木挽きが木を読み損なうと、板が曲がったり厚さが違ってしまう。楠や椋の大木はなかなか手に入らず貴重なものだから、こういう大きな船を造る時には、木挽きも船大工も失敗ができない。

切り出された船板をほぞとほぞ穴で、綺麗《きれい》に整えてつなぎ合わせる。

船全体を支える船底《せんだい》を作らなければならない。船づくりは船底の大きさですべてが決まるという。船大工たちは神経を集中して仕事を進める。棟梁の権太夫が集めた船大工たちは半端な数ではない。それぞれの船屋に船大工たちが配分された。その船大工たちをまとめる権太夫の仕事も難儀である。日に何度もそれぞれの船屋に顔を出した。

その船屋には佐右衛門が仕事の監督のように張り付いていた。見張りをしているようだが実は海に来る波乃が目当てなのだ。

棟梁の和具権太夫の家が船屋に近く、一番船屋にいると時々波乃と会える。船屋の見張りと波乃との逢引《あいびき》という一石二鳥《いっせきにちょう》を狙《ねら》っていた。この男は権太夫の恐ろしさを知らないようだ。波乃に手を出せば権太夫に殺されかねない。それをわかっているのか、あの波乃の裸同然の姿を見てしまってから頭の中が大火事なのだ。

寝れば波乃の夢を見るし、起きれば波乃に会いたくて仕方がない。

男が女に狂うとこういうことになる。

夜も昼も頭から離れずあの波乃が幻のように目の前に現れる。ところが波乃もお島たちに唆《そそのか》されて佐右衛門が好きになった。こうなると若い無分別が爆発してしまう。

そんな二人が人のいない浜で逢瀬《おうせ》を重ねるのに日数はいらない。

「波乃……」

「佐右衛門さん……」

そんな塩梅《あんばい》になってしまい二人は一気に熱くなった。

こそこそと暗がりで抱き合ったりする。大きな船屋の裏辺りはそんな二人の恰好《かっこう》の逢引場所になった。若いとは恐れを知らず大胆であり、かつ無分別ということだ。分別があれば男と女が抱き合うなどということは、恐ろしくてとてもできないだろう。後先を考えずに抱き合えるのは若い時だけだ。波乃と佐右衛門は危険に向かってまっしぐらである。

二人は鬼より怖い権太夫を忘れて夢中になってしまった。

お島が義兄の権太夫に話す前に、手早いことで二人はすっかりできあがってしまったのである。愛し合う二人に恐怖もへちまもあったものではない。こんなことが無事に済むはずもない。佐右衛門はだいぶ頭がおかしくなっていた。それがまずいことになる。

だが、当たって砕けろ磯《いそ》の波乃だ。

父親の権太夫より刀を腰に差している佐右衛門の方が強いと信じている。男と女はできてしまうと無分別が火を噴いて走り回るから怖い。

「波乃！」

「佐右衛門さん……」

可愛《かわい》い顔して波乃もなかなか隅《すみ》におけない。

志摩の女たちはやさしいが気の強いしっかり者ばかりだ。そんな浜の血を波乃も引きついでいる。だが、無分別に火が付いた二人は権太夫の本当の怖さを知らない。考えようともしないのだから見てはいられない。

「こうなったんだからお嫁さんにしてくれる？」

「もちろんだよ」

「ほんと？」

「うむ、これでも海賊の端くれだ。嘘《うそ》は言わない！」

「うん、でも、権太夫は恐ろしいよ？」

波乃が自分の父親を権太夫と呼び捨てにしてニッと微笑《ほほえ》んだ。

眼にはうれし涙が浮かんでいる。佐右衛門を好きでたまらなくなってしまった。それが実に危ないのだ。

「鬼瓦の棟梁か？」

「うん、鬼より怖いんだって……」

「そうらしいな。波乃の本当の親父《おやじ》なんだろ？」

「うん、そうだよ……」

「勝負するか？」

「あたしから権太夫に言おうか？」

「いや、こういうことはおれと棟梁の勝負だからお前は何も言うな！」

いい恰好して粋がって言うが、本当はお勝とお島と波乃の女三人がかりで、怖い権太夫と話した方がいいのだ。それでも穏便《おんびん》にはおさまりそうにないのである。佐右衛門が粋がってどうにかなる話ではない。というのは和具家の跡取り、権太夫の後継者問題がからんでいるからだ。佐右衛門が船大工になれるとは思えない。ということは殺される。

「喧嘩《けんか》するの、強いよ。権太夫は……」

波乃はおかしな娘で泣きそうな顔で言うとニッと照れ笑いをした。

「心配するな。もう一度抱いてやるから……」

「うん……」

二人はすぐ抱き合ってしまう。話が違う。なんでも抱き合っていれば何んとかなると思っているのだから、いい加減にしないと本当に鬼に殺される。棟梁の権太夫は佐右衛門が考えているほど、一筋縄《ひとすじなわ》で何んとかなる親父ではないのだ。鬼より怖いのではなく鬼が尻込《しりご》みするのだ。

それぐらいでないと海賊の船を造る船大工の棟梁は務まらない。

だから荒くれの海賊船大工も波乃にだけは近づかない。そんな波乃にとち狂って佐右衛門が手を出してしまった。その佐右衛門に波乃が張り付いてしまう。当たって砕けろ磯の波乃も可愛い顔をしていい度胸をしている。

伊勢志摩の女はやさしいが根性が据わっている。それは海と勝負しているからだ。

そんな時、正月の酒を飲んだ勢いで、大男の波太郎が鬼の権太夫に絡む事件が起きた。この男も酒癖の悪い大馬鹿者の命知らずだ。

「棟梁、波乃に虫がついたそうじゃねえか、よかったじゃねえか行かず後家にならなくて……」

飲んだ勢いで口にしてはならないことを、権太夫の眼の前に座って大声で喋《しゃべ》ってしまう。

「なにッ、波乃に虫だと、てめえこの野郎、でたらめ言うと叩き殺すぞ！」

権太夫もだいぶ酔っている。状況がまったくまずいのだ。二人とも酒に頭を犯されて正気ではないのである。

「知らねえのは棟梁だけだ。なッ、志摩之助《しまのすけ》……」

「馬鹿野郎ッ、てめえ表に出ろいッ！」

「棟梁、波太郎の悪い酒だ。そんなことはでたらめに決まっているんだから、波乃はそんな女じゃねえ、そんな女じゃねえから！」

権太夫の傍に座っていた助左衛門が割って入った。

「あの野郎が……」

「棟梁、波太郎の馬鹿の言うことだ。本気にしちゃ駄目だぜ。波太郎ッ、棟梁に謝れ、嘘でしたと！」

「嘘じゃねえ、その虫は殿のお気に入りの小姓《こしょう》だい！」

「馬鹿野郎ッ！」

殿の小姓と言ったので、傍で飲んでいた和三郎と志摩之助が、波太郎に襲い掛かって黙らせた。一気に大ごとになりそうな気配だ。こんなところで殿さまの名など出しては駄目だ。

「殿の小姓だと？」

恐ろしい顔の権太夫が酔眼《すいがん》で波太郎をにらんだ。

酒癖の悪い大男が二人がかりで押さえられて、撥《は》ね除《の》けられないでじたばたと大荒れだ。

そこに同じ船大工の仁左衛門《にざえもん》と九郎兵衛が加わり、四人がかりで波太郎を大雨の降っている庭に放り出した。

怒った権太夫に殺されかねない。

その日の仕事が終わって、助左衛門の家でささやかな正月の酒を飲んでいたのだ。突発的に起きた事件だった。どこにでも酒癖の良くない男はいるものだが、波太郎は飛び切りで酒の匂いを嗅いだだけで頭がおかしくなる。

船大工の中でも酒の席では鼻つまみ者だった。

こういう男は酒さえ飲まなければいい男なのだ。波太郎もやさしくおとなしい大男なのだ。

これが権太夫の家だとお勝と波乃を巻き込んで、とんでもない大騒ぎになるところだが、助左衛門の家だからこの程度の騒ぎで済みそうだ。

「棟梁、酔っぱらいの馬鹿話だ。気にしないで飲んでくださいよ」

「助左衛門、殿の小姓というと佐右衛門か、それとも小平太か、どっちだ。お前たち知っているんだろうが？」

「棟梁、本気にしちゃ駄目だってば、波太郎の馬鹿のでたらめなんだから。まずは飲んで、飲んで……」

「そうだ。棟梁、波乃はそんないい加減な女じゃねえ、顔は母ちゃんに似たが気性は棟梁にそっくりだ。みんなそう言っているんだ……」

「そうか……」

権太夫は波乃が似ていると言われるのが一番うれしい。波乃にでれでれなのだ。

飲んでいる誰もが船大工の棟梁と殿さまの小姓の悶着《もんちゃく》は困ると思う。佐右衛門にもいい加減にしてもらって波乃から手を引いてもらいたい。これ以上話がこんがらかったら仕事に支障が出かねない。

波乃と殿さまの小姓では釣り合わないと思う。

ところが本人たちは美味《うま》い具合に釣り合ってしまっている。若い者は簡単に釣り合ってしまうから困るのだ。

酒宴は権太夫をなだめるので大変だ。

戦いに負けた殿さまが巨船を建造して、村上海賊ともう一戦しようという大切な時だ。つまらないもめ事は厳禁である。

「おい、みんな、棟梁に酒を飲ませて、お前たちももっと飲め！」

助左衛門が酒を飲ませようと煽《あお》った。権太夫を足腰の立たないように、へべれけにしないところの問題は危ない。酔った波太郎が海に放り込まれるかもしれない。

酒癖が悪いというのは困ったものだ。

「棟梁、馬鹿は外に放り投げたから気分を直して、あの船が完成するまでは絶対に喧嘩はなしだ。どうぞ、飲んでくだせえ……」

みな話がわかっていて権太夫の周りに集まって酒を勧める。

波太郎のお陰でとんでもない酒盛りになってしまった。助左衛門は中座すると奥に行って、女房のお浜《はま》に棟梁の家まで行ってくれと頼んだ。

「棟梁がどうかしたのかい？」

「困ったことだ。波太郎の馬鹿が波乃に虫がついたと喋っちまった」

「まあ、それじゃお城の……」

「うむ、棟梁が鬼になるところだった。ちょっと行って波乃にどこかへ隠れるように言ってくれ、二、三日でいい！」

「どこにさ？」

「どこでもいいよ。そうだ。お島のところがいいんじゃないか、棟梁が酔っぱらって家に帰ると困ったことになる。お勝さんや波乃を殴ったりしたら大ごとだ。酔い潰して今夜はここに泊まらせるつもりだが念のためだ。早く行け！」

「あいよ。わかった」

お浜が大急ぎで雨の中を棟梁の家に向かう。

権太夫の気持ちが収まらず、船大工たちが総がかりで波太郎の尻拭いだ。その波太郎は庭に捨てられ軒下《のきした》で冬の大雨に打たれて凍えている。こうなると誰もが冷たく家に入れてもらえない。軒下で凍え死ぬかもしれないが自業自得《じごうじとく》だ。

大荒れの権太夫である。

波乃と佐右衛門のことは権太夫だけが知らぬが仏だった。

「佐右衛門か、あんなうらなりの馬鹿に波乃はやれねえ、小平太のへなちょこ野郎はもっと駄目だッ！」

「わかった、わかった、波乃は棟梁の宝だから、飲もう……」

「殿の小姓で独り者はあの二人だろう。二人とも海に沈めてやる！」

「そうだ。そうしよう。明日にはあの二人を半殺しにしてそこの沖に沈めてしまおう。だから今日は飲もう」

酔ってはいるが権太夫は頭がまだしっかりしている。

波乃のことになると権太夫はどんなに酔っていても眼が覚めてしまう。

その頃、波乃はお浜と急いで家を出て逃げた。その波乃は叔母のお島のところには行かずに、あろうことか城の佐右衛門の長屋に逃げて行った。何を血迷っているのか、波乃も大した女だ。

そこなら権太夫の手が届かないと考えた。

なかなか賢いのだが、お城に逃げたとなると話がこんがらかってくる。この時、波乃の腹には佐右衛門の子ができていて秋には生まれるのだ。この二人は何がどうなっているのか困ったことだ。権太夫が知ったら佐右衛門を城まで殺しにくる。

「波乃！」

「佐右衛門さん……」

「どうしたこんな大雨の中？」

「助けて……」

「よし、入れ！」

波乃はお浜と別れて一人で城に走ってきた。

佐右衛門の顔を見ないことには気持ちが落ち着かない。波乃の気持ちは佐右衛門に当たって砕け散ってしまった。

「波乃！」

「佐右衛門さん……」

二人はいつものように殺風景な長屋ですぐ抱き合ってしまう。

こうなっては二人で海に飛び込む話になってしまいそうだが、波乃は海の女で泳ぎの名人である。佐右衛門も海賊の端くれだから泳ぎは得意だ。手を繋《つな》いで海に飛び込んでもうまく死ねるわけではない。この二人にはまったく話が見えていない。波乃がお浜から聞いたことぐらいだからにっちもさっちもいかない。

ただ波乃は寒さに震えながら佐右衛門に抱かれている。

波太郎の一言で波乃と佐右衛門はなんとも危ない状況になった。

城に逃げ込まれては鬼の権太夫がどんなに騒いでも駄目だ。佐右衛門がいるところを浜の人たちは、城と呼ぶが正しくは九鬼家の大きな陣屋《じんや》である。

そんなところに逃げたとは誰も思っていない。

飲んでも酔いが覚める一方の権太夫は、家に帰って波乃に確かめようとする。みんなが止めるのを振り切って、大雨の中を笠《かさ》も被《かぶ》らずふらふらと家に帰ったが波乃はいない。

お勝が、お浜が来て波乃を連れて行ったと言うので、権太夫は冷たい雨の中を濡《ぬ》れ鼠《ねずみ》で助左衛門の家に戻ってくる。

船大工たちはどうなることかと心配しながらまだ飲んでいた。

「お浜、波乃をどこに連れて行った!」

「途中で別れましたよ。どこへ行ったかは知りません……」

「隠したな?」

「違う。隠してなんかいませんよ」

権太夫ににらまれてお浜が怯《おび》えている。鬼にぶっ飛ばされたらお浜などいちころだ。

「お浜よ、おれは波乃が可愛いんだ。叱らないから教えてくれ……」

「棟梁、本当に知らないんだ……」

「お浜！」

「そうだ。お島さんのところじゃないのかい？」

「お島？」

「だって、あそこしか行くところなんてないじゃないか……」

「うむ、そうだな。確かにお島のところしかねえな。よし、行ってくる！」

「棟梁……」

雨の中に出て行った権太夫の後ろ姿がずぶ濡れで可哀《かわい》そうだった。

権太夫は暗い雨の中を行ったり来たり、ウロウロと熊のように明かりも持たずに歩いている。

親とは有り難いもので娘が心配で仕方がないのだ。

ところがその娘は男と抱き合っているのだから親は割に合わない。

娘を怒っているわけではない。権太夫は娘の顔を見れば安心する。ことに男親というものは娘を溺愛しがちなのだ。権太夫もそんな親馬鹿の一人だった。ちょっとばかり度が過ぎているが。

親の気持ち子知らずとは古《いにしえ》の人たちが親の愛情を語ったものだろう。

その頃、波乃を抱いた佐右衛門は決心をして、その波乃を嫁にするため権太夫に果たし状を書いていた。権太夫を倒さない限り愛する波乃は手に入らない。それは人から聞いてわかっていた。その決着の時が少し早まっただけである。佐右衛門の粋がりも相当なもので、波乃を手に入れるまでは引くに引けない男の意地がある。

鬼と恐れられる権太夫と決着をつけるにはこの方法しかない。戦う決死の覚悟だ。

その果たし状を持って、雨の中を佐右衛門が権太夫の家に行きお勝に渡した。どこをうろついているのか権太夫は留守だった。

波乃を見つけられず半刻（約一時間）ほどで雨の中を権太夫が家に戻ってきた。哀《あわ》れなほど雨に濡れて体がプルプル震えている。

お勝は賢い。

そんな権太夫にいきなり佐右衛門の書状を見せたりしない。

夫の権太夫を湯に入れて落ち着くのを待って、すっかり酔いの冷めてしまった権太夫に佐右衛門からの書状を「こんなものが来たんだけど……」と言って渡した。

ジロッとお勝をにらんでからそれを受け取った。

書状には果たし状と書かれている。裏を見ると差出人の名は書いてない。鬼の権太夫に果たし状とは上等だと思う。

誰がいきなり権太夫さまに喧嘩を売る気か。

波乃を手に入れたい野郎だろうと見当はつく。誰でもいいがこういう決着の付け方はなかなかの野郎だ。嫌いではない。大いに上等ではないかぶっ殺してやる。

実は、お勝は波乃とお島から佐右衛門のことを、それなりに聞いていたから書状を受け取ったのだ。こういうことは女の方が落ち着いていていて賢い。権太夫は波乃可愛いで興奮するだけだ。

「誰が届けてきた？」

「お城の生熊さまですけど……」

「生熊佐右衛門か？」

「はい……」

「ふん、やっぱりあいつだったか、小童《こわっぱ》が、果たし状とは洒落《しゃれ》た真似《まね》をしやがる」

「果たし状なんですか？」

字の読めないお勝は驚いた顔だ。

権太夫はお勝に返事もせず不愉快そうな怒った顔で書状を開いた。

そこには波乃を嫁にもらうので果たし合いを申し込む。勝っても負けても波乃は帰さないから、遺恨《いこん》をもたないでもらいたいと言う。

なんともふざけた口上である。佐右衛門の勝手な言い分だ。

「野郎、上等じゃねえか、ぶっ殺してくれる……」

勝っても負けても波乃を帰さないとは強奪《ごうだつ》ではないか。権太夫の怒りに火がついた。

明後日の夜明けに一番船屋の前までお運びありたいと言う。生熊佐右衛門時貞《ときさだ》と少し威張った署名だ。

「くそッ……」

「生熊さまがなにか？」

「ふん、青二才《あおにさい》めがこのわしに喧嘩を売ってきおった。波乃を嫁にするそうだ。ふざけた野郎だぜ。売られた喧嘩は買う」

「お前さん、乱暴は……」

お勝は権太夫が波乃を取り返すため本気なのではないかと思う。

波乃は城へ逃げて行ったのだろうから、二人はもうすっかりでき上がっているということではないか。取り返してもどうなるものでもない。波乃はまた隙《すき》を見て城へ逃げて行くだろう。娘を縛っておくこともできない。

こういうことは若い者同士のことで、親が出しゃばるといいことがないのが相場だ。

「お勝、この家はわしの代で終わりになるかもしれないな。波乃の婿がお武家では船大工はできまいが……」

権太夫が寂しそうに言う。

「申し訳ありません。波乃しか産めなくて……」

「流れた子が男の子だったからな。あれは仕方のないことだ」

「はい……」

権太夫は波乃が佐右衛門のいる城に逃げたと思った。

取り返しに城へ押し込んで行けば、大騒ぎになって殿さまに迷惑をかける。

「野郎も考えて城の外で決着をつける気だ。容赦しねえ、なめやがって……」

何があっても佐右衛門は波乃を隠して手放さないだろう。こうなったらもはや親の負けだが、大切な娘をまんまと盗《と》られて腹が立つ。横《よこ》っ面《つら》の五、六発ぶん殴らないと腹の虫がおさまらない。大切に大切に育ててきた一人娘を盗られるのだ。二人が好き合ってくっつけば幸せだろうと思うが、そういう理屈は別なのである。親の方にだって言いたいことは山ほどある。

「生態さまにあまり乱暴なことは……」

「二、三発ぶん殴って終《しま》いにするさ、果たし状とは少しは骨のありそうな小僧だからな」

「波乃が好きなら仕方のないことですよ。お前さん……」

「寂しくなる……」

ぼそっと言う権太夫は波乃のいない寂しさが嫌《いや》なのだ。

若い娘が男に惚《ほ》れたらもう駄目なことぐらい権太夫にはわかっていた。それも殿さまの小姓ではいかんともしがたい。強奪されたようなものだ。

だが、権太夫もどこにでもいる親馬鹿である。

鬼と呼ばれても一人娘の波乃が可愛くて仕方がない。

お勝だけはそんな権太夫の気持ちをわかっていた。夫婦二人になったら話すこともなくなるだろう。

おもしろくもおかしくもない寂しい二人になってしまう。

波乃がいればこそあれこれと楽しいことも、うれしいこともあって酒も美味いのだ。それが突然寂しくなる。お勝の顔を見ながら酒を飲んでも美味くないだろう。

「大丈夫だよね？」

「うん、何んとかなると思う」

「権太夫め……」

砕け散った波乃は親の恩などすっかり忘れちまって佐右衛門命なのだ。

若い者はそれでいい。

嫁取りの果たし合いとは穏やかではないが、鬼が相手ではこういう決着の付け方もありかもしれない。

第六章　毛利《もうり》の忍び

安土城では信長が大砲の試射で粉砕された板と砲弾を見ていた。

納得したようにうなずいてニッと笑い機嫌がいい。信長が想像していた通り申し分のない破壊力である。間違いなく船板を木っ端微塵《こっぱみじん》にするだろう。村上海賊の息の根を止められそうだ。

新兵器には新兵器で対抗するしかない。

「五郎左、これで海賊の船を沈められそうだな？」

「御意《ぎょい》、これを見ると、毛利の八百隻は間違いなく海の藻屑《もくず》になりましょう」

「うむ、彦右衛門は志摩か？」

「はッ！」

一益の使いは信長の機嫌が上々でうれしい。

この時、天正五年（一五七七）の年が明けて信長は紀州の雑賀《さいか》征伐を計画していた。

石山本願寺に鉄砲の傭兵を出している雑賀を容赦できない。織田軍は前の年にその雑賀の鉄砲と戦って負けている。

木津川沖の戦いの時にも雑賀は水軍を出して村上海賊に味方した。

本願寺に傭兵を出すなど許しがたい雑賀で、信長は所司代村井貞勝《しょしだいむらいさだかつ》に命じてすぐ謀略《ぼうりゃく》を仕掛け、中郷、南郷、宮郷と根来の杉坊を味方につけた。残った雑賀荘、十ヶ郷を率いる雑賀孫一らを叩《たた》き潰《つぶ》す。

「彦右衛門に二月には紀州に攻め込むと伝えておけ！」

「はッ、畏まりました！」

この時、信長は内大臣として大軍を集めての雑賀攻めを考えていた。

信長の命令を受けて、一益の家臣が馬を飛ばして伊勢志摩に向かう。滝川軍にも紀州へ出陣しろということだ。織田軍はあっちこっちに戦いを抱えていて、信長の命令で織田軍は掛け持ちで戦いをしている。

一益の兵一万にも雑賀攻撃のため出陣しろという信長の命令だ。

その日の早暁《そうぎょう》、まだ海の水平線が少し白くなったばかりの頃、お勝と波乃が一番船屋の軒下に隠れて浜を見ている。

船屋の中では見張りの者たちが疲れて寝腐れていた。

その浜には鬼の権太夫と、波乃のいい人である佐右衛門が、果たし合いの支度をしてにらみ合っている。

娘を取り戻したい親と、その娘を嫁にしたい男の決闘《けっとう》というよりは喧嘩《けんか》だ。

譲れない男の意地の激突である。負けても娘を帰さないという強情な男の勝ちに決まっている戦いだ。

親の方は娘を奪った男に決着を挑まれては、ここで一矢報《むく》いないと面目がない。

権太夫が握っているのは、櫂《かい》が折れたのを少し削った太い棒だ。佐右衛門は襷《たすき》に白鉢巻《しろはちまき》で木剣《ぼっけん》を握っている。親の仇《かたき》でも取ろうかという勇ましい恰好《かっこう》である。

鬼の形相の権太夫の太い櫂が当たったら即死だ。

「親父殿《おやじ》、参る！」

「うるせいッ、てめえに親父と呼ばれる筋合いはねえッ！」

「いざ！」

佐右衛門が木剣を中段において構えた。

「野郎ッ、覚悟しやがれッ！」

いきなり権太夫が櫂を振り上げると、上段から佐右衛門の脳天《のうてん》に振り下ろした。

そんなものを食らったら死ぬ。

素早く二歩、三歩と佐右衛門が後ろに下がる。そこに続けざまに櫂を振り上げて打ち込んできた。

あまりの勢いにまだ薄暗い浜で、白鉢巻の佐右衛門は逃げ回るしかない。

権太夫の振り回す櫂に触れただけで大怪我《けが》をしそうだ。

それを船屋の傍《そば》で見ている波乃は気が気ではない。飛び出して行って止めたいがお勝が波乃の袖《そで》をつかんでいた。

「よく見ておきなさいよ……」

権太夫は三回、四回と空振りだが佐右衛門を渚《なぎさ》に追い込んだ。

逃げ回るが砂に足を取られて佐右衛門が転びそうになる。こういう喧嘩殺法は権太夫の方が場慣れしていて強い。とても佐右衛門が太刀打ちできる相手ではない。だが、ここは色男の方も譲れないところだ。

「この野郎ッ！」

権太夫の振り回した櫂が佐右衛門の顔の前をかすめていく。危ない戦いだ。

海の彼方《かなた》が白くなって夜が明ける。

「ふざけやがって、ぶっ殺してやる！」

権太夫の振り上げた櫂が振り下ろされるとズシッと砂に食い込んだ。

その櫂から逃げるしかない佐右衛門はすばしっこい。砂に足を取られながら、転びながら必死で逃げた。

木剣を握っているが反撃する隙がない。次々と櫂が襲ってきた。

その櫂をはじくことすらできないのだ。当たれば手が痺《しび》れて木剣を飛ばされてしまう。櫂の猛攻から後ろへ後ろへと這《は》いながらでも逃げるしかない。やはり波乃が言ったように権太夫はただ者ではない。とんでもなく恐ろしい鬼だった。恐怖で果たし合いなど申し込むんじゃなかったと思うがもう遅い。

ところがそのうち、さすがの権太夫も砂に足を取られ少し疲れてくる。

重い櫂を振り回すのは容易ではない。大きな息を吐いて立ち止まり、息を整えてまた攻撃する。年は取りたくないものだ。

佐右衛門が逃げ回っているうちに、ついに権太夫の攻撃が止まった。

櫂を杖《つえ》にして息がつらそうだ。そこに反撃で佐右衛門が木剣を振り下ろした。それを櫂ではじき飛ばすと、いきなり櫂を捨てた権太夫が佐右衛門につかみ掛かった。

櫂を振り回すのは疲れる。

組討ちのほうが権太夫は得意だ。

若い頃から喧嘩で負けたことのない権太夫だ。佐右衛門の木剣をもぎ取ると遠くに投げ捨てた。

「この野郎ッ、てめえッ！」

佐右衛門が権太夫に砂浜に投げ捨てられ、胸ぐらをつかまれてぶん殴られると、ふらふらと佐右衛門が力なく砂に転がった。だが、降参はしない。

むくっと起き上がり、権太夫の腰に食らいついて押し倒した。

ところが佐右衛門が蹴飛ばされて二間（約三・六メートル）も飛ばされる。転んだ佐右衛門の上に権太夫が伸《の》し掛かってきた。

「ふざけやがってこの野郎ッ！」

素手の殴り合いではとても権太夫の敵ではない。がっしりした体軀の権太夫に馬乗りになられては身動きすらできない。必死でもがいたが降参はしない。

その様子を波乃は泣き泣き見ている。

飛び出そうとしてもお勝に袖をつかまれている。

「いいから見ていなさい……」

それでも佐右衛門は何度か立ち上がって権太夫に挑戦したが、逆に権太夫にぼこぼこにぶん殴られて砂浜に転がったまま動かなくなった。佐右衛門は返り討ちにされ、船大工の鬼の棟梁《とうりょう》はめっぽう強かった。だが、佐右衛門はまだ降参をしていない。というより殴られて気を失っている。

疲れ切った権太夫が何も言わず立ち上がると船屋に歩いてくる。

喧嘩には勝ったが肩を落とし少々哀れっぽかった。

お勝を振り切ると波乃は浜に走った。権太夫の脇を見向きもしないですれ違う。佐右衛門は散々殴られて渚の近くに転がっている。

「佐右衛門さん！」

波乃はどうしていいのかオロオロするばかりだ。好きな人が自分の父親にこんな返り討ちにされるとは思っていなかった。

船大工の鬼は波乃と佐右衛門をお勝とともに振り返って見ていた。

「お前さん、大丈夫かい……」

「うむ、行って見てやれ、気を失っているだけだ。海の水をぶっかけてやれ……」

「はい！」

お勝も浜に走った。

権太夫が船屋の前に腰を下ろすと馬に乗った嘉隆が現れた。

その轡《くつわ》を取っているのが佐右衛門と同じ小姓の小平太である。この果たし合いを小平太は知っていて嘉隆に告げ口をした。佐右衛門と小平太は長屋が隣同士で仲が良かった。一緒に酒を飲んだりする。

その事情を嘉隆は小平太から詳しく聞いている。

嘉隆が船屋の前で馬から降りると、その手綱《たづな》を小平太が傍の杭《くい》に縛って砂浜に走った。権太夫のことを聞いている小平太は、佐右衛門が負けるだろうと思っていた。それで殿さまに告げ口をした。何んとか果たし合いを止めようとしたのだが間に合わなかった。

「終わったようだな？」

「ご領主さま……」

「棟梁、一人娘を余の近習《きんじゅ》に取られたそうだが？」

「年甲斐《としがい》もなく、こんなことになりましてあいすみませんでございます」

「どうだ。佐右衛門は強情ないい男だろう？」

「はい、なかなかに骨があります、あの男を和具の家にもらえませんでしょうか？」

「佐右衛門をか？」

「はい……」

「棟梁、あれを船大工にするにはもう遅いぞ。それより波乃が産んだ子を育ててみないか？」

「孫をでございますか？」

「そうだ。最初に生まれた男の子でどうだ。女と違って男を育てるのは厄介だが、いい棟梁に育てばわしも助かる。どうだ、それで手を打て！」

嘉隆は佐右衛門が船大工にはなれないとわかっている。そういう職人にするには少々歳《とし》を食い過ぎている。職人というのは十歳前後で丁稚《でっち》小僧から始めるのが良い。早く良い職人になれる。

「孫で手を打て！」

「はい……」

権太夫が嘉隆の考えに小さくうなずいた。

海を支配する九鬼家にとって、船を造る船大工は特別に重要な存在だ。いつどこでどのような船が必要になるかわからない。優秀な棟梁がいないと良い船大工は集められない。職人というものはなかなか偏屈で頑固者が多い。そういう船大工に一声かけて集められるのが権太夫だ。

「棟梁のためなら……」

そう言って気持ちよくひと肌もふた肌も脱ごうじゃないかというのだ。

海賊水軍はいつどこで大勢の船大工が必要になるかわからない。信長に仕えていればそういうことは幾らでもあり得る。そんな時に嘉隆が頼るのが権太夫なのだ。

今回は総鉄張りの巨船の建造だった。

それをできないと尻込みするような船大工はいらない。おもしろがって工夫してみようという元気のいい船大工がほしいのだ。権太夫はそんな船大工たちの棟梁の務まる男なのである。

そんな船大工を嘉隆が育ててみろと言う。

それは権太夫の後を継ぐ棟梁ということでもある。そういう方法もあるかと権太夫が少し元気になる。孫を育てるのもおもしろいかもしれない。息子のいなかった権太夫には大きな夢ができた。さすが殿さまだと思う。

「よし、決まった。今夜、長屋で二人に祝言《しゅうげん》を挙げさせる。来るか？」

「いいえ、あっしは……」

「そうか、ならば代わりに助左衛門をよこせ。一人娘の祝言なのに頑固者が……」

「申し訳ありません」

権太夫が嘉隆に叱られた。

その頃、砂浜では波乃の汲《く》んできた海水で佐右衛門が息を吹き返した。

よく戦ったと言いたいが権太夫に一方的にやられっぱなしで、志摩の九鬼海賊の若者としては少々だらしがない。それでも佐右衛門が自分のために戦ってくれたと、波乃は泣きたいほどうれしかった。

「佐右衛門さん……」

「な、波乃、親父殿は？」

「船屋に、あれ、さっきまでいたのに……」

間もなくすっかり夜が明けて船屋には船大工たちが集まってくる。そこには嘉隆も権太夫も小平太もいなかった。

「大丈夫ですか、うちの人は乱暴だから……」

お勝が心配そうに言う。

「本当だよ。痛かったでしょ？」

「あの人は手加減というものを知らないんだから……」

「大丈夫です。波乃、親父殿を悪く言うな。これはわしが申し込んだ果たし合いだ。返り討ちにあっただけだ」

少し腫れてきた顔で佐右衛門がニッと笑う。

「佐右衛門さん！」

「痛てッ！」

「ご、ご免！」

佐右衛門に抱きついた波乃が飛びのいた。

その時、船屋の中で寝腐れていた見張りの兵たちがぞろぞろと起き出してきた。

佐右衛門が白鉢巻と襷をしたまま、敗残兵のように渚に立ち上がったが体のあちこちが痛んでいる。なんともひどく殴られたものだ。だが、これで大好きな波乃が手に入った。もう誰にも文句は言わせない。

「行こう……」

「うん……」

これで権太夫は波乃を佐右衛門に間違いなく盗《と》られた。

波乃の肩を借りて城に戻って行くのを見て、お勝は男なんていうものは幾つになっても子どものようだと思う。それでも喧嘩で決着がついたのだから良い。これで娘の波乃が幸せになれるとも思った。

二人が陣屋に戻ると家老の和具大学に呼ばれた。

「佐右衛門に波乃、これは二人が一緒になるための殿からの命令だ。謹《つつし》んで聞け！」

「はい……」

大学の傍に小平太が座っている。

「二人が一緒になる条件だ。生まれた長男を棟梁の権太夫に譲り渡すこと。いいな？」

「あのう……」

「なんだ。佐右衛門、殿の命令であるぞ。聞けないと言うなら波乃を権太夫に返せ！」

「そんな……」

「波乃、そんなもこんなもない。一緒になりたいなら殿の命令に従え、長男を棟梁に渡せ。権太夫の跡取りにする。殿のお考えだ！」

万事《ばんじ》休す。二人に男の子が生まれたら権太夫に取られることになった。

その夜、顔や体のあちこちが紫の痣《あざ》になった佐右衛門と、なんとも可愛《かわい》い当たって砕けろ磯の波乃の祝言が挙げられ、嘉隆から波乃に反物《たんもの》が祝いに下された。

若い二人の見事な勝利であり激動への船出でもある。だが、実際は長男が生まれると権太夫に取られるのだから、勝利というよりは痛み分けというところだろう。嘉隆が和具家も立ち行くようにそう考えてくれたということだ。

その祝言の前に佐右衛門は嘉隆に呼ばれ、権太夫との約束で最初に生まれた男子を、和具家の養子にすることを改めて命じられる。

二人が一緒になる条件だとも言われた。

権太夫から一人娘を奪い取ったようなものだから、それぐらいのところが手を打つにはいい塩《あん》梅《ばい》だ。殿さまの裁定である。

祝言に助左衛門は酔っぱらって火をつけてしまった波太郎を連れてきた。

酒さえ飲まなければ、借りてきた猫のようにおとなしい大男なのだ。結局、この酒癖の悪い大男が、佐右衛門と波乃の縁結びの神になったようなものだ。波乃に虫がついたと波太郎が言わなければ、この日のめでたい祝言はなかったかもしれない。

そんな船大工の酒宴の大事件を知らない佐右衛門に、助左衛門と波太郎が真相を話して謝罪をした。

なんとも馬鹿野郎の波太郎だが、こういうのを世間では怪我の功名などという。

雨の庭で濡《ぬ》れ鼠《ねずみ》になり死にそうな波太郎が酔いも冷めて、家に帰ると女房のお仲《なか》に散々叱られ酒を禁じられた。浜の女が本気で怒ると怖い。大男の女房のお仲は酔いがさめるとおとなしい亭主に容赦しない。

これまでも波太郎は酒で何度も失敗していた。

お仲に頭の上がらない波太郎なのだ。周りからも厳しく叱責された。だから祝言でも酒を口にしないで部屋の隅に控えている。酒癖で波太郎のように失敗を繰り返す男は少なくない。そもそも波太郎はお仲と一緒になった夜も、飲み過ぎて放り出され初夜をふいにした。そういう馬鹿野郎なのだ。

「もう、酒は飲みません」

お仲にそう言って何度誓ったことか、誓うたびに破るのだから誓いになっていない。怒って実家に帰ったお仲を迎えに行き、その度ごとに謝って女房を背負って帰ってくる大男なのだ。

憎めないといえばそういう男でもある。馬鹿といえばそういう男なのだ。

船大工の腕はいいのだから困る。酒さえ飲まなければ、大男で押し出しもいいから棟梁にもなれる男なのだが、伊勢の神さまの悪戯《いたずら》なのかもしれない。

お城の長屋では権太夫のいないささやかな祝言が行われ二人は夫婦になった。

その頃、権太夫はお勝を相手に家で酒を飲んでいた。波乃がいないと静かで寂しい家だと思う。そんなところに船大工の和三郎と九郎兵衛が徳利《とつくり》を下げて現れた。

「棟梁、めでたいんだか、めでたくないんだかわからねえが、今日はやけに棟梁と飲みてえと思って来てみたんだ……」

「そうか、酒は一人で飲んでもつまらねえ、上がれや……」

「へい……」

一人酒盛りが三人になった。

この二人も波乃を狙っていたのだが、グズグズしている間に鳶《とんび》に油揚げを持っていかれてしまった。そういうしまりのない話でもある。

二月になり九日には信長が大軍を動員して雑賀攻めに向かった。

信長の近江の兵に嫡男織田信忠の尾張、美濃の兵、次男信雄《のぶかつ》、三男信孝《のぶたか》、弟信包《のぶかね》たち三人と一益の伊勢の兵である。

信長の大動員令で内大臣に相応《ふさわ》しい巨大軍団の陣容になった。

越前、若狭《わかさ》、丹波《たんば》、丹後《たんご》の兵などまで京に集結、畿内《きない》や播磨などからも兵が集まって十五万に膨れ上がった。

まさに天下布武の壮観さである。続々と紀州に向かう。

大軍を山手《やまて》と浜手《はまて》の二組に分けて進軍、山手は佐久間信盛や羽柴秀吉など、浜手は滝川一益や明智光秀、丹羽長秀などである。

織田一門は浜手にいた。

大軍は孝子峠《きょうしとうげ》や風吹峠《かぜふきとうげ》を越え、紀ノ川を渡河して雑賀に乱入、雑賀の鈴木孫一たちは雑賀城や弥勒寺山城《みろくじさんじょう》、中津城《なかつじょう》などに立て籠もって激しく抵抗した。

だが、三月になると雑賀の鈴木孫一たちが抗しきれず降伏、信長は孫一たちの罪を問わずに赦《しゃ》免《めん》すると、三月二十一日には陣払いをして京に戻ってきた。

この中途半端がよくなかった。信長は時々こういうことをする癖があった。

そのいい例が将軍義昭を追い詰めておきながら、いい加減に京から追放してしまったことである。天下を握る征夷《せいい》大将軍になりたければ、信長は義昭を殺すか将軍を取り上げるべきだった。

だが、そうせずに将軍のまま追放する。

そのため義昭は将軍職を手放さず、信長は死ぬまで征夷大将軍にはなれなかった。

義昭の処分を中途半端にしたからだ。権力と政権というのはそういう温《ぬる》いことでは手に入らない。生き延びた義昭はこれ幸いと、毛利家の備後鞆《とも》の浦《うら》に逃げて鞆幕府というべき政権をつくり、信長包囲網を三度にわたって構築する。人の恨みつらみはなかなか消えるものではないということである。

それと同じようなことが起きた。

半年もせずに降伏したはずの雑賀が再び挙兵する。

そこで信長は佐久間信盛に八万の兵を与え雑賀を攻撃するが失敗してしまう。潰すべき時に潰しておかないとこういうことになりがちなのだ。信長は手を汚したくなかったのか、それとも自信過剰だったのか。

以後、雑賀はいつまでも信長に服従しなかった。

その頃、志摩の海では盛んに大砲の訓練が行われた。最も大切な大砲の照準を合わせる訓練である。いくら破壊力のある砲弾をぶっ放しても、肝心の的に当たらないのでは話にならない。この照準合わせが波に煽られて海の上では実に難しい。

志摩の海には毎日、島影からドーン、ドーンと遠雷が鳴り響いている。

答志島の、人の寄りつかない場所に大砲を乗せた船が隠されていた。まだ誰にも見せることのできない新兵器だった。

島の人々は大砲の破裂音を海の彼方の雷と勘違いしている。

その大砲も三門、四門と数が増えて、小型の伊勢船の舳先に据え付けられ、島の裏側の誰にも見られない場所に標的が置かれた。

標的の四寸板は一間四方の大きさで、島の岩場に置かれたり、ボロ船に据え付けられたりする。船から崖《がけ》の動かない標的を撃つのも、船からボロ船の標的を撃つのもなかなか難しいものだ。片方が動いても照準しづらいのに、的と大砲の両方が動いては如何《いかん》ともしがたかった。

一間四方の的ではほとんど当たらない。

逃げ回るボロ船に間違って当たるのではと思われたが、とんでもない話でまぐれでもまったく当たりそうもない。掠《かす》りもしないのだから困る。

最初に海へ出た時はひどかった。

嘉隆や一益が乗船して試射に出たのだが、船べりをつかんでいろという指示を聞かなかったばかりに、発砲と同時に小平太と船頭と水夫《かこ》の三人が驚いて海に落ちた。近頃はそういうこともなくなった。だが、船は波に翻弄されて何発撃っても的に当たらない。大きな船でどっしりしていないと的は狙いづらい。それに的も大きくないと当たるものではない。

「てめえッ、ふざけているのかッ！」

怒鳴りつけたくなるほど当たらない。砲手は眼を血走らせて何んとか当てようとする。

そんなことが猛訓練の中からわかってきた。

砲弾が当たればその威力は間違いなく船を粉砕するはずなのだ。

大砲組の訓練は貴重な砲弾を多く使った。船から崖に撃ち込まれた砲弾はもちろん回収された。

海に落ちた砲弾も浅いところからは潜って拾い上げられる。

下手な砲手はとんでもない海の彼方に撃ち込んでしまう。そういう砲手は「どこを見て撃っているんだッ！」と、子どもの助延にひどく叱られた。叱られても当たらないものは当たらない。

砲手の上手下手がはっきりわかるがそればかりではない。

動く船からの照準は極めて難しかった。海の波は湖の波と違い大きく上下にうねるからだ。

毎日、見えない島の裏からドーン、ドーンと雷鳴のように砲撃の音が聞こえ続けた。船屋だけでなく鍛冶場も猛烈に忙しい。

国友村から一分ほどの厚さに鍛えられた鉄の板が次々と運ばれてくる。

船屋の中では巨大軍船の建造が始まっていた。船の大きさは船底の大きさですべてが決まるが、その船底がかわら、根棚、中棚、上棚と重ね継ぎや、上中下の船梁《ふなばり》など難しい技術で無事に仕上がってきた。そこから船壁が立ち上がって総矢倉が載る。権太夫と助左衛門は各船屋を回り進捗《しんちょく》を見ている。

「三番と四番が少し遅れているか？」

「六番も少し……」

「一番船屋が速いようだな？」

「波太郎が踏ん張っておりますから……」

「あの野郎か？」

権太夫は波太郎の名を聞くと腹の虫が騒ぐ。

波乃を佐右衛門に盗られたのはあの馬鹿野郎のせいだと怒っている。

とんだとばっちりで波太郎は酔った勢いで、波乃に虫がついたと言っただけなのだ。

それを波太郎のお陰で波乃を盗られたと思いたくなるのは、結婚以来、波乃が城から下りてこないからで、家の灯が消えてしまった。

浜ではどの船屋も忙しい。何種類もの鋸《のこぎり》や鑿《のみ》を使う船大工の技は昨日今日のものではない。

こういう匠の技は丸太をくりぬいて、船にした頃からの積み重ねの上にあるものだ。寸尺の長さもその時代によって違いがある。

一間の長さは信長の時が六尺五寸、秀吉の時が六尺三寸、家康の時が六尺一寸であった。

つまりこの船屋で造られている巨船は十八間だから、後の通常一尺よりも一間半以上も長いということになる。

この巨船は十九間半からほぼ二十間あったことになるのだ。

現在でも東日本では一間が六尺の江戸間とか田舎間という。西日本では一間が六尺五寸で信長と同じで京間《きょうま》とか本間《ほんま》という。五百年近くも信長の時代の寸尺が生きている。歴史というのは知る知らずにかかわらず、そのように人々の生活にズシッと重いものだ。

人々はそれを知らないで生きているだけなのである。

その昔、寸尺の基本は均一な秬黍《くろきび》を九十粒並べ、その一粒分の長さを一分と規定して始まった。それをわが国でも取り入れて律令《りつりょう》で長さや重さを定めた。

十分を一寸、十寸を一尺とした。その一尺も唐《とう》尺が九寸八分で、高麗《こま》尺が十寸二分と長短四分の違いがあった。

よく使われたのは高麗尺である。後の一尺より二分だけ長い。だが、わずか二分というなかれ。十八間の巨船では二分の違いが二尺以上も違ってくる。つまりこの巨船は現在の寸尺でいうとほぼ二十間だったということだ。

ちなみに囲碁《いご》では石と石を二間開きとか一間飛びなどというし、将棋《しょうぎ》では四間飛車《びしゃ》とか三間飛車などという。

雨の季節に入っても船屋では難しい巨船の建造が続いた。

船底《せんだい》が決まると御神酒《おみき》で清めて、船の顔であるみょうしという船首の船材を決める。最も重要なのが加敷《かじき》で船底から斜めに立ち上げて船壁と繋《つな》ぐ、この加敷は船が水に浮かんだ時には水中に隠れるため、この加敷がきっちり決まらないと船にはならない。根棚や中棚などの重ね継ぎの部分である。

こういう仕事は腕のいい船大工でないと駄目だ。

船造りにはあれこれ手順があって、この加敷と船底や、加敷と船壁をうまく接合し馬面《まつら》などで補強して強靭《きょうじん》な船に仕上げていく。

無事に船おろしをするまでは何百もの工程がある。

それを間違わず、寸分の隙もなく船を造るのが伊勢の船大工というものだ。それも信長が考案した鉄の鎧《よろい》を着た化けもののような巨大軍船を、七隻も造るのだから半端ではない。それも一年半という期限がある。大突貫もいいところで忙しさのあまり死人が出かねない。命がけともいえた。そんな船屋を警備する者たちも、昼夜の交代で猛烈に忙しかった。ついに佐右衛門と小平太もかり出された。

雨が降ると砲撃訓練は中止になった。雨に濡れると火薬が使えなくなる。

それを考えて戦いの時は、矢倉の中から大砲を撃つように工夫されていた。矢倉の中であれば風雨にはまったく影響されない。そんな砲撃訓練も二、三ヶ月もすると腕のいい砲手と、なかなか的に命中しない砲手がはっきりしてくる。

何ごとによらず人には筋の良し悪しがあるようだ。器用不器用などともいう。

これは質の違いだから仕方のないことである。どんなに頑張っても当たらない者は当たらない。そんな大人たちを相手に芝辻助延は容赦しない。なにしろ期限が切られていて後ろに余裕がないのである。戦いに出て砲弾が敵船に当たらないでは話にならない。何がなんでも大砲で村上海賊を粉砕すると助延は意気込んでいた。

大声で大人を叱り罵《のの》り怒り狂う。

万一にも火薬の扱いを間違うと船ごと吹き飛んでしまう。ましてや巨船の中での火薬の扱いは注意が必要になる。火薬を満載して爆発したら船に乗っている者は、間違いなく吹き飛ばされて全滅するだろう。そんな恐ろしいことが助延の頭の中にある。火薬を扱うのは気の抜けない危ない仕事なのだ。

一瞬で船は木っ端微塵になり、海の上には何百という兵の死体が浮かぶことになる。

助延は的に当たらないのも困るが、火薬の扱いにはことさらに口うるさかった。その助延は火薬の怖さを一番よく知っている。

鉄砲の火薬でも人の指ぐらいは簡単に吹き飛ばす。大砲の火薬はその何十倍もあって船に積んでいる。そんな危ない火薬と同居しているのである。

助延が口うるさく叱るのは当然だった。

滝川一益は木曽川《きそがわ》河口の長島城から船で来て、伊勢志摩の船屋や鍛冶場の仕事を見てから安土城に向かう。

信長の楽しみは安土城の築城と鉄の巨大軍船の建造だった。

一益からその進捗を聞くのを楽しみにしている。すでに信長の頭の中では毛利水軍は木っ端微塵に吹き飛んでいるのだ。石山本願寺の坊主どもも飢えて幽鬼のようになっている。信長は間違いなく決着がつくと考えている。

長さ十八間には若干不満だが、大砲を装備した軍船の完成は待ち遠しい。

その七隻の船が木津川河口沖で、村上海賊を待ち受けてことごとく海に沈めてしまう。焙烙玉では絶対に燃えない船だ。一益が報告に来るのを待っていた。大砲を装備した鉄甲船こそ、信長に天下布武をもたらす新兵器だと確信している。

その巨船が次々と村上海賊の船を沈める。それが信長にははっきり見えていた。

一益が現れると大砲と船の出来具合を聞いた。

「どうだ。大砲と船の完成の目途は立ったか？」

「はい、立ちましてございます。来年の今頃には間違いなく完成いたします」

一益が言い切った。それぐらいまでに完成しないと戦いに間に合わなくなる。遅れれば秋の米を村上海賊が石山本願寺に搬入してしまう。

そうなれば鉄の船は海に浮かんだまま、一年も二年も遊んでしまうことになる。

船は動かさずに海に浮かべておくだけでは、船の底に貝や海藻《かいそう》がついて動かすのが面倒になる。そうしないためには陸に上げたり、時々船を動かす必要がある。そういうことは海に詳しい一益が知っていた。船というのは扱いがなかなか厄介なのである。

「そうか、大砲も間に合うか？」

「芝辻の大砲はすでに六丁が完成いたしました。順調にございます。撃ち方もずいぶん上達したと聞いております」

「うむ、芝辻の小僧だな？」

「はい、なかなかの小僧でございます」

「鉄の板も問題なくできているか？」

「はい、国友善兵衛から滞りなく納められております」

「すべて順調か、大いに結構だ！」

信長は安土城の築城で忙しくしている。

伊勢志摩まで隠密《おんみつ》に船を見に行きたいところだがそうもいかない。

この頃、信長に京から追い払われた将軍足利義昭は備後鞆の浦にいた。

もう信長の手の届かないところに、将軍のまま義昭は隠れてしまったということだ。

信長の痛恨の大失敗である。

義昭は将軍としてどんな手を使ってでも信長を倒したい。

そのため各地の大名に御内書《ごないしょ》を送って、信長包囲網の再構築を計る。将軍には自前の兵力がなく戦えないのだから、諸国の大名の兵力を糾合しようということだ。義昭は毛利輝元を副将軍にした。これは朝廷の官位官職とは関係がない。義昭が勝手に輝元を副将軍と決めただけだ。

この義昭の信長包囲網は三度に及ぶ。

なかなかしつこく信長を倒そうとして、御内書を徳川家康や明智光秀にまで乱発して信長を攪《かく》乱《らん》した。義昭は信長と上洛《じょうらく》して将軍にしてもらったのだが、端《はな》っから二人は呉越同舟《ごえつどうしゅう》で目的が違うため反りが合わなかった。

信長の目指している天下布武は、足利家の天下ではなく信長の天下である。

そんな二人が天下に並び立つはずがない。その信長包囲網には義昭に副将軍を命じられた毛利輝元、甲斐の武田勝頼、備前の宇喜多直家《うきたなおいえ》、越後の上杉謙信、大和の松永久秀《まつながひさひで》などが参加していてなかなかの勢力になっている。

この義昭の動きは捨てておけないが、備後鞆の浦では信長の手が届かない。

将軍義昭を殺さずに、ただ京から追い払ったのは、信長の生涯で一番大きな失敗だったといえる。信長が征夷大将軍になれなかった大きな理由だ。足利幕府はすでに崩壊しているともいえるが、義昭は鞆幕府として小さいながらも体裁《ていさい》を整えていた。この体裁を整えるというのが将軍職を維持するのに重要なのだ。

鞆幕府と言い張れば征夷大将軍として朝廷は義昭を認めるしかない。

義昭は信長と戦っているのであって朝廷に反旗を翻しているのではないのだ。一度、天皇が宣下した将軍を朝廷は易々《やすやす》と取り消さない。天皇は無謬《むびゅう》である。二人の征夷大将軍の前例はなく必要ないということになる。

朝廷の軍は古くから三軍制で、東海方面を攻め下る者を征夷大将軍とした。北国方面を攻め下る者を征狄《せいてき》大将軍とする。西国方面を攻め下る者を征西《せいせい》大将軍としたが、この三軍が同時に編成されたことはない。

大将軍は令外官《りょうげのかん》で定員は一人なのだ。

つまり権大納言《ごんだいなごん》のような定員外の権大将軍というのはない。征夷大将軍は一人しかなれないのである。従って信長は将軍にはなれず、義昭より官位官職の高い内大臣で右近衛大将《うこんえのだいしょう》となったのだ。それを信長は気に入らない。だが、義昭を殺さず追放した自分の不始末だから仕方がないと思う。

今になればその追放が大失敗だったとわかる。

ただ、信長が内大臣でいれば、義を重んじ、朝廷を大切に考える上杉謙信に攻められることはない。そんなところが信長の本心で、信玄が死んだばかりで謙信とはまだ戦いたくないのだ。

信長は将軍殺しになりたくないと言って、義昭を将軍のまま京から追放したが、失敗に気づいて殺したくても手が届かなくなった。聡明な信長でもこういう失敗をするのだから、歴史の中で何が起きるかなど誰にもわからない。

六月になって半ばが過ぎると、長雨が終わり嘘《うそ》のようにカッと暑くなった。志摩の海にも巨大な雲が盛り上がり、凪《なぎ》の海は油のようにとろけているが、飛魚が波間から飛び出して五十間ほども滑空《かっくう》する。

波乃は腹が少し膨らんできて、たまに城から下りてくると棟梁の権太夫は大よろこびだ。嘉隆との約束で生まれた子が男ならもらえることになっている。波乃の顔を見るといつ生まれるかと同じことを聞いてうるさい。その時が来なければ権太夫がいくら騒いでも子どもは生まれない。

権太夫はそわそわして船のことより波乃の腹が心配のようだ。

「あれは男が入っているな……」

などと無責任にお島が言うものだから、権太夫はその気になって、男の子が生まれると決めて楽しみで仕方がない。だが、どっちが生まれるかなど神さましか知らないことだ。神棚に男の子が生まれますようにと祈る。

こうなったら何がなんでも神さまに男の子を授《さず》けてもらうしかない。

そんなある夜、船屋の見張りに出たのが楽島源四郎、大学の息子和具一騎《かずき》、生熊佐右衛門、愛洲《あいす》小平太、それに兵が六人の十人だった。

一番船屋から三番船屋までが受け持ちで、先頭と後尾の兵が松明《たいまつ》を持っている。

船屋の夜の警備は厳重で、陽《ひ》が落ちて暗くなると次々と間をおかずに始まり、夜が明けて周りが見通せるようになるまで続けられた。昼の見回りは夜から見ればだいぶ楽だ。

一番船屋から三番船屋まで入念に警戒する。

四番船屋から六番船屋までは別の組が回っている。七番船屋は大きな安宅船だから見られても心配はない。中を絶対見られたくないのは一番船屋から六番船屋までだ。もちろん七番船屋にも多くの見張りがついている。放火を恐れていた。

毛利の忍びが中を見ず火を放って焼き払うことが考えられる。それが一番怖いのだ。

「誰だ。そこにいるのは？」

源四郎が人の気配に立ち止まった。三番船屋の物陰に人がいた。

兵が二本の松明をかざして確かめる。

「お前たちは誰だ？」

「へい……」

「なんだ。座頭と娘なのか？」

「どうした。曲者《くせもの》か？」

和具一騎と佐右衛門が近づいた。源四郎が刀の柄《つか》を握って鞘口《さやくち》を切っている。怪しい動きをすれば斬る。いや、この時、誰何《すいか》することなく斬り捨てるべきだった。だが、人は怪しい者に「誰だ！」と聞くのが常だ。いきなり斬るのは暗殺者か辻斬《つじぎ》りぐらいだろう。

「楽島殿……」

「こんなところに座頭の親子とは怪しい奴《やつ》！」

刀を抜きそうな源四郎が二人を睨みつけた。黙って斬り捨てればいいが源四郎はやさしい剣士だった。

「み、見ての通りでして、娘と道に迷いましてございます。怪しい者などではございませんです。はい……」

「見かけない座頭だが……」

「半月ばかり前に神宮さまの方からまいりまして、申し訳ございませんです。はい……」

座頭と娘が船屋の傍から道端に出てきた。

その二人を十人が取り巻いた。どう見ても怪しい奴らだ。

「捕らえますか？」

佐右衛門が一騎に聞いた。捕らえて調べたいという顔だ。

こういうところに立ち入るような座頭とは思えない。こういう怪しい者を調べないで見逃すことはできない。むしろ、怪しいと思ったら有無を言わさず斬り捨てるべきなのだ。源四郎が躊躇《ちゅうちょ》したのがいけなかった。鞘口を切ったのだから抜いて斬るべきなのだ。躊躇したのは座頭と娘だったからである。斬るに忍びないと思ってしまった。

「よし、船屋の傍で見つけたのだ。座頭でも一応、取り調べる必要があるだろう。のう楽島殿？」

「当然だ！」

「よし……」

佐右衛門と兵が不用意に二人の傍に寄った。

「二人とも神妙にしろ！」

その瞬間、座頭が杖に仕込んだ刀を抜いて佐右衛門を斬った。

「おのれッ！」

源四郎と一騎と小平太が刀を抜いた。

座頭が兵にも斬りかかり、強引に道を開くと脱兎《だっと》のごとく逃げた。その後を娘が着物の裾を翻して逃げて行く。

「追えッ、逃がすなッ！」

逃げる二人を源四郎たちと兵が追った。闇の中に入られたら逃げられる。

「生態さまッ！」

兵が一人、斬られた佐右衛門を心配して残った。

「大丈夫だ。掠《かす》り傷《きず》だ。二人を追えッ！」

「はッ！」

遅れた兵が闇の中の松明の灯を目当てに走って行った。

「くそッ、あの二人は忍びだ……」

佐右衛門はよろよろと立ち上がると、一番船屋に近い棟梁の権太夫の家に向かう。座頭の刀は細身だったから浅手だったが足を斬られていた。血を止めるために刀の下げ緒で自分の足を縛る。血が多く流れてしまうと死んでしまう。

道端で荒縄を拾うとその縄でも血止めに太股《ふともも》をきつく縛った。

地べたを這うようにして何んとか棟梁の家まで行き、ドンドンと激しく家の戸を叩くと、寝ていた権太夫が何ごとかと飛び起きた。

傍に寝ていたお勝もびっくりしながら仏壇に灯を点《とも》した。

「こんな夜中に……」

「ただごとじゃねえな？」

暑くて丸裸の権太夫が戸口に出て行った。

「誰だッ？」

誰何すると小さな声がする。

「誰だッ？」

答えがない。心張《しんば》り棒を握った権太夫が戸を開けると土間に佐右衛門が転がり込んだ。

「た、助けてくれ……」

血だらけで佐右衛門は力尽きている。お勝が灯《あか》りを持ってきた。

「佐右衛門！」

「ち、血ですよ……」

「足を怪我しているぞ。誰にやられた！」

「ざ、座頭……」

「なにッ！」

権太夫が佐右衛門を抱きかかえて座敷に引き上げる。

「おい、医者を呼んでこい！」

「はいッ！」

お勝が薄い浴衣のまま外に飛び出した。

こんな夜中に誰に斬られたのか、とんでもないことになったと思う。確か座頭と言ったように聞こえた。こんなところに座頭がいるはずがない。誰だろうと思う。お勝は邪魔な裾をつかんで走った。

「しっかりしろッ！」

もう佐右衛門は気を失っている。

「おいッ、誰に斬られたッ！」

金瘡《きんそう》は浅手でも手当てを誤ると膿《う》んで死ぬことがある。浅手に見えて刀が深く入っていて深手《ふかで》ということもある。権太夫は斬られた傷を確かめ、紐《ひも》で足を縛り直してから荒縄を捨てた。兎《と》に角《かく》、早く血を止めないと命が危ない。

「おいッ、返事をしろッ！」

「と、棟梁……」

「おう、気が付いたか、しっかりしろ、すぐ医者が来る！」

「棟梁……」

「なんだ！」

「し、忍びだ……」

「なにッ、忍びだと、船屋か、毛利の忍びのことだな？」

「だと思う……」

そう言って佐右衛門がまた気を失った。

毛利が忍びを放つだろうとは船大工の中でも話が出た。

権太夫はそのことを思い出している。それに波乃のことが頭に浮かんだ。もし佐右衛門が死んだら腹が膨らんでいるのに、どんなに悲しむか眼に見えるようだ。好きな男と一緒になったばかりの娘を後家にはできない。

蒼白《そうはく》な佐右衛門を見て権太夫はもう駄目かと何度も思った。

「おいッ、しっかりしろッ！」

三番船屋から這ってくる間に、佐右衛門はかなり出血していて危険な状態だった。出血があまり多いと人は簡単に死ぬ。戦場で死ぬのは失血死が少なくない。

「おいッ、目を覚ませ、死ぬなッ！」

水甕《みずがめ》から汲んできて水を飲ませるとまた目を覚ました。

「もう、喋《しゃべ》るな……」

そこへうだる暑さで裸の医者が、同じように裸の小僧を連れて駆け込んできた。

「棟梁ッ！」

「おう、藪《やぶ》ッ、手当てを頼む、右足を斬られた！」

「よし、任せろ！」

手に唾をつけてねじり鉢巻をしめた医者の手当てがすぐ始まった。

海賊たちの医者だから少々手荒なことは平気だ。藪といわれているが怪我の治療はお手のもので慣れている。大怪我で死にそうな海賊を何人も助けてきた。佐右衛門の傷を見て手際よく手当てをする。

「傷口を縫《ぬ》うか？」

「いや、大丈夫そうだ。足だから少し厄介だ」

「歩けないか？」

「治ってみないとなんとも、ただあまり深い傷ではないようだ。すぐ血が止まる」

「よし小僧、城に走って行って生熊佐右衛門が、足を斬られたと門番に知らせてこい！」

「行ってこい！」

権太夫と主人の医者に言われて小僧が飛び出して行った。

「棟梁、波乃の腹がだいぶ膨らんできた。間もなく生まれる。この男は波乃の亭主ではないのか？」

「そうなんだ……」

「なんてこった。波乃が哀れだ……」

「馬鹿、まだ死んじゃいねえ。死んだら藪、てめえの首をねじ切ってやる。必ず助けろ！」

「わかった。わかったから怒るなよ……」

しばらくするとお勝が大汗で戻ってきて、その後に続々と褌《ふんどし》一丁の船大工たちが集まってきた。お勝は気を利かして船大工を集めてきたのだ。さすが棟梁の女房で船屋が危ないと直感した。

船屋に火でもつけられたら困る。

敵に狙われたらみんなで守るしかない。船屋に火が入ったら海から水を汲んできても消せなくなる。

「この辺りを毛利の忍びがうろついているようだ。みんなッ、船屋に走れッ！」

「おうッ！」

「助左衛門、各船屋に篝火《かがりび》を焚《た》けッ、誰も近づけるな！」

「承知！」

「火に気をつけろ！」

この騒ぎでどこの家にも灯が点って真夜中なのに大騒ぎになった。

そこへ医者の小僧が波乃を連れて城から戻ってきた。波乃は大きな腹を抱えてもう泣きそうな顔だ。佐右衛門が斬られたと聞いて気が動転している。走り過ぎて実家の入り口に立って呆然《ぼうぜん》としている。

「波乃、佐右衛門は大丈夫だ。死にゃしねえ！」

「うん……」

腹の膨らんだ波乃が佐右衛門の枕元に這って行った。

「お前さん……」

「波乃、心配するな……」

佐右衛門が波乃を安心させるようにニッと笑う。

「大丈夫だよ。あんたの亭主は海賊だぜ、こんな刀傷ぐらいじゃ死なねえから……」

海賊医者が言う。

「うん……」

船大工たちが棟梁に顔を見せてから次々と船屋に走って行った。

もう百人近い船大工と近所の若い衆までが船屋に走る。まだ船は形になっていない。敵の忍びが見ても船屋の大きさしかわからなかったはずだ。三番船屋に火を放った形跡はなかった。危ないところだったのかもしれない。

「ちょっと見てくる!」

権太夫がお勝に言って家を出ると一番船屋に向かった。手には太い心張り棒を握っている。闇をにらんで鬼の恐ろしい怒りの顔だ。

「おれの婿を斬りやがって、ぶっ殺す!」

辺りを警戒しながら権太夫がブツブツ言う。

あの大きな船屋に、もし火でもつけられたら、大量の船板が入っていて大ごとになるところだった。一番船屋などはもう船底ができ上がっているのだ。

権太夫は油断したと思う。

第七章　水底の神石《かみいし》

三番船屋から座頭の親子を追って源四郎、一騎、小平太の三人が北に向かった。

真《ま》っ暗闇《くらやみ》には夏の夜空の星灯りしかない。松明《たいまつ》を五本に増やして兵たちが三人を追っていた。

その三人はすでに逃げる親子を見失っている。

忍びはもたもたした動きはしない。夜目《よめ》も利くし足も速い。

こういう夜の探索はことさらに難しい。三人と六人の兵が周囲の暗がりを見落とさないように慎重だ。闇は忍びには最も相応しい味方だ。相当遠くまで追ってきたが親子を見失ったようだ。

「逃げられたか？」

「どうもそのようです……」

源四郎と一騎が道端に立ち止まった。

この暗闇の中では逃げられても仕方ないと思う。四半町（二七・三メートル）も前に逃げられると人影が見えなくなる。源四郎は明らかに油断したのだ。見つけた時、何も言わず二人を斬り捨てるべきだった。座頭とその娘と思って斬るのを躊躇《ちゅうちょ》したのがまずかった。

少なくともどちらか一人でも斬るべきだった。誰何する必要などまったくなかった。

源四郎は素早く斬る剣の力は持っている。油断したと思うがもう遅い。

「すばしこい奴《やつ》だ。やはり忍びだろうか?」

「うむ、間違いなかろう。あの逃げ足は本物の座頭ではあるまい。この辺りはもう二見《ふたみ》村だな?」

「右が神前岬《こうざきみさき》です」

「神前か、夜明けまではもうすぐだろう?」

「沖の方が少し白くなってきました。もう少し探しましょうか?」

先を行く小平太は刀の柄《つか》を握って、いつでも抜けるように身構えたまま道の左右を警戒する。

小平太も親子の傍《そば》にいたが一瞬抜くのが遅れた。日頃の心構えがないからだと思う。常の覚悟がないと剣というのは、そう簡単に抜いて人を斬れるものではない。

兵たちが松明をかざして暗がりを照らす。

なんとも不気味で嫌な探索だ。敵が飛び出してくると斬られそうだ。座頭と娘の忍びとは考えられない組み合わせだった。だが、今そんなことを言っても、易々《やすやす》と逃げられた言いわけでしかない。

あの二人を間違いなくこの辺りに追い詰めているはずなのだ。

源四郎と一騎はあきらめ顔だが、同じ近習《きんじゅ》の佐右衛門が斬られ、小平太は何んとしても座頭の親子を探そうとしている。だが、藪に隠れたのか、百姓家にでも入ったのか見当がつかない。脇道に逃げ込んだのかもしれない。

そう遠くまで一気に逃げたとも思えなかった。このあたりのどこかにいるはずだと思う。

この小平太の勘は正しかった。座頭とその娘の二人を追い詰めて、すぐ近くに二人は潜んでいたが、暗闇がその二人を包み込んでいた。

曲者《くせもの》を探しながら夜明け近くに、源四郎たちが辿《たど》り着いたのが二見興玉《ふたみおきたま》神社だった。

ここまで来るともう伊勢神宮の神域の中だ。楽島源四郎たちの探索は間違っていなかったのである。座頭の親子はこの二見村外れの百姓家に忍びの巣を作っていた。そこへうまいこと逃げ込んだのだ。

源四郎一行はその百姓家の前を通り過ぎてしまっている。

そんな百姓家がこの辺りには何軒もあった。道沿いに並んで藁《わら》ぶき屋根は傾きそうだ。

興玉神社は二見村の神社だが伊勢神宮の太陽神、天照大神《あまてらすおおみかみ》である日輪を海の彼方《かなた》に拝する神社でもある。

後に二見ケ浦として有名になり、信仰されて国中に知られることになる。

この神社の陸から三百八十間（約六九一メートル）ほど沖合の水底に、東西百二十間（約二一八メートル）、南北六十間（約一〇九メートル）という巨岩が沈んでいた。

それを興玉神石といい、猿田彦大神《さるたひこおおかみ》の化身《けしん》という。

海の底の神石を拝するのも興玉神社からだ。陸からその神石を見ることはできない。

その興玉神石の鳥居の役目をしているのが、陸と神石の間にある二つの岩で、男岩を立岩《たていわ》、女岩を根尻岩といって岩と岩の間に注連縄《しめなわ》を張っている。

後に二見が浦の夫婦岩《めおといわ》といわれる有名な岩だ。

興玉神石より鳥居の夫婦岩の方が有名になってしまうが、なんのために海の中の岩と岩の間に注連縄を張っているのか知らない人が多い。興玉神石の鳥居がその二つの岩で、そのためにいつも注連縄が張られているのだ。その水底の興玉神石は船からも見られないため、いつしか忘れられて鳥居の二つの岩だけが有名になった。

本当はその先の水底に沈んで見えない神石こそ大切なのだ。

だが、その興玉神石は大津波《おおつなみ》の時など、汐が沖まで引くと海面に姿を現すという。

なんとも不思議な巨岩である。遥かな昔に見た人がいるのだろう。その神石が見えた時は大津波が来るということではないのか。そんな大災害を知らせるのが沖の水底にある神石なのだ。

鳥居の男岩と女岩の間から、夏至《げし》の前後四ヵ月間は御来光《ごらいこう》を拝することができた。

特に夏至の前七日と後の七日は、遥か彼方の富士山《ふじさん》の山頂から昇《のぼ》る御来光を拝することができるのだという。夏の空が澄み切った日にそういう奇跡の景色が見えるのだ。だが、そういう日は何年にいっぺんあるかなしかだ。それは冬の空と違い夏の空が澄《す》むことは滅多《めった》にないからだ。伊勢から駿河《するが》の富士山までは遥かに遠い。

ここはそんな不思議な場所でもある。

冬至《とうじ》の頃になると逆に男岩と女岩の間から満月が昇るともいう。

とても不思議な神石の天然の鳥居でもある。そんな不思議が起こることから、人々に神の存在を感じさせるのだ。

伊勢神宮の不可思議な神域であった。

二見村の入り口の朽《く》ちかけた百姓家に、逃げ切った座頭の親子が息を潜めて、源四郎たちの追手が去るのを待っている。

「しつこい奴らだぜ……」

「うん、それにしてもあの船屋は見れば見るほど大きかったな？」

「九鬼は大安宅船《おおあたけぶね》を造るつもりだろうか？」

「千石船《せんごくぶね》か？」

「あれはもっと大きいだろうな」

「いくら大きくても焙烙玉《ほうろくだま》にはかなうまいよ……」

「それはそうだな」

座頭は忍びで凄腕の角都といい、娘は変装した男で世鬼一族の弥太郎《やたろう》という。弥太郎はまだ二十前で色白の美男子だった。役者のように色々と変装するのが上手い忍びだ。

この百姓家の奥には忍びの久兵衛《きゅうべえ》とその娘の蛙鬼《あき》が寝ていた。

二人の気配に蛙鬼が起きてきた。

「お帰り……」

「シッ！」

「追われたのか？」

「うむ、しくじったよ」

「それで追われたのかい。珍しいね、しくじるなんて……」

「小頭《こがしら》は？」

「奥で寝ているけど……」

百姓家の中は真っ暗闇だが、互いに顔が見えているように話した。

「弥太郎は無事かい？」

「ああ、うまく逃げきれたようだ。怪我《けが》もしていねえや」

「見つかって逃げたんじゃ疲れただろう。昼頃まで寝ていればいい……」

そう言うと蛙鬼が奥に引っ込んだ。

「もう、心配なかろう。寝るか？」

「うん……」

二人は炉端《ろばた》にゴロッと横になり抱き合って寝た。

この忍びの二人は相愛の衆道なのだ。弥太郎は小頭の徳岡《とくおか》久兵衛の甥《おい》で七化けの世鬼弥太郎という。角都も弥太郎も腕のいい忍びで、こういうドジな失敗はしたことがなかった。不用心に船屋に近づき過ぎたと思う。

弥太郎と蛙鬼は父親同士が兄弟で従兄妹《いとこ》になる。

座頭の角都ははっきり目が見えていた。

眼が見えないふりをしている忍びで本物の座頭ではなかった。むしろ、並の目明きより眼は良い方だ。その角都と弥太郎は足も速い。風のように走る。そんな二人だから源四郎たち追手から易々と逃れられたのだ。

夜半に眠りを邪魔されたが、夜明け前に蛙鬼は起き出して百姓家を出た。

この朽ちかけた百姓家には父と娘で住んでいることになっている。近所にも怪しまれてはいない。蛙鬼は時々興玉神社に行って、夫婦岩の御来光を拝《おが》んだりする。水平線に広がる赤い朝焼けの陽光を美しいと思う。村の娘のような粗末《そまつ》な着物を着て、草履《ぞうり》をはいて道を興玉神社に向かった。

夏至は過ぎたがまだ岩の間から日の出を拝める。

蛙鬼は伯耆の八橋城に愛する木鼠《きねずみ》を残してきた。

その木鼠の本当の名は佐田六之助《さたろくのすけ》という。佐田三兄弟の末っ子だった。蛙鬼の本当の名はお雛《ひな》といい徳岡家の姫である。

毛利元就に仕えた忍びの世鬼一族は二十五家からなっていた。

その出自は今川の一族で駿河久野坂の出だという。世木政久《まさひさ》という人が一族と安芸に流れてきたのだ。その世鬼一族は毛利元就から出雲に三万石を貰《もら》っていたというが定かではない。

世鬼は世木ともいう。

蛙鬼が興玉神社に行った時、近所の者たち男女七、八人が御来光を拝みに来ていた。海の彼方から夜が明けて御来光が広がろうとしている。星が見えて晴れた夜は近所の村人や、少し遠い村々からも立岩と根尻岩の間の、御来光を拝みに人々が集まってきた。

彼方の水平線が真っ赤に燃えて、生まれたばかりの太陽が力強く厳《おごそ》かに姿を現す。

その荘厳《そうごん》さが蛙鬼は好きだった。

空が雲に覆われたり雨でも降らない限り、晴れた日は何人か必ず興玉神社の御来光を拝んでいる。人々は水底の神石の存在を知っていた。そこには神がいると信じているのだ。だから神石の御来光は飛び切り美しいと。

蛙鬼は岩と岩の間から昇る御来光が神秘的だと思う。神々《こうごう》しく神宮の大神の存在さえ実感させてくれる。

角都と弥太郎を追ってきた追っ手たちは、源四郎と小平太だけが二見村に残り、和具一騎は兵を率いて一足先に志摩へ戻って行った。

その探索をあきらめて帰って行く一行と蛙鬼は道端ですれ違った。

蛙鬼は角都と弥太郎を追ってきた役人たちだと思い、軽く頭を下げて何ごともなく通り過ぎた。村の道には朝早い百姓や漁師たちがもう歩いている。朝からこんな道を歩いているのは二人を追ってきた者たちしかいない。

神社の前には御来光を拝んでから仕事に行く者もいた。

その蛙鬼は好きな六之助を思い出しながら、興玉神社から御来光を拝んで戻ろうとしたが、それを見ていた源四郎が蛙鬼に声をかけた。

「娘さん、この辺りの人かい？」

「は、はい！」

蛙鬼が驚いて源四郎を見る。角都と弥太郎を探している役人だと思う。

「毎朝、拝みにくるのかね？」

「いいえ、時々ですけど……」

「そうか、いい心がけだ。この辺りで座頭を見かけたことはないか？」

「座頭、目の見えない人？」

「そうだ。派手な着物の娘を連れていることもあるようだが？」

「そのような親子は見たことがありませんけど……」

「見かけないか？」

「はい……」

蛙鬼が源四郎に頭を下げて歩き出した。

その二人を神社の傍から小平太が見ている。

その時、小平太は理由などなかったが女に違和感があると思った。するとスッと小平太は林の中に入り先回りをしようと姿を消した。

それに源四郎は気づいていない。

楽島源四郎は若い頃、大和柳生《やまとやぎゅう》でまだ若かった柳生石舟斎《せきしゅうさい》から剣を学んだことがある。

その頃、石舟斎は柳生新左衛門宗厳《しんざえもんむねよし》と名乗って、大和信貴山城《しぎさんじょう》の松永久秀《まつながひさひで》に仕えている剣客《けんかく》だった。

石舟斎と名乗るだいぶ前で源四郎は最初の頃の弟子だ。

その宗厳は剣術好きの北畠具教《きたばたけとものり》から新陰流《しんかげりゅう》上泉《こういずみ》伊勢守《いせのかみ》を紹介された。

剣の腕には自信のあった柳生新左衛門宗厳は、恐れげもなく天下の伊勢守に試合を申し込んだのである。

そんな二人が立ち会う前にと、奈良の宝蔵院《ほうぞういん》で上泉伊勢守の弟子の疋田景兼《ひきたかげとも》と立ち合うことになり、弟子では不満だったが三本勝負で宗厳は立ち合った。ところが疋田から宗厳は一本も取れずに敗北して上泉伊勢守の弟子になった。

それが柳生新陰流の最初である。

こういう敗北を素直に認め即座に弟子入りするなど、なかなかできないことで柳生新左衛門宗厳は剣客として非凡なところを持っていた。この敗北がなければ柳生新陰流は開かれていない。

宗厳はそれまで鐘捲自斎《かねまきじさい》から富田流《とだりゅう》を学び免許だったという。

上泉伊勢守の弟子になった宗厳は無刀取りを考案して、伊勢守から一国一人印可《いんか》を与えられ柳生新陰流の開祖となる。人の邂逅《かいこう》というのは不思議である。

以後、疋田景兼と新左衛門宗厳の交流は長く続いたという。

その宗厳から六年ほど剣を学んだ楽島源四郎は、九鬼家でも一、二の腕を持つなかなかの剣士なのだ。

実は、蛙鬼を追った愛洲小平太も若いが結構な剣を使う。

その愛洲一族は伊勢の五カ所、古くは五ヶ瀬《ごせ》という南伊勢の志摩に近い村に起こった一族である。

五ケ所城という城を持ち鎌倉期には、蒙古襲来の弘安《こうあん》の役《えき》（一二八一）には水軍として出陣した。

赫々《かっかく》たる戦歴のある誉《ほま》れ高《たか》き愛洲家であった。

水軍や海運で栄えた一族で、剣豪愛洲久忠《ひさただ》こと後の移香斎《いこうさい》を生んだ一族でもある。愛洲移香斎は陰流《かげりゅう》の開祖だった。諸国修行の旅をして、遠く明《みん》にまで渡ったともいう求道《ぐどう》の人でもある。

愛洲移香斎は天文七年（一五三八）に九州日向《ひゅうが》で亡くなるが、剣豪であり兵法家でもあり、伊勢で生まれ育ち幼少の頃から剣の才能があった。

その移香斎には愛洲小七郎宗通《こしちろうむねみち》という子がいて、この小七郎の弟子が上泉伊勢守だったということだ。

剣の道は複雑につながり合っていた。

つまり上泉も柳生も愛洲陰流の剣を引き継いだ新陰流ということになる。

剣において源四郎と小平太は無縁ではない。陰流から見れば二人は遠い兄弟のようなものである。

愛洲家は清和源氏義光流《よしみつりゅう》武田であった。

やがて小七郎宗通は常陸《ひたち》の佐竹《さたけ》家に仕え、関ケ原《せきはら》の戦いの後に平沢《ひらさわ》と改姓して奥州《おうしゅう》秋田に移ることになる。

今は五カ所が五ヶ所村と五ヶ所浦にわかれている。

愛洲家は神領《じんりょう》奉行などを務めて、伊勢神宮とも縁が深かったが、国司の北畠家に五カ所城を攻撃され一年前の天正四年に落城した。

小平太はその落城前から海賊が好きで九鬼嘉隆の家臣になっている。

先回りをしたその小平太が、いきなり林から蛙鬼の歩いてくる道に飛び出した。驚いた蛙鬼が二歩、三歩と後ずさりする。

自分と同じ年頃の蛙鬼に「逃げるな」と言う。

「お前さん、この辺りの者だって、さっきそう答えていたな？」

「はい……」

「それがちょっと違うんだな」

「何がですか？」

「言葉だ。伊勢には伊勢訛《なま》りというのがあるんだよ。それがお前さんとは違う。お前さんのは西《さい》国《ごく》のようだ。毛利あたりのな……」

小平太が知ったかぶりで蛙鬼に謎をかけた。

「そうですか……」

蛙鬼は落ち着いている。忍びとしてその辺りに抜かりはない。まだ見抜かれたとは思っていない。この程度のことであわてたりはしない。無邪気にニッと微笑《ほほえ》んだ蛙鬼の顔が可愛《かわい》い。

「あもとはなんだ？」

「餅《もち》のことです……」

「なるほど、おむしはなんだ？」

「お味噌のことですけど……」

「あんごは？」

「馬鹿のことです……」

なんともすらすらと答える。だが、小平太はどこか土地の娘ではないように思う。

「そなたの名は？」

「あきといいます」

はきはきと答えて賢《かしこ》そうだ。またニッと人懐《ひとなつ》っこく微笑んで「お武家さまは？」と聞く。

身なりは百姓娘だがどことなくそう思えないところがある。

小平太はこの若い娘が忍びなら結構な腕だろうと思う。蛙鬼が微笑むとなんともとろけそうな品のあるいい笑顔なのだ。蛙鬼が微笑むと小平太も笑いそうになる。なんだか呼び止めた小平太の方が分が悪そうだ。

納得のできない小平太が、蛙鬼の着物をなめるようにじろじろ見る。

忍びが最も発覚しやすいのが言葉だ。この国にはその地方によって無数の訛りがあって人を区別する。

流れ者など言葉一つですぐ発覚するようになっていた。

峠を一つ越えると言葉の訛りが違うなどというのはこの国では当たり前のことだ。小平太は何か違うと思いながらも忍びの蛙鬼に負けた。はっきり疑うだけの確証を見つけられなかった。

蛙鬼がニッと美しく微笑んで勝負がついた。

「もういいですか？」

「あき、お前の手はきれいだな。百姓の手ではないようだぞ」

「はい、女ですから手は大切にしていますもの、お武家さまのお名前をお聞かせいただけますか？」

そう聞いてまたニッと微笑んだ。

その顔は恥ずかしそうだが、どこか人懐っこい娘だと小平太が気を許してしまう。手という良いところに目をつけたのだが、剣士としてはもう一歩の踏み込みが足りない。小平太は蛙鬼のとろける微笑みに完敗した。ここにも若い無分別な男女ができそうになった。

「小平太……」

「うん、小平太さんね……」

小さくうなずいてから蛙鬼が歩き出した。
四、五間先で振り返ると胸のところで小平太に小さく手を振った。もうこうなっては勝負にならない。愛洲流の剣士は戦わずして女に負けた。
その手は女から男への合図ともとれる。

小平太の気持ちがグラッともろくもふらついた。

情けないが女忍びはそんなグラグラになる男の急所を心得ている。笑顔一つが女忍びの強烈な武器になっているのだ。若い男を籠絡《ろうらく》するなど朝飯前の前だった。あなたを好きですなどと訴える微笑みなど、忍びの技にも入らないくらいなのだ。だがそれに若い小平太はまんまとからめとられた。

おかしな女だと思いながら興玉神社に小平太が戻った。

「どうした。小平太？」

「さっきの娘です。怪しいと思いましたので……」

「そうか、それで？」

「勘違いだったようです」

小平太は勘違いなどしていなかった。ズバリ忍びの匂いを嗅ぎつけていたのだが、最後の詰めが甘かった。というより蛙鬼の可愛い笑顔にとろけて騙《だま》された。剣は愛洲流で強いが女にはまだまだ若いということだ。

忍びはあらゆる手を使って戦いを仕掛けてくる。

それはどこの忍びも同じだ。敵の命を取らなければ忍びは逆に闇の中で殺される。

そんな忍びも夜が明ければただの村人でしかない。それを愛洲小平太は鋭く見破りそうになったのだが、蛙鬼の笑顔を見てからっきしで腰が抜けた。蛙鬼の方が小平太より腹が据わっている。年は小平太の方が上のようだった。

そういう名もなき忍びが乱世の中で生きている。

ましてや今は織田と毛利、九鬼海賊と村上海賊が生きるか死ぬかの戦いの最中だ。

徳岡久兵衛と蛙鬼たちは命を懸けて探索に入っていた。間もなくあるだろう二度目の木津川沖の海戦に、九鬼水軍がどんな船でどれほどの数で現れるのか知りたい。焙烙玉という強い武器は持っているが、再びあのように易々と勝てるとは思えない。

総大将の織田信長という男が、敗北を認めるようなことはないとわかっていた。

信長こそ尋常一様《じんじょういちよう》ではない乱世の鬼だ。毛利家だけでなく抵抗する大名たちは警戒している。信長を恐れている。

蛙鬼が百姓家に戻ると父親の久兵衛が起きて火のない炉端《ろばた》に座っている。

その傍で角都と素っ裸の弥太郎が寝腐れていた。角都の鼾《いびき》が雷のようにゴロゴロとうるさい。

「御来光か？」

「うん、神社の前に二人ばかり役人がいたけど……」

「役人？」

「ゆうべ、そこの二人が船屋を探りに行って、奴らに見つかって追われたそうで……」

「そうか、その話はまだ聞いていないな」

「警戒が厳しくなる？」

「うむ、おそらく……」

昨夜、角都と弥太郎が帰ってきたのはわかっていたが、久兵衛は蛙鬼に任せて起きなかった。ただ気配から探索に失敗したとわかっている。久兵衛は二人にあまり深入りするなと言っていた。夜の警備が厳しいのはわかっていた。遠くからだが久兵衛は大きな船屋を見ている。

「弥太郎の馬鹿が素っ裸で、困ったもんだよ」

蛙鬼が怒ったようにブツブツ言う。

「飯と味噌汁《みそしる》は作っておいたから……」

「うん、それじゃ魚の干物を焼きます。いつものように……」

「今日は朝から暑い。外でやってくれ」

「はーい」

蛙鬼が魚を焼くと百姓家は煙が立ち込めてしまう。

屋根や軒からもくもくと煙が吹き出して火事のようになる。久兵衛はその煙いのが苦手なのだ。

蛙鬼が庭で火おこしをしていると、探索をあきらめた源四郎と小平太が通りかかった。

火おこしの蛙鬼に気づいた小平太が道端に立ち止まる。

「どうした？」

「さっきの娘です」

一緒に立ち止まった源四郎が庭を見る。それに蛙鬼が気づいた。いきなり立ち上がると道端の二人にペコリとお辞儀《じぎ》をした。

「あき、火をおこして魚を焼くのか？」

「はい、これ！」

声をかけた小平太にニッと微笑んで、魚の干物を見せてまた頭を下げる。

その可愛いらしさに小平太は、とても恐ろしげな忍びなど考えられないと思う。

「あきというのか？」

「はい、さっき聞きました」

「手回しがいいな。美人だからか？」

そう源四郎にからかわれたが小平太は何も言わなかった。二人が歩き出すと蛙鬼は立ったままじっと見ている。

一度、小平太が振り返った。若い小平太は蛙鬼が気になって仕方がない。

その振り向いた小平太に、蛙鬼がお辞儀をして胸のところでまた小さく手を振った。

もう何年も前からの知己《ちき》のように親しげな二人なのだ。源四郎はそんな小平太に知らぬふりで歩いている。すぐ親しくなるのは若い者の特権で、誰にも止められないことだが危険でもある。

小平太が若い娘と親しくなるのは悪くはないのだが。

第八章　樋《ひ》の山

炉端《ろばた》の久兵衛が寝腐れの弥太郎の尻をピシャッと鈍《にぶ》く叩《たた》いた。

弥太郎が眼をこすりながら起きる。

「小頭……」

「褌《ふんどし》ぐらいして寝ろ……」

久兵衛に叱られて弥太郎が奥へ逃げて行った。すると角都《かくず》がむくっと起きた。

「何か？」

「何《な》んでもない。ゆっくり寝ろ……」

寝ぼけたように角都がゴロンとすぐ横になってまた眠った。

「やはり追われたか、あの船屋に近づくのは益々《ますます》難しくなるな。それにしても、あの大きな船屋と答志島の雷のような音は何んだろう」

久兵衛は炉端で独り言を言う。

志摩へ探索に来てから大きな船屋と、答志島の見えないところから聞こえる遠雷の音が気になっている。何んといっても船屋の巨大さには仰天《ぎようてん》した。あの中でどんなに大きな船が造られているのか見たい。次の戦いに備えての九鬼嘉隆の船造りだとわかる。どうしてもあの馬鹿でかい船屋の中を覗《のぞ》きたい。

ここ数日、世鬼の四人はそのことを話し合ってきた。

そんな矢先に船屋を見に行っていきなり見つかってしまった。すでに忍びの戦いが始まってい て、角都と弥太郎が追われたことはまずいと思う。

「焼き払うしかないか……」

徹底して鉄の船を隠したい九鬼嘉隆たちと、何んとか秘密をあばきたい毛利の忍びとの戦いなのだ。

大きな船というのはわかるが、たった七隻というのが久兵衛は解《げ》せない。

木津川沖では百隻も百五十隻も沈められたのに、造っているのは大きな船をたった七隻だけで、他に船を造っている気配がこの志摩にはなかった。再戦をやるならおかしいではないかと思う。大将船だけは伊勢志摩で造るのか。

毛利水軍と村上海賊の船は、七百隻も八百隻もあるというのに何かがおかしいのだ。

敗北した戦いの前より船の数が多くなければ納得できない。信長と九鬼嘉隆は何を考えているのか。

海戦においては船の数は極めて重要である。

嘉隆が造っている船は、本当にあの大きな船屋の七隻だけなのか。

他にどこかの入り江で、中型や小型の船を造っているのかもしれない。そうでなければいくら大きな船でも七隻だけではどうにもなるまいと思う。木津川沖の戦いで沈められた船の数と造っている船の勘定《かんじょう》が合わない。

何んともおかしなことだと徳岡久兵衛は頭を抱えた。

大きな船一隻に村上海賊が百隻でまとわりついて攻撃する。四方八方から焙烙玉《ほうろくだま》が飛んで来て大きな船はたちまち火だるまになるだろう。そんなことのわからない信長と九鬼嘉隆ではない。

何かが明らかにおかしい。久兵衛はそんなことを考えている。

九鬼海賊に何か秘策でもあるのだろうか。ただ船が大きいというだけでは間違いなく焙烙玉の餌食《えじき》になる。焙烙玉の怖さはわかったはずなのだ。

それとも七隻を囮《おとり》にしてどこかで大量の船を造っているのか。

そうに違いない。間違いなくどこかで船を造っているはずだ。それでなければどう考えても船の勘定が合わないではないか。間違いなくどこかで船を造っている。それで足りない分は三河や尾張や伊勢などあちこちから集める。そうすれば千隻をはるかに超える大船団になるはずだ。

炉端に座って考えれば考えるほど久兵衛の頭が混乱した。確かに何かがおかしいと思うのだが、それが大きな船屋と答志島から聞こえる遠雷だとわかっている。だが、その正体をつかめない。

警戒が厳しく答志島に渡ることさえできない。

「あの船屋に近づけないなら、他で造っている大量の船を探すしかないか……」

その場所がどこなのかである。伊勢志摩、伊勢大湊《おおみなと》、伊勢長島《ながしま》、それとも遠く紀伊熊野あたりか。

久兵衛はそう考えるが、志摩だけでも大小の入り江が数えきれないほどある。その入り江のどこなのか、何んの手がかりもなく無闇《むやみ》に歩き回って、そんな場所を探せるとも思えないのだが、炉端に座っているだけでは埒《らち》が明かない。

船を造っている場所は必ずどこかにあるはずだ。

志摩の海岸を探して見つからなければ、熊野までの海岸を虱潰《しらみつぶ》しに探すしかない。

気の遠くなるような話で、はたして四人だけでできるかだ。だが、不可能でもやるしかないということだ。船造りには大勢の船大工が集まっているだろう。そこを探せばいいのではないかと久兵衛は思う。

あの七隻だけで村上海賊の八百隻と戦うとはどうしても考えられない。

兎《と》に角《かく》、探すのが忍びの仕事だ。見つけたらすべての船を焼き払う。もうできあがる船があるかもしれない。急ぐ仕事だ。

船おろしで海に出てしまうとその船を焼き払うのは難しくなる。

蛙鬼《あき》が焼いた魚を持ってくると、角都が匂いに釣られたように起きた。奥から褌一丁の弥太郎も出てくる。

「このくそ暑いのには死にそうだぜ！」

「死ねば……」

蛙鬼は弥太郎に冷たい。男同士の衆道《しゅどう》は不潔そうで蛙鬼は嫌いなのだ。

遅い朝飯だがいつものことだ。

「追われたそうだな？」

「船屋の傍《そば》で見つかったからだ。情けねえ座頭だ……」

角都が自虐的《じぎゃくてき》に自分を罵《ののし》る。こんな失態はこれまでしたことがない。凄腕《すごうで》の座頭の角都らしくないみっともない仕事のしくじりだった。船屋を覗けばいいのだからとなめてかかったのがまずかった。

「あの役人がしつこいんだ。まったく……」

「敵もそれなりに警戒している。しばらくはあの船屋には近づけないだろう」

船屋の見張りがいっそう厳しくなっているはずだ。浜に近づくことさえできないかもしれない。久兵衛はこっちが必死なら敵も必死だろうと思う。

「それにしてもあの馬鹿でかい船屋の中で何を造っているんだか？」

角都はどうしてもあの船屋の中を見たい。何んのためにあんな巨大な船屋を作ったのかわかるはずだ。

「あの中にどんな大きな船があるんだろう……」

七化けの弥太郎も追い払われて悔しいのだ。だが、あの厳重な警戒は尋常ではない。

「あの船屋は奥行きが二十間（約三六・四メートル）以上あったぜ……」

「それも七つしかない。他の入り江にもあるのかな？」

「そこで考えたんだが、あの大きな船屋が七つだけというのはどうもおかしい。木津川沖で沈めた船は二百隻近いと聞いている。他に大小の船をどこかで造っているんだ。そうでないと数が合わない。どこかの入り江に別の船屋があるはずだ。それも何ん力所かに分散しているはずだ。そうは思わないか？」

「うん、この辺りには湊《みなと》や漁村が多いからな」

弥太郎が飯を食いながら言う。

「その通りだ。そこで入り江を全部探す。見つけ次第、船を燃やしてしまう」

「小頭、全部の入り江ですかい？」

「うむ、熊野まで……」

「ゲッ、く、熊野？」

「弥太郎、船大工のいるところだ。それも五人や十人じゃねえ、五十人、百人だ。いや、二百人、三百人かもしれねえ……」

「それじゃ、その船大工の噂《うわさ》を拾うか？」

「そうだ。大人数だから必ず噂になっている。その船大工があちこちに散らばっていればかえって探しやすい。十日もしないで船屋が見つかるはずだ」

「よし！」

話がまとまった。この暑いのに隠れ家で膝を抱いていても始まらない。

動き回って入り江の船屋を探す。

そこで新造された九鬼海賊の船を探して、すべて焼き払ってしまうことにした。その数は一隻や二隻ではない。何十隻、何百隻と造っているはずなのだ。すでにどこかの湊に大集結しているかもしれない。そんな船をみな焼いてしまう。

「飯を食ったらここを出る。あきは残ってお頭からのつなぎを待て……」

「うん……」

蛙鬼は一人で百姓家に残ることになった。

三人はどこかにあるだろう入り江の船屋を探しに行く。かなり長くなる仕事だとわかっている。冬になってしまうかもしれない。すべて探して焼き払うのだから大仕事だ。あの大きな船屋はそんな大量の船を隠すための囮かもしれない。中を覗いたら空っぽなどということがあるかもしれない。

そんな隠された船屋がすぐ見つかるとも思えないが探すしかないのだ。

勝負はあと半年から一年ほどだと久兵衛は思う。すべて焼き払って決着をつける。

一方、権太夫たちの七つの船屋は、昼夜の見張りがついていっそう厳重になった。九鬼の兵だけでなく、滝川一益の長島城からも兵が送り込まれてきた。船屋に一、二町（約一〇九～二一八メートル）まで近づくとどこからともなく兵が出てきて誰何《すいか》する。

海にも見張りの船が何隻も浮かんで、船屋のある浜に人が近づかないようにしていた。

陸からも海からも船屋に近づくことはできない。一度逃げられているのだから二度の失敗はない。鉄の船を守り切れなければ、木津川沖には出陣できないのである。嘉隆も楽島源四郎から話を聞いて逃げたのは毛利の忍びだと思う。その忍びはまだ近くにいるような気がする。

「源四郎、船屋を燃やしに来るかもしれないぞ。奴《やつ》らを近づけるな！」

「はい！」

「権太夫にいって見慣れない船大工は船屋に入れるなと伝えろ！」

「畏《かしこ》まりました」

船を守るため厳戒《げんかい》態勢を取るしかない。

その頃、座頭の角都に足を斬られた佐右衛門は、海賊医者と波乃の看病で運よく命は取りとめた。それは波乃の腹の子を見たいと思う佐右衛門の執念でもあった。

親になるのだから子の顔を見たいと思うのは当たり前のことだ。ただ男の子だと権太夫に取られると決まっている。

斬られて出血は多かったが素早く紐《ひも》や荒縄で縛って止血がうまくいったのがよかった。

少し元気になると権太夫があれを食えこれを食えで、佐右衛門の若い体は見る見る蘇生《そせい》した。

その権太夫は波乃の産む子は和具家の跡取りだと決めている。男の子を産まないと波乃は権太夫に殺されそうな勢いだった。

医者は藪医者《やぶいしゃ》といわれていたが、海賊医者だけに傷を治すのが滅法《めっぽう》うまい。

船大工たちも海賊たちもこの藪医者にずいぶん助けられていた。藪でもなかなかの海賊医者なのだ。

その頃、信長が手を焼く事件が勃発《ぼっぱつ》する。

備後鞆の浦の義昭の信長包囲網が機能して、八月になると大和信貴山城《しぎさんじょう》の松永久秀が謀反《むほん》を起こして籠城したのである。久秀がいきなり信長の味方から抜けて、義昭や毛利輝元や石山本願寺と手を組んだ。

乱世は敵味方が一筋縄ではいかないのが常だ。

今日の味方が明日には敵に回るなどは日常茶飯事《にちじょうさはんじ》である。あっちもこっちも悲鳴を上げながら、乱世は終焉《しゅうえん》に向かって軋《きし》みながらもがいていた。その中心には織田信長という男がいる。

寝返りや裏切りなどは何も驚くことではない。

生き延びるために何んでもありなのが乱世だ。その乱世を信長は終わらせようと戦いに明け暮れている。松永久秀はその乱世の三梟雄《さんきょうゆう》といわれる。奈良の大仏と大仏殿を焼いた男でもある。美濃の斎藤《さいとう》道三、備前の宇喜多直家《うきたなおいえ》、それに大和の松永久秀を三梟雄というが、三人とも賢《かしこ》く勇猛ではあるが残忍だったともいう。

久秀は信長に降伏したり、味方をしたり、また裏切ったりが激しかった。

この謀反《むほん》は義昭との関係もあったが、同じ大和の大名の筒井順慶《つついじゅんけい》を信長が重用したからだといわれる。久秀は大和の守護になりたかったが、信長が守護を命じたのは順慶の方で、それに久秀が激怒したというのが真相のようだ。

本願寺攻めから勝手に離脱して信貴山城に立て籠もってしまう。

九鬼嘉隆が木津川沖の海戦で負けたことも影響したかもしれない。村上海賊との戦いを見て信長は毛利と本願寺に勝てるのかと、久秀は疑問を持ったのかもしれない。乱世の大名の去就《きょしゅう》は複雑怪奇《ふくざつかいき》というしかない。少しでも弱みを見せるとつけ込まれるだけだ。

こうなると義昭の信長包囲網によって信長は苦労するだろう。

将軍義昭という男は足利幕府の復活をあきらめない。それは尊氏《たかうじ》以来十五代続いた足利家としては当然である。だが、信長に追われて没落し滅亡寸前の将軍家を、復活させるのは容易なことではないし、その信長包囲網を破壊するのも楽なことではない。

すべては信長が自らまいた種であった。

信長は京から義昭を追放すれば、勝手に潰れてくれると思った。ところが鎌倉からの名門である足利家はしぶとかった。義昭は何んとしても信長を潰して上洛《じょうらく》しようと躍起《やっき》になっている。

将軍家はそう易々《やすやす》とは潰れない仕組みになっている。

義昭にはもう力はないが権威というものがあって、毛利家の支援によって鞆幕府まで作ってしまう。征夷《せいい》大将軍にしがみついて何がなんでも手放さない。信長の大いなる勘違いと誤算はここから始まった。

その義昭が将軍職を手放したのは、信長の死後六年経《た》った天正十六年（一五八八）の正月である。

名門というのは潰れそうでなかなかつぶれないものだ。それは家代々の遺産が各方面に広がり積み重なっているからだ。京から追放されても将軍義昭には、まだまだ実入りになる色々な権益が残っていた。

例えば京の寺々の住職を任命する権利などだ。

それは古くから足利将軍家の慣例で権益となっている。そういう収益につながる権威があちこちに残っていた。その上、毛利家からの援助もある。潤沢《じゅんたく》とはいえないまでも鞆幕府を維持するだけの実入りはあった。

そのように備後の鞆幕府は、簡単には潰れないようになっていて、散りぢりになった幕臣たちも集まってきていた。誰が見ても室町幕府の残骸でしかないが、鞆幕府というからにはそういう体裁を整えている。幕府は京に実力者が現れると追い出されて、近江の朽木谷《くつきだに》や坂本の辺りに仮御所を置いて、政権とはいえないような幕府を何んとか維持してきた。鞆幕府はそんな幕府と酷《こく》似《じ》していた。

応仁の頃は細川勝元《かつもと》や山名宗全《やまなそうぜん》が実力者であり、長く細川家が京を支配してきたが、その細川家の家臣の三好長慶《みよしながよし》が力を持ち、その家臣の松永久秀や三好三人衆が力をつけた。そこに信長が強烈な光を放って現れたということだが、どんな実力者が現れても征夷大将軍は足利家以外の者はなれない。

実力のない名ばかりだが将軍は今もただ一人の足利義昭なのだ。

誰が決めたのか、この世襲という制度は実に強固で、生半可なことでは壊れないようになっている。この世襲というものによって守られている家系や、権利とか権能というものを持っている者は少なくない。それを伝統とか風習といって人々は大切にする。

そんな八月、猛烈な暑さも秋風に押されて、海に逃げるしかなくなった頃、小平太の前に百姓娘にしては手の綺麗《きれい》な蛙鬼が現れた。

城の門番に愛洲小平太に会いたいと願い出る。

「愛洲さま？」

「はい、二見村のあきと申します。お取次ぎを……」

「聞いていないが、二見村のあきだな？」

「はい……」

門番もニッと微笑《ほほえ》む綺麗な女には甘い。厳重警戒の気持ちも緩《ゆる》んだ。

「しばらくここで待っていろ、愛洲さまに聞いてくるから……」

大胆にも蛙鬼が陣屋に乗り込んできた。

若く美しい娘に門番はまったく無警戒である。

この時、蛙鬼は小平太の素性《すじょう》をすべて調べ上げていた。小平太が九鬼嘉隆の小姓であることがわかって、捨て身の戦法を思いついたのである。一人百姓家に残った蛙鬼もぼんやりはしていられないから、九鬼家のことや船のことを色々と探っていた。だが、すぐその探索に行き詰まってしまい、蛙鬼はその捨て身で小平太に近づいてきた。蛙鬼のただ一つの手がかりは興玉神社で誰何してきた小平太だけなのだ。とはいえいくら何んでも城に乗り込んでくるとは蛙鬼もいい度胸だ。

城といっても九鬼家の鳥羽城《とばじょう》が築城されるのは文禄《ぶんろく》三年（一五九四）で十数年も後のことだ。

この頃はその鳥羽城が築城される前の樋《ひ》の山に、信長に仕える九鬼嘉隆が城のような大きな陣屋を持っていた。

伊勢の海は尾張の熱田とも近く多くの船が行き交っていた。

平安末期には、この樋の山に、伊勢神宮の警護のためこの地に下った橘《たちばな》家《け》の館があり、泊浦《とまりうら》という船から関銭を徴収する場所ができていた。

その橘家の宗忠《むねただ》は志摩二郡を領し鳥羽殿と呼ばれ、大きな力を持っていたが九鬼家におされ、宗忠は娘を九鬼嘉隆の妻にしたのである。

その泊浦がいつしか泊場となり、それが鳥羽となったという。

橘家の館跡に陣屋をおいて九鬼嘉隆が使っていた。やがてその樋の山に嘉隆が鳥羽城を築城する。それまでは田城城《たしろじょう》という城を嘉隆は持っていた。

九鬼嘉隆は本拠である田城城か樋の山の陣屋にいることが多い。船屋と樋の山の陣屋は近く嘉隆には便利だった。他にも嘉隆が樋の山陣屋にいる理由がある。

その田城城と陣屋の間は一里（約三・九キロメートル）もなく、海の入り江と賀茂川《かもがわ》を船で行き来していた。

小平太が門番に連れられて出てくると、誰もが城と呼ぶ樋の山陣屋の門前に蛙鬼が立っていた。小平太を見ると例の可愛《かわい》い顔でニッと笑い、照れるように胸のところで小さく手を振った。

それを見た門番はずいぶん親しい二人だと思う。

「愛洲さまのお知り合いで？」

「うむ、間違いない。二見村の者だ……」

「いい娘さんで……」

そう言って意味ありげに笑うと、門番が小平太の傍からいなくなった。うるさいことをいわないから二人でよろしくやりなさいということなのだ。

「どうしたんだ、お前、こんなところに来て……」

「駄目なの？」

「駄目じゃないがここは女の来るところじゃない。山の下に行こう」

「家に入れてくれないの？」

「長屋にか？」

「うん……」

「いいけど……」

鼻の下がグンと伸びた小平太は、無警戒にも蛙鬼を陣屋の長屋に連れて行った。可愛い女はこれだから得である。小平太はその蛙鬼を抱きたいと思った。男はごく当たり前にそんなことを考えるものだ。門番もまったく怪しんでいなかった。それどころかニヤニヤしながら、二人を見て何んの警戒もなく消えてしまう。

こうなると何んのための門番かわからない。

小平太も門番も蛙鬼の笑顔にとろけた。そういう笑顔の女が世の中にいる。

蛙鬼はいとも易々と樋の山陣屋に入ってしまう。こんなことがあっていいはずがない。いくら女の笑顔がいいからといって小平太も無警戒過ぎだ。殿さまの小姓たる者は大概にしないといけない。それもあんな忍び事件があった後で、小平太は一度でも蛙鬼を怪しいと疑ったのだ。だが、女を抱きたいという若さと無警戒、若いゆえの無分別は同意語で事件のことを忘れてしまっている。

そんなことで二人はたちまちまずいことになった。

若い男と女が二人だけになれば、自然になるようになるもので、蛙鬼はそのつもりで来ているのだから二人はすぐ結ばれた。男が女を抱きたいと思うとすべてに優先してしまう。見境がなくなるなどという。そういうのは実にまずいのだ。

「あき……」

「小平太！」

二人はまだ昼前なのに薄暗い長屋の中でもつれ合ってしまう。こうなるとことがことだけに若い者の無分別とはいっていられない。追い詰められた蛙鬼はそれしか手がないと、小平太に思いっきり体当たりしてきたのだ。

こういうことに男は実にもろい。

素っ裸の二人は二刻も激しく愛し合い強く結ばれた。

愛洲小平太は蛙鬼を抱いて結ばれてしまってからフッと警戒した。それではもう手遅れなのだ。それを蛙鬼が察知する。

「帰ります」

蛙鬼は乱れた着物と髪を整えるともう帰るという。

「村まで送ろう」

「いいえ、人に見られますからそんなことできません。一人で帰れますから……」

「いいのか？」

「うん、それよりあきを忘れないでね？」

「忘れないさ、また来るか？」

「うん、来てもいいんでしょ。駄目、これっきりなの？」

「昼ならいつでも来ていいから……」

「うん……」

ニッと微笑んで外に出ると、戸口から覗き込んで「好きだから」と言った。

蛙鬼は小平太に抱かれに来たのだ。小さくうなずいた小平太はまた蛙鬼を抱きたいと思ってしまう。男は越えてはいけない川を簡単に飛び越えてしまうものだ。

なんだかこの二人はとんでもない方へ飛んで行きそうだ。

蛙鬼は胸のところで、小さく手を振ると乱れた髪を直しながら、なだらかな坂を門に下りて行った。

坂の上には未練の小平太が立っている。

門番は二人に何があったかわかってニヤリと笑う。

もちろん小平太は蛙鬼の企《たくら》みだとは思っていなかった。

何んともやさしくていい女だと、小平太の未練がいきなり膨らんでしまう。追い駆けて行ってすぐ抱きたいと思う。そんな男の未練に小平太は翻弄されることになる。

好色そうな門番がニヤニヤしながら、「愛洲さま、やりますね」と声をかけてきた。

「そんなんじゃないですよ」

「まあ、いいじゃありませんか、娘さんの髪が乱れておりましたよ。若いんですからお盛んで大いに結構なことです……」

そういう門番に小平太が照れ笑いをして長屋に戻った。

こうなると何んとも切ない気持ちだ。男はすぐにでも女を追い駆けて行きたくなるが、小平太には夜になると船屋の警備の仕事があって、好き勝手なことは決してできないのである。今は何よりも船屋の警戒を最優先にしなければならない。

その仕事がなければ小平太は間違いなく、二見村の蛙鬼の百姓家へ走って行っただろう。

「あきは好きだと言ったが、それでここまできたのか、おかしくないか？」

戸口で独り言を言う。

「これはあきの香りだな……」

蛙鬼の匂いが小平太の体に染み込んでしまったように思う。あれこれ考えると頭の中が大混乱だ。だが、何をどう考えても真実はただ一つ、小平太が蛙鬼を抱いたという事実だけしか残らない。

小平太は部屋に上がって刀と脇差《わきざし》を刀架に戻しゴロンと寝転んだ。

天井をにらんで「あいつ、例の忍びじゃないのか？」と思う。逆に「あのあきに限ってそんなはずがない」とも思う。「いや、怪しい……」とつぶやく。なんだかあまりにも都合が良過ぎると思う。「それはあきがおれを好きだからだ」とうぬぼれの確信もある。

「おれは確かにあのあきを抱いたのだ。ここで……」

若い二人はあっという間に結ばれてしまった。こうなると引き返せそうでなかなか引き返せない。あの甘美な真実を消すことはできない。男は女に抱かれズルズルとその女の毒を食らうことになる。

こんな場合、男は女に無力なのが世の中の相場だ。

あの船屋の事件からまだ半月も経っていない。座頭に斬られた佐右衛門と波乃は、いつまでも権太夫の家にいて帰ってくる気配がなかった。恐ろしい棟梁《とうりょう》だが情が濃いから権太夫は船大工たちに慕われている。それが果たし合いをした佐右衛門にもわかってきた。

面倒を見ている権太夫とお勝はできる限り、佐右衛門と波乃を樋の山の城に帰したくない。あと五日、あと三日と日延べになって、佐右衛門と波乃はぐずぐずと城に帰ろうとしないのである。親にやさしくされると娘はそんなものだ。それに婿というのはなぜか嫁の家では大切にされると決まっている。

その上、波乃の腹が膨らんで臨月《りんげつ》がもう近い。そっちの方の支度は少し心配だったが、お島が毎日のように顔を出して波乃の世話を焼いた。こういうことは経験者でないと駄目なのだ。それにはお節介のお島はうってつけである。細かなことまでよく気がついて何んでも自分でしてしまう。まるで自分の娘のお産のようだ。そのお島の姉がお勝だから二人がかりで一所懸命だ。

それをいいことに佐右衛門と波乃は城に戻って行かない。

いい加減にしないと家老の五郎右衛門に呼ばれて叱られそうだ。佐右衛門は足の傷もだいぶ治って船屋の警備にも出られるようになっている。歩けるようになって足を少し引きずっていたが、今はそれもなくなって一人前に仕事ができた。

その佐右衛門は波乃をお勝とお島に任せて、一人で城に戻ろうと考えたが波乃が泣きそうな顔になり、ついつい足が城に向かなくなってしまう。

色々なことがあり過ぎてか、当たって砕けろ磯の波乃も意気地がなくなった。

すぐめそめそしたくなるのだ。権太夫もお勝も一人娘に甘すぎる。

その頃、樋の山の小平太はもう蛙鬼を忘れられなくなっていた。船屋の警戒に出てもぼんやり海を見ていたりする。

男は初めて女を知るとこうなってしまうから困るのだ。

ところが、三日もしないで蛙鬼が小平太の長屋に現れた。門番は蛙鬼の顔を見ると何も言わずに、「いらっしゃい……」などといって通してしまう。おかしな門番で「いい女だな……」などと無警戒なのだ。こういう男を門番にしてはいけない。

蛙鬼もいけしゃあしゃあと「お邪魔します」などと腰が低い。まだ二回目でしかないのに蛙鬼はすっかり馴染《なじ》みのような顔だ。小平太は夜の仕事から戻って長屋に寝転んでうとうとしている。

「小平太さん？」

「あき！」

「小平太……」

若い無分別も度が過ぎると大爆発を起こしてしまう。

「また来ちゃった……」

「待っていた！」

蛙鬼は小平太に抱かれたいし、小平太は蛙鬼を抱きたいのだから、二人はすぐ爆発寸前になってしまう。薄暗い長屋の中で二人は思うさま抱き合った。兎《と》に角《かく》、この二人は焙烙玉《ほうろくだま》のようにガシャンとぶつかり、いきなり燃え上がってしまいどうにもならない。

だが、蛙鬼は約束通り昼前にきて昼過ぎには帰って行った。そんなことが三、四回も続くと小平太の警戒心も緩みっぱなしになる。

いそいそと樋の山に登ってくる蛙鬼を、疑う気持ちなど微塵《みじん》もなくなってしまう。

最早《もはや》、無警戒を通り越して可愛い蛙鬼は、樋の山に通ってくる小平太の女房のようになった。長屋で小平太の下着などを洗っていたり、飯の支度をしたりするが必ず明るいうちに帰って行った。

門番はいつもニコニコと蛙鬼の日帰りを通す。

「愛洲さま、あんなに慕っていなさるんだ。どうして泊めてあげないんです？　二見村は遠いのに」

「そうしたいが、わしは毎日のように夜の見廻《みまわ》りがあるから……」

「そうか、愛洲さまは昼夜逆か？　ですが、見廻りの休みの日もありましょ、そんな時に泊めてやりなさいよ？」

「うむ、そうだな……」

門番にまでそんなことをいわれては実にまずい、まずいのだ。無分別どころか思考停止になった。小平太の体に蛙鬼の女毒が回り始めている。こうなると夜の警備もぼんやりになって力が入らない。昼に寝ていないから立ったまま眠くなってしまう。愛洲流の剣士もこれではかたなしである。

「おい、小平太、こんなところで居眠りなんかしてどうした？」

「昼間、ちゃんと寝ているのか？」

「近頃、いい女ができたと門番から聞いたぞ。村上海賊に勝つまでは女にうつつを抜かしている暇はないのだ。しっかりしろ！」

などと源四郎や一騎《かずき》に咎《とが》められる始末になってきた。

こうなると男はもうからっきし駄目だ。

そんなある日、船屋の見張りが休みになったのをいいことに、小平太は一目散《いちもくさん》で二見村に走った。頭の中は蛙鬼を抱きたいでいっぱいになっている。馬にしようかと思ったがいくらなんでも、女に会いに行くのに公用の馬は使いづらい。

そこで小平太は猛然と海風を切って走った。

前夜の見張りで寝ていないからふらふらだ。倒れたまま道端で一眠りしたくなる。

秋の海風は睡魔にはもってこいの心地よさだ。二見村の五十鈴川《いすずがわ》の支流を越えると蛙鬼の家がある。

海からの風が強いと吹き飛ばされそうな藁《わら》ぶき屋根の家だ。

「ぼろ家か、いいじゃないか……」

そんなことをつぶやきながら川を越えて家の戸口に立った。森閑《しんかん》と静かだ。

果たして蛙鬼はいるのか。人の気配がまったくしない。蛙鬼がいなかったらすごすご城へ帰るしかないが帰りたくないと思う。

「ご免！」

声をかけるとガラッと引き戸が開いて、「小平太！」と蛙鬼が首に飛びついてぶら下がった。

細く折れそうな蛙鬼の腰を小平太が強く抱きしめ転びそうになった。

「いたのか？」

「うん、来てくれたんだ。入って！」

手を引っ張られて小平太がぼろ家に入る。

蛙鬼は夕餉《ゆうげ》の支度をしていたが、それを放り投げて小平太を奥へ連れて行くととびついていった。そうしないでいられない。蛙鬼も小平太に馴染んでしまっている。女毒もあれば男の毒だってある。それはお互いさまというものだ。

奥に転がり込むと何んとも言葉がない。この二人はあまりにも激し過ぎる。

家の中は二人だけで人の気配はない。一刻ほどで裸の蛙鬼が奥から這《は》い出てきた。小平太は死んだ魚のように転がっている。

蛙鬼は囲炉裏《いろり》の火加減を見たがもうとっくに消えていた。

「温め直しか……」

そうつぶやくと奥に飛び込んで再び小平太に覆いかぶさって行った。

秋とはいえ九月の夕暮れはもう寒い。だが、二人にそんな寒さなどちょうどいいぐらいで汗だくである。小平太は蛙鬼に骨《ほね》の髄《ずい》まで気を抜かれた。蛙鬼も自分の体がどうなっているのかわからない。二人とも腹が空《す》いているのを忘れている。

「もう駄目だから……」

「いや、まだまだ、行くぞ！」

「うん……」

こうなると最早いかんともしがたい。

蛙鬼のぼろ家が揺さぶられ崩れ落ちるかもしれない。

若い二人の決死の戦いが終わるのを待つしかない。一刻半ほどの戦いで奥が静かになると蛙鬼が裸で、小平太から逃げるように暗がりから虫のように這い出してきた。

もう陽《ひ》が落ちて家の中は真っ暗になっている。夏が過ぎてずいぶん日が短くなった。

「あき、誰もいないのか？」

闇の中から小平太の声だ。

「うん、誰もいない。今日はおとうも帰ってこないから……」

蛙鬼が炉端で、灰の中の火を探してぽうと枯れ杉の葉に火をつけた。それが見る見る大きくなって家の中が少し明るくなる。

その蛙鬼に奥から這い出してきた小平太が覆いかぶさった。

「重い……」

「あき……」

「うん？」

「もう帰る」

「駄目ッ、駄目だから！」

蛙鬼が小平太を引っ繰り返して、逆に覆いかぶさるとその口を吸った。

「駄目だから、絶対に駄目だから……」

今にも泣きそうな蛙鬼の顔だ。

「絶対駄目だから、ね？」

そう繰り返すと涙がぽたっと落ちた。その涙の意味は蛙鬼にしかわからない。

「あき……」

「小平太！」

また囲炉裏の火が二人に遠慮して消えた。小平太は蛙鬼を抱き上げると奥に行った。

その体が子どものように軽いと思う。そんな蛙鬼を激しく抱いたが、そのうち小平太は猛烈な睡魔に襲われた。その上に重なって蛙鬼も眠くなってきた。

翌朝、小平太が暗いうちに蛙鬼の家を出て、樋の山に戻ってくると昼過ぎには、小平太の後を追うように可愛い蛙鬼が長屋に現れた。もう蛙鬼も小平太と離れていたくないのだ。

二人は行ったり来たりでこうなると何がなんだかわからなくなる。毎日一緒にいたいと思う。

互いの気持ちと体に火がついてしまってどうにもならない。大火事になりそうだ。

小平太は毛利の忍びへの警戒を忘れ、情熱的な蛙鬼にすっかり情を移していつの間にか愛してしまった。

蛙鬼も心底、小平太を愛し夢中になったと見える。

この二人の関係は何が真実なのかわからなくなってしまう。そんな蛙鬼は好きな小平太に、いつも抱かれに来るようなもので、一刻半もすると明るいうちに必ず二見村へ帰って行った。

「愛洲さまも罪なことをなさるよまったく……」

門番は寂しそうに帰って行く蛙鬼が可哀《かわい》そうになってきた。

いつものことだ。

その夜、小平太は船屋の見張りに出た。

このところは船屋やその周辺にはまったく異常がない。船屋のあたりには赤々と篝火《かがりび》が焚《た》かれ、人影が近づけば必ず誰何される。佐右衛門が斬られた事件以来、船屋の周辺ばかりでなく海上にも船が浮かんで警戒している。

夜は漁火《いさりび》のように三、四隻が浜の前の海に浮かんでいるのだ。

その頃、久兵衛や角都や弥太郎は必死で、伊勢志摩の複雑な入り江を探し回っていた。

どこかで大量に船を造っているはずなのだ。木津川沖で沈められた船の補充をしなければ次の戦いはできない。

その数は百隻や二百隻ではないはずだと思う。

おそらく尾張や三河などからも船を集めるのだろう。

徳岡久兵衛の考えでは、その船の数は間違いなく千隻を超えるはずなのだ。信長のことだから二千隻以上かもしれないと思う。木津川沖に船がひしめいて動けなくなるかもしれないのだ。だが、いくら探してもそんな船を造る船屋など、どこにもないのだから見つかるはずがない。それでも三人は入り江を回ってしつこく探している。

どこか数カ所に多くの船大工が集められているに違いない。久兵衛は自分の勘を信じて疑わなかった。

毛利軍には信長が何を仕掛けてくるかわからないという恐怖がある。

信長という男の正体がわからないのだ。久兵衛は兎に角、九鬼海賊の船を探して焼き払うしかないと思っていた。三人はかなり焦っている。埒が明かずにもたもたしていると八橋城から援軍が来るか、お頭の杉原播磨守《はりまのかみ》が直接乗り出してくるかもしれない。

三人は手分けして九鬼海賊の船屋を探している。

一方で蛙鬼は愛洲小平太に体を張っている。しくじれば命を取られても仕方ないと思っていた。蛙鬼もあの百姓家で暢気《のんき》にはしていられない。木津川沖の戦いが刻一刻と近づいてきていることがわかる。この行き詰まった状況を何んとか打開しなければならないのだ。四人が伊勢に入ってだいぶ日にちが経っている。

その蛙鬼の狙いはあの巨大な船屋の正体と、あわよくば海賊の総大将九鬼嘉隆の命を取りたいということだ。というのは蛙鬼の調べで樋の山の城には、九鬼嘉隆の愛妾《あいしょう》が住んでいるとわかったのだ。そのため嘉隆が頻繁《ひんぱん》に樋の山へ現れる。もちろん仕事場の船屋に近いということもあった。

だが、蛙鬼は樋の山の陣屋には入り込めたが、浜の船屋に近づくことはほぼ不可能だ。

それに昼日中に樋の山の陣屋内をウロウロもできない。

船屋は昼夜の見張りが厳重で槍《やり》や弓、鉄砲を持った兵が十人ほどの組で、入れ代わり立ち代わり交代で回っている。怪しい者は容赦なく殺せという命令が出ていた。座頭と娘が見つかってしまったのだから、警戒が厳しいのは仕方がないことだ。

今のところ嘉隆にも船屋にも接近する手立てはない。

だが、こういう時の焦りが最もまずい。下手に動くと墓穴を掘る。そのうち蛙鬼は小平太の見廻りがない時に長屋へ一度泊まって、それからは見廻りのない時に必ず長屋へ泊まるようになった。

もちろんそれは船屋の夜の見張りのない時だけに限る。

もう小平太は蛙鬼に夢中になってしまった。長屋の人たちも顔見知りになって女が出入りしても誰も怪しまない。だが、こういう少し慣れてきた時が危ない。油断して襤褸《ぼろ》が出ることがある。それを知っているからこそ、蛙鬼も正体の発覚を恐れて、長屋での振る舞いには極めて慎重だ。

ちょっとした軽率《けいそつ》な言動が命取りになるとわかっている。

蛙鬼は決して嘉隆のことや船屋のことを口にしない。こういう場所ではそういうことを口にするのがまずいのだ。城の中に入り込めたことが奇跡的なのだから、この絶好の機会を壊すことはできない。蛙鬼は小平太が好きだが毛利の女忍びでもある。

もちろん、九鬼家のことも城のことも聞かない。

そのうち寝物語に小平太が自ら喋《しゃべ》るはずだと待っている。船屋のことを迂闊《うかつ》に聞けば、蛙鬼が怪しまれることは間違いなかった。こういう時は焦らずに待つことが何よりも大切なのだ。

小平太は城の秘密を易々と喋るような腑《ふ》抜《ぬ》けではない。

ましてや船屋の正体は誰も喋らず、城だけではなく伊勢志摩全体で秘密中の秘密にされている。船大工たちも口が堅く、殺されても鉄の船のことは誰にも喋らないだろう。酒癖が悪くあのお喋りの波太郎でさえ、今度しくじったら棟梁の権太夫に殺されると思って、まったく酒を飲まなくなった。酒の匂いを嗅ごうとすれば女房のお仲にひっぱたかれる。

だから船大工の女房たちですら、船屋の中で鉄の船が作られていることを知らない。

蛙鬼の泥愛に呑《の》み込まれた小平太だが、家代々の陰流に生きる愛洲一族の血を引く強い剣士だ。ギリギリの矜持《きょうじ》で踏みとどまっているかに思われる。

小平太は女に溺《おぼ》れていると自覚し、船屋のことは決して喋らない。

それだけでなく九鬼家のことも陣屋のことも、自分のしている仕事のことも何も言わなくなった。それは蛙鬼にだけ言わないのではなく、誰にもどこでも喋らないのである。殻を固く閉じた浜の貝のようだ。あの木津川沖の大敗北以来、九鬼海賊も船大工も無口になってしまったといえる。

まったく考えられない負け方だった。もちろん小平太も船に乗っていてあの海戦を見た。その小平太は生態佐右衛門と波乃がいつまでも長屋に帰らず、棟梁の権太夫のところでお産するつもりだろうと思い始めている。

佐右衛門が怪我《けが》をしてからあの二人が、権太夫の家から戻る気配がまったくない。船屋の見張りで一緒になっても佐右衛門は何もいわなかった。

そんな時、船屋を見に来た九鬼嘉隆が樋の山の城に泊まるようになった。それは何年も前からだったが船で田城城へ帰ることが多かった。それが大きな船屋ができてからは、樋の山の城に泊まることが頻繁になった。

それは田城城より樋の山の城の方が、船屋にははるかに近いからでもあるが、樋の山の城には嘉隆の愛妾お香《こう》の方《かた》が住んでいたからだ。まだ子は産んでいない。そのお香に会うため嘉隆が城と呼ばれる陣屋にこれまでも来ていた。それが近頃は船屋の鉄の船造りのために樋の山に泊まるようになった。

そのため、まだ若いお香の方は大よろこびで陣屋にも活気が出てきた。殿さまがいないでは雲泥の差である。毎日のように嘉隆が馬廻り二十騎ほどを連れて樋の山に登ってきた。橘家から嫁《とつ》いできた正室は田城城の方にいる。

お香の方は熊野三山の修験者《しゆげんじや》の娘だという。

九鬼家は尾鷲《おわせ》の九鬼が本貫《ほんがん》の地だったから、熊野とのつながりが今でも深い。お香は側室でもなく愛妾だから結構自由で、口の悪い者たちは女海賊などといった。

海賊といわれても女は海賊船には乗れない。

古くから女が海賊船に乗ると不吉だという。海の神が怒るというのだが、それは女が海賊船に乗ると海賊どもの奪い合いになるからだった。いつもは仲のいい海賊が女のことになると狂う。海に出て海賊が喧嘩《けんか》をしては船が進まなくなる。

それを「女が船に乗ると不吉だ」と言って戒《いまし》めているのだ。

お香はまだ十八歳と若いが気性は激しかった。そのじゃじゃ馬を嘉隆は気に入って、樋の山の陣屋に入れて愛妾にした。

そのお香は馬にも乗るし弓も引けば槍も振り回すという。

そんなお香の方だが城の奥から滅多に出ることがなく、小平太もお香の方の武術の腕前は知らない。城の中で楽しそうにしているのを、時々見かけるがとても美しい人だった。そんなお方さまが剣を使うとは思えなかった。

小平太は幼い頃から実家の愛洲家で家代々の陰流を学んできた。
三、四歳の頃には木剣を握って走り回っていた。そんな小平太も今は蛙鬼の手練手管《てれんてくだ》にとろけてしまっている。
もう、蛙鬼の女毒が全身に回ってにっちもさっちもいかない。

愛におぼれ死ぬなら男としてそれも一興ではあるが。だが、小平太が本気で愛しても蛙鬼が本気とは限らない。忍びの女の毒は蝮《まむし》の毒のように強烈な効き目がある。頭の中がたちまち腐るほどヒリヒリする快感だ。蛙鬼の女を知ってしまった小平太は、ズブズブと愛欲の流砂《りゅうさ》に呑み込まれて行くしかない。

その頃、織田の大軍は北に向かっていた。

というのは越後の上杉軍が越中、能登《のと》、加賀方面に勢力を伸ばしてきている。それを放置すれば上杉軍は間違いなく越前方面に南下してくるだろう。信長が恐れる上杉謙信が南下して来れば、いよいよ織田軍は強兵の越後軍と戦わなければならない。

この上杉謙信の動きも鞆の浦の義昭の、信長包囲網の一環と考えられた。

謙信は信長が最も恐れる北天《ほくてん》の軍神である。自らを毘沙門天《びしゃもんてん》の化身と信ずる無敗といわれる男だ。この男が上洛を目指したらこの上なく厄介だ。武田勝頼を長篠で叩き潰したようなわけにはいかない。

逆に信長が謙信にやられるかもしれないのだ。

その謙信の動きに、越前の柴田勝家軍のもとに丹羽長秀、滝川一益、羽柴秀吉、稲葉良通《いなばよしみち》、前田利家、金森長近《かなもりながちか》、不破光治《ふわみつはる》など、四万を超える織田の大軍が集結、上杉軍と戦うため八月八日に加賀に向かった。

この時、上杉謙信の率いる越後軍は二万ほどだったという。

戦上手の武田信玄や上杉謙信は二、三万ぐらいを手足のように動かすのが上手い。一方の信長は五、六万、場合によって十万もの大軍で、有無《うむ》を言わさず敵を押し潰しにかかることが多い。

越前の柴田軍も四万の大軍団になった。

ところがあろうことか勝家と不仲の秀吉が軍議の際、大喧嘩をして秀吉軍が勝手に近江長浜《ながはま》城《じょう》に帰ってしまう。

言語道断、勝手な戦線離脱であり敵前逃亡は切腹ものである。

安土城の信長はこの勝手な振る舞いに、激怒するが秀吉には別の狙いがあった。それは勝家の下で働くのではなく、秀吉軍として自立することだった。秀吉はできれば西国から九州へ攻めて行きたいと考えていた。秀吉は自立した織田軍として力を発揮したい。勝家の下にいたのでは手柄はすべて勝家のものだ。信長の逆鱗《げきりん》に触れそうな危ない考えだが、秀吉のそんな猿知恵に信長は薄々気づいている。

案《あん》の定《じょう》、九月に入り勝家の率いる織田軍が罠《わな》にはまり、加賀の手取川《てどりがわ》で上杉謙信に大敗してしまう。

神出鬼没《しんしゅつきぼつ》の上杉謙信に四万の織田軍は翻弄された。

勝家が謙信の存在に気づいた時には、七尾城《ななおじょう》にいるはずの毘沙門天が目の前にいたのである。

「謙信がいる！」の知らせにあわてふためいて撤退するにも、勝家の四万の大軍は易々と引くに引けない。逃げるに逃げられず織田軍は怯《おび》えて、われ先に越前へ戻ろうと手取川に次々と飛び込んで多くの溺死者《できししゃ》を出してしまう。大敗北である。

逃げる際の戦いで討死《うちじに》したのは千人ほどだったが、手取川に入って溺死した者がかなりの数になった。その正確な人数はわかっていない。一方の上杉軍は無傷だというから恐るべし毘沙門天である。

この不識庵《ふしきあん》謙信は勝家などまるで子ども扱いのまさに軍神であった。

織田軍は西の毛利、村上海賊にも歯が立たずに敗北。

あげくの果てに北の上杉軍にもまったく歯が立たなかった。何が天下布武だということになりかねない。大きな戦いに二度までも大敗したのでは話にならない。

上杉軍とはまともに戦うことなく、「謙信がいる！」とわかっただけで、恐れて逃げ出したのだから何をかいわんやだった。

みっともなく謙信の名に怯えて自滅したようなものである。

この戦いには滝川一益も参陣していた。

上杉謙信に怯えて次々と手取川に入り溺死するのを一益は見ていた。四万の大軍が怯えて逃げ出すのをとてもではないが誰も止められない。そんな逃亡を止めようとすれば、逃げる味方に一益は踏み潰されていただろう。

誰だって死にたくないのだから必死で逃げるしかない。

こういう崩れ方をしてしまうと大軍はもうどうにもならない。腰兵糧がなくなり腹が空けば百姓家で略奪しながらでも、加賀から越前まで逃げ帰るしかないのである。敵に怯えて逃げ出した兵はもう使いものにならない。

逃げながら体勢を立て直すなどというのは不可能である。

この時の信長を取り巻く状況はあまり良くない。信貴山城の松永久秀は信長の説得に応じず籠城したままだった。戦いに負ける信長の足元を諸大名は見ていた。こうなると松永久秀だけでなくまだ裏切りが出そうな雰囲気になる。この何んともいえない嫌な雰囲気というのが実に曲者《くせもの》でまずいのだ。人はこのような雰囲気を敏感に感じ取る。

織田軍は三河兵や越後兵のように強い兵ではない。

桶狭間の戦い以後、織田軍は大軍で敵を押し潰してきたが、それでも勝ったり負けたりで苦しい戦いが続いた。

そのため信長は鉄砲を揃《そろ》えたり、長柄《ながえ》の槍を使ったり、兵農を分離したりと工夫してきた。

信長の最大の工夫が兵農分離と織田軍の方面軍制であった。

勝家の第一軍団は北国方面軍である。その次にできるのがこの直後の秀吉の西国方面軍であり、信長の息子の信忠の尾張美濃方面軍、明智光秀の丹波山城方面軍、信雄の伊勢方面軍、信孝の四国方面軍、やがて滝川一益の関東方面軍などだった。

それでも信長の天下布武の道程は遠かった。

乱世の大名たちは一度手にした領地を決して手放さない。鎌倉以来の武家の戦いはほぼすべてこの領地の奪い合いである。頼朝が全国に守護、地頭を置いてから、武家は土地というものに強烈に執着してきた。

それは領地の広さが武家の実力を決めたからである。

兵の動員力は一万石につき二百五十人から六百人ほどと決まっていた。つまり十万石の大名は六千人まで兵を動かせる可能性があった。

その兵が働くための兵糧も決まっている。

人の食う米は平時には一日四合から五合、戦いの時の兵は六合を食うと勘定される。つまり一万人の兵は一日六石食うという。五万人なら一日三十石を食う。それが一ケ月だと九百石になる。

信長が紀州の雑賀《さいか》討伐《とうばつ》に連れて行った十五万人は、一ケ月で二千七百石を食ったことになる。米俵にすると六千七百俵という膨大な量で、荷車一台に十俵積んだとして六百七十台が必要だった。他に武器弾薬や馬の飼葉《かいば》も運ばなければならない。

これが戦いの実態であった。信長は略奪を許さないからすべて自前である。

このように支配する土地の大きさで、武家のすべてが決まるということだ。たとえ一握りの土でも盗《と》られたくない。

これは動物の縄張りによく似ている。

この手取川の戦いで織田軍に大勝した上杉謙信は、その勢いで上洛するのかと思われたが、兵を引き上げ能登の七尾城に入って動かなくなった。この頃の信長は謙信の南下を何よりも恐れていた。謙信が上洛を目指すと信長は北の上杉軍、南の松永軍、西の毛利軍に包囲されることになる。

こういう状況が最もまずいのだ。

「おかしい。謙信はなぜ動かないのだ？」

謙信の動きを監視している柴田勝家は十月になると、安土城の信長に謙信の動きが止まったと知らせる。

「五郎左、上杉軍が七尾城に入ったきり動かぬそうだ。上洛しないのか？」

「大雪を恐れて、さすがの謙信も動けないのでしょう」

この時、丹羽長秀は手取川で負けて戻ってきたばかりだった。

京で村井貞勝《むらいさだかつ》と仕事をしている明智光秀を除いて、織田家の武将が総がかりで上杉謙信に負けたのだから情けない。負けたというより怯えて大将の勝家とともに逃げ出したのだからみじめだ。

自らを毘沙門天の化身と信じる謙信は強い。無類の強さといっていいだろう。

不敗といわれる優将なのだ。

「大雪になれば越後に帰れなくなるか？」

「御意、越前や加賀の雪は一晩で身の丈ほども降るそうですから……」

丹羽長秀が見てきたように言う。

「確かにそれもあるが、余は相模の北条氏政《うじまさ》が動いたように思う。それで後ろを脅かされ上洛できなくなった。北条からの知らせが遅れているのではないか？」

信長は上杉謙信が動かなくなったのは、雪の心配もあるが、北条氏政が関東で動き出したのだと考えていた。それは信長が密《ひそ》かに仕掛けたことでもある。毘沙門天の弱点は後ろの越後と隣接する関東にあった。謙信が上洛に動けば越後ががら空きになる。そこへ関東から北条軍、北からは出羽《でわ》の軍勢が南下してくる。以前は甲斐と信濃の武田信玄が動いて謙信を越後に釘付《くぎづ》けにした。

北条軍が動けばいずれ氏政が知らせてくるだろう。信長と北条家は良好である。

つまり兵法の常道である遠交近攻の策だった。遠くと交わり、近くを攻めるとは挟み撃ちの戦法である。どんなに強い越後軍でも西と東から挟まれてはまずい。謙信ほどの武将なら簡単に見抜く作戦だった。

だが、この信長の考えは正しかった。

武田信玄が亡くなり、謙信を巻き込んで本願寺の顕如と松永久秀が、義昭の思惑通り新たに信長包囲網に動いていた。そこへ謙信が南下して加わると信長は北と南から挟まれて万事休してしまう。いっぺんで危ない状況になる。

本来は謙信と本願寺は敵同士なのだ。

越中の一向一揆《いっこういっき》に謙信は散々苦しめられたはずなのだ。その本願寺は信長に攻められている。謙信と本願寺の接近は敵の敵は味方という戦い方である。信長は木津川の河口を封鎖して本願寺の息の根を止めようとしている。それを謙信は知っているだろう。信長の周辺が少々厄介な状況になりつつあった。そのためにも巨大軍船造りを急がなければならない。二年も三年も待てる話ではなくなってきていた。

いつ上杉謙信が南下してくるかわからない。

越前の勝家だけではとても越後軍を押さえ切れないだろう。

それでもあちこちに信長は戦いを抱えていて、方面軍制を敷かないと手が回らない状況である。効率よく戦う合理的な兵の配置が方面軍制だと信長は気づいた。通常であれば兵を分散させるのは嫌うものだが信長はそうは思わない。

こういうところが画期的で信長が天才といわれる所以《ゆえん》でもある。

この方面軍制は四百四十年後の現代でも世界中の軍が採用している。東部方面軍とか南部方面軍などという。鉄の船といい方面軍制といい、信長の頭脳はまさに三百年先を走っている。本朝に初めて出現した恐怖の頭脳としかいいようがない。

だが、このような頭脳を生かし切るのは、この国では難しいのである。信長の死後、船の進歩も軍制の進歩もピタッと止まってしまう。その重要性を秀吉も家康も理解できなかったのである。そのため三百年先を走っていながら、逆に幕末には三百年遅れてしまっていたのだから恐ろしい。その差六百年、取り返しのつかない実に勿体《もったい》ないことだ。

泰平だなどといって寝ぼけていたのである。それを自虐的に島国根性などという。

そういう言い方はやめた方がいい。

むしろ歴史を学び、少しは信長を見習ってはどうだろうか。

信長を裏切った松永久秀は、大和を支配していた信長の家臣、塙直政《ばんなおまさ》が死んで次の大和守護は自分だと考えていた。

ところが、信長が決めた大和守護は、久秀の不倶戴天《ふぐたいてん》の仇である筒井順慶だった。

松永久秀は信長に裏切られたと思う。

これに激怒した久秀は本願寺包囲から無断で抜けて、信貴山城に籠もり謙信の上洛を待つ作戦に出たのである。

本願寺の顕如とも義昭とも通じた。

松永久秀は三好長慶の家臣から身を起こし、長慶の死後は三好三人衆と組んで、主家の三好長慶家を凌《しの》ぐ実力をつけた。

その振る舞いは将軍義輝《よしてる》を殺したり、東大寺《とうだいじ》大仏殿を焼き払ったりでやることが乱暴である。

そういう動きを北条氏政は関東から睨んでいた。

そこで北条の領土拡大のため、氏政は頃合いを見て上総《かずさ》に攻め込んだ。

北条のそんな動きを上杉謙信が気にして、七尾城で動かなくなったのである。動き出した北条軍がいつ北上して越後に現れるかわからない。謙信は越後を北条の大軍に蹂躙《じゅうりん》されてはたまらないと思う。

乱世は利害を求めてあちこちで軋んでいた。

そういう図式で信長、久秀、輝元、顕如、謙信、氏政そしてまた信長へとつながりが循環している。この危なっかしく複雑な均衡《きんこう》が乱世だった。

越後をがら空きにすれば北条軍が侵入しかねない。

信長と謙信の対決を中心にしながら、複雑過ぎるほどにもつれて絡み合っている。何んとも厄介な情勢になっていた。乱世はなかなか一筋縄ではいかない。あっちを攻めるとこっちから攻められるという。信長と謙信が対峙《たいじ》すれば謙信の後ろで北条氏政が動くのだ。

信長と顕如が対峙すると、信長の後ろで毛利輝元や松永久秀が動いた。

それぞれの戦いが個別のように見えるが、どこかですべてつながっていて実に厄介で難儀である。その久秀討伐に息子の信忠と大軍を差し向けながらも、謙信の動きを牽制《けんせい》して、信長は安土城から動かず北の七尾城を見ている。万に一つ、謙信が南下した時には信長が出陣して迎え撃つということだ。

加賀へ向かう勝家の援軍として出した佐久間信盛、丹羽長秀らが手取川で負けて帰ると、軍議で勝家と喧嘩をして、勝手に加賀から戻ってきた長浜の秀吉を、信長は信忠に付けて信貴山攻撃に派遣したのである。敵前逃亡のようなものだから本来であれば、秀吉は切腹を命じられるところなのだ。だが、あちこちに敵を抱えている信長は秀吉を使わざるを得ないのだ。

その秀吉は信長に猿とか、禿《は》げ鼠《ねずみ》と呼ばれるおかしな男で、厳しい処分を受けることもなくよろこんで信忠と出陣して行った。だが、信長は勝家と喧嘩して戦いを放り投げた秀吉の罪をご破算にしたわけではない。

この猿顔の男の使い方を変えようと考えていた。

信長は子のいない秀吉に四男於次丸《おつぎまる》を養子に与えている。そういうこともあって易々と首を刎《は》ねることもできなかった。ずる賢い猿顔の男はそういうことを読み込んで加賀から戻ってきていた。信長でないと使いこなせない狡猾《こうかつ》な男が秀吉なのだ。その秀吉は実に仕事熱心で何んでもてきぱきと嫌な顔一つしない。

「有り難きしあわせ。畏まって候！」

信長に命じられるとそういってよろこんで何んでもする。

猿は何んとも重宝《ちょうほう》な男であった。信長は仕事をする者を大切にし、仕事をせずに言い訳ばかりをいう者は遠ざけた。時には粛清《しゅくせい》したり追放したりする。それが非情に見えた。信長は忙しいのである。非情か否《いな》かなど関係がない。信長のために働くか否かですべてが決まっていた。

信忠が率いて信貴山に向かう兵力は加賀と同じ四万の大軍である。

「五郎左、信忠を前に出すな！」

「承知してございます」

信長は若い信忠が意気込んで前に出ることを心配していた。鉄砲で狙われたら一発で殺される。戦場では大将が狙われやすいのだ。信長は息子にはいたって無頓着《むとんちゃく》で、ろくな名前の息子がいなかった。信忠の奇妙から始まって茶筅《ちゃせん》、三七《さんしち》、於次、於坊《おぼう》、大洞《おおほら》、小洞《こほら》、酌《しゃく》、人、良好《りょうこう》、縁《えん》などという。

だが、戦いに出るようになった信忠を死なせたくないから、そんな細かなことまで信長は指図する。その信長は以前、鈴鹿《すずか》の千草峠《ちくさとうげ》で甲賀の杉谷善住坊《すぎたにぜんじゅぼう》という男に狙撃されたことがある。雨さえ降らなければ火縄銃は狙撃に向いている武器だ。それを証明した事件が千草峠の狙撃事件である。その時、信長は運よく弾丸が掠《かす》った程度だった。

いつもなら信忠には軍監として滝川一益がつくのだ。

それは一益の娘が信長の側室で信忠の乳母だったからでもある。だが、一益は伊勢志摩で船の建造を急がなければならず、いつもいつも援軍では動けない。

鉄の船の建造は極秘裏に急がれていた。予定されている期限までに何んとしても間に合わせたい。次の毛利との海戦で、再び織田水軍が負けるようだと、信長の立場がいっぺんで危うくなる。今の信長の状況はあまり芳《かんば》しくないのである。

毛利との戦いの前に信貴山城は何んとしても潰しておきたい。

松永久秀は城造りの名人といわれ、信貴山城の四層の大天守は美しく、信長が安土城の築城で真似《まね》たといわれるほど見事な城だった。

その信貴山城は大和と河内の国境に築かれた山城で、南北四百八十間、東西三百三十間の要害の城である。この辺りは古代から大和の要衝《ようしょう》の地とされ、古くから山城があったといわれるがその痕跡は残っていない。

南北朝期の楠木正成《くすのきまさしげ》や応仁の乱の切っ掛けになった畠山義就《はたけやまよしなり》などが使ったともいう。

久秀の息子久通《ひさみち》の奈良の多聞山城《たもんやまじょう》と信貴山城は連携していた。織田軍四万に対して松永久秀と久通軍は八千人ほどとかなり籠城兵が多かった。八千の籠城だと落とすにはその十倍の兵力を必要とするというのが兵法である。それには織田軍の数があと四万人ほど足りなかった。その上、山頂に広がる広大な城郭群は堅牢《けんろう》な作りになっている。その城を攻めるのだから落とすのはなかなか難しい。

十月五日に信忠の織田軍四万が一斉に信貴山城に襲いかかった。

だが、一度や二度の総攻撃で落城するような城ではない。もちろん久秀は本願寺に援軍の要請もしていた。この状況で本願寺からの援軍が来れば、攻撃している織田軍の方が危険になるだろう。

ところが謀略の名人松永久秀が見事に騙《だま》される。

久秀が援軍要請のために出した使いの家臣森好久《もりよしひさ》が裏切って、石山本願寺ではなく敵軍の筒井順慶の陣に走ったのだ。この森好久なる男は前には筒井順慶の家臣だったことがある。

そのため、その好久が連れてきた援軍の鉄砲隊二百人は、実は敵の筒井軍だった。

筒井順慶の見事な謀略だ。

どんな堅城でも城内に敵を入れてしまっては万事休す。内部から崩壊するのが籠城では最も怖い。信貴山城は久秀の知らぬ間に落城寸前になったのである。

十月九日未明になって三の丸から一斉に火の手が上がった。

筒井の兵と家臣の中からも裏切りが出て城に火を放った。こうなってはさすがに天下の梟雄の久秀でも戦いようがなくなる。

信貴山城の華麗な大天守が燃え上がり、久秀と久通親子は大名物《おおめいぶつ》の平蜘蛛《ひらぐも》の茶釜を爆破し自害して果てた。爆死だったともいう。この信貴山城落城の十月十日は久秀が永禄《えいろく》十年（一五六七）に三好軍との戦いで、東大寺の大仏殿と大仏を焼き払った日でもあり、そのため首が落ち無惨な姿になられた盧舎那仏《るしゃなぶつ》が怒っておられると噂された。

この戦いの状況は北国にも届いたはずである。

それでも七尾城の上杉謙信は北条氏政を警戒して動かなかった。

こういう用心深さはさすがである。攻めるだけが謙信ではない。守りも鉄壁である。暮れの十二月十八日に越後の春日山城《かすがやまじょう》へ帰還し、二十三日には謙信が次の戦いの大動員令を発する。だが、この戦いは実現しない。

乱世ではどこで何が起きるかわからない。上杉謙信は志半ばで倒れてしまう。

その頃、志摩の船大工の棟梁、権太夫の家では波乃が産気づいて、初産《ういざん》だから大騒ぎで大変なことになっていた。

最初の子が無事に生まれて欲しい。誰もがそう願う。

黙っていればいいものを、権太夫があれこれ口出しするものだから、話がこんがらがって佐右衛門がウロウロするばかりだ。

こういう時、男は何んの役にも立たない。水汲《く》みも満足にできないのだから困る。

波乃の陣痛《じんつう》の苦しげな悲鳴を聞くと、権太夫は寿命が縮《ちぢ》む思いなのだ。何んとかならないかと思うがこういうことは何んともならない。

悲鳴を聞くとギクッとする。あまりのことに波乃が死ぬのではないかと思う。

事実、お産で死ぬことが少なくなかったからだ。佐右衛門はすっかり足が治っているから、

「波乃、波乃……」とつぶやきながら落ち着きなく、あっちこっちうろつくばかりである。

「少しは落ち着けや……」

そう佐右衛門にいう権太夫が一番落ち着かない。波乃が苦しんでいる産所に男は入れないから

「お勝！」とか「お島！」と権太夫が呼ぶ。

「まだ生まれないか？」

「さっきも同じ事を聞いて！」

お勝に叱られる。お島にまで「棟梁は少し落ち着きなさいよ！」と叱られる始末だ。

「棟梁がじたばたしても産むのは波乃だから！」

「そりゃそうだが、苦しそうでな、お島。波乃は大丈夫だろうな？」

「大丈夫だから！」

お勝が波乃を産んだ時は平気だった権太夫も娘となると話が違うらしい。

女房には冷たいが娘には気が気ではない。男とはそんなところが相場なのだ。こういう時は女の方が度胸はある。根性が座っていて男のようにみっともなくオロオロ狼狽《うろた》えない。

そのうち権太夫と佐右衛門は、波乃の悲鳴のたびに力が入ってへとへとになった。なかなか生まれない。

夜半になっても子どもはしぶとく生まれない。

子どもは満潮の時に生まれるらしいのだ。それは海人の知恵かもしれない。ンギャーッと勢いよく産声《うぶごえ》が上がったのは明け方だった。

「生まれたか、生まれたな！」

寝ぼけて権太夫がいう。権太夫と佐右衛門は寝ているような寝ていないようなボロボロだ。

「ようやく生まれたようです……」

力なく佐右衛門がいう。そこへお島がきて「男だ」といった。

「よし、おれのものだ！」

権太夫が勝者の戦利品とでもいいたそうにぼそっと言う。それは嘉隆と権太夫と佐右衛門の約束ごとだ。

まず和具家の跡取りが先だ。その条件を権太夫が呑んで波乃は佐右衛門の妻になった。

波乃の取り合いで、権太夫に佐右衛門が果たし状を突き付け、返り討ちにあってぼこぼこにされた。その二人の間に嘉隆が入ってまとめた話だ。

敗者に言い分はない。勝者にのみ権利がある。佐右衛門は長男を勝者に取られたということである。

佐右衛門が産所へ行くと波乃がニッと微笑んだ。

その枕元に這って行って佐右衛門が子どもの顔を覗き込む。

「男なの、ご免ね……」

波乃がそっと佐右衛門の手を握る。

「いいんだ」

「権太夫に取られても……」

「果たし合いに負けたんだから、あの時……」

「そうだね。仕方ないか……」

波乃がまたニッと笑った。だが、泣きたい気持ちでもある。

男が生まれたらと手回しよく、子どもの名前は権太夫が決めていて、すぐ和具権太郎《ごんたろう》と命名された。

「権太郎か、太郎でいいのに、なんで権なんだろう。権太夫の権かな?」

波乃は少々不満そうだが、太郎より権太郎の方が喧嘩は強そうだと思う。丈夫に育って船大工の棟梁になりそうな名だ。

第九章　世鬼弥太郎《せきやたろう》

間もなく天正五年（一五七七）の暮れになると朝廷の除目《じもく》で、十一月二十日に信長が右大臣《うだいじん》に昇進した。

除目とは朝廷の人事で春と秋の二回である。除とは除く、目は目録という意味だ。つまり前の官位を除き新官位に任ずる。昇らせるという意味があって除書《じょしょ》などともいう。

朝廷が頼りにするのは信長である。二年前の天正三年（一五七五）十一月に大納言《だいなごん》に叙任《じょにん》してから内大臣《ないだいじん》、そして右大臣と矢継《やつ》ぎ早《ばや》に位打《くらいう》ちして、朝廷の秩序《ちつじょ》の中に縛っておきたいと朝廷は考えている。

こういう位打ちはいつの世も朝廷が得意としてきた。

本来であれば、困窮《こんきゅう》している朝廷の面倒を見るのは将軍の仕事なのだが、その将軍義昭は備後鞆の浦に亡命《ぼうめい》していてあてにはならない。今の五畿内《ごきない》や京を支配しているのは信長だった。

朝廷はいつも、京を支配した覇者に治安や、御所の警備や修理などを任せる。

それは平清盛だったり源義仲《よしなか》だったり義経《よしつね》だったり頼朝だったり、北条家や足利家だったりその時々によって権力者や支配者は違っていた。応仁以来の乱世は目まぐるしいほど京の権力者が変わった。だが、どんなにその支配者が変わっても、天皇家は官位官職を与える存在として微動だにしない。

乱世では食うや食わずというほど天皇家は困窮したが京にあり続けた。

北条義時《よしとき》の承久《じょうきゅう》の乱《らん》では後鳥羽《ごとば》上皇など三上皇が配流《はいる》になり、幼帝仲恭《ちゅうきょう》天皇は義時によって廃帝《はいてい》とされたが、後堀河《ごほりかわ》天皇が立たれて皇位は継続された。

このような後鳥羽帝や後の後醍醐《ごだいご》帝のように、武家と直接対決した天皇や上皇の例は珍しく、むしろ決して実力者に逆《さか》らうようなことを言ったり、したりはしないということで皇位を安定させている。つまり皇室は存在していることが大切なのだ。

朝廷は官位官職を与える権威のみを持って、存在しているといっても過言ではない。

天皇が親政を目指したりすると乱がおきることがある。それが承久の乱であり南北朝分裂の騒ぎであった。

一天万乗《いってんばんじょう》の天子は絶対的な権威であって、薄汚れた権力であってはならない。

戦いや政治向きのことに発言はしないが、和睦《わぼく》や調停に乗り出したりすることは稀《まれ》にあった。

それは天皇が天下静謐《せいひつ》を願うからである。その天下静謐の大権は信長に与えられている。

今は信長が覇者で京や五畿内を支配している。

その信長と対決している顕如光佐は本願寺から動けない。上洛《じょうらく》するかと思われた上杉謙信は越後の春日山城に戻ってしまう。

大和の松永久秀は自爆した。信長に先行きが少しばかり見えた。

その久秀の信貴山城を落とした羽柴秀吉は、加賀で勝家と喧嘩《けんか》をし、勝手な振る舞いをしたことで帰国を許されず、大和から京までは戻ってきたが信長の命令で、すぐさま京から播磨に出陣を命じられた。

近江長浜城に戻れない。信長は秀吉に怒っていた。

勝手なことをしたのだからその分をさっさと取り戻せと怒っているのだ。だが、この西国出陣こそが勝家と喧嘩をして戻った秀吉の狙いだった。つまりここに自立した秀吉軍ができあがった。秀吉は凄《すさ》まじい勢いで西国に向かう。播磨の上月城《こうづきじょう》に猛攻を加えて十二月三日には落城させてしまう。

兎《と》に角《かく》、猿顔の小男の仕事は手際がよく小気味いいほど早い。

そういうのが信長の好みである。もたもたされると腹が立つのだ。上月城は播磨、美作《みまさか》、備前の三カ国の国境に建つ堅牢《けんろう》な山城で、小さいながらも重要な城だった。この上月城に秀吉は滅亡寸前の尼子勝久《あまごかつひさ》と家臣の山中鹿介《やまなかしかのすけ》を入れた。本来、尼子家は出雲、隠岐《おき》、伯耆《ほうき》、因幡《いなば》、美作、備前、備中、備後の守護を務めた西国では最も大きな一族だった。

そんな名門でも滅《ほろ》びる時はあっという間だった。

名将毛利元就に攻められて領地をすべて失い、今は追い詰められて滅亡しそうになっていた。尼子勝久は尼子再興軍の大将でそれを秀吉が後押ししている。だが、この尼子勝久は信長に見捨てられ滅亡する。信長にとって尼子家の再興など関係がない。ここに勝久を助けたい秀吉との間に若干《じゃっかん》の齟齬《そご》があった。

信長は本願寺討伐と絡んで、西国の毛利輝元をどうしても潰して、鞆の浦の義昭をもう一度追い詰めなければならなかった。将軍職を取り上げないことには話にならない。それが第一優先である。

その信長は長年にわたり天下統一と天下静謐を考えてきた。

それが天下布武ということでもある。すべての戦いは応仁以来の乱世を終わらせることにあった。羽柴秀吉軍はそのための第二方面軍だ。

信長は右大臣だから朝廷の征西軍ともいえる。西に下って行く秀吉は征西大将軍ともいえた。

その信長は播磨、備前、備中、備後、但馬《たじま》、安芸など毛利軍を踏み潰して、秀吉を西国から九州方面にまで向かわせるつもりでいた。

従三位《じゅさんみ》左近衛《さこんえ》中将《ちゅうじょう》に昇進した信忠軍が尾張、美濃などの方面軍だ。

その中将信忠には滝川一益と河尻秀隆《かわじりひでたか》の二人が参謀《さんぼう》についた。その一益の娘が中将信忠の乳母で信長の側室、信長の娘さこ姫こと後の三ノ丸殿《さんのまるどの》の母親である。

河尻秀隆は信忠の傅役《もりやく》を務めてきた。

柴田勝家には前田利家や不破光治などの与力がついていた。

羽柴秀吉の傍《そば》には竹中半兵衛《たけなかはんべえ》と黒田官兵衛《くろだかんべえ》という二人の軍師がいる。その上、秀吉が最も信頼する男が傍にいて支えていた。

それは異父《いふ》弟の小一郎秀長《こいちろうひでなが》だった。

小一郎は口八丁《くちはっちょう》手八丁《てはっちょう》の兄の秀吉とはまるで違う誠実な男で、後に、徳川家康が「小一郎秀長さまが天下さまであれば、余は天下取りには行かなかった」とまでいう人徳の持ち主である。

秀吉にはこの三人の優秀な側近がいた。

「猿、よくやった。褒めてとらすぞ！」

信長のこの一言が欲しくて秀吉は必死で戦っている。褒められると調子に乗って、天竺まででも攻めて行きそうな勢いになる。それには大きな理由があった。

昔、信長が織田家を相続して間もない頃、村木砦《むらきとりで》の戦いが終わり、その帰還の路傍《ろぼう》で猿顔の元吉《もときち》という針売りの男を拾った。

よく働きそうなその男を小者として傍に置いた。

以来、その元吉は持ち前の度胸の良さと、独楽鼠《こまねずみ》のように陰日向《かげひなた》なく働くのを信長に認められ、今では西国討伐の方面軍を預かる大将にまでなったのだ。

足軽大将の娘のお寧《ねい》と好き合って一緒になり、子のない秀吉は信長の四男於次丸を養子に迎えている。その秀吉の秘《ひそ》かな野望は養子の於次丸に、信長から九州全部を拝領させることなのだ。

叱られ上手な秀吉は信長に信頼され、織田家臣団の新参の中で秀吉と、知将の明智光秀が頭角を現しつつあった。

その頃、志摩では一番船屋の中で巨船が姿を現し始めていた。

いよいよ巨大な船は船底から作り始め、前後左右から船壁が立ち上がってくる。

その上に総矢倉が乗る予定だ。海に沈む船体は木のままだがそれ以外はすべて鉄の鎧《よろい》で覆われる。船屋からはみ出しそうな巨船はできあがるにつれ、その正体が化けものだと誰にもわかるようになってきた。知らない者が見たら「なんだこりゃ！」とひっくり返るだろう。

誰にも見せられない秘密の化けものだ。

周辺の警備がより厳重になる。船屋の近くには必ず数人の見張りが立っていた。

夜になるといっそう見張りが厳しくなり、兎に角、船屋に放火されることを最も警戒している。

その船屋には大きな幕が吊《つ》り下げられて中がまったく見えなくなった。

船大工も船屋のことは絶対口にしない。棟梁《とうりょう》の権太夫が箝口令《かんこうれい》を敷いて、酒癖の悪い波太郎は禁酒か斬首かを選ばされている。権太夫に「てめえ、わかっているだろうな！」と脅され、禁酒を選んだことで波太郎の女房お仲《なか》は大よろこびだ。

「うちの亭主は酒さえ飲まなければいい男なんだよ……」

などとのろけたりする。

「てめえは酒の匂いを嗅いでも斬首だ！」と権太夫が命じた。

何んともひどい命令だがそれだけ大切な仕事だということでもある。志摩の船大工の意地と矜持《きょうじ》が掛かっている。再び村上海賊に船を沈められたら権太夫は生きていられない。そんな鬼より怖い棟梁の命令に波太郎は死ぬ思いの禁酒になった。

酒飲みというのはからっきし意気地がないもので、飲まないでいられないのだから困るのだ。

兎に角、盃《さかずき》の底をなめたり、徳利《とっくり》の底にのの字を書いて、こぼれるポタリの滴《しずく》さえなめたいのだ。その意地汚さが仕事に出て、食らいつけば上々吉《じょうじょうきち》なのだが、なぜかそうはいかないのが不思議でしょうがない。逆に頭の半分ぐらいに酒が入って、チャポチャポしていないと仕事にならないのである。酒が切れるとボーっとしてしまう。「飲みてえ……」となる。

「お前さん、もう一生酒を飲むのはやめよう……」

お仲の切なる願いだ。

「酒さえ飲まなきゃいい男なんだから、あたしゃ惚《ほ》れてんだよお……」

必死で亭主にいい男のままでいて欲しいと願う。ところがそんなお仲の気持ちを平気で逆《さか》なでする奴《やつ》がいる。

「おい、波太郎、今夜いっぱいどうだ？」

などとおもしろがって冷やかす仲間がいる。

だが、そういう馬鹿野郎は権太夫にぶん殴られて吹っ飛んだ。

この巨船造りはただの伊勢船造りではない。大将の九鬼嘉隆が生きるか死ぬかの戦いをする船なのだ。

「信長さまとうちの大将の船だぞ。てめえ、何を考えていやがる。馬鹿者が！」

などと生意気な船大工たちを怒鳴りつける。

そんな権太夫も家に帰ると孫の権太郎にはでろでろになった。

権太郎が泣くと「おい、波乃、太郎を泣かせるな！」と叱る。その波乃がいないとお鉢がお勝に回ってくる。

「お勝、太郎が泣いてるぞ！」

「お乳が欲しいのですよ」

「何んとかしろ！」

「何をさ？」

「きまってんだろ、乳を飲ませろというんだ！」

「誰の？」

「お前のだ。お前しかいないではないか！」

「そんなこと言ったって……」

「そんなもこんなもあるか、太郎が泣いているじゃないか、早く飲ませてやれ！」

「乳なんか出ませんよ」

「いいから！」

「抱いてもくれないで、ふん……」

お勝がとっくに枯れて、乳など出ない乳首を権太郎に吸わせる。権太夫は権太郎が泣き止むと安心するのだ。波乃がいないとそんなことが続いた。権太夫は跡取りができて生きる張り合いが違ってきた。巨大怪物船造りの仕事にも力が入って、「棟梁が変わった……」などと船大工たちがつぶやく。それは当然で権太郎が一人前になるまで、少なくとも二十五年は頑張らなければならない。杖《つえ》を突いても浜に出てくるつもりでいる。

「当たり前だよ。あの権太郎を棟梁にするまでは死なねえとさ……」

「へえ、あと三十年はかかるぜ、もっとか？」

「あの調子だと、三十年が五十年でも生きるんじゃねえか、この船と同じ化けものだから？」

「だろうな……」

そんな和具家に人の出入りも増えて賑《にぎ》やかになった。

ところが妙なものでお勝にそんなことが何回か続くと、古女房の母性が目覚めてきた。波乃を育ててとっくの昔に忘れていたことだ。

「お前さん、もう子どもはできないかね？」

並んで寝ているお勝が権太夫にそんな謎を掛けたりする。

「何が……」

「だから子どもだよ」

「どうしたんだお前？」

「もう駄目だろうかね？」

「子どもか？」

「うん、権太郎の下にさ……」

「そうだな、欲しいのか、波乃に笑われるぞ？」

「あの子は笑わないさ……」

「そうか」

気の迷いというのは恐ろしいもので権太夫が、何年ぶりかでお勝に覆いかぶさって行ったのだ。二人はもう四十を超えているがまだまだ危険な年ごろだ。

「おいおい、権太夫にお勝、どうしちまったんだ。大概にしねえか……」

伊勢の神さまが驚いていそうだ。

こういうのを焼け棒杭《やけぼっくい》に火がついたというのだろうか。訳ありの女とよりが戻ったというような洒落たことではない。相手が古女房でもいっぺんは燃えたのだから、やはり焼け棒杭でいいのではないか。お勝もなんだかすっかり女に戻ってしまって、しなびかけた乳を吸う孫の権太郎にも困ったものだ。

この焼け棒杭は危ない火で消せなくなる危険な火なのだ。

鬼の権太夫もよせばいいのに嫌いじゃないからそのうち本気になってくる。夫婦は割れ鍋に綴《と》じ蓋《ぶた》などというが、この二人は錆鍋《さびなべ》に錆槍《さびやり》で危ない話になってきた。なんだか二人は夜になるとおかしな塩梅《あんばい》になってきてしまう。波乃に「乳を飲ませたら早く城に帰れ……」などという始末なのだ。

その夜、二見村の蛙鬼《あき》の家に久兵衛たちが戻ってきた。

ついにこの忍びたちの頼みの綱は蛙鬼だけになった。

久兵衛たちは伊勢路を南下して熊野速玉大社《はやたまたいしゃ》の先、大辺路《おおへち》の紀伊田辺《たなべ》の辺りまで探索に行った。伊勢路の海岸は延々と荒海の中に続いている。

そこを丹念《たんねん》に探し回った。だが、何んの手がかりも収穫もない。

田辺は熊野水軍の本拠で、壇ノ浦の戦いに湛増《たんぞう》という熊野三山の社僧が、平家を裏切り源氏として参戦したという。

この地は義経の家臣弁慶《べんけい》の故郷ともいわれている。

今、その熊野水軍を率いているのは熊野別当の堀内氏善《ほりうちうじよし》という男だ。新宮を中心に三万石ほどを領する豪族だった。

信長にまだ仕えておらず独立した存在である。

久兵衛たちは何も見つけられず、何んの噂《うわさ》も拾えずに戻ってきたのだ。七隻以外の船など造っていないのだから見つからないのは当然である。

九鬼嘉隆は徹底して巨船造りを隠した。

どんなに考えても久兵衛たちが船屋に近づく方法はない。昼夜の見張りが厳重で樋の山の下から浜まで行くこともできなかった。それは蛙鬼も同じで道端に立ち止まっただけで誰何《すいか》されそうになる。

何よりも戦いの前に巨船の正体が発覚することはまずい。

ことに角都と弥太郎を逃がした一件で、毛利の忍びがウロウロしているとわかってしまった。以来、船屋の中を覗《のぞ》くのは不可能になった。火矢が届きそうなところまでさえ近づけない状況なのだ。

何が入っているかわからない大きな船屋など焼き払ってしまいたい。

久兵衛たち三人の世鬼の忍びは追い詰められた。刻の流れがやけに速いと思う。

愛洲小平太も蛙鬼にどんなに馴染《なじ》んでも船屋の話だけは決してしなかった。この大きな船がどれほど大切か小平太たちは知っている。

近習《きんじゅ》で嘉隆の傍にいることが多いから、この船に対する期待は切実だとわかった。

どこにもない新兵器の鉄の船と、同じ新兵器の大砲が船屋にあった。嘉隆の「秘密だ！」という命令がどれほど重要か、城の者たちも船大工たちもみなわかっている。海賊の大将とその船を造る船大工は一心同体なのだ。大将が沈められることは船大工も同じ運命だということだ。

「明日は見張りの日ね？」

蛙鬼が水を向けても小平太は「うむ……」と不愛想にうなずくだけだ。さすがの蛙鬼でも小平太の口をこじ開けることはできない。二人はまるで夫婦のようだ。そのことを父親の久兵衛にだけは話している。命をかけた娘の仕事だと久兵衛はそれを許した。

「蛙鬼、あの男を垂らし込んだんだろ？」

仕事がうまくいかない弥太郎が偶《たま》に帰る蛙鬼に突っかかった。

「ああ……」

「何んとかならないのかよ」

「何が？」

「何がじゃねえ、あの男に惚れたんじゃないだろうな？」

「馬鹿なこと言ってんじゃないよ。こっちも必死で体を張っているんだ」

「だったら何か聞いてねえか、あの船屋のこと？」

「うるさいね。あたしにはあたしの考えがあるんだから、急《せ》かすんじゃないよ！」

蛙鬼と弥太郎の言い合いになる。

「弥太郎、姫に当たるのはよせ、焦っても仕方あるまい……」

「だけど船が出来上がってしまうよ」

「まだ大丈夫だ。あの船屋を焼き払う方法を考えよう。だから弥太郎、落ち着いて姫との言い合いはよせ！」

座頭の角都が蛙鬼と弥太郎の喧嘩を止める。小頭の久兵衛は何も言わずに考えていた。このまだと八橋城《やばせじょう》から援軍が出るかもしれない。

他の船を焼き払うという久兵衛の目論見《もくろみ》が外れて状況は最悪になりつつある。援軍で木鼠の六之助が来たりすると、蛙鬼と小平太の間に入ってとんでもないことになりそうだ。

久兵衛は蛙鬼から聞いて小平太の詳細をすべて知っている。

忍びでも男女の問題は起きるのだ。

下手をすると蛙鬼をめぐって、木鼠の六之助と小平太の殺し合いになりかねない。そういう厄介なことはご免だ。戦いを前にして何よりも九鬼海賊の船の探索が先だ。できるならあの大きな船屋をすべて焼き払いたい。村ごと焼き払ってもいいが船屋は浜に近く家から少し離れている。火のついた船を浜に乗り上げるのはどうか。

久兵衛はそんなことまで考えていた。

忍びの中では女出入りは禁止だが、六之助とお雛は子どもの頃から、互いに好き合っていて誰もが認めている。こういう場合は仕方ないということだ。

二人は特別な関係なのだ。だが、この状況は良くない。

その六之助が八橋城主杉原播磨守の命令で出て来るかもしれない。嫌な予感のする久兵衛は手詰まりを感じていた。あの大きな船屋にどんな船が入っているのだ。あんなに隠したいということは何かあるのか、燃やされるのを警戒しているのか。その警戒ぶりが尋常ではないように思う。

強引に九鬼嘉隆の命を取りに行くしかないのか。

だが、そういうことが成功するのは極めて稀《まれ》だとわかっている。暗殺というのは忍びでも難しい仕事の一つである。人一人を狙《ねら》って殺すのは容易なことではない。戦いを前に嘉隆が警戒していることは間違いないからだ。

頭の杉原播磨守でも毒を使う時は何年もかけて仕掛けを作る。

その上で狙った者を確実に仕留めるのだ。行き当たりばったりの毒殺などなかなかうまくいくものではない。大名家には毒見役という者がいる。

古くは毒見を薬子《くすりこ》といった。

命を落とすかもしれない実に危険な役目であり、高貴な人や主人の食事の安全を確かめる仕事で、「鬼喰《おにく》い」とか「鬼舐《おにな》め」などとも呼ばれる。

毒殺はどこにでもあって南蛮では毒見を奴隷にさせていた。

毒見役は自ら鬼喰いをすることもあるが、おおむね調理人や配膳係、配下や小姓などに鬼喰いをさせていた。どこの大名もそういう用心を怠《おこた》らない。警戒を怠り油断をすればコロッと死ぬことになる。

久兵衛は蛙鬼がその毒を持っているはずだと思う。

だが、九鬼嘉隆に近づくのはよほどのことがない限り無理だ。馬廻《うままわ》りや近習たちに守られて油断しているとは思えない。蛙鬼のいう愛洲小平太というのも、そんな嘉隆の傍にいる近習の一人に違いないのだろう。久兵衛は蛙鬼から小姓と聞いている。

小平太は忙しく蛙鬼の百姓家に来たのは二度だけだ。

三日にあげず蛙鬼が樋の山の小平太の長屋に通っている。それを気に留めたのが同じ長屋の佐右衛門だった。

「小平太、いつも来るあの女の人は誰だ？」

「あれは二見村の百姓の娘で、名はあきといいます」

「そうか、素性は確かなのか？」

「はい、堺からきて神宮の方にいたそうですが、数年前に二見村へ……」

堺といえば佐右衛門も堺で生まれた。

「嫁にするのか？」

「そのつもりでいます」

「それはいいな、嫁にするなら早い方がいいぞ」

「はい、この仕事が終わりましたら……」

「毛利との戦いは来年だろう」

「そう思います。何が何んでも勝たないことには……」

「そうだな。一緒になるのはその後か？」

「はい……」

「子ができてしまうぞ」

「大丈夫です……」

ニッと照れ笑いだが大丈夫なはずがない。子ができる可能性は充分あった。

小太郎は本気で蛙鬼を妻にしたいと考えていた。

その事件が起きたのは十二月も押し詰まった寒い夜だった。世鬼弥太郎《せきやたろう》が一人で船屋を暴こうとしたのだ。はかどらない仕事に若い弥太郎がじれて強行したのである。海から近づいて船屋を一つでも二つでも焼き払おうと考えた。船屋の近くで見つけられたことを悔いていて、危ない焦りだが弥太郎はそうするしか手はないと思い詰めた。

角都にも話さなかった。話せば止められるに決まっている。

弥太郎は陽《ひ》が落ちる前から海に出て、一人で小船を漕《こ》いで神前岬《こうざきみさき》で夜を待ち、危険を承知の上で船を寄せて船屋に接近しようとした。だが、そんなことが成功するほど船屋の警戒は温《ぬる》くなかった。蟻《あり》の這《は》い出る隙《すき》もないとはよくいったもので、まさに化けものを隠す船屋は蟻どころか風の入り込む隙もなかった。そんな危ないことに弥太郎は命を張った。

弥太郎の船が神前岬を回った時から海賊に捕捉《ほそく》されている。

岩礁《がんしょう》の裏や入り江の岩陰で九鬼の船が海を見張っていた。海賊のもっとも得意とする仕事だ。そんな弥太郎の怪しい船を見逃すはずがない。

案《あん》の定《じょう》、松明《たいまつ》を掲げた二隻の船に弥太郎の船は追われた。

逃げるに逃げられず何んとか船屋の沖まで来て、水練の得意な弥太郎は冬の海に飛び込んだ。口に鞘《さや》を捨てた短刀をくわえている。

それは戦うためではなく、逃げられない時に自害する短刀だ。

決死の弥太郎は潜って浜に向かった。時々、忍びらしく口だけを出して息継ぎをする。

九鬼の二隻の船は海に入った弥太郎を見失った。暗い海は弥太郎をうまいこと隠してくれた。

だが、真冬の海の中に長くいることはできない。

頭を出して上陸できそうな浜に泳いで行く。

海には松明の船が浮かんでいたが浜に人影はなく、船屋の前には篝火《かがりび》が幾つも赤々と燃えていた。あの篝火の薪《まき》を何本か船屋の中に投げ込めばいい。木屑《きくず》に燃え移って間違いなく船屋は燃え上がるに違いない。冬はどこも乾いている。火が付けばたちまち燃え上がると弥太郎は考えた。

「よし……」

浅場で足がついても弥太郎は波間に首だけを出している。

狙いは定まった。あの篝火まで坂道を七、八間（約一二・七〜一四・五メートル）も走ればいい。きょろきょろと浜を見渡し、砂浜にポツンとある岩礁の傍に這い歩き、海の中に立ち上がったが深さは腰までもない。

風はそれほどないが海から出ると猛烈に寒かった。

短刀を握って弥太郎は岩陰から出る。砂浜を船屋に向かった途端、松明を持った見張りが二十人ばかり砂浜に走ってきた。

沖の船から陸の見張りに向かって松明を振り怪しい者がいると合図されていた。

弥太郎は昼のように明るい松明にたちまち包囲された。海からは二隻の船が砂浜に乗り上げて十人ばかりが後ろを塞いだ。海に入って乗ってきた船にも逃げられない。四方を囲まれては浜を走って逃げるのも無理だ。やはり無理だったかと思う。

この警戒を指揮していたのは楽島源四郎だった。

「海から来るとはさすがに忍びだ！」

そういって源四郎が一人で弥太郎に近づいてくる。

「もう、逃げられないぞ！」

そんなことは弥太郎もわかっている。死ぬ覚悟でここまで来た。何んとか篝火に近づきたい。後ろと前を見ながら人のいない方へ走ろうとするが、松明がサッと走って先に逃げ道を塞いでくる。

「じたばたするねえッ！」

そう叫んで源四郎が腰の刀を引きつけた。

「チッ……」

弥太郎はしくじったと薄く笑う。その唇には紅がさしてある。

水に濡《ぬ》れた髪が幽鬼のようだ。紅は死に顔を考えていつも入念にさしている。いつ死んでもいいようにだ。その死に顔は美しくありたいと思う。斬られて醜《みにく》くは死にたくない。死ぬ時も美しいままだ。紅をささない蛙鬼とは逆で、弥太郎は紅の赤をこの世で一番美しいと思って執着した。

「うぬはあの時、娘に化《ば》けていた野郎だな？」

あの日、追った時にあまりにも足が速く本当に娘なのかと思った。源四郎が三間（約五・五メートル）ほどの間合いで足を止める。

「その短刀では戦えまいが……」

源四郎が鞘口を切ると刀をゆっくり抜いて中段に構える。その瞬間、ニッと笑った弥太郎が自分の心の臓を一突きにした。

膝がガクッと折れて砂浜に崩れ落ちる。

ここまで追い詰められては自害するしかない。それが忍びの定めだ。斬られたくないし生《い》き恥《はじ》を晒《さら》したくない。どんな拷問《ごうもん》にも耐える自信はあったが、弥太郎はいつも考えている美しい死を選んだ。無惨に死ぬより紅をさして美しいまま死にたい。

渚《なぎさ》の砂にサッと血が吸い込まれる。小波に引かれて血が海に溶けて行った。

「哀れな奴……」

兵たちが死骸《しがい》の傍に集まってきた。妙に唇の紅が生々しかった。

弥太郎は焦ってあまりに無謀すぎた。見つかって追われたあの日の事件以来、そう易々と近づける船屋ではないとわかっていたはずだ。忍びが焦るとこういうことになる。世鬼弥太郎は夜の渚に美しさを残して死んだ。

「座頭の片割れがもう一人いるはずだ。油断するな！」

源四郎が兵たちの油断を戒める。もう一人の座頭がどこかにいるはずだと思う。

忍びは目的を達成するまであきらめないはずだ。戦いまであと一年もないのだと源四郎はそう思った。

毛利の忍びたちは何んとしても船屋の中を見たいはずなのだ。

隠されている船屋の正体を暴きたい。そのために紅の男は命をかけて海から船屋に近づいた。

それは忍びたちがまだ船屋の正体を見ていないということになる。よりいっそうの警戒が必要となった。

源四郎は秘密を守り切れるかこれからが勝負だと思う。

その頃、二見村の百姓家では弥太郎の姿が見えず心配していた。一晩中帰ってこなかったことなどない。角都は探索がうまくいかず、弥太郎が焦っていたことはわかっている。あの船屋を見に行ったのではないかと思う。

「小頭、弥太郎はあの船屋に行ったのかもしれねえです」

「火をつけにか？」

「うん、ここ数日、弥太郎の様子がおかしかったので……」

弥太郎を愛している角都は、沈んで黙りこくっている弥太郎を心配していた。うすぼんやりしていて抱いても手応えがない。

「弥太郎、思い詰めないでくれよ。こういう仕事はうまくいかないこともあるんだから……」

そう角都が慰《なぐさ》めたばかりだった。

「あそこに行くのは死にに行くようなものだ……」

蛙鬼が囲炉裏の傍でつぶやいた。一度しくじったところに、懲《こ》りずに近づくなど蛙鬼のいう通りだ。正気の沙汰《さた》ではない。死にたくて行ったと思われても仕方がない。

「馬鹿だよ、まったく……」

「弥太郎はあの日、船屋の傍で見つかったのが悔しかったのだろう」

久兵衛が弥太郎を庇《かば》った。

これまでこういう繋《つな》ぎもなく、帰ってこなかったことはなかった。

もう夜半を過ぎて夜明け近くになっている。弥太郎に何かあったことは間違いない。異常事態だがこういう時に動くとかえって傷口を広げかねない。忍びはじたばたしないで鳴りを潜めているしかない。

「角都、ここは辛抱だ……」

「へい、わかっております」

三人は弥太郎が死んだとはまだ思いたくない。照れ笑いでひょっこり戻ってくるような気もする。それならそれでいいのだが。

だが、いつまで待っても弥太郎は戻らなかった。

第十章　毘沙門天《びしやもんてん》

天正六年（一五七八）の年が明けた。

だが、船屋の見張りに正月はない。人々の気が緩みそうな時ほど見廻《みまわ》りは厳重にしたい。

例の座頭の忍びがまた船屋に現れないとも限らない。浜で自害した忍びの片割れがまだこのあたりをうろうろしているはずだ。

座頭だから目立つはずだが発見されていない。

楽島源四郎と愛洲小平太という九鬼家の二人の剣士を中心に、見張りがいっそう厳重になった。忍びたちは命を投げ出しても船屋の中を見たい。それが海から来た紅の男によって証明された。浜には上がれたが海と陸の警戒網に引っかかり、逃げられないと観念して潔《いさぎよ》く自害した。

七つの船屋を何んとしても守り抜かなければならない。

船屋の中を見られたり、船屋に火を放たれたり、それだけは回避しなければならない。すぐ、新たに造れるような船ではないのだ。九鬼海賊とその船大工たちが、知恵を絞って造るこの国のどこにもない鉄の船だ。

最も怖いのが放火で、船が燃えてしまえば戦いに間に合わなくなる。

和具一騎や生熊佐右衛門らも見張りについた。田城城も樋の山陣屋もより厳重な警戒態勢になった。家臣も兵も見張りにかり出されて隙《すき》を作らない。船が海に浮かぶ船下ろしが済むまでは守り抜く。すでに毛利との戦いが始まっているということだ。油断のできない毛利の忍びの世鬼だろうとわかってきている。

ところがそんな時、権太夫とお勝に困ったことが起きた。

二人がその気になって焼《や》け棒杭《ぼっくい》が燃え出し、大概にしないものだからお勝が懐妊してしまったのだ。夫婦だから二人に責任があるのだが困った。

めでたいのだが実はお勝は困っている。

「お前さん、どうしよう……」

「何がよ？」

「何がって、決まっているじゃないの……」

「だから何が？」

仕事のことで頭がいっぱいの権太夫は、お勝の変化にまったく無頓着《むとんちゃく》だ。男は手を握ったのは自分なのにそういうことが多い。

お勝は心配で飯も喉を通らなくなっている。

「鈍《にぶ》いんだからもう……」

「鈍いだと、お前、もしかして？」

「そのもしかしてみたいなのよ。どうしよう……」

「どうしようってお前、そんなことを俺に言われてもな」

「薄情なんだからもう、お前さんがこうしたんじゃないかね」

「そうなのか？」

「馬鹿……」

鬼の権太夫もこうなっては形無しだ。やっちまったかと思う。

危ないなと思っていたが火がついてしまってどうにもならなかった。本来なら大手柄だというべきなのだがそう単純な話ではない。

とかく男というものはこらえ性がないものである。

権太夫の毎晩の乱暴に、お勝もその気になり孕《はら》んでしまった。いい加減にしないとこういうことになる。

「うれしくないの？」

「そりゃお前、いうまでもなかろうよ。おれもまだまだ大したものだ。だが、本当にできちまったのかお前、それがはっきりするまでは誰にも話せないな」

「うん、間違いないと思うんだ。波乃に話しても駄目かい？」

「当たり前だろ、みっともねえ……」

「まあ、そんな言い方ってあるかね。あんたが毎晩乱暴したからじゃないか……」

「今夜もか？」

「馬鹿、冗談じゃないんだから……」

「やはりやっちまったか、こうなるんじゃないかと思っていたんだがな。なんとなく……」

「どうしよう。そのうち膨らんでくるし、隠しておけないよ」

「腹か？」

「うん、波乃とお島に相談しちゃ駄目かい？」

「駄目だ！」

お勝はガンガン頭が痛い。まだ医者にも産婆《さんば》にも話せない秘密だ。

お勝は権太夫にうんと言ってもらいたい。そうすれば波乃とお島に話してから産婆に相談できる。波乃とお島なら秘密を守ってくれるから安心して話ができるのだが。

高齢で子を産むと恥かきっ子などというらしいのだ。いい年してお盛《さか》んだということなのだろう。

いいじゃないかお盛んでも、それだけ仲良しということではないか。

ただ、四十を過ぎて子が生まれるのは珍しいことではないが、お勝は娘の波乃が孫を産んでいるのが気にはなった。だが、懐妊してからそんなことを気にしても言いわけにもならない。

もう駄目だ。

それに権太夫が一世一代の巨船建造の最中というのが、どうも具合がよくないと思う。

「棟梁《とうりよう》は大きな船に興奮してお勝さんを手籠《てご》めにしたのか？」などと、おもしろおかしく船大工たちの噂《うわさ》話にされる。

「大筒をどっちにぶっ放しているんだか？」

などと下品な話にされかねない。

「いいじゃねえか、これで棟梁も鬼じゃねえ、人だっていうことだ」

「馬鹿野郎、棟梁には波乃が産んだ孫がいるんだぞ。棟梁の養子ということらしいがどうするんだおめえ、万一、男が生まれたら……」

「そうか、逆さまか？」

「波乃に権太郎を返すのか？」

「それじゃ波乃が怒るんじゃないか、親子でも……」

「お勝さんも迂闊《うかつ》だったんじゃねえのか、できちゃうなんて？」

「仕方ねえだろ、棟梁に押さえ込まれたら逃げられめえ、お勝さんも嫌いじゃないだろうから……」

「こういうことがあるんだな。養子をもらうと……」

口の悪い連中のいい話の種にされる。権太夫はそういうのが大嫌いなのだ。変な噂話が耳に入ると我慢がならねえということになるだろう。

それでもお勝は一方では自分の子どもが欲しいし、うまいことできたものだと思う。

困った困ったと権太夫とお勝は少々おかしな夫婦である。

お勝の本心は滅茶苦茶《めちゃくちゃ》うれしいのだが、なんだか恥ずかしいのが先に来てしまったのがいけなかった。権太夫の乱暴が激しかったのも良くない。

その張本人の権太夫はこのところたまらなくお勝が可愛《かわい》かった。

夫婦にはたまたまそういう時があるようで危ない。権太夫もお勝に子ができてうれしいのだが、時が少々問題なのだ。権太郎を無理矢理に波乃から取り上げたようになっている。それに船のこともある。うれしいがニヤニヤもできず炉端で仏頂面《ぶっちょうづら》になるしかない。

鬼の権太夫も良く見るとなかなかいい男なのだが、こんな時にやっちまったかと少々つらいのだ。

二人は当然、こうなることを考えないわけではなかった。お勝を可愛いと思った時、警戒心が頭をよぎったのだがもうどうにもならなかった。

これは実にめでたいことだと権太夫は思うしかない。

事実、これは和具家に久々に訪れためでたいことなのだ。それは間違いないことだが、権太郎と波乃の顔が浮かぶと何んだか気が重い。

お勝の話を聞いた途端、波乃が怒って権太郎を連れて行ってしまいそうだと思う。

そういうことをやりかねない娘だと思うのだ。ところがである。

どうにもこうにもその波乃がこの時、二人目を懐妊していたから話がこんがらかることになった。

子を産むとすぐ懐妊するというが本当だった。

不幸も重なることがあるが、めでたいことだって折り重なってくる。

権太郎を父親の権太夫に取られた波乃は、佐右衛門の見廻りの前や後に次の子が欲しくて頑張った。実家の跡取りにすると生まれたばかりの息子を、取り上げられたのだから頑張るしかない。それは若い夫婦には極めて当然のことである。

問題なのはお勝を孕ませた権太夫の方なのだ。

こうなってみると権太夫は少々我慢が足りない。いや、そうではなくこれは伊勢の大神さまが、権太夫とお勝の仲良しに大奮発したのだと解すべきである。

それにしても母と娘が揃《そろ》って懐妊では何んだかんだいっても、益々《ますます》権太夫の気分が複雑になるのは見えていた。

ここは知らぬが仏が一番いい。そんなことになったとは誰もわかっていないし、生まれるのは嘉隆の戦いが終わってからのようだ。腹が出てきたら少し太ったようだとお勝がしらっぱぐれればいい。

悪戯《いたずら》好きの伊勢の大神さまがニッと微笑《ほほえ》んでいるのだろう。

そんな正月早々、蛙鬼《あき》が小平太の長屋に現れた。久兵衛が懸念していたことが起きたのである。

八橋城から例の木鼠六之助と別所雅楽允《べっしょうたのじょう》が派遣されてきた。

それで蛙鬼は六之助を恐れ、あわてて小平太の長屋に来た。悶着《もんちゃく》になりそうだと直感して逃げてきたともいえる。

あっちもこっちも間の悪いことばかりだ。

その蛙鬼が小平太の長屋に二日三日泊まって二見村に帰ろうとしなくなった。

あろうことかたちまち情が移って、蛙鬼は本気で小平太を好きになってしまう。もともと小平太は蛙鬼を妻にするつもりでいるのだから、そんな二人は見る間に本気になってしまった。

「あき！」

「小平太……」

　こうなるといきなり話がおかしくなる。

　だが、忍びとはいうが蛙鬼はその仮面を取れば、素直で純粋過ぎるほどのやさしい女だった。自分が本当に好きなのは誰なのかと気づいてしまった。こういうことは状況からして危険きわまりないのだ。

　そんなことがわかれば蛙鬼と小平太は六之助に殺される。

　蛙鬼は真実に気づいて一瞬で最悪の状況に追い込まれてしまった。それがどんなに危険なことかわかっている。忍びが敵に本気で気を入れてもどうなるものでもない。不幸を招くだけではないかと思う。だが、好きなものは好きというしかない。人が人を好きになるのは理屈抜きなのだ。

「あき、家に帰らなくていいのか？」

「うん、帰ってほしいの？」

「そうじゃない」

「じゃいいのね。ここにいても？」

「うん……」

「お嫁さんにしてくれるんでしょ？」

「うん、そう決めている」

「うれしい……」

などととんでもない話をする。

大好きな蛙鬼といつも一緒なら小平太に文句はないし蛙鬼も同じだ。

その小平太にはこの頃、昼と夜に交互にくる見張りの仕事があった。船屋の化けものは徐々にでき上がってきていた。

小平太が見張りに出るとそんな夜は蛙鬼が長屋に一人になる。

たまらなく不安で寂しい夜になった。二人は夫婦約束をして深く愛し合っているが実現する可能性はほぼない。蛙鬼は心の底から愛しているのは、小平太で六之助ではないと気づいてしまった。

そんな小平太には蛙鬼の素性に、一抹《いちまつ》の不安がないわけではなかった。

考えたくないが小平太の心の奥底に、べたっと貼りついた愛する蛙鬼への疑惑だ。それは輿玉神社で蛙鬼を見た時、一瞬ひらめいた忍びではないかという疑いである。だが、今さらそんなことを蒸し返せる仲でもない。二人は相思相愛だと小平太は思い込んで、その疑惑を否定し押し殺してきた。だからこそ蛙鬼を激しく愛せたといえる。それが本物になってきたのである。

そんな愛にこたえて蛙鬼も小平太を本気で愛し始めていた。

蛙鬼はそんな愛が危険だともちろんわかっているし、本当に小平太の妻になれるとも思っていない。だが、小平太を好きなのだ。忍びが敵の男を愛したらどうなるかぐらいは知っている。

そういう悲しい話を聞いたこともあった。

愛はけなげにも越えられない壁を必死で越えようとするものなのだ。小平太と蛙鬼の二人の愛にはそんな激しさがあった。だが、何んとか越えられる壁とまるで越えられない壁とがある。越えられない壁などないという人もいるがそういうものでもなさそうだ。

小平太は村上水軍との戦いが終わったら蛙鬼を妻にすると考えている。

佐右衛門にはそうはっきり言ったし、門番などは端《はな》っからそのつもりで、何もいわずに陣屋に通してきた。その門番の口から、「あの娘さんは愛洲さまの奥さまになる人です」と広がったようなものだ。

小平太は自分の妻は蛙鬼しかいないと決めたのに、そんな蛙鬼を疑う自分の頭の方がおかしいのだと思う。やさしく美しい蛙鬼を自分には過ぎたる人だと思ってきた。蛙鬼と一緒になって暮らして行きたい。蛙鬼も同じだった。

この時、二人の愛は死に物狂いで、何んとか生きられる道を探していた。

だが、そんな道が見つかるほど世の中は甘くはない。蛙鬼は自分の素性を考えれば無理だとわかる。重い秘密を生涯において隠したままということはできないだろう。どんなに愛していてもそれは小平太に対する裏切りではないか。いつかは世鬼の忍びだと告白しなければならない。蛙鬼と小平太の愛は危険な道に踏み込んでいた。

その頃、二見村の百姓家は蛙鬼がいなくなって重苦しい雰囲気になっている。

六之助はおもしろくない。自分が来てすぐ蛙鬼が家を出て帰らなくなった。その上、蛙鬼の行き場所を久兵衛も角都もいわないのは気に入らない。

どんなところでどんな仕事についているかぐらいは聞きたいものだ。

だが、忍びはそんなことを詮索《せんさく》しない。すべては小頭の久兵衛が仕切っていることだ。それに従うだけが忍びの掟《おきて》である。誰がどこでどんな仕事をしているかは、たとえ蛙鬼のことでも六之助には関係がない。

「こうなると弥太郎はやはり探索に行って死んだということだな」

雅楽允が誰にともなくいう。

「間違いなく船屋を見に行ったんだ。止めたんだが……」

「そんなに大きな船屋か？」

「ああ、関船なら三、四隻は入る」

「ほう、それは大安宅だな。二千石船か？」

六之助が口を挟んだ。

「その船屋を見に行って見張りに捕らえられたか、斬られたか……」

「うむ、捕らえられるようなら、弥太郎は間違いなく自害する。それぐらいの覚悟はいつだってしているよ。短刀がないから……」

角都が弥太郎を庇《かば》うように言った。弥太郎の気持ちをよくわかっている。

二人は愛し合ってきたのだから当然である。その弥太郎の死を確かめたいが角都は我慢しているのだ。囲炉裏《いろり》の火がチロチロと赤く燃えて、久兵衛はそれをにらんで口を開かなかった。

確かに弥太郎はやられたと思う。

角都がいうように見つかって自害したのだろう。

九鬼の大きな船屋の警戒が、あまりに厳重で手も足も出ず、久兵衛と角都は追い詰められていた。杉原播磨守はそれを見抜いている。

はるか遠くから大きな船屋を見るしかない。遠くからではその大きさはわからない。

結界のようなものが張られていて、船屋の一、二町（約一〇九～二一八メートル）ほど近くまで行くと、どこからか人が出てきて昼でも夜でも必ず誰何《すいか》された。怪しいと思われたらその場で容赦《ようしゃ》なく斬られる。

日に日にその警戒が厳重になった。

この膠着《こうちゃく》状態を打開する方策が久兵衛には見つからない。

城下など志摩の人たちはみな顔見知りのようなものだから、よそ者が変装して近寄れるような状況にもないのだ。すでに座頭の親子で見破られ、弥太郎が焦って船屋の中を見ようと突撃して殺されたのだろう。

もう弥太郎以外の犠牲は出せない。久兵衛はそう考えている。

そんなところに六之助と雅楽允が、援軍に来てもどうなるものでもない。久兵衛が援軍を要請したわけではなかった。

三人になってしまったが何んとかしたいと思っている。

そんな行き詰まりの打開策を考えている最中に、頭の杉原播磨守が心配して勝手に六之助と雅楽允を送り込んできた。

有り難いような有り難くないような微妙なところだ。

久兵衛も樋の山の下で誰何され、伊勢神宮の使いで来たと言って、辛《かろ》うじて逃れたことがあった。あの船屋の正体は何なのか、ただ大きいだけの安宅船とは思えない。どう考えてもたった七隻で八百隻を相手に戦えるはずがない。どこかに大船団がいるような気がしてならないが、それもあの船屋の中を見ればわかるのだろう。

ところが警戒の状況は厳しさを増すばかりなのだ。

そんな中で蛙鬼が樋の山にいる。愛洲小平太という近習《きんじゅ》の女になっていることを久兵衛だけは詳しく知っていた。

角都も蛙鬼の正確な状況は知らない。

ただその蛙鬼も敵中にいて厳しい状況だろうとは思う。

小平太と蛙鬼の間に六之助が入れば、三人の間が厄介なことになり、悶着《もんちゃく》が起きれば忍びの発覚にもなりかねない。百姓家が蛙鬼の家だと小平太は知っている。

久兵衛はそんな悶着を恐れて蛙鬼の樋の山入りを許したのだ。

六之助のいる間はしばらく帰るなということだ。忍びである前に久兵衛は蛙鬼の父親である。樋の山陣屋に入れるのは蛙鬼だけで危険は承知の上だった。そのうち六之助と雅楽允は引き上げるだろう。ここにいつまでいても役には立たない。ウロウロしていればかえって危険である、それより蛙鬼の方が小平太に、本気で惚れるかもしれない危険を父親として感じていた。

それでもこの厳しい探索は蛙鬼にかけるしかなくなっている。忍びの小頭としては当然だが父親としてはつらい。

この厳重すぎる警戒は、あの船屋に何かあることを語っている。それを何んとかしたい。

忍びとは難儀な仕事で私情は許されないが、忍びも人の子であり、本気で人を愛する気持ちは持っていた。父親として蛙鬼は素直な子だと思っている。

久兵衛は娘が哀れだと思う。敵に正体がわかれば闇から闇に葬《ほうむ》られる運命なのだ。

だが、忍びの子は忍びになるしかない。

樋の山の長屋にきてから蛙鬼は一段と美しくなった。男も女も蛙鬼とすれ違ってから振り向いたりする。

「ずいぶんきれいな人だけど、誰なのかしら？」

「あの方は、近習の愛洲小平太さまと結婚なさる人、知らないの？」

「知らなかった。お武家ではないね？」

「二見村の娘ですって……」

「百姓なの？」

「そうみたい。あの美人だからね……」

「愛洲さまが？」

「ええ、二人のことはもうお香の方さまもご存じでしたよ」

「まあ、そうなの……」

人の口に戸は立てられない。ことにいい女の噂は伝播《でんぱ》が速い。

「愛洲さまは幸せね？」

「もちろんよ。とても好き合っているんですって……」

「羨《うらや》ましいわ」

「恨めしいんじゃないの？」

「そうね……」

女二人が道端に立ち止まってクックックッと手で口を押さえて笑う。

お香の方の侍女たちはみな独り者で、佐右衛門や小平太に眼をつけていたが、二人とも城外の女に取られてしまったということだ。

「みな、もう少し積極的でないと……」

侍女たちはそういわれてお香の方に叱《しか》られたことがある。

船屋の船造りもいよいよその巨大な船の姿が見えてきた。

船底《せんだい》から立ち上がった船壁は首が痛くなるほど見上げなければならない。これまで見たことのない大きな船だ。

船首は波に乗り上げる戸立《とだて》になっていた。

船型は美しい伊勢船だが総矢倉が乗っていて、巨大な化けものの軍船だ。その船が鎧《よろい》を着るというのだから海に浮かんだらまるで怪物に違いない。浮かぶ前にガブッと大波に煽《あお》られてひっくり返るかもしれない。

鉄の板が大量に運ばれて徐々に張られている。

中でも一番船屋の鉄甲巨船と七番船屋の鉄を張らない大安宅の仕上がりが早い。

「こりゃ化けものだぜ……」

「総鉄張りって本当なのか？」

「うむ、間違いねえ、何百枚と鉄の板が運ばれてきている」

「こんなに大きくっちゃひっくり返らないか？」

「馬鹿野郎、おれさまがひっくり返らないように造ったんだ。てめえ、ふざけたことというんじゃねえぞ、縁起でもねえ！」

「兄い、すまねえ、兄いの造った船だからな……」

船大工たちもこんな化けものが動くのかと思う。みな初めてのことだから半信半疑でもある。兎《と》に角《かく》、化けものというに相応《ふさわ》しいほど大きく異様な船だ。

二月も終わり近くになって蛙鬼は自分の体の変調に気づいた。子ができたと思った。

そう思った瞬間、蛙鬼は口を押さえて青ざめた。

そうならないよう手当てをしてきたのだが、小平太と蛙鬼は相性が良過ぎたのかもしれない。若い二人が毎晩愛し合えば、蛙鬼が気をつけても当然そういうことは起きる。権太夫とお勝でさえとんでもない大事故を起こしたのだから、小平太と蛙鬼なら手を握っただけでもそうなる可能性が高い。

手が触れることすら危険なのだ。その危うさを蛙鬼はわかっていた。

二人は顔を見るとニッと微笑んで抱き合ってしまう。若いのだからこればかりはどうしようもない。

蛙鬼は勘違いかもしれないと体の変調を隠した。

いざとなれば忍びは子を流す方法を知っている。だが、そんなことはしたくないと女心は思うのだ。

不安な日々が急に蛙鬼を襲ってきた。

どんなに願っても、蛙鬼が小平太と幸せになる道はないかもしれない。それを忍びの蛙鬼はそう遠くない日に受け入れなければならないだろう。ちょっと冷静に考えればわかることだが、何んとかしたいと蛙鬼はもがき現実に必死で抗《あらが》った。小平太と二人で幸せになりたい。

悲しい愛ほど美しく可憐《かれん》に見える。

不思議なことだが人は叶《かな》わないと思うと、どうしてか思いっきりのめり込んだりするものらしい。だからこそ愛は恐ろしいが美しいとも麗《うるわ》しいともいえるのだろう。

それは人にしかない悲しい性《さが》だろうか。

そんな危険からはさっさと逃げればいいがそうしないのが人なのだ。

蛙鬼も苦しみながらその愛から逃げようとしない。そんな愛とは実に不可思議なものというしかない。

「勘違いだから……」

蛙鬼は懐妊を否定し小平太に悟られまいとした。

それは涙ぐましい蛙鬼の努力だが忍びとしての迷いでもあった。蛙鬼は小平太を愛すれば愛するほど追い詰められる。だが、遠くにかすかだが幸せの灯りが見えていると思う。

一方で蛙鬼は九鬼嘉隆の暗殺をどうするかを考えている。

蛙鬼のやさしい心は小平太への愛と、忍びの掟によってズタズタに引き裂かれようとしていた。悩乱しそうなほど追い詰められ苦しんでいる。蛙鬼の前に立ち塞がった壁はあまりにも高く頑丈にできていた。

小平太と愛し合っていると蛙鬼はすべてを忘れてしまう。

だが、もうがんじがらめの切ない状況に落ちていた。蛙鬼は知らず知らずのうちに地獄の淵《ふち》を覗いていたのかもしれない。

現実は現実で決して夢でも幻でもなかった。

若い蛙鬼にはとても背負いきれないかもしれない。

蛙鬼が小平太を愛することは塗炭《とたん》の苦しみを背負うことでもあった。追い詰められた。小平太への愛が膨らめば膨らむほど苦しくなる。

日に日に蛙鬼の胸は張り裂けそうになって、何をどうしていいのかわからなくなった。

愛は激しければ激しいほど、幸せと絶望と苦しみが折り重なってくる。新たな命が宿ったであろう腹を押さえて愛《いと》おしく思う。

「どうしよう……」

この新しい命は幸せになれるのだろうか。一人で蛙鬼はじっと考える。もう一人ではないのだ。この子と小平太と一緒に幸せになりたい。そう願うことは罪なのだろうかと。

「どうしたいの、いい子だから教えて……」

気が狂いそうになる。

だが、じっと蛙鬼はその苦しみに耐えた。

良い解決の道が見つからないのだから耐えるしかない。

そのうち、蛙鬼はこのところ九鬼嘉隆が船屋の見廻りの後、愛妾お香の方のところへ毎日のように来ることを知った。

「小平太……」

「あき！」とばかりは言っていられない。だが、小平太の顔を見ると飛びついてしまう。

絶望的であればあるほど愛は激しく燃える。

蛙鬼は苦しみのどん底に転げ落ちていながら、泥にまみれることなく清浄《せいじょう》に輝き続けている。それは蛙鬼の心の中に真実の愛があるからだ。その愛は大きく育っている。

だが、小平太は相変わらず船屋のことは何も喋《しゃべ》らない。あの大きな船屋の中にどんな船が隠されているのか、蛙鬼にはいまだにわからないのだ。

それを思うと何をしているのだと蛙鬼は悩乱してしまう。

忍びなど志摩の海に捨ててしまいたい。そうできれば小平太と生まれてくる子と幸せになれると思う。だが、そんなことはできないことだとわかっている。

忍びには悲しい現実があるばかりだ。

蛙鬼はその現実を何んとかしようともがいている。

小平太が見張りに出て一人になると、蛙鬼の頭の中はこんがらかって破裂しそうになった。

「どうすればいいの……」

大好きな小平太、もしかしてお腹《なか》の子、父の久兵衛、急に現れた六之助、船屋の正体、そして九鬼嘉隆暗殺、考えれば考えるほど行き詰まりしか見えない。

「何ができるというの……」

八方塞《はっぽうふさ》がりでどうにもこうにも打開策などない。

何も考えずこの長屋で小平太と、いつまでも暮らせたらどんなに幸せだろうか。子どもをいっぱい作って、その子どもたちと朝から日暮れまで志摩の海で遊ぶのだ。すると小平太が迎えに来てくれる。

そんなことを想像すると蛙鬼は気が狂いそうになってしまう。

もし本当に子ができたのなら誰も知らないところに一人で逃げたい。

そこで子どもと二人だけで生きられないだろうかなどとも考える。だが、忍びにはそんなことは許されない。

探し出されて子と一緒に六之助に殺される。

決して忍びの手から逃げ切れるものではない。なかには逃げた忍びの男女がいないこともなかった。だが、そういう忍びは間違いなく探し出されて殺されたという。蛙鬼はそれでも生きられるわずかな可能性を探そうと考える。

蛙鬼はぼうっと海を見ていることが多くなった。恋しい小平太が帰ってくるのだけを待っている。長屋から出て陣屋の中を気ままに歩くこともない。もう二見村の家に帰ろうとも思わなかった。許婚《いいなずけ》の六之助の顔を見るのも嫌だと思う。

「小平太……」

蛙鬼は女忍びとして生きるにはあまりに若すぎたのかもしれない。

だが、忍びにはそういう若い女でなければできない仕事も多いのである。

その頃、権太夫の家では権太郎の世話で、お勝と波乃がてんてこ舞いの大忙しだった。権太郎は棟梁の権太夫に似たようで思いっきり元気がいい。泣き声も四、五軒先まで聞こえそうな大声だ。その声まで権太夫に似ているように思う。

「太郎の爺さまだから似ても仕方ないか……」

などとお勝もうれしそうな顔だが、そのお勝の懐妊はもう疑う余地もなかった。

寂しいのかお勝が波乃を城へ帰したがらない。それをいいことに波乃は実家へ行きっぱなしになる。すると佐右衛門も夜の見張りが終わると、船屋に近い権太夫の家に行って寝てしまう。

それがわかって家老の相差《おうさつ》内膳正に叱られた。

そういう勝手は許されないのである。家臣の出処進退が乱れては困るということだ。権太夫も呼ばれて公私混同はいかんと叱られた。だが、和具家ではのっぴきならない事態が進行している。

「お前たちは山へ帰れ……」

内膳正に叱られたことは権太夫には好都合である。

お勝が可愛いくて仕方ない権太夫は佐右衛門と波乃が邪魔なのだ。

それでも近所からもらい乳ができる時はいいが、それができないと波乃が権太郎の傍《そば》で寝てしまう。そういう夜は権太夫とお勝は静かなものだ。

そんなお勝は権太郎があまり波乃になつくのが嫌なのだ。本当の母子だから仕方ないようなものだが、お勝は権太郎に乳を吸わせてから自分の子だと思っている。

その上、腹には権太夫の子ができているからお勝もかなりややっこしい。何んだか乳が張ってきたように錯覚することさえあった。おかしなものでお勝は忘れていた母性が権太郎のお陰で完全に目を覚ましてしまった。

権太夫に腕を引っ張られると、うなずいたりしてお勝は益々妖しいことになる。

そんな権太夫も結構おかしな親父《おやじ》なのだった。もういい加減よせばいいのにそうはいかない、夫婦というものは至極《しごく》複雑怪奇なのだ。「早く城に帰れ……」などと可哀そうに波乃が邪魔にされる。

だからだろうか親子は一世、夫婦は二世、主従は三世などという。

親子は現世《げんせ》限りだが夫婦は来世《らいせ》も夫婦らしい。もう結構だなどと罰当たりなことをいう夫婦もいるようだが。仏さまのいうことに逆らってはいけない。来世も仲良くしなければならない。親子はそこそこ縁が薄いのだから早く手放した方がよいようだ。

そう考えると波乃は実にうまくいった方だろう。

今は二人目の子どものことで頭も体もいっぱいになっている。

その頃、安土の信長は築城だけでなく、松永久秀が片付いたと思ったら今度は、播磨の三木城《みきじよう》で別所長治《べつしよながはる》が謀反《むほん》を起こし、その手当で猛烈に忙しかった。播磨の別所家と丹波八上城《やかみじよう》の波多《はた》野《の》家はつながっていた。波多野秀治《ひではる》の娘が別所長治の正室になっている。この前年に波多野秀治は信長に反旗を翻し明智光秀が対処していた。その明智軍が攻撃に失敗してまだ決着がついていない。

三木城の別所長治の謀反にはそんな裏があった。

乱世は泰平の世を欲しながらも、ギシギシと軋《きし》みながら過酷な刻《とき》を刻《きざ》んでいる。

それは応仁以来百年の混乱が終焉《しゆうえん》する最後の痛みだったのかもしれない。信長はそれを薙《な》ぎ払おうと必死なのだが、なかなかはかどらなくなった。

別所長治の三木城を秀吉が包囲する。

こんなことが次々と続くようでは天下布武も道遠しのようだ。

ところが三月に入ってほどなくだった。

越後の春日山城が崩壊しそうになる衝撃が走った。

三月十五日に関東へ出陣予定だった上杉謙信が、九日の早朝、春日山城の厠《かわや》で倒れたのである。北天を支え続け毘沙門天の化身と信じる男が、突然、崩れるように倒れ意識不明になった。

さすがの軍神も力尽きたのだ。

このことは秘密にされたが謙信は意識を回復せず眠り続ける。

あまりにも突然のことだった。

謙信は妻帯していなかったため実子がなく、何人かの養子はいたがまだ後継者は決まっていない。謙信は眠り続けるだけで看病するにも手の施《ほどこ》しようがなかった。

乱世の優将上杉謙信は五日間も昏々《こんこん》と眠り続け、ついに十三日の昼過ぎになって息を引き取った。享年《きょうねん》四十九だった。

義に生きたともいわれる御大将である。

武田信玄と信濃、上野《こうずけ》の覇権をめぐって戦い、川中島《かわなかじま》では信玄に傷を負わせるまでに追い詰めた。その信玄も鬼籍《きせき》に入りもういない。好敵手を失って謙信は寂しかったのかもしれない。おそらく好きな酒もすすんだことだろう。

春日山城から北国の夜の海を見ながら琵琶《びわ》を弾き独酌《どくしゃく》、「祇園精舎《ぎおんしょうじゃ》の鐘の声、諸行無常《しょぎょうむじょう》の響きあり、沙羅双樹《さらそうじゅ》の花の色、盛者必衰《じょうしゃひっすい》の 理《ことわり》 をあらわす、おごれる人も久しからず、ただ春の夜の夢のごとし……」と詠《うた》いながら盃を傾けていた。そんな謙信が乱世の終焉を見ることなく旅立って行った。源氏物語を愛したともいう。ただ肴《さかな》は味噌《みそ》と梅干という悪い酒だったという。

関東の覇権をめぐって関東管領《かんれい》として、小田原《おだわら》の北条氏康《うじやす》とは数え切れないほどの戦いをしてきたが、一度も負けたことがないともいわれた。

勇将の下に弱卒無し。

越後の強兵たちを率いて三国峠《みくにとうげ》、碓氷《うすい》峠を超えて上野や武蔵《むさし》、常陸《ひたち》や下総《しもうさ》にまで戦いを広げた。これを鳴くべ鳴かずの峠越えという。馬上にありながらも盃を手放さなかったという大豪傑《だいごうけつ》でもある。酔うほどに詠うほどに法体装束《ほったいしょうぞく》の白頭巾の謙信は強かった。毘《び》の旗を立て向かうところ敵なしである。

峠を越えるたびに越後兵も強くなった。

碓氷峠は方言の境で上野では鳴くべといい、信濃では鳴かずということから、碓氷峠を鳴くべ鳴かずの峠という。

その峠を謙信は兵と共に何度越えたことか。

その謙信は若くして僧籍《そうせき》に入り、臨済宗《りんざいしゅう》の宗心《そうしん》という法名を持っている。

謙信は何人かの姫を愛したが実らず、その愛と悲しみを酒に溶かして呑《の》んだのであろう。

自らを毘沙門天の化身と信じ戦いに明け暮れた。

愛に敗れ高野山に逃げようとさえした。ゆえに妻帯はしていない。

夜空の月や星を愛し、遥かな海の美しさを愛した北天の軍神は、自慢の越後の大軍を率いて上洛《じょうらく》することなく死んだ。まさに祇園精舎の鐘の声、諸行無常の響きありというべきであろうか。

その謙信の死を安土城で信長は放ってある間者から聞いた。

あまりにも突然の死であり、上杉家は信玄のように隠すこともできなかった。死に臨んでの遺言すらなかった。青天《せいてん》の霹靂《へきれき》とはこういうことをいうのであろう。

「何ッ、謙信が死んだというのかッ！」

信長は朝餉《あさげ》の椀《わん》を落としそうになった。

最も気にしていたのが上杉謙信の動きで、越後の大軍が南下してくるのではないかと恐れていた。野戦で謙信と戦って勝つ自信はまったくない。その謙信が死んだという。信じられないという顔で小姓の乱丸をにらんだ。

「使いはッ！」

「七里殿《しちりどの》が広間に控えておりまする！」

「よしッ！」

信長が朝餉の椀と箸を放り投げて仮御殿の広間に走った。

「七里ッ、大儀ッ！」

「ははッ！」

信長が主座に座ると間者の七里が顔を上げた。

「謙信が死んだというのは間違いないことかッ？」

「はい、越後に入っておりまする間者が、甲斐におりまする頭に伝えてまいりましたもので、間違いはございません」

「死んだのはいつだ！」

「今月十三日にございます。春日山城を謙信の養子、景勝《かげかつ》と景虎《かげとら》が先に占領すべく押し寄せて、大混乱になったよしにございます」

「よし、相分かった。誰が相続するか決まっていないのだな？」

「御意《ぎょい》、相続争いは謙信の姉の子の景勝と、北条からの人質で養子になおった氏政の弟の景虎の二人と思われます。他の養子たちに動きは見られないとのことにございます」

「景勝と景虎だな。よし越後から目を離すなと甚八《じんぱち》に伝えろ！」

「畏《かしこ》まってございます」

「乱、七里に軍資金を背負わせてやれ！」

信長は自分の目となり手足となって、働いている間者たちや頭の甚八をことのほか大切にしている。あちこちの探索をするため二百人近い乱波《らっぱ》、透波《すっぱ》を信長は使っている。

その知らせを受けて謙信の死は信長にも衝撃だった。

信長の最強の敵と考えられた甲斐の武田信玄と、越後の上杉謙信が信長と戦うことなく相次《あいつ》いで亡くなった。

こういう天祐が信長には何度かあった。

最初はわずか二千足らずの兵で、今川義元を田楽狭間《でんがくはざま》で討ち取った時である。突然の雷鳴の轟《とどろ》く中を突撃し勝利した信長は熱田神宮の神々の配剤を感じた。稲葉山城《いなばやまじょう》こと岐阜城《ぎふじょう》をさほどの戦いもせず、易々と手に入れた時も同じように不思議に思った。

武田信玄が三河の野田城《のだじょう》を落としてから、なぜか長篠城に引いたと聞いた時も、引くはずのない信玄が引いた驚きと同時に、信長ははっきりと天祐を感じている。

おそらく信玄と謙信のいずれかと、信長が戦っていれば負けたかもしれない。いや、野戦であれば間違いなく負けていただろう。信長は決して戦いが上手な大将ではなかった。

それにしても人の命とは何んと儚《はかな》いものかと思う。

信長は若い頃、「死のうは一定《いちじょう》しのび草には何をしよぞ一定かたりをこすよの」と詠ったものだ。人は生まれてきた以上、必ず死ぬのだから生きた証を残そうというほどの意味である。それは幸若舞《こうわかまい》の敦盛《あつもり》、「人間五十年、下天の内をくらぶれば、夢幻《ゆめまぼろし》の如《ごと》くなり。一度生を享《う》け、滅せぬもののあるべきか」と同じ信長の死生観《しせいかん》である。

謙信が好きで琵琶を弾きながら詠った「祇園精舎の鐘の声……」や、「ゆく川の流れは絶えずして、しかも、もとの水にあらず。よどみに浮かぶうたかたは、かつ消えかつ結びて、久しくとどまりたるためしなし……」と紡《つむ》いだ鴨長明《かものちょうめい》の死生観とも同じだ。

遂《つい》に軍神上杉謙信が逝《い》った。

信玄と謙信の死を天祐神助《てんゆうしんじょ》といわずして何を天祐というか。

信長はこの強敵と戦わずして勝ったようなものである。目指す天下布武の近いことを感じた。

だが、よどみに浮かぶうたかたは、かつ消えかつ結ぶのである。信長はそれを知っていた。死のうは一定であると。

最早、信長の敵と思える強い武将はいなくなった。

石山本願寺の顕如は、毛利、村上水軍を一緒に蹴散らし、兵糧を断てば一年も持ちこたえられないだろう。その支度《したく》を伊勢志摩において滝川一益と九鬼嘉隆が着々と進めている。毛利輝元の祖父の元就が手にした領国は大きいが、輝元自身が優将だとはどこからも聞いていない。

むしろ、毛利一族では輝元の叔父小早川隆景が優将との評判が高い。

すでに相模の北条氏政も出羽の伊達輝宗《だててるむね》も信長に誼《よしみ》を通じてきている。甲斐の武田勝頼は長篠の設楽が原で、完膚《かんぷ》なきまでに叩《たた》き潰した。易々と再起はできないだろう。信長は天下の趨勢《すうせい》が見えてきたように思う。勝頼は信玄が残した遺領さえ守り切るのが難しいはずである。

謙信の後継者は誰なのかまだわからない。

上杉景勝は謙信の姉の子、上杉景虎は北条氏康の七男で二人とも養子だ。もう二人の戦いは始まっている頃だと思う。どっちが勝っても上杉家の力は謙信の力の半分にも及ばなくなるだろう。大名家に内紛が起これば必ずそのようになる。どっちが後継者か簡単には決まらないかもしれない。越後は混迷するはずだ。大将が後継を決めずに急死すると、必ずといっていいほど相続争いになる。その結果、戦いになることが多い。

後継を決めていてもそうなりかねないのが乱世だった。

乱丸に金百枚と銀十貫目を背負わされ、間者の七里が怪しい足取りで安土城を出た。

金百枚はほぼ千両だ。それに銀十貫目は相当に重い。有り難いが盗賊に狙われると重くて逃げきれない。

そんなことを七里は考える。織田家の間者一の速足だ。

腰兵糧と水さえあれば、半刻（約一時間）で七里を走るということから、渾名《あだな》を七里という。

昼夜を分かたず走り続けるが、金百枚と銀十貫目を背負ってはそうもいかない。

七里は安土から岐阜に走り、東美濃《ひがしみの》の岩村城《いわむらじょう》下に走り、下諏訪《しもすわ》まで北上して甲斐府中《ふちゅう》に南下する。

背中の荷が重い上、盗賊に襲われそうで高遠《たかとお》から杖突峠《つえつきとうげ》の近道は避けたい。

いつもは静かな夜に風の如く走る七里だが、街道を行くのは昼だけにして夜は動かないことにした。風のように走るには銀十貫目は少々重すぎた。

信長は謙信が死んで、天下布武への大きな障害が消えたのを感じている。同時に、天下布武は間違いなく実現するという確信が生まれた。唯一、状況がわからないのは九州の名門島津家だ。

だが、九州には信長が庇護《ひご》しているキリシタンが多い。

宣教師のルイス・フロイスやグネッキ・オルガンチノを通じて、薩摩の情勢を知ることはできる。信長とフロイスの付き合いは長い。義昭と上洛した時以来といってもいい。最初の出会いは義昭の住まいである二条《にじょう》御所を建てている時だった。

フロイスたちイエズス会のキリシタンは京から九州にかけてが多かった。

その九州には大村純忠《おおむらすみただ》や大友宗麟《おおともそうりん》や有馬晴信《ありまはるのぶ》のような、キリシタン大名が多いとわかっている。そういうキリシタン大名に問題はないが、薩摩の島津はキリシタン大名ではない。野心をむき出しにして九州の南から北へ攻めのぼろうとしている。

信長はその九州まで攻めて行って乱世を終わらせようと考えていた。

四国、西国、九州と平定すれば戦いは終わるが、四国には長宗我部《ちょうそかべ》、西国には毛利、九州には島津がいる。いずれも厄介な大名たちで大きな力を持っていた。だが、上杉謙信が死んで天下布武の目途が立ったと判断。すると信長は四月九日にあっさり右大臣と右大将を辞任する。

何んの未練もなく官位官職をポイと捨てた。

武力の信奉者は信玄と謙信が死んだのだから、もう官位という鎧などいらないとばかりに脱ぎ捨てたようなものだ。そうとしか思えない信長の振る舞いである。謙信が亡くなって一ケ月も経《た》っていないのである。

露骨《ろこつ》といえば信長の振る舞いはあまりに露骨すぎる。

朝廷の力を借り官位官職に頼らなければならないような強敵は、もうどこにもいないということであろう。こうなれば信長に官位官職などまったく無用ということだ。

この頃、信長は征夷大将軍と正親町《おおぎまち》天皇の譲位を望んだが、今一つ信長を信頼できない天皇は両方を受け入れなかった。

天皇は本当に勤皇なのかと信長を信じきれないでいる。

この正親町天皇と信長の関係が微妙だった。天皇は勤皇でない者を決して傍にはおかない。

信長に征夷大将軍の宣下がないのは、義昭を殺さずに京から追放した信長の失敗で天皇のせいではないのだ。

もちろん、信長はわかっていて朝廷へ強引に将軍になりたいと奏請《そうせい》している。

京の所司代村井長門守貞勝は信長の意向を受けて朝廷対策に当たっていたが、老獪《ろうかい》な正親町天皇はその信長の考えをなかなか聞き入れようとはしない。

それは皇嗣《こうし》の誠仁《さねひと》親王が即位しても、信長に利用されるのが見えているからである。

そこには将軍宣下問題と天皇の譲位問題がからみ、正親町天皇と信長の虚々実々《きょきょじつじつ》の微妙な駆け引きがあった。

天皇は祖父帝が皇位継承はしたが、二十一年もの長い間即位できなかったこと、父帝が十年間即位できなかったこと、自分も毛利元就の献金があるまで、三年間即位できなかったことを忘れていない。皇位を継承しても高御座《たかみくら》に立って、即位を宣言できない天皇を半天皇と人々はいう。

こういうことは責任ある足利《あしかが》将軍家が天皇家を、ないがしろにしたから起きた異常事態である。天皇家が困らないようにするのは将軍家の責任なのだ。

朝廷は油断するといつも権力者にひどい目にあわされる。

だが、どんな極貧にも耐える力を天皇家と朝廷は持っていた。遠い昔のことだが、藤原道長《ふじわらのみちなが》に散々痛めつけられても天皇家と朝廷は耐えに耐えた。どんな時でもその命脈を繋《つな》いできたのである。

その上この頃、朝廷がいくら望んでも天皇領の回復に信長は渋かった。

武家が奪った天皇領を信長といえども、簡単に取り返すことはできなかった。天皇家の困窮の原因はそこにある。わずかでもいいから奪われた天皇領を返してもらいたい。

だが、領地というものは力のある者が、力のない者から奪うのが古今東西、いつの世も同じ理屈で動いている。領地争いこそがほとんどすべての戦いの原因であった。

ある時は武力で有無をいわさず侵略、またある時は銭を叩きつけて強引に奪うことを繰り返してきた。

今は武力を持った者が正義である。

武力で弱きものを屈服させてすべてを奪うことができた。それを鎌倉以来の武家社会という。

それまでの貴族社会は承久の乱と、南北朝の争いの中で完全に破壊されたといえる。

信長のような武家たちが拠《よ》って立つのは、鎌倉の頼朝の時に領地は武家のものとしたことだ。

そのやり方は武力を背景に容赦ない強奪である。

鎌倉殿と呼ばれた頼朝は義経追討の名目で、全国の荘園などに守護や地頭を置いて、朝廷や公家《くげ》や寺社などからその荘園を奪い取った。その守護や地頭が成長して領地を治める大名になった。

その奪い取った領地こそ武家という大名の命である。

従って血を流して奪った土地は、たとえ一寸たりとも返す気などない。むしろ隙《すき》あらば近隣の領地を切り取り奪い取ろうとしていた。

それは領地の大きさによって武家の実力が決まったからでもある。

一万石につき二百五十人から六百人ほどを兵として動員できる。戦いに明け暮れる武家は誰でも武力の信奉者なのだ。動員兵の数は戦いの勝敗を決める。

その土地をたとえ天皇家に返還するといえども、武家から取り上げることは信長でも至難なことだ。

武家社会の存立の根幹にかかわることになる。

天皇家や朝廷が領地を持って力を持つことは武家にとって好ましくなかった。

鎌倉幕府が新田《にった》や足利に倒され混乱した時、後醍醐天皇が力を持って建武《けんむ》の中興《ちゅうこう》という天皇親政が行われたことがある。

後醍醐天皇は強烈な個性を持っておられ、天皇が政治を行う親政という野心を持った。

その天皇が全国の土地を一旦すべて武家から取り上げて、勅命《ちょくめい》によってその土地を支配しようとした。その天皇親政に武家は従って天皇に領地を返還する形を取った。

ところがこの政策がうまくいかずに大混乱になってしまう。

全国の土地は膨大である。そんなものを勅命で動かそうなどと無理な話だった。

はるか昔の荘園支配のようにはいかない。武家社会を壊して貴族社会に戻そうというような話で収拾がつかなくなった。

そんな大騒動の中に台頭してきたのが足利尊氏《たかうじ》だった。

この混乱は重大で天皇家が南北朝に分裂するという、本朝始まって以来のとんでもない事態に陥ったのである。

その根本には天皇親政を支える土地支配の問題があった。

このように過激に土地の支配方法を変更しようとするとこういうことになる。土地というのは天皇といえども思うようには動かせないものだった。後醍醐天皇の建武の中興はそのような苦い経験を残して失敗した。

大名たちはわずか数代前に起きたその大事件を忘れていない。

領地というものは武家にとって命と同等の重さだと知っている。それゆえに命をかけて戦い領地を奪い取る。

その経験を信長も朝廷も知っていた。

天皇家が二分するような混乱は二度とあってはならない。

そんな経験を積んだからこそ信長に締め付けられても皇統《こうとう》は揺るがないし、どんな困窮にも耐えて天皇家は強かったといえる。正親町天皇は信長との対峙《たいじ》は自分の使命と考えておられたようだ。そんな天皇の思いの裏には、このような悲惨な南北朝問題があった。天下の痛恨事である。

この南北朝問題はいつまでも長く尾を引いて信長にも影響を及ぼしていた。

実は、信長には織田信弌《のぶかず》という信長の姉の鞍姫《くらひめ》が産んだ甥《おい》がいる。その父親は大橋重長《おおはししげなが》という信長の理解者だった。その大橋家には秘密があった。織田一門の武将として信長は信弌を傍においていたが、この信弌が南朝の血を引いているといわれていたのである。その真偽は定かではないがその信弌こそが、いざという時の信長の切り札だったのかもしれない。信長が何を考えていたかなどは誰にもわからない。

応仁の大乱以来、天皇家は譲位をしていないから、譲位は正親町天皇の希望でもあった。

天皇家の皇位継承にはこの譲位という考え方がある。

伊勢神宮が二十年ごとに遷宮《せんぐう》して新しく生まれ変わり力が満ちるように、天皇も若々しくありたいという願いからであろう。天皇が年寄りだと国も年寄りで良くないことが起こると考えられていたようだ。従って三、四歳の天皇の即位はあったが、四十、五十になってから天皇に即位することはほとんどなかった。

天皇が崩御《ほうぎょ》されてから皇位継承するのを諒闇践祚《りょうあんせんそ》という。

まことに暗いという意味で天皇家や朝廷はこの諒闇践祚を好まない。

暗く悲しいことや穢《けが》れを、天皇家は忌《い》み嫌《きら》うのである。従ってできれば譲位による皇位継承の受禅践祚《じゅぜんせんそ》の方を、天皇家や朝廷は伝統的に好んだ。だが応仁の乱以来それを実現していなかった。

受禅とは天子が位を譲るという意味で、支配者がその権力を譲る禅譲《ぜんじょう》などと同じようなことである。ただ天皇には権力はないから権威ということになろう。

それゆえに正親町天皇は譲位による皇位継承を望まれた。

だが、信長は危険ではないかと天皇は思い始めている。よって譲位は急がなかった。

信長が右大臣の職を投げ出したことは、朝廷にとって衝撃だがそれに耐える力は持っていた。もちろん必然的に朝廷から離れる信長を警戒することになる。病でもない限り官位官職をポイと捨てる人などほとんどいないからだ。

どんなことがあっても、信長の言いなりにはならないという天皇の矜持《きょうじ》がある。

「長門、朝廷の動きはどうだ？」

長門とは京の所司代村井長門守貞勝のことである。信長は右大臣を辞任したことで朝廷がどう動くか所司代を通して見ていた。上杉謙信が亡くなり信長に安堵《あんど》の気持ちがないといえば嘘《うそ》になるが、思うようにならない朝廷には少々いらだってもいる。

「恐れながら、征夷大将軍は備後の鞆の浦に足利義昭がいる以上、難しいということにて征狄《せいてき》大将軍ならばと……」

所司代の村井貞勝が恐る恐るそう言上《ごんじょう》した。本当はこんなことを信長の耳に入れたくないが、朝廷からの話だからいくら所司代でも握りつぶすことはできない。

「征狄だと！」

怒った信長の顔が渾名のように見るみる赤鬼に変わった。

赤鬼が青鬼に変わると危険だ。怒りの信長が何を言い出すかわからない。

朝廷はそこまで自分をないがしろにするのかと信長は激怒する。

確かに朝廷は信長に天下静謐《せいひつ》の大権を授けながら、征狄大将軍でどうかというのはあまりにも無礼千万な話である。ここは当然、征夷大将軍を宣下してしかるべきなのだ。

信長は征狄大将軍とは加賀にいる勝家ではないか。征西大将軍は播磨にいる秀吉ではないかと思った。ふざけるなという怒りである。

鬼になった信長が何をするか村井貞勝にもわからなかった。だが、今度は信長が少し我慢する時だ。正親町天皇がじっと我慢しておられるのだから。

「長門、公家どもは生かさず殺さず、締め上げろ！」

「上さま、公家の一部には征夷大将軍は、東海を攻め下る大将に与えられるもので、甲斐は東海に入るという者がおりまする……」

「それは武田を滅ぼせということか？」

「御意、そのようでございます」

「ふん、こざかしいことを！」

条件を付けられたようで信長は不愉快である。

この頃、朝廷は東海に含まれる甲斐の武田を制圧できない信長に、征夷大将軍の資格はまだないという考えを持っていた。だが、それは怖い信長を将軍にしたくないための言いわけに過ぎない。

朝廷の公家どもはこういう言いわけが実に上手である。

こういう悪知恵ともいえないことを考えて生きているのが公家だった。言いわけが通用しないと「本朝にそのような前例はございません」という。

そういう公家たちは家の仕事として、神代《かみよ》の昔からの出来事をみな知っている。

実際は一度天皇が宣下した足利義昭の征夷大将軍を、朝敵になったわけでもない義昭から取り上げる考えはないからなのだ。

義昭は信長によって京から追い出されたが、朝廷に対しては何も悪いことをしていない。

天皇は無謬《むびゅう》であり間違いは犯さないというのが原則だ。つまり一度宣下したものを取り消さないということである。この朝廷の分厚い防禦壁《ぼうぎょへき》に信長は何度も撥《は》ね返されてきた。それは信長ばかりではなく時の権力者も味わったことだ。

三代将軍足利義満《よしみつ》などはその壁に体当たり、皇位簒奪《さんだつ》ではないかと疑われて砕け散り命を奪われた。暗殺したのは世阿弥《ぜあみ》ではないかといわれている。

神代から千五百年の間に鉄壁の防禦壁ができたともいえるだろう。

その上、信長のように強力な野望と強大な兵力を持った男より、義昭のように朝敵になる心配のない男の方が安心、無能な男が征夷大将軍でいてくれた方が、朝廷には都合がよいこともあるのだ。

信長に征夷大将軍を与えない朝廷の言い分は、足利義昭が辞任しないからと、信長はまだ甲斐を討伐していないからというこの二点である。

信長という天下人を前にして、子《こ》ども騙《だま》しの言いわけのようだが朝廷は大真面目なのだ。

その信長の実力は最早、どこからどう見ても正真正銘《しょうしんしょうめい》の天下人である。だが、ここが信長に壟断《ろうだん》されないための朝廷の粘りどころでもあった。肝心な時に踏ん張らないと時の権力者に朝廷など吹き飛ばされる。それは鎌倉の承久の乱で経験している。正親町天皇はそれを知っているから信長との関係が微妙なのだ。

右大臣を放り投げた信長につかず離れずというところか。

その信長が注視している上杉謙信の死後の越後では混乱が続いた。

この混乱は御館《おたて》の乱《らん》という戦いだがそれを制したのは、いち早く春日山城の本丸と金蔵を押さえた上杉景勝である。謙信は日々の戦いに明け暮れながらも、黄金二万七千枚を遺産金として金蔵に入れていた。信長の七万枚や秀吉の七十万枚と比べるとかなり少ないが、越後は四十万石に足りない石高《こくだか》で、越中を入れても八十万石にはならなかった。

能登や加賀の一部を入れれば百万石ほどにはなった。

ちなみに武田信玄が上洛戦を戦うのに集めた黄金が、二万枚だったというから二万七千枚はなかなかの黄金ではある。だが、決して多い遺産金とはいえない。おそらく謙信は米や塩なども売って蓄財したのかもしれない。

この頃は佐渡《さど》の金山《きんざん》はまだ発見されていなかった。

佐渡に金山が見つかるのは謙信の死後である。この頃は佐渡の鶴子銀山《つるしぎんざん》が天文十一年（一五四二）から採掘していた。だが、この銀山が鶴子千軒と呼ばれて繁栄するのは、謙信の死後十七年頃の文禄四年（一五九五）頃からである。

従って謙信が大量の銀を手にしたことはなかった。

上杉景勝は東上野を武田勝頼に割譲《かつじょう》し黄金をも差し出して、勝頼の異母妹菊姫《きくひめ》を正室に迎えることで武田家と和睦した。

そんな上杉と武田の動きは全て信長に伝えられた。

第十一章　ひなと小平太《こへいた》

愛洲小平太の子を蛙鬼《あき》が身籠《みご》もったことがほぼ確定した。

もう夜もうつらうつらと眠れないことが多くなり、蛙鬼は体の変調に徐々に追い詰められる。

流す気にはなれなかった。日に日に子は育ってきて、こればかりは蛙鬼でもどうにもならない。

二人が愛し合ってできた子だから、始末しようという気にはなれなかった。むしろ蛙鬼は産んで育てられないだろうかと思う。愛《いと》おしく思えば思うほど日が経《た》ちその子は育ってくる。

そんな時、九鬼嘉隆がほぼ毎日のように樋の山の城に泊まった。

いつものことだが、お香の方は侍女たちをすべて下がらせて、嘉隆と二人だけで酒の相手をする。

仲は良かったがまだ二人の間に子はない。

だが、橘家から来た嘉隆の正室は孫次郎《まごじろう》など何人かの子を産んでいた。その子たちは田城城にいて樋の山に近づくことはない。正室が足を運んできたこともなかった。この樋の山の城はお香の城といってもいい。そんなお香は嘉隆に愛されている。

海賊の大将だが嘉隆はあまり酒を飲まなかった。

それは若い頃からで酒をうまいと思ったことはない。だが、海賊の宴があれば大将は飲まなければならない。そんな時はほどほどにして引き上げてしまう。

それに船を使う者たちは正月には必ず船祝いをする。

船霊《ふなだま》さまに酒を飲ませて豊漁と船の安全を祈る神事があった。乗り始めなどともいうが船を出して湊《みなと》でも沖でもいいが、船を左回りに三回廻《まわ》したりする。

地方によってその祝い方は違うようだ。

船乗りには船霊さまとの付き合いが最も大切で、板子一枚下は地獄の海賊どもはその船霊さまを恐れる。神事の後は祝いの宴会になり酔い潰れるほど酒を飲む。

どんな荒くれでも自分の命を託すのが船霊さまなのだ。

船おろしという新しい船の進水の時にも同じような神事を行う。なぜ、海の上で三回廻るのかは不明だ。好きなだけ廻っていいようなものだが三回と決まっている。回り過ぎると船霊さまが眼を回すのかもしれない。

新しい船の船おろしの時には、女人禁制にもかかわらず、特別に船乗りの女房や娘を乗船させて、船から海に突き落とすなどという荒っぽい風習もある。そうすると船霊さまや海の神さまがよろこぶのだという。

船べりから海に突き落とされる女は大いに災難だ。

船霊さまに船乗りの一番大切なものを捧《ささ》げるという意味でもあるのだろう。生贄《いけにえ》にされた女房や娘は大騒ぎだ。大概の浜の女たちは泳ぎが上手だから、海に放り投げられても溺《おぼ》れるようなことはない。亭主の首にしがみついて二人一緒に転落することもある。そんな大騒ぎを浜の人々は好きだ。

その日、九鬼嘉隆は少しの酒を飲んで奥の寝所に引っ込んだ。

後を追ってお香が白い寝衣で嘉隆の寝所に上がってくると、いつもはすぐ寝てしまう嘉隆が眼を開いて天井をにらんでいる。

「殿、どうかなさいましたか、船が間もなく出来上がるとお聞きしましたが？」

「うむ、あとひと月半ほどはかかりそうだ」

「お疲れで……」

「いや、そうでもない。疲れているのは棟梁《とうりょう》の権太夫だろう」

「船大工の？」

「うむ、娘の子を跡取りにすると決めて取り上げた。ところが途端に古女房に子ができたのよ……」

「まあ、何んということでしょう。めでたいやら大変やら……」

「その上にだな。その娘にもまたもや子ができたのだ。生熊佐右衛門の妻の波乃にだ……」

「まあ、母親と娘さんが一緒に懐妊を、それでどうなるのでございますか？」

「どうにもならんな。あの鬼瓦の棟梁が目を白黒させるだけだろう。自分で仕出かしたことだから……」

「まあ、そんなことを、殿までうれしそうに……」

「うれしいというよりおもしろいと思わないか。孫の養子があまり泣くので古女房の乳を吸わせたそうなのだ。すると古女房の方にも子ができたという話だ」

「まあ、棟梁が手を握ってしまったのでしょう……」

「そうらしい。その権太夫が仕事に張り切り出して、船大工たちが恐れているのだ」

「鬼の棟梁の照れ隠しでしょうか？」

「そんなところだろうな」

嘉隆がおもしろそうにお香に語って聞かせた。

それはお香に早く子を産んでほしいという気持ちでもある。もうお香との間にも子ができてもいい頃だと思う。嘉隆はお香を可愛《かわい》いと思っている。

「そなたの手を握ってみるか？」

「殿……」

お香は急に胸がいっぱいになって嘉隆に覆《おお》いかぶさって行った。

嘉隆の息子の孫次郎は六歳になる。この子は後に鳥羽城主になって九鬼長門守守隆《もりたか》という。

お香は嘉隆の気持ちがわかっていて積極的になった。

「殿……」

「お香、わかっているな？」

「はい……」

などとこの二人も忙しいことだ。

「よし……」

嘉隆はお香を裸にすると自分も丸裸になって覆いかぶさって行く。

このお香と嘉隆も実に仲が良かった。あまり仲が良過ぎると子が遠慮して生まれないともいう。ところがその夜、二人が寝についてほどなくだった。

人の気配にお香が眼を覚まし、嘉隆の袖を引いたがもう熟睡《じゅくすい》して起きない。

お香は冷静に嘉隆の脇差に手を伸ばして握った。部屋の灯りは灯心が燃え尽きそうで細く薄暗かった。

明らかに室内に人がいる気配だ。

お香は息を止めた。なかなかいい度胸で無闇に騒いだりしない。すると人の気配も消えた。

だが、部屋から出て行った様子がなかった。まだ中にいる。殿の命を狙って忍び込んだのだ。

お香は相討ちでもいいから曲者《くせもの》を倒そうと思う。

静かで気配は明らかに盗賊ではない。

嘉隆を狙う暗殺者だとお香はそう感じた。その瞬間、黒い影がぬっと天井に伸びた。

咄嗟《とっさ》に脇差を抜くと、お香は嘉隆の体に伸《の》し掛かるようにして庇《かば》い、脇差の切っ先を黒い影の胸に思いっきり突き刺した。

影は「ウッ！」と小さくうめいて後ろにひっくり返る。

「どうしたッ！」

驚いた嘉隆が飛び起きる。

「殿ッ、曲者ッ！」

「なにッ！」

嘉隆の手が刀に伸びてつかむと起き上がった。胸を刺された曲者が引き戸を開けると、這《は》って転がりながら廊下《ろうか》に逃げる。その廊下に部屋の灯りがこぼれた。黒装束《くろしょうぞく》の曲者がよろよろと逃げる。

その後をお香が素早く追った。脇差には深く刺さった手ごたえがあった。

嘉隆も寝衣のまま太刀を握って部屋から飛び出す。

「お香、大丈夫か？」

「はい！」

曲者は雨戸《あまど》を蹴破ると庭に飛び降りて転がった。

それにお香が追い付いて脇差を構え曲者と対峙《たいじ》する。

「曲者ッ！」

短刀しか持たない曲者がお香に襲い掛かった。

すると星明かりの下で黒装束の曲者をお香は右肩から袈裟《けさ》に斬り下げた。

そこへ嘉隆が近づいてくる。すると曲者は逃げられないことを悟って、短刀を胸に突き刺して庭にうずくまった。

「お香、見事な袈裟斬りだ！」

「殿……」

「曲者は自害したようだな？」

「はい……」

嘉隆が警戒しながら曲者に近づくと刀のこじりで突いた。

曲者がコロンと庭の砂利《じやり》に転がる。まだ生きていた。その体があまりに小さい。

「誰だ。そなた男ではないな？」

顔を半分、覆面で隠しているが小柄でとても男とは思えなかった。

そこへ騒ぎに気づいて起きてきた女たちが手燭《てしよく》を持って集まった。その一つをお香が受け取って曲者の顔を照らす。

嘉隆が曲者の短刀を近くに投げ捨てその覆面を取った。

その顔はまだ二十歳前と思える女だった。一瞬、嘉隆はまだ子どもではないかと思った。

「そなたは誰だ？」

「お、お許しを、お許しを……」

もう息も絶え絶えで血だらけの曲者の眼から涙が溢《あふ》れ、必死で謝罪する。

「そなたの名は？」

「あき……」

そう名乗り「お許しを……」と二度三度とつぶやいてこと切れた。

「こ、この人は、長屋の……」

お香の灯りが蛙鬼の顔を照らしている。まだ若く美しい顔だった。

「そなた、知っているのか？」

「はい……」

「誰だ？」

「それは、あのう……」

お香の方が言い渋った。二度ばかりお香は蛙鬼の顔を見たことがある。小姓の愛洲小平太の妻になる人だと侍女から聞いていた。

すると侍女の一人が「奥方さま、この人は……」と言って口をつぐんだ。

「誰なのだ。知っている者は答えろ！」

いつも冷静な嘉隆が侍女たちをにらんで叱《しか》る。

「殿、この人は愛洲さまの妻になると言われていた人にございます……」

お香が小平太の名を口に出した。こうなっては知っていることを話すしかない。

「小平太の妻だと？」

「はい……」

嘉隆が曲者の幼い顔を見た。にわかには信じがたい。

何んともいえない美しい死に顔だった。嘉隆は曲者が何度も「お許しを……」と願った言葉の意味を考えた。

自分を許してほしいのではなく、小平太を許してほしいと言ったのだと思い当たった。

ということはこのあきと名乗った曲者の正体を、小平太は知らなかったということではないのか、するとこの女は小平太を利用した忍びということになる。一瞬ですべてを理解した嘉隆はどうするべきか考えた。

不埒《ふらち》にも命を取りに来た曲者だ。許しがたいが小平太のことがある。

「この娘を部屋にあげてやれ……」

そうつぶやくと嘉隆は侍女に、家老の和具大学と小平太、それにいつも小平太と一緒にいるはずの楽島源四郎を呼んでくるよう命じた。

「殿……」

「お香、小平太のことか？」

「はい……」

お香は嘉隆が愛洲小平太を処分してしまうのではと思う。

「小平太の妻とは信じられないが……」

「このようなことをするとは、どのような事情でございましょうか？」

「おそらく、この娘は毛利の忍びであろう。わしの命を狙うため、小平太が利用されたということだろう」

「ええ、そう思います。次の戦いのために……」

「うむ、間違いなかろう。そなたに礼をいわねばならぬか？」

「はい……」

うなずいてお香がニッと微笑んだ。

嘉隆の腕をつかんだがあまりの出来事に少し震えている。

実際に嘉隆の命を救ったのはお香で大手柄である。不覚にも嘉隆はお香を可愛がって寝てしまっていた。お香が気づかなければ危ないところだった。

「殿、わらわへの礼を小平太殿の助命に代えていただけませぬか？」

「ん、助命だと、なるほどそういうことか、わしは小平太に罪を問わぬつもりだぞ」

「殿さま……」

お香がまたニッと嬉《うれ》しそうに笑った。

その笑顔は心底から嘉隆が好きだと言っている。お香は曲者とはいえ斬ってしまったことを悔いていた。生かして捕まえられなかったかと思う。突き刺したのも袈裟に斬ったのも一瞬のことだった。だが、生きて捕らえられても、あきは小平太と会いたくないだろう。これでよかったのかもしれないと思うしかない。あきはお香に斬られたが、追い詰められて最後は自害したのだ。

戦いの最中に曲者の顔を確かめる余裕はなかった。

だが、何んとかあきの短刀を叩き落とせばよかったかと思う。それぐらいの技は使えるお香なのだが突然のことで少しあわてた。黒い影を見た瞬間、お香は嘉隆を助けたい一心だったのである。何も考えられなかった。

蛙鬼の遺骸《いがい》は戸板に乗せられ、部屋に上げられて小平太が来るのを待っている。その蛙鬼は腹の子が育つのを恐れたのだ。身重《みおも》になって動けなくなる前にと、悩み抜いた末に最悪の判断をしてしまった。

それは忍びとして九鬼嘉隆の命を取ることだった。その蛙鬼の苦しい心中を誰も知ることはできない。蛙鬼は一人で考え一人で決断した。どんなにもがいても幸せになれないと悟った時の蛙鬼の絶望を知る人はいない。

蛙鬼はすべての希望の道を閉ざされて、どう考えてもこの先に生きる道を見いだせなかった。忍びに戻るしかないと思った時、子と一緒に死ぬしかないと覚悟を決めた。

哀れにも蛙鬼の愛はあまりにも純粋で過酷、伊勢の大神さまにも見放された愛だったのである。あまりにも苦し過ぎた。

人の運命にはかくも無惨なことが起きるのだ。

悲しいかな蛙鬼は小平太を刺し殺して、親子三人で死のうかと何度も考えた。だが、愛する人を殺すことはできない。忍びとしては未熟といわれるだろうが、娘としては純真《じゅんしん》な心を失っていなかった。迷いに迷った挙句《あげく》の嘉隆暗殺の決行である。暗殺などというものはそう易々《やすやす》とできるものではない。ほんのわずかな破れからこのようなことになる。

蛙鬼は失敗して殺されることを覚悟していたのだ。

しばらくすると嘉隆に呼ばれ、船屋の見回りの三人が息を切らして駆けつけた。

樋の山の陣屋は深夜の大騒動だ。事件のあった部屋に飛び込んできた三人が嘉隆に平伏する。

「殿、曲者とか？」

「うむ、大学、その曲者の遺骸は隣の部屋だ」

顔を上げた小平太は嘉隆の顔を見て、自分がなぜ呼ばれたのか、急に不安になった。自分が呼ばれるような事件が起きたということだ。

「曲者は……」

「自害して死んだ。女であった」

「お、女？」

大学は怪訝《けげん》な顔だ。嘉隆はお香に斬られたとはいわず自害したという。

「殿……」

小平太が女と聞いて身を乗り出した。それに嘉隆が小さくうなずいた。

「何もいうな。そなたの妻だそうだな……」

その瞬間、小平太はすべてを悟った。

「殿、お許しを！」

小平太がサッと座を立つと庭に飛び降りた。

植木の藪《やぶ》の傍《そば》まで走って行くと脇差を抜いた。自害しようとする。一瞬早くその腕を追ってきた源四郎がつかんだ。

「小平太ッ！」

「手を離してくだされッ……」

「馬鹿者がッ！」

源四郎の拳が小平太の頬《ほお》に炸裂《さくれつ》、脇差をもぎ取られた小平太は植木の藪に倒れ込んだ。

「殿のお許しもなく腹を切る馬鹿がいるかッ！」

「源四郎さま……」

「女とはあきのことだろう？」

「はい……」

「そなたの妻ではないのか、あきなら顔を見てやれ、すべてはそれからだ。殿のお許しが出てから腹を切れ、いいな？」

源四郎が小平太の襟首《えりくび》をつかんで藪から引きずり出した。

曲者が蛙鬼であれば源四郎にも少しは責任がある。

あの時、忍びを追い詰めながら、二見村の興玉神社で見落としたことになるからだ。

「遺骸があきならば、二人であの百姓家に運んで行こう。いいな小平太？」

小平太はまだ蛙鬼の父親を見ていない。二度とも百姓家には蛙鬼以外誰もいなかった。おかしいと思ったが蛙鬼の言葉を信じた。油断だといわれれば確かにそうだがすでに蛙鬼を愛していた。だから信じたのである。

二人が座敷に戻るとすでに嘉隆とお香はそこにいなかった。侍女たちもいない。

和具大学がポツンと座っている。その大学は嘉隆から小平太を叱るなと命じられた。嘉隆は小平太が自分の命を狙うような男ではないとわかっている。お香から小平太の罪を問わぬよう願いが出た。曲者とはいえお香は蛙鬼を斬ってしまった。

「小平太、曲者はあきと名乗り、お許しをと何度も殿に願ったそうだ。お香の方さまが申されるにはそなたの妻だということだ。間違いないか確かめろ……」

大学はかなり怒っている。家臣の妻が殿の命を狙ったことになるからだ。

だが、大学は声を荒らげることはなかった。やさしいお香の方が小平太の助命を願ったと聞いたのだ。だが、小平太にも事件の責任はある。それなりの処分はいずれ必要だと思う。

三人は隣の部屋に入り黒装束の曲者を確認する。

「あき……」

「間違いないか？」

「はい、間違いございません。妻のあきにございます」

「大学さま、小平太はまだこのあきと祝言を挙げておりません。このような仕儀《しぎ》になりましたる段、それがしにも責任の一旦がございます。なにとぞ、小平太には寛大なるご処分を願いあげまする……」

源四郎が若い小平太を庇うようにいった。

あの探索の時、興玉神社で出会った可愛らしい娘がどうしてと思う。だが、黒装束の曲者はまぎれもなくあの時の蛙鬼だった。

「殿は、小平太には罪はなかろうと言っておられた。だが、このような不始末に眼はつぶれないぞ。その前に、殿は一味がいるはずだと仰せである」

「はい、二見村の百姓家へこの亡骸《なきがら》を二人で届けてまいります」

「この娘の家だな。斬り合いになるか？」

「はい、おそらくは……」

「よし、一騎と佐右衛門、それに兵たちもつれて行け、小平太、めそめそしている暇はないのだぞ。間もなく船が仕上がるだろう。戦いの時だ。敵を斬り捨てて来い！」

家老の大学が泣いている小平太を厳しく叱った。忍びたちを斬って来いという。

あの百姓家に何人いるのかわからないが、船で来て浜で斬られた紅の男も仲間だろうと思った。

「よし、支度をして出かけようか、小平太、いざという時に後れを取るなよ……」

「はい……」

嘉隆は大学に小平太の処分はしなくてもよいと命じている。

まだ若い小平太を処分するのにお香が強く反対だからだ。やさしいお香によって小平太の命は助かった。

嘉隆は海賊大名ながら堺の津田宗及《つだそうぎゅう》らとの交流があり、茶の湯にも造詣《ぞうけい》が深く幾度も茶会を開くなど数寄者《すきしゃ》でもあった。思慮深《しりょぶか》く信長のように短気ではない。そんな嘉隆だからお香に深く愛されているといえる。ここで小平太を処分してもどうにもならない。蛙鬼の正体を知らなかったのであろう。

九鬼嘉隆はことの理非をわきまえている三十七歳の冷静な海賊の大将だ。

楽島源四郎と小平太たちは蛙鬼の遺骸を荷車に載せ、兵たちがそれを引いて樋の山を下りると二見村に向かった。蛙鬼がこの道を上り下りして小平太の長屋に通ってきた。あの最初の日を思い出す。何んの屈託もない村娘が小平太に抱かれるために現れた。すべてはあの日から始まったと思う。

小平太は佐右衛門と一緒に、荷車の蛙鬼の遺骸の傍について歩いている。その白い手を握ってやりたいと思う。小平太は蛙鬼を深く愛していた。だが、こんな事件になってしまった。その悲しみに涙をこらえて耐えた。これから蛙鬼が父親といった人と小平太は会うことになる。

あの百姓家に一味がいれば戦いになるかもしれないのである。

源四郎たちはいつもの裁着袴《たつつけばかま》に大小の刀を腰に差していた。船屋の見張りをしていた小平太も同じ身なりだ。いつでも戦える恰好《かっこう》で船屋の警戒に当たってきた。

蛙鬼の百姓家にはそんなに大人数がいるとは思えない。

多くの見知らぬ人が出入りすれば隣近所に目立ち過ぎる。忍びたちはそういう目立つことを極端に嫌う。

ひっそりと暮らすのが常だ。

小平太は荷車の傍にいて時々筵《むしろ》をかけられた蛙鬼の遺骸を見た。

泣きそうになりながら、どうしてこんなことになったのかを考えた。あの時、輿玉神社で感じたあの勘が正しかったのだと思う。人は初見の勘が当たっていることが少なくない。それは人が決して強い動物ではないからだろう。第六感などというのがそれだ。

荷車がガラガラと百姓家の庭に入ると裸足《はだし》のまま角都が飛び出してきた。

「あの時の座頭。そなたがあきの父親か？」

源四郎が聞いた。角都が杖を握って無言のまま身構える。抜けば戦いになる。

「蛙鬼がどうした？」

「今朝早く亡くなった」

「なんだと？」

「ここに父親がいるというので亡骸を運んできた。あきは自害した」

「自害だと、弥太郎はどうした？」

「弥太郎、そうか、いつぞや船で浜にきた紅の男がその弥太郎だな。その男も浜で自害して死んだ」

「おのれッ！」

角都が怒りの顔になって杖から刀を抜いた。

「そうか、あの男もそなたらの一味であったか？」

「うるさいッ！」

角都がいきなり斬り込んできた。だが、間合いが遠かった。源四郎は二、三歩下がって鞘口《さやぐち》を切って咄嗟に刀を抜いた。そこに久兵衛が出てきた。

久兵衛は家の中から源四郎の声を聞いて戦う気はないと感じた。戦う気なら家に踏み込んでいるだろう。

「角都、刀を引け！」

「小頭ッ！」

「いいから引け！」

久兵衛は荷車の傍に行って筵を開き蛙鬼の遺骸を確認する。

「それがしがこの雛《ひな》の父親で、徳岡久兵衛《とくおかきゅうべえ》と申す。主家の名はご容赦を願いたい」

「九鬼左馬允が家臣楽島源四郎と申す」

「して娘が？」

「昨夜、わが主人の寝所に忍び込んだ賊を斬りましたところ女人にて、あきと名乗られたので、いつぞやこの家の庭にて見かけた娘と思い当たりましてござる」

「そうですか、自害とは……」

「逃げきれないと思ったのでしょう。わが殿の面前にて心の臓を突き自害してござる」

「わかりました……」

源四郎は誰が蛙鬼を斬ったか言わなかった。むしろ自害を強調した。

「この中に愛洲小平太殿はおられますか？」

小平太は久兵衛とは反対側の荷車の傍に佐右衛門と並んで立っていた。一歩前に出て小さく頭を下げた。

「それがしが愛洲にございます……」

「娘の雛が厄介をおかけした」

「ひな？」

「蛙鬼の本名でござる」

久兵衛は娘の死を聞いても冷静沈着である。

さすがに毛利元就を支えた世鬼の忍びと思わせる静かな佇《たたず》まいだった。狼狽《うろた》えて見苦しい振る舞いをしない。忍びといえども武士である。

「徳岡久兵衛殿、ここでと言われれば相手もいたすが、われらは九鬼海賊にござる。ことの白黒は海の上で決着したいがいかが？」

源四郎は久兵衛が毛利の間者だとわかっていてそう聞いた。海賊同士なら決着をつける戦いは海の上だろうという。そう遠くない時期に源四郎も久兵衛も、二度目の木津川沖の海戦があるはずだと思う。

「承知した」

久兵衛が了承して源四郎が刀を鞘に戻す。

「弥太郎殿というは賊ながら死に際をわきまえておられた。口に紅を差し死に顔は美しく決して見苦しい振る舞いはなかった。逃げられぬと悟り自害したゆえ、九鬼海賊の作法にて遠い海に流し申した。今頃は、故郷に帰っておられるだろう」

「かたじけない……」

「では、摂津の海で会おう！」

「承知！」

源四郎は柳生新陰流の剣士だ。戦いの作法は心得ている。

すべては海の上での戦いということになった。

相手が忍びであっても正々堂々とありたいと思う。主人の九鬼嘉隆もそういう人だと思うからだ。その気持ちは久兵衛にも通じた。

その様子を一騎と佐右衛門が見ている。

この時、百姓家の中で木鼠の六之助が刀の柄《つか》を握り、怒りの顔で外に飛び出そうというのを雅楽允が腕をつかんで押さえていた。怒りに任せて六之助が飛び出せば間違いなく戦いになる。それはまずいと雅楽允が必死で捕まえている。

「雅楽、離せ……」

「駄目だ。ここは我慢してくれ、頼む、六之助！」

「雛が……」

「もう死んだのだ。お前が出たら話が壊れる。頼む……」

「クソッ！」

雅楽允はここで戦えば四人とも殺されると判断した。

決着が海の上だというなら望むところ、焙烙玉《ほうろくだま》で海の藻屑《もくず》にしてやるまでだ。怒りに震えながら歯ぎしりして六之助は我慢する。二見村での戦いは回避された。久兵衛はそんな戦いを蛙鬼も弥太郎も望まないと思ったからである。

兵たちが蛙鬼の遺骸を百姓家に運び込んで、小平太は後ろ髪を引かれる思いで樋の山に戻ってきた。もう蛙鬼はいないのだと思うと樋の山に登る道が遠い。何が起きたのかあまりにも急で小平太は整理がついていない。あの元気だった蛙鬼が死んだなどと信じられないのだ。

だが、愛する蛙鬼の死はまぎれもない事実なのだ。蛙鬼のいない長屋は殺風景だ。

何をしても楽しかった蛙鬼との日々がまるで嘘《うそ》のようだった。二人が夢中になって命が溶け合い愛し合った。つい昨夜のことではないか。

あれは決して幻ではなかったはずだ。蛙鬼は抱くたびに美しくなっていった。

妻だと確信していた。最愛の妻だと信じて疑わなかった。

小平太は腑《ふ》抜《ぬ》けのように長屋の入り口に立っている。何がどうなってしまったのか受け入れがたい。こんなことがあっていいはずがないのだ。何かの間違いではないのか、あの蛙鬼が死ぬはずがない。

これは本当なのか、すべては夢ではないのか。

だが、あの黒装束は確かに蛙鬼だった。見間違いではない。すると殿を殺そうとした事件は現実に間違いないのだ。入口にいつまで立っていても、もう蛙鬼は小平太を迎えに出てこない。

「お帰りなさいッ！」

「あき……」

「小平太！」

あの笑顔をもう一度見たい。もう一度蛙鬼を抱きしめたい。

小平太の眼からとめどなく涙があふれる。愛していた。心から蛙鬼を愛していた。何んの疑いもなかった。

それがどうしてだ。

その薄暗い部屋の隅の小机に書状がのっている。

宛名は小平太、その裏の差し出しはひなと仮名《かな》であった。

開くとそれは美しいしなやかな女文字の遺書だった。そこには蛙鬼の聡明さが書き込まれている。

自らの運命に抗《あらが》えなかったこと、心ならずも小平太を騙《だま》してしまったこと、だが、心から愛していたこと、その愛に嘘偽りはないこと、そして、最後にはまだ見ぬ子とともに旅立つことを詫《わ》びていた。

その夜、愛洲小平太は腹を切った。ひなと同じ十七歳だった。

第十二章　鉄甲船が浮かぶ

七番船屋の滝川一益の大安宅船がまず完成した。

玉鋼《たまはがね》の鉄の板を張らないでいい分だけ早く仕上がった。他の船も一番船屋から完成しそうだった。船壁が立ち上がり巨大な伊勢船の上に箱形の総矢倉が載っている。七番船屋の大安宅船とは似《に》ても似つかぬ怪物軍船である。鋼鉄の鎧《よろい》を着始めていて異様な化けものというしかない。

見上げれば見上げるほど大きい。見るからに重そうなまるで小山のようだ。

「この船の船足は遅いぞ……」

船首の戸立を見ていた権太夫がつぶやいた。それは権太夫はじめ船大工たちが最も心配していたことである。戸立の伊勢船は波を切るのではなく、海の波に伸《の》し掛かって行くように進む船だ。それにこの怪物軍船は海に浮かんだ時に裂けないよう頑丈に造られた。少々重いのは仕方がない。

「ゆっくり進んでいいから、ちゃんと浮かぶんだぞ。傾くんじゃねえ、いいな……」

権太夫は船に語りかけながら仕上がり具合を見て回る。

兎《と》に角《かく》、船屋からはみ出しそうな大きさだった。その巨船は狭い船屋から早く出してくれと言っている。

「お前はもうしばらくしてからだ。まず七番の大安宅が先に海に出る……」

そう船に言いきかせると一番船屋を出て七番船屋に向かった。船大工たちは新造の船おろしのため支度に忙しい。滝川一益の大安宅船の仕上がりは上々だった。大砲が三門搭載されていてすぐにでも訓練を始められる。

その大安宅船はすぐ答志島の島影に隠されて、神島を廻る訓練航海がくり返されることになる。その神島は古くは歌島《かじま》とか亀島《かめじま》などと呼ばれた。島には八大龍王《りゅうおう》を祀《まつ》る八代《やつしろ》神社があり、神がいる島といわれてやがて神島と呼ばれた。潮騒《しおさい》の響く美しい島である。

志摩からほぼ三里半ほどあって船で回ってくると七、八里といわれている。

この後、鳥羽の城ではこの神島を流刑地《るけいち》として使ったため、江戸期には志摩《しま》八丈《はちじょう》などと呼ばれるようになる。

その神島を周回しながら航海の訓練が行われることになる。

大安宅船はさほど問題はないが怪物軍船を動かすのは容易ではないはずだ。なにしろこんな化けものを動かすのは初めてのことである。

その航海訓練の間に砲撃の訓練も行われる。

七百とも八百隻ともいう村上海賊の船を一隻でも多く沈めなければならない。

先に仕上がった滝川一益の大安宅船の船下ろしの日だった。

この船は鉄の鎧《よろい》を着ていない大安宅船で、一益が自分の軍船として造った常には見ない大きな安宅船だ。前日に船大工たちの手で船霊さまのご神体が納められ、新造の大安宅船は船霊さまによって覚醒《かくせい》している。

その船に乗って船主の一益が船霊さまにお神酒《みき》を供え餅《もち》なども用意される。呼ばれていた神主が祝詞《のりと》を上げてお祓《はら》いが済むといよいよ船おろしだ。船おろしの恒例で船から餅をまいたりするがそれはしない。

織田木瓜《おだもっこう》の旗が船尾に一本立っているだけだ。

漁船なら何本も大漁旗を立てて派手な船おろしになるが、軍船はそういうことをしないで船大工と一益と嘉隆と警備の兵だけが見ている。早朝の白くなった東の空に向かって大安宅船が漕《こ》ぎ出して行くのだ。

船を止めている楔《くさび》を権太夫が大きな木槌《きづち》で、左右から叩《たた》いて緩《ゆる》めると一気に叩き飛ばした。

大安宅船はゆっくり船台の傾斜を海に向かって滑り出した。

「おうッ、出て来たぞッ！」

「なんだこりゃ……」

あまりの大きさに兵たちが息を呑んで歓声も出ない。

船おろしの大安宅船はザーッと海に入ると、ゆっくりと前後左右に揺れながら威風堂々と志摩の海に浮かんだ。

「いい船だぜ……」

「ああ、船霊さまが守ってくださるだろうよ」

「うん、心配ねえ……」

棟梁《とうりょう》の権太夫が太鼓判《たいこばん》を押した。問題なのはこの大安宅船ではなく、まだ船屋の中にいる怪物軍船の方なのだ。なにしろ巨大なうえに鉄の鎧を着ている。船が裂けたり転覆したりしないか自分の目で確かめないうちは権太夫も安心できない。

大安宅船が左舷《さげん》と右舷にガブガブと波を食いながら答志島の裏に係留された。

数日後には神島への訓練航海が始まり、何はさておいても砲撃の訓練が最優先された。

小船が長い縄でぼろ船を引いて逃げ回る。それを大安宅船が追い回し三門の大砲でぼろ船を狙《ねら》うのだがこれが命中しない。

「放てッ！」

芝辻助延が叫ぶと大砲が火を噴いた。

ところが砲弾が狙っているぼろ船ではなく、それを引いている小船に向かって飛んで行った。小船に当たりそうになって乗っていた役人と船頭が海に飛び込んだ。

「馬鹿ッ。どこを狙ってんだッ！」

助延が船べりから小船を見ている。

「おーいッ、早く引き上げてやれッ、船頭が流されるぞ！」

「早くしろッ！」

笑いたくなる頓馬《とんま》な話だが、検分のために浮かんでいる船が大騒ぎになる。

「馬鹿野郎ッ、ちゃんとぼろ船を狙えッ！」

検分の和具大学が大安宅船の船べりにいる助延を怒鳴りつけた。砲弾が当たったら小船と船頭など吹き飛んでしまう。危なくて見ていられない。

そんな航海訓練が朝から夜まで、休み休み繰り返される。神島を廻《まわ》りながらの砲撃で、何んとかぼろ船に何発か当てて一、二隻を沈めれば上等である。その芝辻の大砲の威力は充分だった。

ただ一発も当たらない日があり助延がカンカンになって怒る。だが、怒られても砲手の腕が上がるわけではない。何よりも訓練の繰り返しが大切だ。

数日後には一番船屋の鉄の船が人に見られないよう夕暮れ時に進水した。誰にも正体を見られたくない船だ。

船おろしは朝に行われるが鉄甲船は薄暗くなってから密《ひそ》かに行われた。

大安宅船と同じように船霊さまが納められ、船尾に織田木瓜の旗が一本立っているだけだ。

「船霊さま、お守りください……」

そうつぶやくと楔をとんとんと左右から緩めて大木槌でひとおもいに叩き飛ばした。

船台の巨大な鉄の塊《かたまり》がゆっくりおとなしく滑り出す。

「よし、そのまま海まで行け……」

権太夫は波乃が初めて歩いた時のように心配する。

「ゆっくりだ。ゆっくりでいいから……」

巨大な船が船屋から姿を現すとさすがに大きく、総矢倉の鉄張りの怪物軍船に開いた口が塞《ふさ》がらない。兵たちが驚いてポカンと見上げている。

「よしッ、行けッ！」

嘉隆が拳《こぶし》を握り締めて怪物を見ている。

巨船が万一にも浮かばなかったりひっくり返ったら、嘉隆は腹を切って信長に詫《わ》びるしかない。船には船頭と舵《かじ》取りの梶子《かじこ》、水主《かこ》頭の親仁《おやじ》と数人の水主が乗り込んでいた。

怪物は水浴びでもするようにスーッと海に滑り込んで行った。

見事な船おろしでゆっくり動きながら自ら水平を取っている。

「よしッ、浮いたッ！」

嘉隆がニッと笑う。

小船に乗って用意していた水主たちが、一斉に何隻も鉄甲船に漕ぎ寄せて行った。船おろしで一瞬ひっくり返るかと思ったが、化けものはガブガブと波を噛《か》んでゆっくり自分の力で傾きを復元した。見ていた権太夫たち船大工は手を打って喜び、中には波太郎など大泣きしている船大工もいた。誰もが造りながらこんな化けものが、本当に浮かぶのかと心配でならなかったのだ。それが悠々と浮いたのだから飛び上がってよろこんだ。

一番うれしかったのはそれを見ている九鬼嘉隆であろう。

戦う目処《めど》が立った。何んといっても鎧を着た強大な船だ。船大工たちが化けものとか怪物と呼んでいるのを知っている。

「浮かんだぞッ！」

「おう、もう大丈夫だ。ひっくり返らねえ！」

「これこそ覇王の鉄の船だ！」

船は船おろしの時が一番危ない。

こういう巨船は海に入った途端が一番転覆しやすい。復元できずにブクブク水を食って沈んでしまうことさえある。だが、鉄甲船は海に滑り込むと沈むことも、転覆することもなく両舷にがぶがぶと巨大な力で海水を抱きかかえた。その力強さは無類だがやはり重い船だと思う。吃水《きっすい》が下がって前に進むのが難儀になりそうだ。

浮かんだ瞬間、化けものは前後左右にゆっくり巨体を揺らす。

この鉄の船は間違いなく重い。二人漕《こ》ぎの大艪《おおろ》を片側四十艪、左右八十艪を百六十人の水夫が漕いでも重いだろう。

そこに兵や荷を乗せたらなお重くなる。

巨大な総矢倉のお化け伊勢船は軋みながらゆっくり動いた。その巨船は二成《ふたなり》型ではなく伊勢型の戸立《とだて》になっている。船は似ているようではあるがそれぞれに個性がある。

この一番船は大将の船でいい面構えだと権太夫は思う。船によっては舳先《へさき》に竜頭《りようとう》を置いて、海の竜神さまが吠《ほ》えているように見せたりする。そもそも九鬼嘉隆は船が重くなることを想定して、波を切る二成型ではなく波に伸《の》し掛かって行く戸立の伊勢船にした。それは船乗りの勘だ。

巨大な軍船は海に浮かんでどっしりと、辺りを睥睨《へいげい》する貫禄《かんろく》というものが必要だ。

鉄の鎧を着て群がる敵船をにらみつけて沈める。確かに近くで見ると鉄の鎧を着た化けものだ。でき上がってみると嘉隆が船足の速さを求めず、軍船としての安定感と大砲や大筒の照準しやすい船を選択したことは正しかったといえる。

海の戦いを知っているこの嘉隆の考えは間違いではなかった。

大将の乗る一番船はまさに巨大な怪物軍船、海に浮かぶ化けものだった。当初から嘉隆は鉄の船の強靭《きようじん》さと船足の速さと、両方を求めるのは無理だと考えた。それなら敵の攻撃にさらされても壊れない、玉鋼の強靭さの方を取り船足を捨てると決断した。そこが嘉隆の非凡なところだ。

波と戦うのではなく波に乗る船にしようと思った。

船足が遅いとなると、どうしても船首の尖《とが》った船を造って、何んとか遅い船足を速くしようと考えるものだ。だが、嘉隆は巨大な船はどんなに考えても船足には限界がある。関船や小早にはかなわないだろう。それなら鉄の船らしく不沈《ふちん》の強靭な船にする。悠々と波に乗って行く戸立の伊勢船がよいと思ったのだ。

その日、大きな鉄甲船は答志島に隠され、翌朝には神島に向かう。

いよいよ戦う船の訓練が開始される。大砲の訓練を指揮する芝辻助延が、大安宅船から鉄の船に乗り移ってきた。

「大砲の支度を急げッ！」

どれだけぼろ船に命中させられるか助延の仕事が重大だ。大砲を撃っただけでは駄目である。いかに敵の船を多く沈めたかがこれからの商売につながる。

「火薬の取り扱いにはくれぐれも注意してもらいたい！」

鉄砲の取り扱いとはわけが違う。

翌朝、まだ薄暗いうちに鉄甲船はゆっくり神島に向かった。

海に浮かんだ化けものは嘉隆の狙い通り、どっしりとして安定感は抜群である。海風にも大波にも動じない堂々たる姿だ。ガブガブと両舷に波を抱えながらゆっくり前進する。嘉隆は船を見廻りこの鉄の船と大砲なら、村上海賊を全滅させられると確信した。信長が天下を取りに行く軍船に相応《ふさわ》しい。まさに覇王の船だ。

「放てッ！」

助延の号令で一発目が撃たれた。

海上に風きり音を残して砲弾が飛んで行きぼろ船に命中。

「当たったッ！」

無人のぼろ船の船べりが木《こ》っ端微塵《ぱみじん》に吹き飛んで浸水する。

「あの船を沈めろッ、二発目を放てッ！」

右舷の大砲が火を噴いた。沈みかけているぼろ船に砲弾が飛んで行った。二発目はわずかに的をはずした。

「砲撃を続けろッ！」

船が重い分どしっとして敵船を狙いやすい。大砲も撃ちやすいようだ。

そんな砲撃を船首から滝川一益と嘉隆が見ている。

「この分だと当たるな？」

「はい、まだ訓練が必要でしょうが、間違いなく小早にも当たります」

「うむ、威力も充分だ……」

「あのように船べりを破壊すれば浸水して船は動けなくなります」

「あとは焙烙玉《ほうろくだま》だ……」

二人は大いに満足な顔だ。この分なら一益は安土城の信長に報告しやすいと思う。

嘉隆と一益たちは連日、答志島と伊良湖岬《いらごさき》の間の神島を回航しながら訓練を続けた。砲弾の命中こそ巨船の命だ。当たりどころにもよるが、吃水の辺りに当たれば間違いなく一発でどんな船も航行不能になるだろう。

船が最も恐れるのは浸水である。船壁が破れて船内に水が入ると手の施しようがない。海に浮かぶ木屑《きくず》になってしまう。海上で動けなくなったらそれはもう船ではないということなのだ。

一益の大安宅船に海賊大将が指揮する一番船が加わり二隻で逃げるぼろ船を追う。

「逃がすなッ、追い駆けろ！」

「放てッ！」

「沈めてしまえッ！」

すぐ豊田五郎右衛門の二番船も加わり、標的のぼろ船も二隻三隻と増えて実戦さながらの戦闘である。逃げる方も忙しいが追い駆ける方も船足が遅いから苦しい。兎に角、砲弾を命中させることだ。当たりさえすれば船体を傷つけることができる。

独楽鼠《こまねずみ》のようにあっちの船からこっちの船へと助延が一番忙しい。

砲弾を無駄にすると助延は怒り心頭だ。

巨大な伊勢船の戸立が波を抱え込むように、ゆっくりと前進し大きく船首を回す姿はまるで海の怪物、船の化けものである。これまで誰も見たことのない鉄の鎧を着た総矢倉の戦うためだけの軍船だ。

戦う以外何んの役にも立たないだろうと船大工たちは思う。

こんな船を造ったのは初めてで、どんな戦いをするのだろうと首をひねる。それもわずか七隻で村上海賊七百隻と戦うという。そんなことはいくら何んでも無謀ではないかと権太夫は何度も思った。だが、その怪物船が志摩の海に浮かんでみると可能かもしれないと思う。

鋼鉄の鎧が怪物の鱗《うろこ》のようにキラキラと朝日を撥《は》ね返す。

そこへ三番船、四番船と完成して加わると、答志島の島影に静かに投錨《とうびょう》してなんとも不気味だ。まるで獲物を狙う海の怪物だった。こんなものが海の上を暴れ回ったら逃げるに逃げられなくなる。大砲の弾が唸《うな》りを上げて追ってくるのだから恐怖だ。

夜も赤々と船内の灯が点《とも》って翌日のための仕事が忙しい。

伊勢長島城から滝川一益の兵が続々と到着して巨船に乗り込んだ。いっそう激しい訓練が行われようとしている。この船を自在に操って村上海賊と戦う。二度の敗北は許されないと誰もがわかっていた。

そのためにこの海の化けものを造ったのだ。

村上海賊を壊滅させ、この怪物をもっと造って九州に向かう。

ついに五番船、六番船と完成して七隻が揃《そろ》うと実に壮観、大安宅船に率いられた鉄甲船の無敵船団だ。おそらくこの化けもの船団に襲い掛かって、勝てる海賊はこの国のどこにもいないだろう。

見れば見るほどどこを攻めていいかわからない鉄壁の軍船である。

鉄の鱗は焙烙玉も焙烙火矢も撥ね返すだろう。おそらくどんな攻撃を仕掛けられても沈められそうにない。ついに無敵の沈まない船が完成した。あとは敵船を粉々にする砲撃訓練こそ大切だ。

嘉隆の力が入る。これでもし負けるようなことがあったら腹を切るしかない。

乾坤一擲《けんこんいってき》、九鬼海賊の総力を挙げて村上海賊に再戦を挑む。場所は前回と同じ摂津の木津川河口沖である。

その頃、上杉謙信の死後の越後では大混乱が続いていた。

謙信は後継者を口にすることなく死んだ。あまりに突然だった。後継者争いを制したのは謙信の姉の息子の景勝である。

信長の第一軍団柴田勝家は四万の大軍を率いて、越前から越中への侵攻を虎視眈々《こしたんたん》と狙っている。領主になったばかりの景勝なら何んとかなると思う。

謙信に翻弄された手取川の敗北を取り返したい。

一敗地に塗《まみ》れたようで勝家は悔しくてならないのだ。だが、越後軍が強いことはわかっている。何んとか加賀、能登、越中辺りまでは攻め込んで行きたい。信長の敵である武田勝頼と同盟するなど景勝の振る舞いは言語道断である。

なめた真似《まね》をしやがると勝家が思っても不思議ではない。

それに勝家には西国に出陣した秀吉の活躍も耳に入っている。その秀吉は勝家の下にいたくないばかりに、手取川の軍議で喧嘩《けんか》を仕掛けると勝手に敵前逃亡をして苦々しい。だが、織田家の筆頭家老である勝家はそういうことを口には出さない男だ。

そんな情勢を冷静に見ている安土城の信長だ。

伊勢志摩から九鬼嘉隆の使いが来て、鉄甲船六隻と滝川一益の大安宅船が完成し、伊勢志摩沖で順調に初航海を済ませたと知らせてきた。

いよいよ六月二十六日に出航して木津川沖に向かうとのことである。

「どのような船に仕上がった？」

「はッ、大きな鉄の塊にて海に浮いているのが不思議にございます」

「それではどんな船か分からぬ！」

「はい、恐れながら、口で説明することは難しいのですが、全長二十間ほどの巨大で黒く不気味な船にて、総矢倉に総鉄張りにございます。船大工たちは怪物軍船とか、海に浮かぶ化けものなどと不埒《ふらち》なことを申しまする！」

「そうか。総矢倉に総鉄張りか、怪物軍船で海の化けものというのだな。わかった。堺へ見に行くと彦右衛門と嘉隆に伝えろ！」

「はッ！」

使いは信長の顔色を見て機嫌は悪くないと思う。

信長は総矢倉に総鉄張りの巨大で、黒く不気味な海に浮かぶ化けものと言ったのを気に入った。その船が完成した。どんな化けものか見てやろうと思う。

「海賊船か……」

信長がニッと笑った。秘《ひそ》かに造った化けものである。大いに結構だ。

その船で毛利水軍と村上海賊を叩き潰す、九鬼海賊の雪辱戦《せつじょくせん》ということになる。

全長十八間というのは聞いていたが、使いは二十間ほどといったと思う。信長の希望よりは少し小さい。せめて二十四、五間は欲しいと思っていた。だが、少し小ぶりでも戦いに問題はなかろう。むしろ村上海賊の焙烙玉の猛攻に耐えられるかだ。

信長は焙烙玉とは何かを一益から詳しく聞いている。

火に弱い木造船を攻撃するには最適の新兵器だ。投げ込まれてしまうと破裂し船の中がたちまち火の海になるという。海の上では何んとも恐ろしい武器だが、鋼鉄の鎧を着ているのだから心配ないと思う。だが、早く自分の目で船の仕上がりを見てみたい。それからでないと安心ということにはならない。

信長の期待は天下布武の切り札になるだろうということだ。

敵が焙烙玉ならこっちは大砲という新兵器を三門も装備している。鉄の鎧で焙烙玉攻撃を防ぎながら敵船に砲弾をぶち込んで船を壊す。村上海賊ごときに負けるはずがない。信長は自分の頭脳に絶対的な自信を持っている。鉄の鎧を着た船など誰も考えないことだ。焙烙玉も焙烙火矢も鉄砲の弾丸も弓矢も撥ね返す無敵の船である。その船がついに志摩の海に浮かんで間もなく出陣する。

戦いの大将は九鬼嘉隆で軍監が滝川一益である。

ついに六月二十六日に答志島の島影を離れ、怪物船団七隻が権太夫たち数人に見送られて秘かに出航した。堂々たる巨体を連ねて初陣《ういじん》の新兵が戦場に向かう。

伊勢志摩を離れた鉄甲船六隻と大安宅船は、山当て航海で陸地を見ながらゆっくりと南下、あちこちで砲撃訓練を繰り返しながらゆっくりとした船足で、実に威風堂々と熊野灘を回って堺に向かっていた。まるで獲物を狙って陽《ひ》の光を撥ね返す七匹の海の怪物だ。

南風を横っ腹に受けギーッ、ギーッと大艪を軋《きし》ませながら進む。戸立の船首はガブガブと波を食いながら大波に伸し掛かって行く。ギギーッと巨体が大波の上で軋んだ。志摩の船大工たちの命を積んだ巨船はきらきらと海陽に輝いている。

そんな船が木津川沖に向かっているとは誰も気づいていない。熊野の奇岩、弘法大師空海が橋を架けようとした痕跡の、橋杭岩《はしぐいいわ》の林立する数百間沖を通り、大島の沖を回り串本《くしもと》沖から紀伊田辺へと七隻の怪物船団が西に向かって行った。紀ノ川沖を過ぎ、満潮に合わせて難所の加太《かだ》ノ瀬《せ》戸《と》に入り地ノ島の藻崎《もさき》の沖を通過した。七隻の怪物船団は順調な航海で、海上で出会う漁船は驚いて逃げて行く。見たことのない海の化けものだ。

その船団が紀州雑賀淡輪《たんのわ》沖にさし掛かった時、近くの湊《みなと》から一斉に大小の船が出て来て鉄甲船に群がった。

最初は見たこともない異様な船型の巨船に驚いていた。

だが、船を包囲して雑賀衆の得意な鉄砲を撃ちかけてきた。ところが弾丸は玉鋼の鱗に当たり、パシッパシッと弾《はじ》ける音を残してすべてポチャポチャと海に落ちてしまう。

すべて撥ね返されて何んとも情けない鉄砲の弾だ。

「敵の大将の船を探せッ！」

嘉隆は大将船を探させ、その船が見つかると「どうだ。大砲の弾は届きそうか？」と大砲に狙わせた。

「少し遠いがあの船を狙え……」

「はッ、八咫烏《やたがらす》の旗だッ！」

副将の和田佐馬之介が前方と右舷の大砲に照準するよう命じた。

「狙いをつけろッ！」

副将の小浜久太郎が矢倉の中で叫んだ。

これまでの訓練の成果が試される実戦の一発目である。敵はまさか大砲という新兵器を持っているとは思っていない。雑賀の淡輪村からの船が続々と集まってきた。嘉隆の一番船が船足をゆっくり止める。どこからでも来いという構えだ。

「狙いはいいか？」

嘉隆が聞いた。誰もが緊張する一撃だ。

「完了！」

「よし、放て！」

「撃てッ！」

嘉隆の号令で前と右舷の大砲が同時にドドーンと火を噴いた。

先の砲弾は直撃こそしなかったが敵の船べり近くに着弾、海に二、三間ほどの高さの水飛沫《みずしぶき》が立った。右舷の砲弾が見事に命中、船べりを直撃し厚い船板を粉砕。その威力に鉄砲好きな雑賀衆も仰天する。

「な、何んだッ！」

「大筒か？」

「馬鹿野郎ッ、そんなもんじゃなかろう。見ろ。船べりが吹き飛んだぞ！」

「ありゃ、堺で話に聞いた大砲じゃねえか？」

「大砲ッ？」

雑賀の鉄砲撃ちも何が起きているのか今ひとつわかっていない。

「放てッ！」

三発目が後ろの二番船から放たれた。豊田五郎右衛門と副将の佐治主水助が見ている。ヒューッと風きり音がして雑賀の大将船にまた命中した。雑賀の八咫烏ののぼり旗が吹き飛んで海に落ちる。天気は晴朗にして海は凪《なぎ》、大砲は放てば当たる波静かにて海戦にはもってこいだ。

三番船の和具大学が副将の小野田喜十郎に、「あの船を狙わせろ……」と命じる。

「承知しました。敵の大将船を狙えッ！」

砲弾二発を食らって浸水が始まった敵の大将船は、船体が裂けたようで航行不能になっている。それを三番船の大砲が狙った。

「撃てッ！」

飛んで行った砲弾が命中、三発も食らってはいかんともしがたい。

沈みそうな船から兵や水夫たちが海に飛び込んだ。それを助けようと小船が集まってくる。

「鉄砲隊ッ、狙えッ、放てッ！」

嘉隆が命じると総矢倉の狭間《さま》が開いて、続けざまに大筒と鉄砲が一斉に火を噴いた。

白煙が巨船を包みサッと微風に流されて行く。後方の二番船、三番船、四番船も雑賀と淡輪の船を狙い撃ちしている。六隻の鉄甲船の大砲の火力は凄《すさ》まじかった。それに大筒と鉄砲を装備していて撃ちまくるのだから、鉄砲の上手が揃っている雑賀衆でも歯が立たない。鉄砲玉はことごとく鉄の鎧に阻《はば》まれて海に落ちた。こうなると最早、百や二百の小船ではとても戦えない。砲弾に次々と雑賀の船が破壊された。

「放てッ！」

第二波の砲撃で十門ほどが一斉に火を噴いた。海の神さまもびっくりだ。

これまで見たことも聞いたこともない爆裂音が、海上に響き砲口からもうもうと煙を吐いている。まさに化けものだ。風を切って飛んできた砲弾が、船べりであれ、船体であれ、当たれば確実に船を破壊する。人が弾き飛ばされて海に転落する。驚いて海に飛び込んでしまう者も少なくなかった。

船体に穴を開けられたら浸水した船を捨て、海に飛び込み淡輪の浜へ泳いで逃げるしかないが、引き潮だと海流が早く浜まで泳ぎ切れず、加太ノ瀬戸に吸い込まれると熊野の外海まで流される。海の流れを淡輪の海賊たちは知っていて恐れる。

「逃げろッ、逃げろーッ！」

「船を回せッ、逃げろーッ、もたもたするなッ！」

勇敢な雑賀や淡輪の船が大あわてで逃げて行く。大砲に対して反撃が鉄砲ではどうにもならない。

「砲撃は止めッ、北に向かえ……」

「撃ち方止めッ、船首は北だッ、摂津に向かえッ！」

和田佐馬之介が船団に指図する。それはすべて旗によって行われた。

総大将の九鬼嘉隆は敵を追うことなく、悠々と進路を北の堺にとって進んだ。生熊佐右衛門は大将船で旗を振りながら忙しく走り回っていた。群がる敵を追い払うのは容易《たやす》いが、逃げる敵を追うには七隻とも船足が足りない。それは焙烙玉と戦うため嘉隆が選んだ戦法だから仕方がなかった。

「小平太、見たか。この鉄の船は本当にすごいぞ……」

佐右衛門はいつも一緒の小平太がいなくなって寂しかった。

あんな悲しい事件があって愛洲小平太は愛する蛙鬼と一緒に死んだ。大砲の傍《そば》に助延と佐右衛門が立って砲口の向いた海を見ている。

「芝辻、そなたの大砲は本当にすごいな……」

佐右衛門が助延にいう。

「うん、爺《じい》さまが考えたんだ。もっと大きな大砲を作りたいよ」

「そんなに遠くまで飛ばしてどうする？」

「おれは信長さまと南蛮まで行くんだ」

「南蛮？」

「うん、その船に据え付ける大砲はこれの十倍も大きいのにするつもりだ」

「お前が作るのか？」

「そのつもり、爺さまはもう年だから……」

「その時はわしも行きたいな。小平太もいればおもしろかったのに……」

「仕方ないよ。愛しちゃったんだから……」

助延は生意気な口を利いてニッと笑った。

その小平太と蛙鬼は浄土に向かう途中で、この船を見ているはずだと思う。二人は海に向かって合掌《がっしょう》した。獲物を仕留めて勝ち誇るように、海の化けものはガブガブと波を食いながら悠々と北進する。夏の陽が鉄の鎧をじりじりと焦がしている。その熱を海の風がわずかに吹き飛ばして行った。

船べりを破壊され恐怖におののき、あわてて逃げて行く敵を追う必要もない。

覇王の船はまさに海の怪物である。戦いに勝ち堂々たる貫禄さえついてきた。初陣の新兵とは思えない威厳があった。これから八百隻の村上海賊と戦うのである。その戦いに勝った先に助延がいう南蛮への道が続いていると思う。

佐右衛門はこの船を造った権太夫や船大工たちのためにも勝ちたい。

最初の木津川沖の戦いを見た佐右衛門は、すべてを焼き尽くすあの焙烙玉の恐ろしさを知っている。それだけに何んとしても勝ちたいのだ。次々と炎上する味方の船をどうすることもできなかった。

あの時の船べりをつかんで、体の震える悔しさを村上海賊に返してやる。

二見村にいたあの毛利の忍びたちも決戦に出てくるだろう。

七月十七日に船団は堺沖に着くと沖合に停船、一益の大安宅船だけがゆっくり湊に入って停泊した。

堺の人々は見慣れない大安宅船を見物しようと集まる。

沖に投錨した異様な総矢倉の軍船に驚いていた。まったく見かけない船で軍船だとその船影からわかる。だが、南蛮の船でも明《みん》の船でもないことは一目瞭然。遠い船影だが何んとも風変わりな六隻だと誰もが思う。

まさかその船が信長の考案した総矢倉の総鉄張りの鉄甲船とは考えない。

だが、海に浮かんだそういう奇妙なものは誰でも見たいものだ。たちまち噂《うわさ》が広がり沖に停泊した船がどこのどんな船なのか話題になる。その船に搭載されている大砲を製造した芝辻清右衛門でさえ、その船が鉄の鎧を着た船だとは知らなかった。助延からは兎に角、化けもののように大きな船としか知らせてこなかった。

助延も船の正体を誰にも話していない。その船を見るには数町沖に出ればいいだけだが何んとも不気味である。

「おい、あれを見に行こうか？」

「おう、行こう。おもしろそうじゃねえか……」

沖の巨船を見ようと物見高い野郎が、面白半分で船に近づくと「パーンッ！」と、威嚇《いかく》射撃をしてどんな船の接近も拒否する。

「おいおいなんだよ。鉄砲を撃ってきやがったぜ！」

「野郎が大筒なんかぶっ放しやがって、おれたちを船に近づけないつもりだぜ……」

「それにしてもでかい船じゃねえか？」

「なんだか黒くて気持ちが悪いや、こんな船に近づくと災難が降りかかるぜ。帰ろうよ」

「うん、あの旗は織田と九鬼だな？」

「見えるのか、それじゃ、九鬼の海賊船じゃねえのか？」

「あれだ。あれだよほら、九鬼海賊が村上海賊と戦って負けたから……」

「そうか、仕返しをするのか？」

「そうに違いねえ、危ねえからあんなのに近づくんじゃねえよ。さっさと帰ろう……」

「うん、危ねえ、あぶねえ……」

兎に角、野次馬たちは何が起きるのか戦々恐々である。

沖に浮かぶ六隻は巨大で玉鋼の鎧を着ているから黒い。まさか鉄の鎧だとは気づいていなかった。六隻が並んでいるとその不気味さが陸まで伝わってくる。何んといっても船型が尋常ではない。

「おい、あの沖にいる変な形の六隻の船はなんだ？」

「わからねえ……」

「なんで湊に入ってこない？」

「あの船を見ようと近づいたら鉄砲を撃ち込まれたそうだぜ……」

「どうして？」

湊の外とはいえ停泊している船から、鉄砲で撃つというのは穏やかではない話だ。

「そんなこと知るか、船に近づけたくないんだろう」

「どうしてかなんて、そんなことおれにわかるはずがねえ……」

「気味悪い船だな？」

傍の男が海を見ながら口を挟んだ。

誰もが沖合に碇《いかり》を降ろした異様な船影に興味津々である。堺の人々は新しいものが大好きだ。ことに見慣れない船となれば、どこから何をしに来たのか知らんふりはできない。船影は明らかに軍船だ。あんな奇妙な荷船は考えられなかった。

「見せたくないんじゃないの？」

「どうして？」

「知らねえよ！」

「南蛮の船なのか？」

「違う。旗印は九鬼の右巴と織田木瓜だと……」

九鬼家は七曜紋だが嘉隆は三頭右巴紋を使っている。七曜紋も使う。

「信長の船か、それなら木津川沖でみな沈められたんじゃないのか、焙烙玉で？」

「だから、九鬼が新しい船を造ったんだろうよ」

「じゃまた、あの船で村上海賊とやるのか？」

「あたりめえだ。安土の信長さまが負けたままにするわけがねえだろ。あの船を見ろ、あれは相当でかい船だぞ。三十間以上はあるな……」

「そんなにでかいか？」

「よく見ろよ。四、五十間はあるかもしれねえぞ」

たちまち話が膨らんでとんでもない怪物船になった。実際にそんな大きさに見える。

九鬼海賊と村上海賊の木津川河口沖での大海戦を人々は忘れていない。その戦いを木津川の浜まで見に行った者がかなりいる。その戦いがくり返されるのだと野次馬は気が早い。木津川沖で次々と船が燃えたのを見た者は、また見たいと思う。

無責任な野次馬根性だ。見る分には戦いほどおもしろいものはない。

「そうか、仕返しをするんだな？」

「馬鹿、たった六隻で戦うのか、敵の村上海賊は千隻を超えていたというじゃねえか、無理だろういくらなんでも六隻では……」

「だから、あの六隻の後ろから二千隻ぐらい来るんだ。信長さまの船が尾張から……」

「そうか、そういうことか、それなら安心だな。二千か？」

野次馬の話はいつもいい加減なのでおもしろい。

九鬼海賊の船は南蛮や明の交易船とは、似ても似つかない不思議な船だと誰もが思う。

湊に入ってきた大安宅船ののぼり旗は、信長の織田木瓜に似た丸に堅木瓜《かた》で、紀一族の末裔《まつえい》という滝川家の家紋だった。

夜陰《やいん》に紛《まぎ》れて一益の船に大量の兵糧が補給された。

その量で大安宅船の吃水が少し下がった。兵糧は鉄の船に配分される。狭い船の中では食うことしか楽しみはない。それに船は揺れるから踏ん張っていてやけに腹が減る。海はいつも凪いでいるわけではない。むしろ凪は珍しい方で荒れていることの方が多い。そんな海は危険だから船乗りは見張りをかかさず海に目を向けている。

油断するとふいに敵が現れて船を乗っ取られたりするからだ。

翌早朝には堺湊を出て九鬼水軍は、木津川河口沖に到着して海上を封鎖した。やがて、毛利、村上、小早川の水軍と摂津沖の制海権を争うことになる。信長の織田軍は西国から九州に向かうことが決まっているから、摂津の海から播磨灘、備後灘、安芸灘などの制海権が重要になる。

だから村上海賊に敗北する訳にはいかない。

その頃、二見村から伯耆の八橋城に一旦戻った久兵衛と角都は、木鼠こと佐田六之助と別所雅楽允と一緒に能島に向かっていた。村上海賊の船に乗り込みたい。

村上武吉に願い出て弥太郎と蛙鬼の仇討をすると誓っている。

焙烙玉でことごとく船を焼き払う。敵の船に乗り移ってでも九鬼嘉隆の首を取る。弥太郎と蛙鬼の仇を取らないことには悔しさがおさまらない。村上海賊の船で九鬼嘉隆の船に体当たりしてでも沈める。

角都と六之助の怒りは楽島源四郎と愛洲小平太にも向いていた。

忍びの四人は船下ろしの前に伯耆《ほうき》に戻り、嘉隆の巨大な鉄甲船のことは知らなかった。もちろん、愛洲小平太が蛙鬼の後を追って死んだことも知らない。何んとしても村上海賊と木津川沖の戦場に行く覚悟だ。

その頃、武吉はまだ木津川沖への出陣を支度していなかった。秋の収穫が済んでからその兵糧米を船に積み込むつもりでいる。兵糧は一年以上、蔵の中で長持ちさせるため籾《もみ》のまま本願寺に運び入れる。脱穀《だっこく》は天日干しをして干飯《ほしいい》にする前か、食べる数日前にすればいいことだ。

「その伊勢志摩の船屋のことを聞きたい。どんなものであったか詳しく話してくれるか？」

「はい、屋根までの高さは五、六丈余り、奥行きは二十間余り、幅は十間ほどと見ましたが、警戒が厳しく近寄ることができません。配下が二人殺されましてございます」

徳岡久兵衛が武吉に話した。詳しくといわれても外形しかわからない。船屋の中を見ることはできなかったのだ。

「なるほど、その大きさの船屋だと、伊勢の船大工が得意の大安宅船であろう。千五百石積から二千石積の船か……」

「では、大安宅船が七隻？」

「うむ、そう考えるのが妥当なところだ。それで中型や小型の船は？」

「それが伊勢の大湊から熊野の田辺まで漁村を調べましたが、そのような船を造っている気配がまったくないのでございます」

「船を造っていない？」

「はい、噂すらございません」

久兵衛は武吉に見たまま聞いたままをすべて話した。久兵衛が今までおかしいと思ってきたことなのだ。今でも何かおかしいと思っている。どんなに大きな船でもたった七隻では八百隻と戦えないと思う。

「わしは木津川沖で織田の船を二百隻以上は沈めたと聞いたが？」

「それがしもそのように聞いております」

「新造はしないで三河や尾張から集めるつもりか、新造したのは大安宅を七隻だけ……」

武吉も信長が何を考えているのかまったくわからない。

徳岡久兵衛の頭からはあの巨大な船屋が離れなかった。それにしても新造が大きな船だけというのは解せない。武吉がいうように尾張や三河から、大量の船を集めるつもりで新造しないのか。久兵衛がずっと引っかかっている疑問だったが、武吉は信長なら三百隻や四百隻の船はどこからでも集められると考えている。

この時、武吉はさほど疑問にも思っていないようだった。

武吉の頭の中にも鉄の船という発想はないし、まさか信長がそんな船を造るとも思っていない。だが、そんな寄せ集めの船で戦えるのかと久兵衛はフッと思う。たとえ二千隻でも焙烙玉に勝てるとは思えない。信長がそんな危険な戦いをするだろうか。

むしろ、どうしても気になるのは、弥太郎と蛙鬼が命を懸けたあの船屋だ。ただ大きいというだけではないように思う。久兵衛の嗅覚《きゅうかく》はあの船屋に答えがあると嗅ぎ取っていた。だが、近づくことができずその正体はわからずじまいである。

蛙鬼が殺された時、久兵衛は船おろしを見たいと思ったが、忍びの正体が発覚しては伊勢から退散するしかないと思った。そこまで待てば戦いに間に合わなくなるかもしれないし、いつ完成するかわからないものを正体を晒《さら》してだらだらと待てない。

そこで久兵衛は角都や六之助たちと八橋城に戻った。

御来光の好きだった娘を毎日昇る海からの朝日を見られる場所に葬ってきた。

この戦いに決着がついたわけではない。

久兵衛たちは村上海賊の能島に来て九鬼海賊との戦いに参戦するつもりでいる。武吉は久兵衛の伊勢志摩での話を聞いて、四人が息子の元吉の船に乗ることを許した。

その頃、木津川河口には大勢の野次馬が押しかけていた。

信長の船が鉄の船だとは知らない。沖合にいる船はその形が異様だとわかるだけだ。

かなり沖に投錨した六隻の鉄の軍船は、河口を塞いで東西に並び動かない。沖をにらんで何んとも不思議な光景だった。陸から見てもかなり大きな船だとわかる。その船がまさか鉄の鎧を着た怪物だとは誰も思っていなかった。

その海には怖がって漁師の小船すら出ていない。漁師は怪物船から遠く離れた海でおっかなびっくり、警戒しながら細々とやっている。漁をしなければ口が干上がってしまう。漁師もつらいところなのだ。河口の砂浜には日に日に野次馬の数が増えた。早く海賊船同士の戦いが始まらないかという無責任な奴《やつ》らだ。

「村上海賊は千隻だというぞ。九鬼の方はあんな七隻だけで大丈夫なのか？」

「わからねえが、ずいぶん大きな船だからな……」

「それにしても一対百の戦いだぞ。勝てるわけねえんじゃないか？」

「そこだ。数は多いが村上海賊の船は小早とかいう小さな船ばかりだというから、あのでかい船に群がっても駄目じゃないのか……」

「それにしても一対百だぜ。敵の数が多過ぎないかよ？」

「そうだな、確かに……」

野次馬たちの話では、数の多い村上海賊の方が旗色は良かった。

誰がどう考えても一対百では、信長贔屓でも敵の有利を認めるしかない。そんな話が朝から晩まで河口に集まって花を咲かせている。

「それにしても村上海賊は何をもたもたしているんだ。早いとこやってくれねえと仕事が手につかねえ……」

「おれも同じだ。いつ頃になるんだか？」

「秋になってからじゃないのか？」

「馬鹿野郎、そんなに待てるか、こっちの口が干上がっちまう！」

「そうだ、そうだ！」

などと砂浜から沖を見ている野次馬の方が戦いを待ちきれないのだ。

その頃、沖の怪物は夏の太陽に焦がされ暑くなって、総鉄張りの船内は熱がこもって焦熱地獄になりかかっている。銃眼の小さな狭間から海の風を入れるしかない。この船の弱点は足が遅いのと太陽に蒸されて地獄になることだ。

少しでも海の風があればいいが、凪の時は海に飛び込みたくなるほど暑い。

時々、その七隻に水や兵糧や弾薬を補給する織田軍の船が行くだけだ。いつ始まるかわからない戦いの緊張が広い海に漂っている。

そんな天正六年七月の暑い日、重大な事件が起きた。

播磨の三木城を攻撃する秀吉軍に属していた荒木村重《あらきむらしげ》が、突然、陣を払って攻撃陣から離脱、勝手に居城の有岡城《ありおかじょう》に戻ってしまう。松永久秀と同じように本願寺や毛利、鞆の浦の義昭と呼応して、信長に謀反《むほん》を起こす事件が勃発したのである。

なぜ、村重の謀反なのか信長には心当たりがなかった。

むしろ、信長は荒木村重を四十万石の大大名にまで引き上げ、摂津守護を命じて優遇してきた。まさか叛《そむ》かれるとは考えたこともない。

摂津は京の隣で西国や四国の出入り口でもある。その極めて重要な摂津を任せてきたのである。その村重の謀反に信長は驚き、明智光秀、松井友閑《まついゆうかん》、万見重元《まんみしげもと》の三人を急ぎ派遣して説得に当たらせた。

明智光秀の派遣は娘が村重の嫡男荒木村次《あらきむらつぐ》に嫁いでいたからでもある。

この信長の動きに呼応して、高槻城《たかつきじょう》の高山右近《たかやまうこん》が有岡城へ説得に向かう。高山右近は高槻城主で村重の与力なのだ。その右近はすでに二人の人質を村重に差し出していた。

「荒木殿、右府さまの恩義を忘れたわけではござるまい……」

高山右近はドン・ジュストという洗礼名を持ち、知らない人のいないキリシタン大名だった。

正義の人という意味の洗礼名でその人柄は誠実である。

「右府さまと戦って勝つことなど不可能です。そんなことのわからぬ荒木殿でもござるまいが。敗北すれば厳罰は免れない。今、誠心誠意謝罪すれば、右府さまというお方は鬼でも魔王でもない。必ず許してくださる」

右近が必死の説得をする。

「もう一人、長男を人質に差し出しますゆえ、この右近を信じてもらいたい。右府さまは必ずお聞き届けくださるお方だ」

右近は三人目の人質を差し出して村重を説得する。光秀たちも考えを変えるよう説得した。

村重は右近のいうことも光秀のいうこともわかっている。

信長と戦っても勝てないこと。信長が優遇してくれたがそのために、多くの武将から嫉妬《しっと》の眼で見られたことも。細川藤孝《ほそかわふじたか》のように村重の出世を不快に思って、信長に対し村重には叛意《はんい》の兆《きざ》しありと訴える者までいることもだ。大名といっても考えはそれぞれで妬《ねた》みやっかみを持つ者も少なくない。

本願寺や毛利がさほど当てにならないことなどすべてわかっていた。

だが、大きな領地を持つということは結構大変なのだ。村重が謀反に踏み切った理由は様々にいわれた。その真相はわからなかった。信長に優遇されて他の大名に妬まれたのではないかともいわれた。

また義昭や本願寺に誘われたとか、本願寺に兵糧米を横流ししたとか、はたまた信長の家臣の長谷川秀一《はせがわひでかず》に妬まれて、小便を引っ掛けられたなどという嘘《うそ》みたいな話まである。藤孝に讒訴《ざんそ》されたからなどともいう。こういう謀反の真相はわからないことが少なくない。ただ、謀反というのは何かのっぴきならないことがあるから起きる。

村重の言動にもおかしなところがあった。

「右近殿、相分かった。母を人質に差し出し、安土城に赴《おもむ》き右府さまに釈明いたそう。それでよいか?」

「結構です」

村重は右近の説得を受け入れた。これで光秀たちも一安心である。

母親を人質に差し出す決心で息子を連れ、安土城に赴いて信長に謝罪しようと覚悟を決めた。

ところがこの話は二転三転することになる。

この時、村重は自分の家臣たちや与力たちの考えをよくわかっていなかった。

有岡城を出て安土城に向かった荒木村重は、高山右近と同じように自分の与力である中川清秀《なかがわきよひで》の茨木城《いばらきじょう》に立ち寄った。ここで信長に謝罪する話がひっくり返る。

「荒木殿、安土に行かれるとの噂は誠であったか？」

「うむ、右府さまに謝罪しようと思う」

「何んということを、安土城に赴くなど言語道断、一度、叛意を見せた者をあの信長が易々《やすやす》と許すと思われるか。猜疑心《さいぎしん》の強い信長に切腹を命じられるだけでござる！」

中川清秀が安土城へ行くことに猛反対する。すると右近に説得された村重の気持ちがぐらついた。確かに信長は猜疑心が強い。清秀のいう通りかもしれないと思うが、信長に謝罪すれば何んとかなるのではないかとも思う。

中川清秀は高山右近とは真逆の説得だった。

「摂津で信長軍と一戦交えるべきだ。これはそれがしの考えでもあるが、有岡城の家臣団から、荒木殿の安土行きを止めて欲しいと依頼されてのことでもある」

「何んと、わしの家臣が？」

「さよう、家臣団は信長と和睦するつもりはない。ただちに引き返してくださらなければ、他に領主を立てて信長と戦うとのことでござる。いかがなさるか？」

「家臣たちはそのようなことを考えていたのか？」

荒木村重は城を出る時、家臣たちに止められたが、そんなことまで考えているとは思わなかった。村重の代わりに新たな領主を立てるといわれてはつらい。

だが、この中川清秀の話は事実だった。

有岡城の家臣たちは村重が考えを変えなければ、村重に代わる領主を立ててでも信長と戦うと決めていたのである。なぜそんなことになっているのか村重にもわからない。家臣の中に熱心な一向門徒がいて、石山本願寺とつながっているとも考えられる。そうなると兵糧不足で苦しい本願寺に、有岡城から誰かが兵糧米を密《ひそ》かに、横流ししたというのもあり得ないことではなかった。

その家臣団の考えがわかり村重は迷ってしまう。

清秀の説得を聞いて安土城に行くべきか、それとも有岡城に引き返すべきなのか追い詰められた。有岡城の家臣たちが安土行きに、猛反対だというのが実に痛かった。

「許されるという確たる当てもなく、城と家臣を捨てるお覚悟か。信長と戦うならそれがしが先陣を承《うけたまわ》ろう！」

清秀も信長と戦うという。

村重は家臣たちがなぜ信長と戦おうとするのかまったくわかっていない。

ただ、思い当たるのは家臣たちの中に、本願寺と毛利の手が伸びているのではということだけだ。充分に考えられることだった。

有岡城は本願寺に近く家臣たちには一向門徒が多いのも事実である。

「何んとなさる。それでも安土に行かれるか？」

遂《つい》に、荒木村重は中川清秀の言葉に進退窮《きわ》まった。風雲が渦巻き摂津に嵐が吹こうとしている。清秀の話がまんざら嘘とは思えない。

そんなところへ有岡城から使いが来て、清秀の話を裏付ける申し入れをした。

その口上はどうしても殿が安土城に行くというなら、城の家臣団は新たな領主を立てて信長と戦うという。村重に対する家臣たちからの最後通告である。

こうなっては万事休すである。荒木村重にとって状況は最悪になった。

茨木城で立往生《たちおうじょう》もできない。

ついに荒木村重は中川清秀に説得されて、謝罪のため安土城に行く決心を変えてしまう。

「相分かった。最早、是非に及ばず、有岡城に戻ろう……」

「右近殿をそれがしが説得いたそう！」

「頼む……」

遂に、村重は意に反して清秀と家臣たちに引きずられた。

何んとも歯切れの悪い謀反というしかない。これで人質を三人も出している高山右近がいきなり苦しくなった。村重の有岡城は伊丹城《いたみじょう》ともいう。北に西国街道、東に猪名川《いながわ》、駄六川《だろくがわ》、東西七、八町、南北十五、六町の惣構《そう》えの大きな城だ。

天子さまのいる京を守る摂津に相応しい堂々たる城である。

惣構えとは城だけでなく城下そのものを、土塁や堀や石垣で囲い込んだ造りで総曲輪《そうぐるわ》ともいう。籠城する時は武家だけではなく城下の者も城に入った。そのため人数も多く諸籠もりなどともいう。

この時の籠城には数万人が城内にいるといわれた。

有岡城の惣構えはこの国で最古のものといわれる。南北朝期に伊丹一族が築いたといわれる。そんな巨城まで信長は村重に与えていた。それなのに謀反されてはたまったものではないが、それがまた乱世ということでもある。応仁以来、下剋上《げこくじょう》などといわれ各地で謀反は頻繁に繰り返されてきたことだ。

信長は松永久秀に続いて村重にも裏切られた。

駄六川沿いに伊丹川の断崖の上に有岡城の主城郭があり、東西と南北に細長く家臣団の武家と町家に百姓家が広がっている。

防御の要となる数カ所に砦《とりで》まで築かれていた。南北朝期の築城だが何度か改築され、西と南には村重が作った堀のある古い城だ。

第十三章　中将の恋

有岡城の主城郭は断崖と堀と石垣と土塁に守られていた。

武家町も堀と土塁、町家を入れた惣《そう》構えの堀と土塁などはかなり堅牢《けんろう》だった。その城を頼りの籠城である。誰が見てもそう易々《やすやす》と落ちる城ではない。

四十万石の城だから兵だけでも一万五千人を超えている。一族や町人百姓まで諸籠もりになれば二、三万人の籠城になるだろう。

城内にどれほどの人たちがいるか正確にはわからないほど大きな城だ。

惣構えの北端に野宮砦と駄六川沿いに岸の砦、西端に昆陽口砦《こやぐちとりで》、その五、六町南に上臈塚《じょうろうづか》砦《とりで》、南端に鵯塚砦《ひよどりづかとりで》、その一町ほど西に大手口がある。その大手口から主城郭まで十町以上という惣構えの城が有岡城だった。

この城は単独で籠城しても、半年や一年は戦える頑丈さだったが、その上、有岡城には多くの支城があった。その支城に守られている。

北に能勢頼道《のせよりみち》の能勢城、塩川長満《しおかわながみつ》の山下城《じょう》、荒木重堅《しげかた》の三田城《さんだじょう》。

東には高山右近の高槻城、中川清秀の茨木城。南に安部仁右衛門《あべにえもん》の大和田城《おおわだじょう》、荒木村次の尼崎城《あまがさきじょう》。西には荒木元清《もときよ》の花隈城《はなくまじょう》などが与力して支援している。

有岡城を落とすにはこの支城も落とさなければならない。

荒木村重は備後鞆の浦の足利義昭、石山本願寺の顕如光佐、西国の毛利輝元に人質と誓紙を差し出して同盟し、海から尼崎城に来る毛利の兵糧と援軍を期待していた。

西の毛利と連携したなかなかの戦略だが、そう易々と毛利が援軍を出せる状況にはなかった。織田軍との直接対決はまだ避けたい毛利軍である。籠城というのは援軍がないとうまくいく戦法ではない。

尼崎城の村次は妻を離別して、明智光秀に帰し信長に叛旗《はんき》を翻《ひるがえ》している。殺さずに娘を返してくれたことは有り難いが、村重を説得し損なった光秀の面目は丸つぶれである。その光秀は再び松井友閑、羽柴秀吉と村重説得に向かった。

ところが村重は野心などないといいながらも、信長が要求した母親の人質を拒否して話し合いは決裂する。

家臣団が新たな領主を立てても、信長と戦うというのだから仕方がない。

身動きできない状況に村重は追い詰められている。その村重の古い友人で秀吉の軍師でもある黒田官兵衛が、単身で説得するため有岡城へ入ったが、そのまま土牢《つちろう》に繋《つな》がれ誰とも会えないよう幽閉された。もう荒木村重は誰の説得も聞く耳を持たない。家臣団に引きずられているのだからどうにもならない。

ところがこの黒田官兵衛の動きが信長に疑われる。

戻ってこない官兵衛が、村重の謀反に加担したのではないかということだった。

こういう謀反はあちこちに影響をおよぼす。謀反が謀反を呼ぶことも珍しくない。

荒木村重が足利義昭と石山本願寺、毛利輝元と同盟したことで、信長はどうしても毛利水軍と村上海賊が、本願寺へ兵糧を補給する道を絶たなければならなくなった。本願寺に兵糧が入ると飢えかかった兵が元気になって、有岡城を包囲している織田軍の後方を本願寺軍に狙われる状況になってしまう。こういう戦局はまことに以《も》って都合がよくない。中将信忠の織田軍が挟み撃ちになるということだ。

木津川河口に布陣《ふじん》した七隻の軍船の使命が益々《ますます》重くなった。

何があっても本願寺に兵糧を入れさせないということだ。毛利と村上の水軍を叩《たた》き潰せば石山本願寺を潰し、毛利のみならず鞆の浦の義昭にも大打撃を与えられる。それには木津川河口を塞いだ七隻の軍船が、毛利の船を木津川に入れないことだ。

陸の戦いでは秀吉が毛利軍に負けていない。義昭の狼狽《うろた》える姿が眼に見える。

だが、それにしては今の信長の状況はよくない。上杉謙信は死んだが義昭の信長包囲網が今なお機能しているからだ。

大和信貴山城の松永久秀が裏切り、摂津有岡城の荒木村重が裏切り、播磨三木城の別所長治が裏切り、丹波八上城の波多野秀治が裏切るなど、天下人といいながら信長は五畿内すら治められないのかと、怨嗟《えんさ》や嘲笑《ちょうしょう》の声すら聞こえてきそうなのだ。

事実、信長をおもしろくないと思う公家《くげ》の中には、そういう信長非難の声がないわけではない。信長贔屓《びいき》も多いが信長嫌いも少なくないのである。世の中には物事や情勢が見えている者と見えていない者がいる。どちらかといえば、見えていない方が圧倒的に多いのが常であった。

信長にとってこういう状況が続くのは、憂慮《ゆうりょ》どころではなく実にまずいのだ。

その信長包囲網の一角、越後の上杉謙信はこの三月に死去したが、最も厄介な石山本願寺は海から兵糧さえ入ればいたって健在である。信長の喉に刺さった棘《とげ》になっている。兎《と》に角《かく》、本願寺は飢える前に兵糧が欲しい。

今や信長包囲網の要が摂津石山本願寺なのだ。

その本願寺攻めの大将が佐久間信盛だった。信長がまだ七、八歳の頃からの老臣で本願寺を包囲して八年にもなろうとしている。それでいて攻めきれないのだから情けないというしかない。信長の怒りが爆発して佐久間信盛は、本願寺攻めの責任を取らされ、やがて織田家から追放されて高野山に入ることになる。信長の怒りが収まらず信盛は裸足《はだし》で高野山から熊野に追放され死去する。

本願寺攻撃はそれほど難しかったといえるだろう。

後に石山本願寺の跡に秀吉が大阪城を築城するが、四方を海と川に囲まれた天然の要害で、その大阪城は難攻不落《なんこうふらく》の城といわれた。その難攻不落を徳川家康の大砲が一撃、撃ち抜くのだから歴史というのはおもしろい。その威力に一番驚いたのが家康で、大阪城が落ちた以後は船や大砲の進歩をピタッと止めてしまう。

そんな摂津石山本願寺が信長包囲網の中核にいる。

石山本願寺は大阪本願寺とか石山本願寺城、石山御坊《ごぼう》、大阪御坊などともいう。

信長はその本願寺と有岡城を両にらみ状態なのだ。この状況では信長の天下布武の戦いはまだまだほど遠いと感じさせる。信長のいら立ちはそんなところからきているのだった。この良くない状況を打開するしかない。その切り札が木津川河口に並んでいるお化け軍船である。

秋の収穫を目前にして本願寺の兵たちは徐々に飢え始めていた。

九鬼嘉隆の戦いはその石山本願寺をより飢えさせて、陥落させようという極めて大切な戦いなのだ。あちこちの戦いで苦戦している織田軍を、強烈に海から援護するということになる。信長の天下布武のためにも、有岡城を早期に攻略するためにも、木津川沖の海戦では絶対に失敗は許されない。

何がなんでも村上海賊を海に沈めなければならないのだ。

九鬼嘉隆はそんな織田軍の良くない戦況をわかっている。この木津川河口で再び戦いに負けるようなことがあれば、織田軍は瓦解《がかい》しないまでも信長の天下布武は五年も十年も遠くに行ってしまう。

最早、本願寺攻めも有岡城攻めも猶予はないのだ。

間もなく、収穫された毛利の米が石山本願寺に運ばれてくる。そのついでに有岡城を救援するため海に近い尼崎城にも、毛利の兵糧米が搬入されるかもしれない。

そうなれば戦いが長引いて中将信忠も秀吉も危険だ。どこで誰が裏切るかわからなくなる。

信長と織田軍はそんな危険をはらんでいた。それを一気に打開するのが九鬼嘉隆の巨大な怪物軍船である。

その使命で造られた軍船が木津川沖に並んで河口を塞いでいた。

「五郎左、天主はあと半年もすれば完成だな?」

「御意《ぎょい》、摠見寺《そうけんじ》の方は年内に完成する手配りになっております」

「うむ、城下の土地が不足しておるそうだが?」

「申し訳ございません。城下には武家屋敷、町家などが続々建築されまして、湖の埋め立てが間に合わないことになっております」

「城下が繁盛することはいいことだ。極力、便宜をはかってやれ。埋め立ても急いでやるようにせい!」

「はッ、畏《かしこ》まってございます」

信長と丹羽長秀が話しながら摠見寺へ山を下りて行った。

湖畔の安土山に聳《そび》える美しい安土城は、あと半年ほどで完成する手はずになっている。

魔王といわれる天下人の城が間もなく完成するが、戦いの方はどこもあまりはかばかしくなかった。

九月の終わり、信長は鉄甲船を見たいと思った。そう思うとすぐ見たいのが信長だ。

兵を率いて安土城を出ると京から堺に向かう。化けものといわれる鉄甲船がどんなものか、自分の目で見て戦いに勝てるか信長は納得したい。村上海賊を海に沈めないことには西国への戦いがはかどらないと思う。

猿一人ではとても九州までは行けないだろう。

西国や四国や九州を制圧するには船がいるとわかっていた。

安土城を出てその途中で信長は鷹狩《たかが》りをする余裕を見せた。天下人たる者があまりせっかちでは困る。戦いではなく船を見に行くのだ。信長は鷹匠《たかじょう》に多くの鷹を飼育させている無類の鷹狩り好きだった。

すでに北の空から冬の獲物が飛来してきている。

鶴や鴨《かも》など脂《あぶら》が濃く美味な季節だが、丹頂鶴《たんちょうづる》は肉が硬くて味もまずい。もし鶴を食すならナベヅルとマナヅルに限る。

本来はクロヅルというのだが、それを鍋鶴というほどだから実に美味だ。

マナヅルも真魚というぐらいだから、吸いものにすると絶品で、信長は何度も鶴を天皇に献上している。鷹狩りというのは武家の軍事訓練の一環でもある。

兵にとっては脂ののった美味い鴨汁などはたまらないご馳走《ちそう》だ。

信長の鷹狩りは鳥見《とりみ》の者を出して獲物を探す大規模なものである。鷹狩りの陣を張る信長から次々と使い番があちこちに走った。その母衣《ほろ》衆や馬廻りが続々と知らせを持って戻って来る。

好きな鷹狩りは戦いの最中の信長の気晴らしでもあった。

天下人の余裕を見せる振る舞いでもある。武将の中には鷹狩りを好む者が少なくない。信長より鷹狩りが好きといえば晩年の家康である。油断するとすぐ太る癖のある家康は、体に脂がたまらないようにと連日鷹狩りをした。

死ぬ直前まで鷹狩りを楽しんでいたという。家康は狩場で倒れたともいわれている。

その信長は鉄甲船を堺に回航させるよう命じ、早馬《はやうま》の知らせで船団がどこにいるかつかんでいた。すでに木津川河口沖に布陣して毛利水軍が現れるのを待っている。そこから一隻だけ離れて堺に回ってくることになった。

九月三十日の夕刻、信長が堺湊《みなと》に到着すると、彼方《かなた》の海上に投錨《とうびょう》する黒い船が見えた。

信長は長秀、乱丸など家臣を連れて湊に出て行く。そこに小船が迎えに来て信長たち数人を乗せると湊を離れた。格別に信長を護衛する船もいないが、怪物の砲口が信長の周辺の海を見張っている。近づく船がいれば有無《うむ》を言わさず大砲が火を噴《ふ》く。

嘉隆は砲口の傍《そば》に立って信長の船を見ている。

木津川沖から堺沖に回航してきたのは嘉隆の一番船だった。

沖にいる巨大で真っ黒な、見るからに恐ろしげな鉄甲船に、ゆっくり近づいて信長の小船が止まる。

「こ、これは何んだ！」

さすがの信長もその大きさと不気味さに呆然《ぼうぜん》と見上げた。傍で見ると馬鹿でかい。

総矢倉が海面からかなり高いので、信長が湖に浮かべた三十間の船より、遥かに大きく見え鉄の鎧《よろい》は重そうで恐ろしい。こんな化けものが良く浮かんでいると思う。秋風の吹き始めた海上に静かに浮かんで巨体を休めているように見えた。

「殿ッ、これは鉄の鱗《うろこ》を着た怪物……」

「化けものだ……」

丹羽長秀が船の中でひっくり返りそうになり、乱丸が思わず化けものとつぶやいた。

恐ろしいというか、その威容《いよう》は信長が考えていたより数段上の迫力だ。大いに満足できる出来栄えである。信長が見たこの鉄甲船こそ、後の軍艦とか戦艦と呼ばれるものの原型であった。世界の海のどこにもまだ存在しない鉄の鎧を着て、小さいながらも大砲を搭載した戦うためだけの船である。この船は改良も加えられて九隻まで建造される。

信長はこの船は怪物でも化けものでもない。海の戦いの神ではないのかと思った。

その海の怪物は神々しくうつくしくさえ見えた。もしこのままこの船を陸に上げて小型にしたら戦う陸の船になる。信長は一瞬だが戦う鉄鋼の馬車ができないかと考えた。後の装甲車や戦車の発想である。天才の頭脳は一瞬のひらめきで何を考えるかわからない。戦艦の次は戦車だというのだから恐ろしい。

縄梯子《なわばしご》が下ろされ信長が足を掛けるとスルスルと引き上げられる。

嘉隆が鉄甲船に乗り移った信長の足元に、片膝《かたひざ》をついてうずくまり頭を下げ、「上さまご所望の鉄の鎧を着た船にございます」と言う。

「うむ、大きな船だ。よくできた！」

張りのある信長が上機嫌の時の声だ。この信長の一言で嘉隆も大いに満足である。猿顔の小男なら浮かれて踊り出すだろう。

「木津川沖には同型の鉄の船があと五隻に、大安宅船が一隻浮かんでおります」

「みな同じなのか？」

「御意、大安宅船が少々違うのみにございます。是非、船内をご覧いただきたく存じまする」

「うむ、そうしよう……」

信長は丹羽長秀と乱丸だけを連れて船内に入った。

船の中は昼でも暗く、薄闇の中に兵たちが並んで信長を迎える。黒い大マントを着て緋色《ひいろ》の裏地を翻し、南蛮鎧を身につけて颯爽《さっそう》たる信長の姿は、無敵と思われる巨大な鉄の船によく似合う。今すぐにでも戦闘開始に突入できる。

信長の「放てッ！」の命令で大砲が火を噴くだろう。

「上さま、これが芝辻の大砲にございます」

「大きいな。狙いは定まるか？」

「はい、大波に揺られない限り的に当てることができます」

「波しだいか？」

「はッ、まだ撃ち手が少々不慣れにて、訓練をしておりますれば間もなく百発百中に……」

「うむ、戦いはすぐだぞ。構わぬから次々とぶっ放せッ！」

「はッ！」

信長は狭間《さま》から外を見た。

こんな得体の知れない怪物船の、大砲や大筒に狙われたらたまらないと思う。

「他の船も同じ造りだといったな？」

「はッ、まったく同じに造りましてございます」

「大砲も同じか？」

「はい、すべて同じにございます。仰せの通り一隻につき三門搭載してございます」

「よし！」

信長が満足そうにうなずいた。鬼の機嫌は上々である。

「もう秋だ。間もなく海賊どもが木津川沖に現れる。後れを取るな！」

「はッ、必ず目にもの見せてくれまする」

「うむ、容赦なく毛利の海賊船をみな沈めてしまえ！」

「畏まって候！」

信長はこの鉄の船なら海上に止まって戦っても、焙烙玉で燃えない限り簡単には沈まないと確信した。おそらく、焙烙玉も焙烙火矢も鉄の鎧が撥《は》ね返すだろう。信長は嘉隆から雑賀淡輪の海賊との戦いの様子を聞いた。

「ほう、雑賀が逃げたか？」

「御意、鉄砲玉は鉄の鎧に弾《はじ》かれ、ポチャポチャポチャと海に落ちましてございます」

「うむ？」

信長がジロリと嘉隆を見る。

「なるほど、チャポチャポか？」

「はい！」

大砲があり大筒があり鉄砲があって船に死角はない。この怪物が咆哮《ほうこう》したら海が波立ち京まで聞こえるかもしれない。ポチャポチャでもチャポチャポでもいいから、兎《と》に角《かく》、村上海賊の八百隻を沈めてもらいたい。信長は間違いなく石山本願寺を落とせると確信、九州まで行く日もそう遠くはないだろうと思う。

この船は海の上で戦うために建造された戦闘船だ。

信長が期待した以上の出来栄えである。そこへ小船に乗った滝川一益が現れ船上に上がってきた。

「遅くなりましてございます」

「彦右衛門、間もなく敵が来るぞ。一隻も木津川に入れるな！」

「はッ、村上の海賊どもを海の藻屑《もくず》にいたします」

「うむ、容赦するな」

「はい！」

船内も見れば見るほど巨大で不気味な船だ。

これまで見たことも聞いたこともない怪物軍船である。信長は自分が言い出した鉄の船だが、何んとも言葉にしようのない船だと思う。神なのかそれとも海の怪物なのか兎に角恐ろしげである。こんな化けものを伊勢の船大工はよく造ったものだと思う。この船を見て村上海賊どもがどう思うか、勝てないと思ってさっさと海の彼方《かなた》に逃げるか。

「彦右衛門、兵は間に合っているか？」

「はい、各船に二、三百人ずつ乗っております」

「して、どう戦う！」

「七隻を木津川河口に一列に並べ、敵の船は一隻たりとも川には入れません。近づいた船はことごとく大砲で破壊して沈めます。逃げる船にも砲弾を撃ち込みまする」

「うむ、おもしろい。いいだろう」

一益が自信満々の顔で信長に頭を下げた。

この怪物が石山本願寺の一向一揆《いっこういっき》軍と有岡城の籠城兵にとどめを刺す。

村上海賊を殲滅《せんめつ》すれば毛利の西国での動きも制限できる。水軍という片翼をもぎ取られた毛利軍の力は半減以下になるだろう。そこへ秀吉を先鋒《せんぽう》において進攻すれば、間違いなく勢いづいて九州にまで届くはずだ。信長は鉄甲船とそれを造った嘉隆を信頼できると思う。

「本願寺の息の根を止めろ！」

「はッ！」

信長はそう嘉隆に命じた。

丹羽長秀と乱丸を連れて船内を検分し、信長は大いに満足して上機嫌で船から降りた。

この船なら毛利水軍と村上海賊水軍に必ず勝てる。九州まで充分に攻めて行けるというのが信長のつかんだ感触だった。その信長はかつて船を持たなかったため、長島の一向一揆と三度も戦い、越前の一向一揆とも戦い、苦戦して味方の将や兵を何人殺してしまったかしれない。信長は兄の信広を長島の一揆軍に殺された。

その戦いの中で亡くなった者には、敵ながら仏の教えを信じる無辜《むこ》の百姓も大勢いただろう。

本願寺を潰せばそういう戦いはもうしなくて良いようになるはずだ。信長は不気味な鉄の船の仕上がりに大満足で沖から戻ってきた。

これですべてに決着がつく。

鉄の船を見て信長は自信を深めた。九州でも明でも天竺《てんじく》でも南蛮でも行けるはずだと思う。

その頃、有岡城を包囲中の中将信忠は、山下城の塩川長満の娘鈴姫《すずひめ》に恋をしていた。

天下を握りつつある織田信長の後継者でありながら、中将信忠は二十二歳になっても正室をおいていいなかった。

その原因は信長と信玄にある。

信忠が十一歳の時、まだ元服《げんぷく》前で奇妙丸と呼ばれていた頃、信長と信玄が奇妙丸と松姫の婚約をしたことにある。信長と信玄の同盟だった。

その時、信玄の娘の松姫はまだ七歳だった。信玄は子煩悩で松姫を可愛《かわい》がっている。

以来、奇妙丸と松姫は文を交換し合い小さな恋を育んできた。結婚できるものと二人は疑わない。

ところが、乱世ではそうはいかなかった。

松姫は七歳と幼いため、信玄は十三歳になるまで奇妙丸の婚約者として、武田家で預かることにし新館御料人《しんかんごりょうにん》と呼んで甲斐で育てたのである。松姫の立場は武田家にいても織田家の嫁という扱いだった。ところが信長の比叡山《ひえいざん》焼き討ちに怒った信玄が、仏教庇護《ひご》の名目で上洛《じょうらく》戦に出て、三方が原で信長の同盟者徳川家康と戦うことになる。

その戦いに家康の要請で信長が三千の援軍を出し、信玄がその織田軍と戦ったことで婚約は破《は》棄《き》されてしまう。

乱世ではありがちなことだった。

それでも武田家では松姫を新館御料人として遇している。

信玄が亡くなってもその待遇は変わらない。松姫もあちこちからくる結婚の申し込みを断り続けた。奇妙丸以外とは一緒にはならないという。そんな奇妙丸も松姫との間に小さな恋が育って、織田家の後継者の信忠になっても、松姫を正室にすると考えていて、信忠は決して正室をおかなかったのだ。

乱世には父親同士の都合によって翻弄される恋が少なくない。

婚約しても破棄されるとか、光秀の娘のように離縁して帰されることもある。敵味方になれば殺されることも珍しくない。信忠と松姫のような恋をすると、なかなか厄介で難儀なことになりかねないのだ。それも天下を二分する信長の息子と信玄の娘となると、話はこじれて結婚などできるものではない。

そんな中で信忠は鈴姫と出会ってしまった。

中将信忠はまだ十三歳の美しく優しい鈴姫に恋をしてしまう。

鈴姫の父塩川長満は荒木村重の謀反に、最初は加担したがやがて信長に味方するようになった。戦いの最中でもあり、二人が愛し合っていると知る者は側近の数人だけだった。

そんな中で中将信忠と鈴姫は結ばれた。

この後、鈴姫は中将の側室として密《ひそ》かに幼名吉丸《よしまる》こと、後の秀則《ひでのり》という信忠の次男を産むことになる。その中将の長男三法師《さんぼうし》を密かに産んだのは松姫である。その信忠と松姫の秘められた愛の経緯は少々複雑であった。その困難を中将信忠と松姫は乗り越えるが、二人を待っていたのは乱世で最も厳しい悲劇だった。

堺で鉄甲船を見て、一旦安土城に戻った信長は、十一月三日には京へ兵を連れて入ってきた。いよいよ戦いの時が来た。毛利の米の刈り入れも終わって、兵糧を積んだ村上海賊がそろそろ現れる頃、織田の間者たちも西国から動き出していた。

石山本願寺は兵糧が尽きかけて飢えが広がり始めている。その飢えは徐々に一揆軍の戦意を奪い、兵の力を奪い軍としての戦力を低下させてしまう。やがて戦うことすらできなくなって餓死するのだ。ついにその本願寺を救うため、毛利水軍と村上海賊と兵糧船が、播磨灘に現れたとの知らせが入った。

十一月六日には九鬼嘉隆の率いる鉄甲船と、滝川一益の大安宅船が戦闘態勢に入り、木津川河口沖に一列に並んで敵を迎え撃つ構えに入った。弾薬と兵たちを満載にした鉄甲船は重い。船足を止めて淡路方面から来るだろう南の海をにらんでいる。

秋の風は北から吹く。海の怪物はわずかな波に少し揺れていた。

ついに戦いの時だが、その怪物の実力を誰も知らない。淡輪の戦いなど戦いのうちに入らなかった。七隻の二十一の砲門が一斉に咆哮したらどうなるか誰も見たことがない。巨大な怪物が体を震わせて海上を暴れまわるだろう。

村上海賊の焙烙玉と焙烙火矢が雨あられと降り注ぐだろう。

だが、毛利の荷船を一隻たりとも木津川に入れるものではない。それどころではなく毛利水軍と村上海賊をすべて海に沈める。武者震いしながら嘉隆はそう考えていた。

二回目の九鬼海賊と村上海賊の激突である。

嘉隆に三度目の戦いはない。ここで決着をつける。怪物の一番船は七隻の真ん中に布陣していた。左右に三隻ずつを従えた布陣になっていて、大将船が真っ先に敵船団に激突する構えになっている。

鉄の船は六隻しかないのだから総力で敵に襲いかかるしかない。一益の大安宅船は左翼に離れて布陣していた。

船が焙烙玉に負ければこの海は地獄の海になる。嘉隆は腕を組んで水平線に現れるだろう船影を見つけようと大砲の傍に立っていた。

「殿、寒くはございませんか？」

佐右衛門が嘉隆の傍で北からの風を気にした。

十一月に入って摂津の海にも北からの風が吹いている。

「佐右衛門、波乃は子を産んだのか？」

「いいえ、まだでございます」

「そうか、二人目も男だといいな？」

「はい！」

生熊佐右衛門は戦いを前に小便をしたくなるほど緊張している。

「敵船だッ！」

見張りが大声で叫んだ。

海が黄金に輝き始める早朝、水平線に毛利水軍の大船団が黒々と姿を現した。この時も村上武吉は能島にいて出陣していなかった。

毛利水軍と村上海賊を率いる総大将は、前回と同じ乃美宗勝である。

宗勝は武吉から九鬼の大型船建造は聞いていた。だが、どんな船でも焙烙玉で焼き払う自信がある。その宗勝が見たのは木津川河口を塞いでいるたった七隻の大型船だった。

「何んだありゃッ、たった七隻だけか？」

「他に船がいないかよく見てみろ！」

宗勝はもちろん、元吉など各小船団の大将たちもどうなっているのか、海の様子がつかめないで海原を見回しながら考えている。

「どこにも船はいませんッ！」

見張りが叫ぶのを宗勝はどうしてだと思いながら聞いた。

「前進だッ！」

水平線に浮かび上がった大船団が、木津川河口を目指して北上してきた。

「おいッ、本当なのか。まさか九鬼の海賊は、河口に並んでいる七隻だけではあるまいッ！」

宗勝は海上に七隻の他に船影がないのをどうしてだと怪しんだ。だが、それに答えられる者はいなかった。

「兵部さま、どこを見てもあの七隻しか見当たりませんがッ……」

「たった七隻とはどういうことだ？」

「陸の方にも海の彼方にも待機している船は見当たりませんですッ！」

見張りが明らかに戸惑っている。ポツンポツンと七隻が並んでいるだけなのだ。そんな馬鹿なことがあるかと見張りは気が気ではない。水平線に敵船団が黒々と浮かび上がってくるかもしれない。その数三千などということはないのか。

「どこか島陰に隠れているということはないか？」

宗勝はこんな戦いをしたことがない。どう考えても何かがおかしい。彼方の河口に七隻が並んでいるだけだ。

「船を探せッ。七隻だけとは解せぬ。周囲を見張れッ！」

宗勝は大船団の先頭にいて様子がおかしいと思う。信長と九鬼嘉隆は前回の戦いの後、何を考えて戦いの支度をしてきたのだ。武吉の話では大型船の他に九鬼海賊の船団がいるはずなのだ。七隻の他に一隻もいないとは信じられない。

どこかに隠れていて戦いになったら襲い掛かってくる。それしか考えられなかった。

「おかしい……」

大将船の船足を緩めて乃美宗勝は船団を前に出した。

小回りの利く関船や小早に焙烙玉や焙烙火矢を満載にして戦闘態勢に入る。この時、宗勝は七隻の正体をまったく知らなかった。

大きな安宅船に総矢倉を乗せた軍船と見た。その不思議な船型の船がゆるく動き出した。その時はまだ、まさか巨大な伊勢船が鋼鉄の鎧を着ているとは思っていなかった。見たことのない異様な船型だと思っただけである。だが、大型船とはいえわずか七隻でこの広い海でどう戦うというのだ。

その頃、七隻の砲門は開いて敵の船に照準を合わせていた。

鉄甲船の中は暗く村上海賊からは、大砲の狭間は暗く中が見えていない。その狭間は総矢倉の一番高いところに開いていた。下から投げ上げられた焙烙玉は、張り出した鉄板に当たるように工夫されている。鉄砲の狭間には逆に鉄板が吊《つ》るされ、撃つ時だけ銃身を突き出して覗《のぞ》ける。撃ち終わるとパタッと閉まるようになっていた。

戦いに迷いは禁物である。

乃美宗勝の大将船に突撃を命じる旗が立ち、自信満々、威風堂々の大船団が木津川沖の七隻に向かってきた。

海上は晴、北からの微風だ。

大船団の突進を七隻の大将たちが見ている。砲撃には何んの支障もない。

「しっかり照準を合わせろ……」

「はッ、砲撃用意ッ！」

「数は六百ほどだな？」

「はッ、六百を超えていると思われます。前回より船の数は少ないかと……」

「なめた真似《まね》を、眼にもの見せてくれる。そのままゆっくり前進！」

冷静な九鬼嘉隆は雑賀の水軍と戦ったことを思い返していた。大砲の猛攻に雑賀の船は近づくことすらできなかった。

「まだ撃つなッ！」

この戦いは必ず勝つ、勝たなければならない。

雑賀の船を砕き飛ばした大砲の威力は凄《すさ》まじかった。弾丸が当たらなくても近くを通過しただけで、砲弾の飛び去る音に敵兵は首をすくめて震え上がったのを見た。

うなりを上げて飛ぶ砲弾は恐怖そのもの。その風きり音も当たるのではないかと不気味だ。

「用意はいいか？」

「いつでもッ！」

「大筒の用意は？」

「いつでも放てますッ！」

「よし、鉄砲隊も火縄をつけて、まだ火蓋は開けるな。そのまま待て！」

嘉隆は敵船が近づいて来るのを待った。相手の度肝を抜く最初の一撃が大切だ。焙烙玉の投擲《とうてき》が届きそうになったら砲撃する。敵の船を近づけて確実に粉砕したい。わずか七隻とあなどって毛利水軍が続々と木津川河口に向かってくる。

前回の戦いの再現だと考えているようだ。

七隻の九鬼水軍をなめ切っていた。その七隻の正体を知らないからだ。近くまで来ないと鉄の鎧だとは見えない。嘉隆には焙烙玉を撥ね返す自信がある。そのように伊勢の船大工たちが造った鉄甲船だ。

前回の戦いとは話がまるで違う。燃えない船と燃える船の戦いだ。

「少し前に出せッ！」

嘉隆は敵を迎え撃つため一町半ほど船を前に出した。ゆっくりした船足で前進させ間合いを詰めて行く。百隻ほどを従える船団の大将船が狙いどころだ。その周りに浮いている関船も狙いやすい。小さな小早の動きは速いが狙えなくもない。ボロ船を追って破壊した訓練が役にたつ時だ。

「狙いは大きい大将船からだ！」

「はッ、その大将船までほぼ七町ッ！」

「よし、もっと近づいてからだ。あわてるな……」

嘉隆の傍にいる生熊佐右衛門が緊張した顔で敵船をにらんでいる。もう小便が漏れそうになっていた。ここは我慢だ。いや先にしておいた方がいいか。

「小平太、始まるから見ていろよ。あきさんも……」

船べりをつかんで佐右衛門がつぶやいた。小平太と蛙鬼が命をかけた鉄甲船が咆哮する。

「狙いを定めておけ！」

こういう戦いは最初の一撃が大切だと海賊なら誰でも知っている。

最初の一発は決して外さない。相手の度肝を抜いてこれはまずい、この戦いは勝てないと思わせることだ。怯《おび》えた兵は使いものにならなくなる。嘉隆はその一撃必殺を狙っていた。

いよいよ敵味方が接近した。

毛利水軍が「めっぽうでかい船だぞ！」と、言いながら七隻に近づいて来た。海賊たちも見たことのない巨船だ。

傍に来ても鉄の船とはまったく気づいていない。船の正体を隠すことに成功した。

この鉄の巨船が作られた場所がどこなのか歴史の謎だ。伊勢大湊とか熊野田辺とか色々いわれる。正確なところは不明というが嘉隆の志摩の海なのだ。

実は、九鬼嘉隆の城である田城城の傍、賀茂川河口に近い安久志《あくし》の対岸だった。

この船は信長の秘密兵器としてすべて隠された。どこでどのように造船されたのかわかっていない。記されたものがほとんどないのだ。村上海賊の焙烙玉に勝つため、隠しに隠し続けてきた船と大砲であった。

その巨船が海の戦場に並んでいる。船の正体を何も知らない毛利水軍は真ん中に突っ込んできた。

「何んだこりゃ。この船は化けものだッ！」

「焙烙玉だッ！」

「投げつけろッ！」

遂《つい》に村上海賊の焙烙玉攻撃が始まった。だが、悠々と浮かんだ巨船はビクともしない。

「何んだッ、この船、鉄じゃないかッ？」

「投げろッ！」

ようやく海の怪物が鉄でできていることを知って海賊たちが驚いている。

「赤い旗だッ。放てッ！」

「撃てッ、撃てッ！」

朝、辰《たつ》の刻（午前七時〜九時頃）、九鬼嘉隆の一番船に合図の旗が立って二十一門の大砲が一斉に咆哮、火を噴いた。海の上に無数の雷が落ちるが如《ごと》く、雷鳴がとどろき水飛沫《しぶき》があちこちに立って、砲弾が命中した船の船べりが粉砕され吹き飛んだ。何発も焙烙玉を食らった海の怪物が怒りで身震いしている。

「化けものが火を噴いたぞッ！」

「なんだありゃ？」

焙烙玉を投げつけるどころの騒ぎではない。

二十一門の大砲が次々と咆哮し連射され、大筒が火を噴き、鉄砲があわてふためく海賊を銃眼から狙い撃つ。たちまち鉄甲船の回りは大混乱になった。百隻ほどの関船や小早がぶつかり合って騒いでいる。中には焙烙玉を投げ損なって自爆する船もいた。

「逃げろッ！」

「船が燃えるぞッ！」

といっても周りの味方の船が次々と押し寄せてきて動けない。

また投げようとしてしくじり、船の中で焙烙玉が爆発して燃え上がる。投げた焙烙玉が割れずに自分の船に落ちてきて破裂、海賊が不意打ちを食らったように大あわてだが、満載の焙烙玉に火が飛び移って自爆する船が相次いだ。大爆発で周りの小早の焙烙玉もつぎつぎと誘発する。

「撃ち返せッ！」

「焙烙玉を投げつけろッ！」

「火矢を持ってこいッ！」

砲撃の次は総矢倉の狭間から大筒、鉄砲の一斉射撃で、小早が巨船に近づくことすら難しくなった。鋼の大砲は次々と連射ができる。徐々に砲身が熱くなってくるが砲撃に支障はない。

「ドーンッ、ガシャン、バリンッ！」

砲弾を放てば放っただけ近くの敵船に当たる。的が大きいからよほどのことがないと外さない。敵も必死で焙烙玉を投げるがことごとく弾き飛ばされた。破裂した火の粉が自分の船に降り注ぐのだから困る。

海賊船は数が多くあちこちで船が燃え出すと海の上はたちまち大混乱だ。

その様子を宗勝が船べりから見ていた。

それでも果敢に村上海賊が砲弾と弾丸の下を突破する。焙烙玉を投げつけるが玉鋼《たまはがね》の鎧には歯が立たない。焙烙玉が破裂して火の粉が次々と自分の船に降り注いだ。あっちでもこっちでも自分の火の粉で船が燃える。

「何んだこりゃ？」

「この化けものはいったい何だッ！」

「こりゃ駄目だぜ、逃げろッ！」

「狙われるぞッ！」

そう叫んだ矢先にヒューッと海風を切り裂いて砲弾が飛んでくる。

「逃げろッ！」

「早く逃げろッ！」

バリバリッと雷が落ちたように船べりが吹き飛んだ。ザブッと海水が船に伸《の》し掛かってくる。

こうなってはもう戦いどころではない。

「逃げろッ、沖へ逃げろッ！」

だが、ザブッ、ザブッと海水の入った船はもう動かない。こうなってはどんな船も海上の木片に過ぎない。そのまま波間に浮かんでいるだけだ。

そこを大筒や鉄砲に狙い撃ちされた。

焙烙火矢が撃ち込まれても玉鋼の鎧はすべて撥ね返す。焙烙玉も焙烙火矢もまったく歯が立たず、戦いはたちまち二進《にっち》も三進《さっち》もいかない苦戦に落ちていた。鉄の船だとわかってからも海賊たちは何んとかしようと勇敢である。

だが、弾丸が玉鋼に弾かれてポチャポチャと海に落ちるだけだ。

それを少し離れた元吉の船から久兵衛、角都、六之助、雅楽允の四人が見ていた。海に浮かんだ恐怖の巨船というしかない。

「あの船屋でこんなものを造っていたのか……」

久兵衛がつぶやいた。他の三人は呆気《あつけ》にとられ、戦意喪失で呆然《ぼうぜん》と海戦を見ている。あちこちで味方の海賊船が燃えていた。六之助が船べりを叩いて悔しがる。

「クソッ、また船に命中したぞ！」

「小頭、あれは鉄の船では？」

「そのようだな。あの船も化けものだが、信長という男も化け物のようだ……」

「まったく焙烙玉の効き目がねえ！」

「もう駄目だ……」

「五十隻はやられたか？」

「いや、もう百隻を超えている。沈んじまった船も相当あるようだ」

「ああ、また焙烙玉が自分の船に落ちてきた。破裂する……」

そういったところにヒューッと音がして、砲弾が目の前を飛んで行ってザブーンッと海に落ちた。大砲の弾が北からの微風に乗ってかなり遠くまで飛んでいる。

「小頭ッ！」

「恐ろしい大鉄砲だ！」

「あれは南蛮船の大砲というやつじゃないか？」

「大砲？」

「うん、九州で聞いたことがある……」

雅楽允が六之助にそういった。見たことはないが雅楽允は大砲の話を知っていた。

「右に回ってあの船から離れろッ！」

元吉の命令で船が戦場から離れる。離脱して南に逃げるしかないのだが。

大砲の音に船内が大騒ぎになって久兵衛たちの船が大きく旋回する。元吉の大将船が狙われたら沈められる、こうなっては逃げるしかないと思った。

砲弾が命中した船は浸水し動きを止めて波間に浮いている。あまりに凄まじい砲撃にさすがの海賊も呆然とするしかなかった。船はほぞで板を組み合わせている構造から、砲弾を食らうと船板が裂けるのだ。そんな少しの傷からでも浸水すると、船は逃げることしかできなくなるがその傷が広がるともう終わりだ。

「放てッ！」

「小船もみな沈めろッ！」

「撃てッ！」

七隻の巨船が砲撃と銃撃で白煙に包まれる。それを一瞬で海風がさらっていく。

凪《なぎ》の海に浮かんだ村上海賊の船に、大砲の弾がおもしろいように命中した。その砲弾は間違いなく船板を粉砕する。

「放てッ、ぶっ放せッ！」

各巨船に百隻ほどが群がろうとしても、自爆で炎上した船があってなかなか近づけない。

焙烙玉の射程まで船を近づけられず、逆に砲弾を食らって浸水、船足が止まってしまうと大筒や鉄砲に狙われた。弾丸は楯板で防げるが砲弾を防ぐものはない。

こうなると乱射する大砲の独壇場《どくだんじょう》だ。前回とは逆で圧倒的火力は九鬼嘉隆の方だ。

防禦しながらの攻撃で、二十一門の大砲が次々と火を噴いている。芝辻が鍛えた砲身は連射にもビクともするものではない。

鋼の鎧も素晴らしいが鋼の大砲は恐怖だった。

積んでいた焙烙玉が破裂して、自爆で燃えている船が五隻や十隻ではない。

勇敢な海賊が波状的に、次々と巨船に突っ込んでくるが、そのほとんどが大砲に狙い撃ちされた。

船足の遅い荷船は、逃げ足も遅くことごとく海に沈められる。

海の状況から宗勝はもう逃げるしかないと思う。戦況が好転するとは思えなかった。

「放てッ！」

轟音《ごうおん》を残して大砲の砲弾が飛んで行った。

宗勝の大将船の上を飛んで半町ほど後ろの荷船に命中、米を満載した船の胴体を直撃。胴体の船板が割れてすぐ浸水が始まる。

小さな亀裂《きれつ》でもバリッと割れてザブッと海水が流れ込む。

続けざまに並んだ鉄甲船の大砲が、容赦なく火を噴くという塩梅《あんばい》でどうにもならない。反撃も難しい状況だった。

「殿ッ、荷船が川に向かいます！」

宗勝が河口に向かう船を見ている。

「何隻目だッ？」

「二隻目にございます！」

砲弾の下を潜って一隻が川に入った。二隻目の後ろにも荷船が並んでいる。

兎に角、一隻でも二隻でも木津川に入って、飢えている本願寺に兵糧を届けたい。一向門徒の海賊は本山を助けようと、決死の覚悟で船を木津川に突進させる。村上海賊は激戦の中を突破し、荷船を河口まで連れてくる。そこで沈められる船もいた。

嘉隆の鉄甲船がゆっくり敵船の間に入って行った。ギーッと軋《きし》みながら旋回する船はまさに海の怪物だった。その船に押されてひっくり返る小早もいる。

「放てッ！」

「撃てッ、みな沈めてしまえッ！」

左右の大砲が火を噴き、大筒も一斉に火を噴いた。黒く不気味な鉄甲船を見上げていた敵兵が次々と撃たれて海に落ちる。

「クソッ、化けものがッ！」

敵兵も焙烙玉の導火線に火をつけて投げつけるが、鉄の鎧に撥ね飛ばされてチャポンと海に落ちるか、割れて空《むな》しく破裂する。これでは焙烙玉も情けない。その傍で浸水した荷船がズブズブと沈んでいった。

「狙えッ、放てッ！」

鉄砲が狭間から敵兵を狙って狙撃する。

大砲の支度ができると再び火を噴いた。巨船の傍を何んとかすり抜けて、木津川に入ろうとする荷船を大筒が狙い撃ちする。そこに大砲の一撃で船体が裂ける。関船も小早も荷船も砲撃には手が付けられない。

好き勝手に撃たれてやられっぱなしだ。

焙烙玉が一発も役に立たずまったく駄目だった。投げると自分の船に落ちてくる。

武器弾薬を積んだ荷船が大爆発して燃え上がる。

嘉隆の船はゆっくり左に旋回して、大砲、大筒、鉄砲を撃ち続けている。中にはピタッと船足を止めて群がる敵の関船や小早と戦っている鉄甲船もいた。

「川に向かう船を沈めろッ！」

鉄甲船が川に向かう荷船に、大筒と鉄砲を撃ち続けそれを大砲が一発で仕留める。

最早、同じことの繰り返しである。

敵も焙烙玉攻撃が通用しないと分かると鉄砲に切り替えたが、鉄砲も大筒の弾丸も鉄の鎧がことごとく撥ね返した。

「駄目だッ！」

「焙烙玉も鉄砲も歯が立たないッ！」

鋼の鱗はあまりにも頑丈過ぎた。玉鋼は刀にする鉄だから強靱《きょうじん》に決まっている。

村上水軍の船が次々と燃えたり爆発したり手が付けられない。積んでいる焙烙玉に弾丸が当たると一瞬で爆発炎上する。

「もう体当たりしかないぞッ！」

「体当たりだッ！」

自分の兵器が船の中で爆発するのだからどうにもならない。

七隻の巨船にまったく手も足も出ない。

だが、海賊の船は小さいが数は多い。巨船に体当たりしてでも何んとか戦局を打開しようとする。宗勝は引き上げを命じず戦場にとどまって粘っていた。何度も海戦を戦ってきた大将だ。鉄の船を沈める方法がないか考える。

体当たりしようと向かって行った船も砲撃で沈められ近づけない。

焙烙玉攻撃も鉄砲攻撃も鉄甲船には通用しないが、巨船の弱点は船足が遅く小回りが利かないことだ。

宗勝は何んとか戦いの局面を打開できないかと考える。

これまでも不利な戦いは何度かあった。だが、その局面を逆転したり、勝てないまでも五分の戦いにしてきた。こんな一方的な敗北は受け入れがたい。小早などが群がる鉄甲船の一隻が、河口の浅瀬に座礁して動けなくなっている。座礁したまま傾かないで大砲を撃ち続けていた。その方が川に入る荷船を狙い撃ちしやすいようだ。

木津川河口に突っ込んで行く荷船が、次々とその大砲に狙い撃ちされて、浸水し航行不能になって沈んだりひっくり返ったりする。嘉隆の巨船の周りにも、百隻近い船が群がっているが、鉄の船に攻撃する手立てがまったくないのだ。何んとか鉄甲船に乗り移りたいが足掛かりがない。

「狙えッ、放てッ！」

嘉隆は大筒と鉄砲に連射を命じる。

その海上には吹き飛ばされた木片や沈みそうな船、燃える船から飛び込んだ海賊が木片をつかんで浮いていた。

その数は数えきれないほどだった。

その中の左翼にいた大将船や大型の船に接近して大砲や大筒を大量に撃ち込んで逃げる。敵に反撃されないよう砲弾や弾丸を撃ち込むと、その場から勢いよくさっさと離れた。逃げ足が速いからできる戦術だ。

鉄の船がゆっくり宗勝の船の近くまでも接近してきた。いよいよ村上海賊の大将船が大砲に狙われる。砲弾を一発船体に食らったら万事休す。もし浸水でもすれば安芸の海に戻れなくなる。

「船首を回せッ！」

「兵部さま、淡路島へッ？」

「そうだ！」

これでは戦いにならないと悟った宗勝の大将船が、大きく旋回して逃げ始めると戦いの形勢が決まった。怒りの顔で宗勝が戦場をにらんでいる。船足の遅い鉄の船は追ってはこれないはずだと思う。味方の船ばかりが海上で燃えている。その数はざっと百隻ばかりですべて自爆だ。自分の焙烙玉が頭上から降ってきた。

燃えてはいないが砲弾が命中して破壊され、動けなくなっている船がほぼ同じぐらいだ。沈んでしまった荷船などもかなりの数になる。

とても大砲に手投げの焙烙玉では太刀打ちできない。あまりにその戦力が違い過ぎる。鉄の鎧で防禦《ぼうぎょ》されてはいくら焙烙玉を投げても駄目だった。

戦域がズルズルと南に下がって、木津川河口から遠ざかっていた。南に向かう宗勝の大将船を見て、毛利と村上の関船や小早が好き勝手に南へ逃亡を始める。戦いの開始から二刻もしないで毛利水軍が総退却になった。その逃げる船を砲弾が追ってくるから始末が悪い。だが、生き残りの船はたちまち大砲の射程外に離れて行った。

もう大丈夫かなどと一息ついていると砲弾が飛んでくる。だがもう威力はない。

巨船は船足が遅く追撃はできないが、大砲の弾丸が結構遠くまで飛んで、傍に落ちただけで兵たちや水夫たちが怯えた。

毛利水軍と村上海賊は総崩れになって南に逃げた。

第十四章　佐田浜《さだはま》の決闘

午《うま》の刻（午前十一時～午後一時頃）になって鉄甲船にあれだけ群がっていた毛利、村上、小早川の水軍がすべて南に姿を消した。焙烙玉《ほうろくだま》は鉄甲船にまったく歯が立たず敗北。残骸ばかりが海に浮かんでいる大惨敗である。前回の戦いとは真逆になった。

信長の考えた通りの戦いになった。嘉隆は信長とはとんでもない大将だと思う。

燃えたり爆発したり沈没した敵船は三百隻を超えている。ほぼ半数の敵船が海の藻屑《もくず》となって、木津川河口沖から由良《ゆら》瀬戸に引っ張られ外海に流されて行った。

摂津の浜や淡路島の海岸に流れ着いた者も少なくない。

海賊は泳げるから木片にさえ捕まれば、どこかの浜に這《は》い上がることができる。

毛利水軍は早い段階で戦いに勝てないだろうと悟ったはずだ。それでも何んとかしようと逆転を狙って戦いを継続したのがまずかった。それが敗北の傷口を広げたともいえる。

その乃美兵部宗勝は粘りに粘ったが逃げ足も速かった。

これ以上、戦っていれば半数以上の四百隻ぐらいは破壊されていただろう。

芝辻の大砲二十一門の威力を見せつけられた。あの砲弾の風きり音が実に気持ち悪い。自分に当たるかと思う。だが、風きり音の砲弾は当たらない。砲弾が頭上を通り過ぎる音だから、当たる時は無音のままでぶっ飛んでくる。

七隻の巨船が船足を止めて波に漂った。

九鬼嘉隆も滝川一益も巨大な鉄甲船をこのまま残しておけるのかと思う。

西国や四国や九州に出陣するといってもいつになるのか。この巨船を動かすのには多くの兵が必要で、思いの外、船足が遅く次の海戦では使えないのでは。それに戦い以外には使えないのだから、船を係留しておくだけでも莫大《ばくだい》な費用がかかる。外洋に出たり、海戦で使うなら大幅な改良が必要だし、訓練も欠かすことができない。船というのは思いの外維持するのに銭がかかるのだ。

嘉隆はこの鉄の船を進化させたいと思う。

今回は石山本願寺に兵糧を入れる船を阻止するため、木津川河口に留《とど》まって戦ったが、広い海で動き回る海戦で使うのはどうだろうか。まだ工夫するべきことも多いように思う。

その上、六隻の鉄甲船を係留しておく場所など維持していくのが大変だ。このみごとなばかりの覇王の船を以後どう使うかは信長がどう判断するかである。九州進攻に使うというかもしれない。毛利が本願寺に兵糧を入れ損なって、間違いなく本願寺の一揆《いっき》軍は飢える。そうなれば摂津の戦いは片付いて、九州への進攻も意外に早いかもしれないと思う。

この戦いを陸から多くの野次馬が見ていた。

大船団に囲まれて大きな船が沈むと誰もが思っていたが、逆に激戦の中で大船団の方が次々と沈められた。その不思議な戦いの謎が解けたのは、野次馬が海岸に出てきて浅瀬に乗り上げ座礁した、一隻の鉄甲船を見てからだ。

波に洗われて座礁した船は傾き、数日で倒れて壊されるだろう。

その船が鉄でできていることに野次馬は驚愕《きょうがく》する。

「おい、この船は鉄じゃないか？」

「うん、確かに鉄の鎧《よろい》だ。これはどういうことなんだ。これで強かったんだな？」

「たった七隻で千隻と戦ったんだから凄《すご》いもんじゃねえか……」

「こんな船を造ったのは誰だ？」

「それは信長さまに決まっているだろう」

「こりゃ化けものだぜ。兎《と》に角《かく》、でかい船だな。薄気味悪いぜ……」

「おいッ、あまり船に近づくな！」

座礁した船から出てきた兵が野次馬を叱った。

戦いが終わって木津川河口沖が静かになった。村上海賊が南に逃げ、大安宅船と五隻の鉄甲船も東の海に消えた。勝ったという実感が一益にも嘉隆にもあった。むしろ、あまりにも鮮やかな勝利だった。二人が信じたように鉄の船と大砲の組み合わせは無敵だった。

勇将九鬼嘉隆は使いを京に走らせ、大勝利の報を信長に伝え、鉄甲船をどうすればいいか信長に指示を仰いだ。

「そのことは彦右衛門からも聞かれた。浅瀬に乗り上げた船があるそうだな？」

「はッ、一隻、座礁してございます」

「そのまま腐らせてしまえ！」

「承知いたしました。他の船はどのようにいたしましょうか？」

「まだ使えるのか、嘉隆の考えは？」

「はい、鉄の船は重い上に船足が遅く、外洋で水軍として使うのは難しいとのことにて、小早に造り替えることはできるということにございまする」

「いや、そんな手間暇はかけておれぬ。どこかに係留して腐らせてしまうか？」

信長にとって考案した鉄の船は、当初は村上水軍を壊滅させるための船で、それ以外に使うことなど考えていなかった。そのため当初はそのまま海で腐らせてしまえと考えていた。

だが、外洋での戦いは無理でも九州の平定には、使えるのではと信長は堺で見た時から思い始めている。あの船の改良型の船を増やして四国や九州で使えるのではないか。

嘉隆が水軍として使いたいといえば与えるが、おそらく一益は大き過ぎて駄目だというだろう。それは嘉隆も同じ考えかもしれない。あの安宅船はまだ使えるはずだが。

その日のうちに嘉隆へ信長の意向が伝えられた。

無敵と思える鉄の船だが、使命が終われば捨てるしかない。もう少し船足が速ければ水軍として使いたいが無理だろう。維持するのも困難だと思う。

戦いが終わってしまえば図体の大きな厄介ものでしかない。

だが、嘉隆はもうしばらく村上海賊の復活を考え、まだ使える鉄の船だと偽装しなければならない。そう思いついた。鉄の船は造るのには二年もかかったが、村上海賊の船は一年もしないで破壊された船の倍も造れるだろう。すぐ息を吹き返してくるかもしれない。

毛利水軍が対抗策を考えて、また摂津の海に出てくるかもしれないのだ。そこで座礁した船は仕方なく捨てるが他の船を隠すことにした。

秘《ひそ》かに残しておいて残念だが、不要ということであればそこで巨船を腐らせる。

ところが信長のこの命令が間もなく覆《くつがえ》り、鉄の船を四国、九州の平定に使用するため、もう四隻を追加して造るように命じられる。座礁して壊れた船を除き九隻にしろということである。

それは織田軍の鉄甲船の大船団ということになる。その九隻には数百の木造船が配置されるだろう。本格的な織田水軍で嘉隆の夢が膨らむ。

毛利、村上、小早川の水軍を粉砕したことで、制海権は織田軍のものになった。

最早、毛利の大船団が復活しても、あの鉄の船がある限り木津川沖に現れることはないだろう。たった七隻の船に自慢の大船団が負けたのだから、村上武吉とその海賊もおとなしくなるはずだ。

この後、兵糧の搬入がなければ、石山本願寺は徐々に飢えていく。

何ケ月ぐらい我慢できるかだけだ。半年も持ちこたえられないだろう。ついに十年に及ぶ戦いの趨勢《すうせい》がはっきり見えてきた。こうなれば本願寺だけでなく有岡城も間もなく決着がつくはずだ。

京にいた信長は五万の大軍を集め、山城と摂津の境の山崎まで兵を進めてきた。

海戦の勝利で戦いの状況が一気に良くなった。機嫌よく信長が自ら大軍を率いてすぐ動き出したのである。織田軍の戦いはいつも南だ北だ西だと忙しい。

翌十日には滝川一益が早くも陸に上がって有岡城の戦いに参戦する。

一益は嘉隆に船を任せて休む暇もない。信長の人使いの荒いのは今に始まったことではなかった。まだ尾張の大うつけといわれていた頃から、一益は信長に振り回されてきた。今さら驚くことでもない。

明智光秀、蜂屋頼隆《はちやよりたか》、安藤守就《あんどうもりなり》などに中川清秀の茨木城を包囲させ、信長はまず有岡城の周辺の支城の切り崩しに取りかかった。

海で勝った勢いが陸の織田軍にも大きく影響する。軍は戦意が膨らんだり縮んだりする。

「毛利の海賊千隻がみな海に沈められたそうだな？」

「そうよ。信長さまが秘密に造っていた鉄の船が出て行って、鉄砲の何倍も大きな大砲で全滅させたそうだ」

「鉄の船に大砲か？」

「うむ、海が燃えるようだったそうだ」

「なるほど、ところで鉄の船がどうして浮かぶんだ？」

「そんなことおれが知るか、信長さまが浮かべたんだから浮かぶんだ。間違いなかろう」

「信長さまが……」

「おめえはそういう小難しいことばかりいうやつだな？」

「すまねえ、鉄が浮かぶとは思わなかったから……」

「これで毛利も本願寺も有岡城も終わりだろう。信長さまに逆らいおってざまあないぜ！」

「まったくその通りだ」

毛利と村上海賊の大船団を信長の鉄の船が、たった七隻で千隻を壊滅させたという噂《うわさ》がたちまち広がった。織田軍には何よりの良薬である。間違いなく元気が出てきて士気が高くなる。逆に石山本願寺は飢えて春まで持ちこたえられないだろうという話だ。

信長は有岡城を落とすため京にいる時、オルガンティノを呼び出して、高山右近を説得するよう命じている。

キリシタン大名はキリスト教の宣教師が説得しろということだ。

その時、オルガンティノはキリシタンには、主君に背いてはならないと教えていると信長に弁明した。それが神の教えでもあるとも言った。つまり高山右近が信長の敵になってはならないということだ。

それなら右近を説得して来いということになった。

「その方らの力で右近を説得し投降させろ。それを実現したら教会をどこに建ててもよいが、できないならその方らの宗門《しゅうもん》は断絶することになる。わかるな？」

「はい……」

この信長の強引な申し渡しにフロイスたちは驚いた。信長の強烈な脅しである。

口にしたことを信長の場合はやってしまうから恐ろしい。オルガンティノはすぐ右近の高槻城に使者を出したが、城の周囲には荒木の手の者がいて近づけない。

信長が支城から切り崩してくることを有岡城の者たちはわかっていて警戒している。

何んとか連絡を取れたとしても、高槻城内には右近の父友照《ともてる》がいて、有岡城にいる人質の命が心配で信長と通じていると思われたくないから、高槻城に入ろうとする者はすべて殺せと命令したという。

友照は何んとしても三人の人質を助けたいのだ。それは右近も同じである。

オルガンティノは五畿内のキリシタンの危機だと判断した。この時、京の南蛮寺は所司代村井貞勝の配下に見張られていた。

信長の命令一つで南蛮寺は焼き払われる。

それだけは何んとしても回避しなければならない。南蛮寺は神の家なのだ。

オルガンティノたちが京の総督と呼ぶ村井貞勝は、京の町衆《まちしゅう》が反対した南蛮寺の建立に便宜を図ってくれた。その他にも安土城下のセミナリヨ建設に信長は一等地を用意したり、城の大天主の瓦と同じ青瓦の使用を許したり、イエズス会に大きな配慮をしてくれている。

キリシタンを庇護《ひご》してくれる信長に、イエズス会は大きな恩義があった。

オルガンティノはその恩に報いるのは今しかないと決心する。そのオルガンティノは誠実な神の子だ。信長の希望に沿いながら高山右近の苦境も救いたい。神は救ってくれると信じている。

オルガンティノは命を懸けて自ら高槻城に乗り込もうと決心する。

「神さま、お許しください。これから、偽りを行います」

胸で十字を切って神に許しを求める。偽りをいって右近を説得するため、オルガンティノは神に許しを乞うたのだ。神はきっとその偽りの行いを許してくれると信じている。

有岡城の戦いは難しい状況になっていた。もう海戦に敗れた毛利からの援軍や支援があるとは思えない。

制海権を失った海賊は陸《おか》に上がった河童《かっぱ》同然だ。乾いて死ぬしかない。

その頃、重大な任務を果たし戦いに勝利した九鬼嘉隆は、船隠しの場所を探しながら熊野に南下して行った。よく戦った兵や水夫《かこ》を連れて伊勢志摩に戻りたい。何よりも先にあの船を造った権太夫たち船大工と勝ち戦を祝いたい。

その頃、乃美宗勝の毛利水軍は一旦淡路島に集結、傷ついた船団は重い体を引きずるように、船折瀬戸《ふなおりのせと》の海に引き上げるしかなかった。この傷はあまりに重傷で癒《い》えるのに何年かかるかわからない。戦いに負けた海賊はしばらくは本業の漁師に戻るのだ。

村上海賊は予想していない大敗北だった。

総大将の村上武吉は息子の元吉から話を聞いて驚くことになる。

引き上げる海賊船上では、久兵衛と六之助と角都が額を寄せて話し込んでいた。雅楽允は少し離れて暢気《のんき》そうに海や島を見ている。

船に近づいてくる海鳥に手を振ったりして遊んでいた。

戦いに敗れて海賊たちが戻ってきた海は相変わらず穏やかに凪《な》いでいる。だが、船の数はずいぶん少なくなり、船べりを砲弾に吹き飛ばされるなど傷ついた船が多い。今にも沈みそうな船がよろよろと自分の海に戻ってきた。元吉の大将船も舳先《へさき》が砲弾を食らって吹き飛んでいる。

逃げる途中で沈んだり、急な瀬戸の流れに力尽きた船もあった。

この海は灘と瀬戸の繰り返しで、そこを乗り越えて傷つきながらも、海賊船はゆっくり故郷の海に向かう。海賊たちの傷も船の傷も癒すところはそこしかない。

あんな大海戦があったとはまるで嘘《うそ》のようだ。

小頭の久兵衛は分別があり情勢を読める。この海戦の敗北によって制海権を失った毛利家は信長に攻められると思う。

その時期はそう遠い日ではないだろう。

こうなっては伯耆の八橋城も危ない。頭の杉原播磨守にこの敗北を伝え、次の指図を受けなければならなかった。こういう大きな敗北は毛利家が支配する国々に影響する。

この戦いの三年後、天正九年（一五八一）十二月に杉原播磨守盛重は病死する。それは秀吉によって鳥取城が落とされた二ケ月後である。この後の杉原一族は秀吉と毛利に翻弄され数奇《すうき》な運命をたどることになる。

久兵衛は早く播磨守にこの戦いを報告しなければならない。

六之助と角都はそんなことより、何んとしても蛙鬼と弥太郎の仇《かたき》を討ちたい。戦いに負けて仇を討てなかったのだからそれが先だと思う。

このままではどうしても納得がいかなかった。

あの伊勢志摩で死んだ蛙鬼と弥太郎の死を無駄にはできない。このままでは二人は犬死ではないかと思う。六之助は蛙鬼を死に追いやった愛洲小平太を許せないし、角都は弥太郎を追い詰めた楽島源四郎を殺さないと怒りの虫が収まらない。六之助と角都にとってはまだ戦いは終わっていなかった。

小平太と源四郎はどうしても生かしておけない。

「小頭、もう一度、伊勢志摩に行かせてくれ、このままでは死んでも死にきれねえ！」

「弥太郎の仇を取らせてくだせい、お頭！」

六之助と角都が久兵衛に願った。世鬼の意地にかけても愛洲と楽島は生かしておけないのだ。

愛する者を殺された二人の恨みは沸々と煮えている。

「二人の気持ちはわかるが、それは播磨守さまが決めることだ。わしではない……」

「小頭、それでは姫と弥太郎があまりに哀れだ！」

「角都、忍びはいつも死ぬことは覚悟の上だ。仕事をしくじればこうなる」

「そうですが……」

三人の話し合いはまとまらなかった。

久兵衛は戦いが終わり決着はついたと思う。二人に蛙鬼と弥太郎の仇討ちを許さない。それは楽島源四郎と名乗った男が、相当な剣の使い手だろうと感じたからでもあり、戦いに敗れた今、これ以上の犠牲は出せないと考えたからでもある。この時、相当な数の毛利の兵や村上海賊が帰らず海に沈んだのである。後にいわれたのは毛利水軍の犠牲は二千人、織田水軍の犠牲はわずか百人だったという。

楽島源四郎のあの堂々たる振る舞いは、相当な剣の自信に裏付けられている。

忍びとはいえ世鬼一族は武士である。戦いが終われば潔くなければならない。播磨守が恨みによる私闘など許すはずがないのだ。

歴戦の久兵衛はそう思う。

ましてや楽島源四郎のような男に戦いを挑めば六之助と角都の命が危ない。世鬼の大切な忍びを無駄に死なせることはできないのである。八橋城の杉原播磨守の許可なく久兵衛が仇を討てとはいえない。むしろ、今回の戦いは敗れたが、信長が西進してくるだろうから、本格的な戦いはこれからだともいえる。毛利軍と織田軍の大軍同士の決戦の時が必ずくると思う。

久兵衛はその時が、そう遠いことではないから二人に焦るなといいたい。

蛙鬼と弥太郎の仇を討つ時はくる。この戦いはまだまだ長引くのだから、播磨守から信長の首を取れとの命令が出るかもしれなかった。九鬼嘉隆や楽島源四郎を討つ機会もくるはずだ。その時まで我慢して仇を仕留めればいい。

だが、蛙鬼を失った六之助と、弥太郎を失った角都は何がなんでも仇を討ちたい。楽島源四郎と愛洲小平太を殺し、九鬼嘉隆の命も狙いたいと思う。悔しさと怒りで二人の腹の中が煮えている。

もちろん、六之助と角都はそんなことが易々《やすやす》とできるとは思わない。

だが、せめて楽島と愛洲だけは何んとしても仕留めたいのだ。蛙鬼と弥太郎はあの鉄の船の正体を暴こうとして殺された。その化けものが木津川沖に現れて、毛利と村上海賊は大敗北してしまった。その戦いを船上から見てしまい怒りのやり場がない。

船が安芸灘に戻り四人が陸に上がると、その夜にうちに六之助と角都が姿を消した。

「この戦いは終わってしまったのに次を待てないか、あの二人は我慢ができないようだな……」

「小頭、六之助と角都は死ぬ覚悟で、姫と弥太郎の仇討ちに行ったんだ。あの二人を止めることはできませんよ」

「そのようだな……」

久兵衛はそうつぶやくと二人を探そうとはせず、翌早朝、まだ暗いうちに雅楽允と二人で伯耆に向かって旅立った。

その時、久兵衛はフッと愛洲小平太は生きていないのではないかと思った。

あの小平太は雛の後を追ったのではと思う。そんな根拠はどこにもないが、雛の遺骸の傍《そば》に立っていた小平太が、何んとも悲しそうだったと思い出す。

おそらく、あの二人は本当に愛し合っていたのだ。もしかすると雛に二人の子ができていたのかもしれない。それは親の勘だった。それで雛が焦って九鬼嘉隆を殺そうとして失敗してしまった。それを知った小平太は罪を問われる前に雛の後を追ったのではないか。

久兵衛は娘を忍びにしたことを悔いている。

闇に生きる忍びの運命は残酷である。娘がどんなに思い悩み最後の決断をしたのか。

その娘に久兵衛は父親として何もしてやれなかったと思う。世の中の後悔のほとんどは先に立たないのである。それは忍びとて同じだ。

その頃、九鬼嘉隆たちは鉄甲船を小さな漁村の入り江に隠し、見張りの者だけを百五十人ばかかり残して、陸に上がると伊勢志摩に向かった。

嘉隆は一旦、志摩に戻ってから信長に会いに行こうと考えている。

何はさておいてもまずは、よく船造りに頑張った船大工たちや兵や水夫たちと戦勝を祝いたい。見たこともも聞いたこともない鉄の船造りで暗中模索《あんちゅうもさく》だった。優秀な伊勢の船大工でなければあの船は完成していなかったかもしれない。

その船に乗った兵や水夫たちも大砲の訓練や、船足の遅い怪物を動かすのに往生した。

この海戦の勝利はすでに風の噂で志摩の人たちに伝わっているはずだ。

こういう噂は風より早くあちこちに飛んで行くものだ。安土に近い国友村にもいち早く聞こえたことだろう。

鉄の板を仕上げた国友善兵衛が大喜びしているはずだと思う。

堺の芝辻清右衛門がいち早く、九鬼水軍の大勝利を聞いてよろこんだはずだ。新兵器の大砲は見事に働いた。堺からは見えなかっただろうが、芝辻家の者が野次馬に紛れて海上の戦いを見に来ていたはずだ。その芝辻家の大砲がどんな活躍をしたかすぐ清右衛門に知らされたことだろう。

何よりもこの海戦の勝利は苦戦続きの、信長の戦いをどれだけ楽にするかわからない。

石山本願寺は戦いの前にすでに飢え始めていたに違いないのだ。それは毛利の強引な戦い方でもわかる。毛利軍が兵糧米を搬入しないと本願寺軍が危ないとわかっていて、乃美宗勝は何んとか兵糧を木津川に入れようと無理をした。

宗勝が何んとしても本願寺に兵糧を入れたいという戦い方のようだった。

それを本願寺の目前で嘉隆が阻止した。わずか数隻の兵糧は搬入されたようだがそんなものは焼け石に水だろう。とても万を超える本願寺軍を養うことは無理だ。籠城戦というのは援軍がなく兵糧が尽きて飢えると悲惨なことになる。

そこまで石山本願寺が追い込まれたことは間違いないと嘉隆は感じた。

だが、その勝利の影響は数十万石以上だろう。やがて石山本願寺は予想通り飢えて力尽きる。

その宗門の滅亡を心配したのが正親町天皇だった。

親鸞《しんらん》以来の宗門が滅亡しては困ると考え、やがて飢えた本願寺と信長の和睦の仲裁を天皇がすることになる。

凱旋《がいせん》将軍の九鬼嘉隆は威風堂々、家臣団を率いて田城城に戻り樋の山に戻ってきた。

伊勢志摩の人たちは嘉隆の大勝利をすべて知っている。樋の山のお香の方は大よろこびで嘉隆を迎えた。どういうわけかこのお香には、長く子ができなかったが奇跡が起きていた。

一方、船大工の棟梁の権太夫はお勝が女の子を産み、たて続けに波乃がまた男の子を産んで大騒ぎをしていた。

嘉隆の勝利はもちろんうれしいが和具家の一大事でもある。

何よりまずいのは権太夫が勢いづいて、お勝への乱暴をもう止めようがないのだ。

お勝がそんな権太夫を色目で誘うものだから、焼《や》け棒杭《ぼっくい》どころか大変な大火事になっている。

「お前さん、どうする?」

「何が？」

「馬鹿、決まってるじゃないのさ……」

「いいのかお前？」

「いいから聞いているんじゃないか……」

どうにもならない権太夫とお勝になってしまった。また、子ができそうで二人はこそこそと秘密を隠すのに大忙しだ。何んとも潔くないおかしな二人である。悪いことをするのではないから堂々としていればいいものを、こういうことはどこの夫婦もこそこそしていたいもののようだ。隠しているという快感があるのだろう。

家の中では人目がないから、お勝が権太夫にでれでれなもので、この問題は当分続きそうになっている。年寄りが若返って大いに結構なことである。

お島と波乃は気が付いてもそんなお勝に、知らないふりで見て見ぬふり、化け物と触らぬ神に祟《たた》りなしというのはこのことだろう。二人は顔を見合って気持ち悪くニッと笑ったりする。お勝の方が権太夫に夢中なのだ。それがお島にも移って火事が大火になりそうだ。こういうことは延焼する。

当たって砕けろ磯の波乃は無事に戻ってきた佐右衛門に、「疲れたでしょう……」などといいながら寝かせるものではない。

伊勢志摩は大騒ぎの戦勝祝いになっていた。

戦いに勝ったのだから天下御免の無礼講で大いに飲めばいい。禁酒だった波太郎などは無礼講どころではなく破礼講になっている。

そのうち女房のお仲にぶん殴られ蹴飛ばされるだろう。

あの大きな船屋はすべて解体され、きれいさっぱり浜辺には何もない。船屋の跡には早々と雑草さえ生《は》えていた。

樋の山ではお香の腹も少し膨らんでめでたいことずくめである。

戦勝祝いは三日三晩も続けられ、案《あん》の定《じょう》、酒癖の悪い波太郎などは口も回らないほど、毎日べロンベロンになって道端に行き倒れている。

それを助左衛門が踏んづけて通っても起きようとしない。そんな波太郎を助左衛門の女房のお浜が蹴っ飛ばした。それでも倒れたきり波太郎は起きない。お仲が蹴飛ばさないと駄目なようだ。

「こりゃ、駄目だわ……」

笑《わら》い上戸《じょうご》の志摩之助がゲラゲラ下品に笑う。

「馬鹿野郎がこのまま死んじまうんじゃねえか。てめえッ、起きろ！」

そんな大騒動で樋の山が崩れそうだった。

「勝った。勝った。勝ったぞ！」

鉄の船造りの苦労が報われたと思えば当然だ。飲まないでいられない。

戦いの様子は兵や水夫の大袈裟《おおげさ》な話が膨らんで、とんでもない大嘘にも手が付けられなくなった。勝てば官軍とはこのことである。

大砲の弾一発で二隻を撃ち抜いて沈めたなど大馬鹿者だ。

その戦勝祝いが終わると九鬼嘉隆は、家臣を二十人ばかり連れて安土城に向かった。海賊将軍の堂々たる安土伺候だ。

美しい安土城が凱旋将軍を迎え入れる。

山頂の信長の御殿は天皇の清涼殿に似ているといわれていた。

「大儀！」

信長は一段と機嫌がいい。信長という人は実にわかりやすい。

上機嫌と不機嫌が明確なのだ。

「乱ッ、祝いの膳だ！」

「はッ！」

「ところで嘉隆、あの船はどうした？」

「はい、熊野の小さな漁村に係留してございます」

「うむ、あの船をもう一度使いたい。あれに乗って九州に行く。一益が船足の遅いのを気にしていたが、船を改良してあの鉄の船を九隻まで増やせ……」

「追加を？」

「そうだ。天下布武の総仕上げをする船だ」

「はい……」

信長は鉄甲船四隻を新たに造れと命じた。

いよいよ九州へ攻めて行く船だ。信長の無敵鉄甲船団である。

世界の海に浮かんでいる船はすべて木造船で、鉄の鎧を着た軍船など誰も考えなかった。

嘉隆は九州の先の明や天竺《てんじく》や南蛮にも行くと、信長が言い出すのではないかとワクワクする。

そんな途方もない大きな夢があってもいいと思う。

信長と嘉隆が南蛮服を着て鉄の船の舳先に立っていた。

北からの微風に押されて鉄の船が九州の湊から出航する。そんな風景が嘉隆の脳裏に浮かんだ。実現するかもしれない。

この信長の命令によって四隻の鉄甲船が追加で造られ九隻になる。

だが、この信長の九隻の無敵鉄甲船団は、四国に向かうため摂津の海に集結するが、突然の本能寺における信長の死によって、大海原に出ることなく汐風《しおかぜ》の中で朽ちて行ったという。

幻の無敵鉄甲船団となり歴史の深い襞《ひだ》の中に消えて行った。

再び鉄甲船が日本の海に浮かぶ日は来なかった。

二百七十五年後の嘉永《かえい》六年（一八五三）、アメリカのペリーが四隻の黒船《くろふね》で来航、日本はひっくり返ってしまうのである。

信長が鉄の船を浮かべた時、アメリカという国は存在していなかった。

世界の三百年先を走っていた信長の発想が、逆転されてあわてた日本は国を亡《ほろ》ぼす大悲劇に突っ走ってしまう。

国が策を誤るとこういうことになる。

嘉隆が安土城に伺候した数日後、解体された船屋の薄暗くなった砂浜に、楽島源四郎と和具一騎がいる。そこから二、三間離れて二人の男がいた。

安芸で姿を消した六之助と角都だった。

二人は愛洲小平太と楽島源四郎を書状によって浜に呼び出した。小平太はすでに亡くその代わりに一騎が源四郎と出てきた。

「小平太はどうした？」

小平太の顔を知っている角都が聞いた。

六之助と角都は小平太の死を知らなかったのだ。

「愛洲小平太はもうこの世にはいない」

「なに！」

「死んだ……」

「さては、怖気《おじけ》づいて逃げたな？」

「違う。あきの後を追って腹を切った」

「黙れッ、小平太を隠す気か？」

「わからぬ男だな。そんなことだろうと思ってこれを持ってきた」

「なんだ！」

「あきが残した文だ。真相が書いてある。読むか？」

「うるさい、今さらそんなものはどうでもいい。小平太はいつ死んだ？」

「あの百姓家にあきの遺体を運んだ夜だ。このあきの書いた置き文を読んだ後にな。それでもやるのか？」

「やる！」

すると一騎が一歩前に出た。

「小平太の代わりに来た。死んだ者は戦えないからな。それがしは和具一騎という。小平太の刀を持ってきた。これでうぬを斬る！」

「おもしれえ！」

六之助がうそぶくようにニヤリと笑う。

「もう一ついっておくことがある」

「なんだ！」

「そこだ。そなたの立っているところで、弥太郎が逃げられないと観念して自害した。その場所だ」

源四郎が薄暗い砂浜を指さした。

「おのれらッ、寄ってたかって弥太郎をなぶりものにッ！」

角都がいきなり杖《つえ》の刀を抜くと、それに遅れず一騎が鞘口《さやぐち》を切って小平太の刀を抜いた。

「どうしてもやるか？」

「やる！」

「あきが悲しむぞ……」

「うるさい！」
二、三歩下がって六之助が刀を抜いた。源四郎は蛙鬼の文を懐に入れてからゆっくり刀を抜いた。「小平太、やるぞ。あきも見ていろ……」そうつぶやいて刀を中段に置き、相手の眼に向かう切っ先の正眼《せいがん》の構えを取った。
この構えを後に水の構えとか人の構えともいう。

正眼というこの構えはすべての剣の動きに移行できる。相手のどのような動きにも咄嗟《とっさ》に対応できる構えだ。楽島源四郎は柳生新陰流の剣を使う。

刀を上段に上げれば天の構えまたは火の構えという。

下段に下げれば地の構えとか土の構えという。刀を立てれば八相の構えといい陰の構えとか木の構えともいう。その構えは人によって流儀によって様々で、他には金剛の構え、陽の構え、金の構えなどがある。刀は二尺三寸をもって常とするが、体の大きな源四郎は少し長めの刀を使っていた。

斬らなければ斬られる果たし合いになった。佐田浜の夕景の中での決闘である。

和具一騎が中段に構えて角都との間合いを詰めた。その一騎は槍《やり》の方が得意だが刀も充分に自信はある。

角都が一騎に押されて六之助から離れた。

六之助と源四郎は刀を構えたまま動かない。六之助が自分より源四郎の方が強いとわかったようだ。その源四郎の刀が六之助の眼に向かって剣気を放っている。だが、六之助は今さら逃げる気はない。

砂浜で足場が悪い。戦いは時の運だ。やってみなければわからない。

六之助がじりじりと少し足場の良い渚の方に回り込んだ。それに合わせて源四郎も波打ち際に動いた。千変万化する正眼の構えを崩さない。

一騎と角都は四、五間離れて斬り合いになっている。

グイグイと一騎が角都を押して行った。すでに角都は浅手だが何カ所か斬られている。

押された角都が後ろへ下がろうとして、不運にも砂に足を取られてギャッとひっくり返った。

そこへ伸《の》し掛かるようにして一騎が一突きにする。角都に覆いかぶさって重ね餅《もち》だ。

一騎の刀が角都の体を突き抜けて、切っ先が五寸ほど砂にめり込んでいる。角都の息が止まるまで一騎は刀を握っていた。

一騎は角都を突き殺し、力尽きたようにその場にへたり込んだ。

こういう慣れない一対一の決闘は戦場とはまるで違い、いらぬところに力が入って骨が折れる。坊主頭の角都が眼をむいて空をにらんでいる。

もう海の上に一番星が出ていた。

六之助にその戦いを見る余裕はない。角都がやられたようだとわかる。その瞬間、六之助は上段に刀を上げて源四郎に斬りかかった。

それを弾いて源四郎が渚から海に入った。六之助が追ってくる。

六之助も強い。さすがに元就を支えてきた世鬼の忍びだ。だが、忍びの剣は源四郎の柳生の剣とは違う。修行の差が歴然と現れた。この時、柳生石舟斎は五十三歳で柳生の庄《しょう》に健在だった。

陽が落ちて佐田浜は暗くなってきた。

緊張した砂浜に波音がザーッと引いては寄せてくる。

その音に誘われるように、再び上段から襲い掛かってきた六之助の刀を、すり合わせるように巻き込んで、首筋を掻《か》っ切るように切っ先が走り袈裟に斬り下ろす。

夥《おびただ》しい血飛沫《ちしぶき》がパッと首から散って、寄せてくる波の上にバシャッと六之助が倒れた。

それを一騎が見ている。血振りをした刀を鞘に戻しながら、源四郎が砂に座っている一騎の傍に歩いてきた。

「和具殿、大丈夫か？」

「掠《かす》り傷だ。源四郎殿は相変わらず強い、お見事です！」

「いや、それがしより小平太の方が剣は強かったと思う……」

「小平太が？」

「うむ、小平太の剣にはまったく邪気がなかった。わしはまだまだだな……」

源四郎は照れるように首を傾《かし》げ、一騎の腕をつかんで立たせてから肩の掠り傷を入念に見る。

「掠り傷だ……」

「だが、金瘡《きんそう》だから気をつけないといかん……」

源四郎が肌着の袖を引き千切ると、それで一騎の肩を縛って手当てをした。六之助と角都の遺骸が渚の近くに転がっていた。

二人が暗くなった砂浜から、消えた船屋の方に歩いて行った。

その空き地に再び四つの船屋が立つだろう。

翌朝、楽島源四郎が生熊佐右衛門と小者数人を連れて浜に下りてきたが、昨夜の戦いの痕跡はなく六之助と角都の遺骸もなくなっていた。

夜のうちに満潮の波が二人を沖に連れて行ったようだ。

二人の刀だけが半分ほど砂にうずもれて残っている。それだけが決闘の痕跡だった。その刀を砂から引き抜くと二本揃《そろ》えて墓標《ぼひょう》のように砂に突き刺した。

「二人とも故郷へ帰れ……」

そうつぶやいて源四郎が合掌した。

木津川沖の戦いで海に沈んだ多くの仲間が二人を迎えにきたのだろう。

その日、九鬼嘉隆は安土城で再び信長と会って大いに褒められ、伊勢志摩の他に摂津に七千石の加増を賜った。三万五千石の大名になる。

天正八年（一五八〇）閏《うるう》三月、飢えた石山本願寺は正親町天皇の調停を受け入れて降伏、門主顕如光佐は四月に石山本願寺から退去、紀伊の鷺森別院《さぎのもりべついん》に隠退した。

もう毛利と村上の水軍が救援に来ることはなかった。

切りとり線

あなたにお願い

この本をお読みになって、どんな感想をお持ちでしょうか。次ページの「100字書評」を編集部までいただけたらありがたく存じます。個人名を識別できない形で処理したうえで、今後の企画の参考にさせていただくほか、作者に提供することがあります。

あなたの「100字書評」は新聞・雑誌などを通じて紹介させていただくことがあります。採用の場合は、特製図書カードを差し上げます。

次ページの原稿用紙（コピーしたものでもかまいません）に書評をお書きのうえ、このページを切り取り、左記へお送りください。祥伝社ホームページからも、書き込めます。

〒一〇一―八七〇一　東京都千代田区神田神保町三―三
祥伝社　文芸出版部　文芸編集　編集長　金野裕子
電話〇三（三二六五）二〇八〇　www.shodensha.co.jp/bookreview/

◎本書の購買動機（新聞、雑誌名を記入するか、○をつけてください）

＿＿新聞・誌の広告を見て	＿＿新聞・誌の書評を見て	好きな作家だから	カバーに惹かれて	タイトルに惹かれて	知人のすすめで

◎最近、印象に残った作品や作家をお書きください

◎その他この本についてご意見がありましたらお書きください

100字書評

覇王の船

住所

なまえ

年齢

職業

岩室 忍（いわむろ・しのぶ）
戦国時代の常識を覆した大長編、『信長の軍師（立志編、風雲編、怒濤編、大悟編）』がロングセラーに。その後、朝廷側から見た信長を描く『本能寺前夜』、さらに『天狼 明智光秀』『家康の黄金』を次々に上梓、従来の織田信長像に風穴を開け、読者の熱狂的支持を得る。また、戦国の臭いが燻る草創期の江戸の治安を家康に託された、初代北町奉行米津勘兵衛と配下の活躍を描く「初代北町奉行 米津勘兵衛」シリーズも大好評である。主な著書に『擾乱、鎌倉の風』（上下）、『信長の秘宝レッドクロス』がある。

覇王《はおう》の船《ふね》

令和6年7月30日　　初版第1刷発行

著者―――岩室 忍《いわむろしのぶ》
発行者――辻 浩明
発行所――祥伝社《しょうでんしゃ》
〒101-8701　東京都千代田区神田神保町3-3
電話　03-3265-2081（販売）　03-3265-2080（編集）
03-3265-3622（業務）
印刷―――堀内印刷
製本―――ナショナル製本

ISBN978-4-396-63663-0 C0093
祥伝社のホームページ・www.shodensha.co.jp